ANNE MALLORY

Drei sündige Nächte

Buch

Als ihr geliebter Bruder Kenny unter Mordverdacht verhaftet wird, verliert die schöne Marietta Winters jede Hoffnung, denn keiner glaubt an seine Unschuld, und sie findet niemanden, der ihr helfen will, Kenny vor den Konsequenzen seiner Verurteilung zu retten. Niemanden außer dem höllisch attraktiven Gabriel Noble. Doch der stellt klare Bedingungen – wenn er den Fall übernehmen soll, kostet das Marietta 10.000 Pfund. Oder aber sie lässt sich auf ein sehr verruchtes Angebot ein, denn für drei Nächte mit der jungen Schönheit würde Gabriel fast alles tun. Ein Pakt mit dem Teufel, dem sich Marietta schließlich fügt, bekäme sie doch niemals so viel Geld zusammen. Gemeinsam machen sie sich auf, in den dunklen Schatten Londons Beweise für die Unschuld ihres Bruders zu finden. Und Nacht für Nacht erfüllt Marietta nicht nur Gabriels geheimste Wünsche, nein, auch sie beginnt die Treffen herbeizusehnen, denn obwohl Marietta versucht, sich einzureden, dass ihre eigenen Empfindungen nur gespielt sind, erbebt sie jede Nacht unter seinen Liebkosungen. Verlieben könnte sie sich in einen solch arroganten, verführerischen Mann niemals. Oder vielleicht doch?

Und auch Gabriel begehrt bald mehr als diese drei Nächte der Sinnlichkeit, und selbst ein dunkles Geheimnis in seiner Vergangenheit hält ihn nicht von seinen Versuchen ab, die bezaubernde junge Frau für immer für sich zu gewinnen …

Autorin

Seit Anne Mallory im Grundschulalter die Liebesromane ihrer Mutter entdeckte, ist sie selbst begeisterte Leserin von historischen Romanzen. Ihr erster eigener Roman war unter den Finalisten für den Golden Heart Award 2003 der Romance Writers of America, seither begeistert Anne Mallory mit ihren spritzigen historischen Romanen Fans und Kritiker gleichermaßen, die *Romantic Times* nominierte sie für den Career Achievement Award 2008. Neben ihrer Leidenschaft für das Schreiben ist Anne Mallory begeisterte Hobby-Sammlerin, sie liebt Katzen und Schokolade. Anne Mallory lebt in Kalifornien in der Nähe von San Francisco.

Entdecken Sie die Autorin unter: www.annemallory.com
und www.blanvalet.de

Von Anne Mallory bei Blanvalet lieferbar:

Skandal der Herzen (37407) – Labyrinth der Leidenschaft (37557)

Anne Mallory

Drei sündige Nächte

Roman

Aus dem Amerikanischen
von Eva Malsch

blanvalet

Die Originalausgabe erschien 2008 unter dem Titel
»Three Nights of Sin« bei Avon Books,
an imprint of HarperCollins*Publishers*, New York

MIX
Papier aus verantwortungsvollen Quellen
FSC® C014496

Verlagsgruppe Random House FSC-DEU-0100
Das FSC-zertifizierte Papier *Holmen Book Cream*
für dieses Buch liefert Holmen Paper, Hallstavik, Schweden.

1. Auflage
Deutsche Erstausgabe Dezember 2010 bei
Blanvalet, einem Unternehmen der
Verlagsgruppe Random House GmbH, München

Umschlaggestaltung: © HildenDesign
unter Verwendung eines Motivs von Sharon Spiak
via Agentur Schlück GmbH
Redaktion: Anita Hirtreiter
LH · Herstellung: sam
Satz: DTP Service Apel, Hannover
Druck und Bindung: GGP Media GmbH, Pößneck
Printed in Germany
ISBN: 978-3-442-37631-5

www.blanvalet.de

Für Bella Andre, Jami Alden, Barbara Freethy, Jacqueline Yau und unser Starbucks-Lieblingslokal, wo man stundenlang unsere lautlose Tipperei und die schrillen (manchmal »exzentrischen«) Diskussionen ertragen hat. ☺

1

London, 1825

Unter dem schwachen Licht der Gaslampen schimmerte ein Messingklopfer in Form eines Löwenkopfes. Und oberhalb des Rings an der Stelle des Mauls forderten bösartige gelbe Augen ihre Nerven heraus. Mit bebenden Fingern umfasste Marietta Winters das Metall des Türklopfers und ließ es gegen das Holz fallen.

Sie fröstelte in der kalten Nachtluft und zog den verhassten Schal enger um ihre Schultern. Dann hielt sie ein Ohr an die Tür.

Nichts.

Krampfhaft schluckte sie, starrte in die Löwenaugen und betätigte den Klopfer ein zweites Mal.

Noch immer tiefe nächtliche Stille. Nur ein wechselhafter Wind beantwortete Mariettas Verzweiflung. War dies das Ende ihrer Suche? Eine leere Eingangshalle? Niemand daheim? Der endgültige Nagel in Kennys Sarg?

Nein, an so etwas durfte sie nicht denken.

Durch ihren Körper fuhr ein leichtes Zittern. Ihre Nerven lagen blank vor Aufregung und Angst. Tagelang hatte sie nicht geschlafen, doppelt so lange keine richtige Mahlzeit gegessen – nur ab und zu ein Stück Brot. Ihr älterer Bruder behauptete, niemand wüsste von der Notlage – oder dass das Haushaltsgeld verwendet worden sei, um Marks neuen Mantel für die Rennen, neue Stiefel für Kenny und einen Schal für sie zu kaufen.

Unglaublich, diese Dummheit.

Trotzdem hatte sie den Mund gehalten – und nicht mit Mark gestritten. Wegen all der Differenzen war Kenny aus dem Haus geflohen ...

Jetzt zitterte sie etwas heftiger. Sie musste sich zusammenreißen. Abrupt hob sie den Kopf, als sich der Rhythmus änderte. Schritte, kein Schaudern. Sekundenlang war jemand stehen geblieben. Die Schritte kamen näher. Auf dem Marmorboden polterten schwere Männerstiefel.

Sie richtete sich auf, neigte den Kopf und versuchte ihre rasenden Herzschläge zu besänftigen.

Auf der anderen Seite der Eichentür hielten die Schritte inne. *Bitte, oh bitte, lieber Gott, lass ihn daheim sein!* An niemanden sonst konnte sie sich wenden, alle anderen Türen waren verschlossen gewesen.

Knarrend schwang die Eichentür auf, und Marietta blinzelte ins plötzliche grelle Licht. Ein großer Mann lehnte am Türrahmen. Hinter ihm brannten mehrere Lampen, zeichneten die Silhouette seiner Gestalt nach und verwandelten seine Züge in ein Relief.

»Ja?« Eine heisere Stimme. Ärgerlich. Also keine Höflichkeitsfloskeln. Nicht, dass sie etwas dergleichen erwartet hätte. Um diese späte Stunde würde keine respektable Frau jemanden besuchen. Rockwood hatte sie gedrängt, am Morgen eine Nachricht hierher zu schicken und ein Treffen zu vereinbaren. Aber so lange durfte sie nicht warten. Das konnte sie sich nicht leisten. Am helllichten Tag würde sie dem Mob in die Arme laufen. Und Rockwood hatte diesen mysteriösen Mann erwähnt, eine Hoffnung geweckt, die in einer schlaflosen Nacht womöglich entschwinden würde.

»Ich muss mit Mr Noble sprechen«, erklärte sie und

wünschte, ihre Stimme würde ruhiger und entschiedener klingen.

Bevor der Mann ihren Blick erwiderte, spähte er an ihr vorbei zur Straße. Könnte sie doch etwas mehr von seinem Gesicht sehen als diese schattigen Konturen … »Ziemlich spät für eine Tasse Tee.«

»Ja.« Marietta umklammerte ihr Retikül. »Aber es ist wichtig, ich muss unbedingt mit Mr Noble reden.« Sie schluckte. »Bitte.«

»Um diese Zeit empfängt Mr Noble keinen Besuch. Kommen Sie morgen wieder.« Die Stimme klang noch immer mürrisch – vielleicht ein bisschen sanfter, nicht mehr so rau.

Früher hatte sie einen unbeugsamen Stolz besessen, so stark, dass sie sicher gewesen war, sie würde allein dank dieser Eigenschaft überleben. Und nun hatten sie der ständige Schmerz in der Brust, die Verzweiflung und Kennys Schicksal eines Besseren belehrt. Sie tastete in ihrem Retikül nach der Karte, die sie vor einer Stunde hineingesteckt hatte. »Bitte. Morgen kann ich nicht zurückkommen. Bitte. Da …« Sie hielt dem Mann die Karte hin. Inständig hoffte sie, er würde ihr den Zutritt nicht länger verwehren.

Er musterte sie mit seinen umschatteten Augen, eine halbe Ewigkeit schien zu verstreichen. Endlich griff er mit seinen langen Fingern nach der Visitenkarte, die sie nur widerstrebend losließ. Immerhin bestand die Gefahr, dieser Mann – dieser Dienstbote würde die Karte zerreißen. Er warf einen flüchtigen Blick darauf, drehte sie hin und her, blitzschnell. Für ihn war das nur ein Spiel, aber von der Karte hing das Leben ihres Bruders ab.

Im Halbdunkel spürte sie den forschenden Blick seiner fast unsichtbaren Augen und hob das Kinn. Mochte man ihren Stolz auch mit Füßen getreten haben, ihr Entschluss stand fest – sie *würde* mit Mr Noble sprechen.

Irgendetwas an der Haltung des Mannes änderte sich, wenn sie im schwachen Licht auch nicht definieren konnte, auf welche Weise. Jedenfalls wich er zurück. Nach einem stummen Gebet überquerte sie die Schwelle.

In dieser vornehmen, teuren Wohngegend hatte sie eine opulente Ausstattung erwartet. Trotzdem staunte sie über die geschmackvollen, eleganten Gold-, Marineblau- und Mahagoni-Nuancen, die nicht übertrieben wirkten. Offensichtlich prahlte Mr Noble nicht mit seinem Reichtum.

Sie drehte sich um, wollte etwas sagen. Verstört schnappte sie nach Luft, bevor sie den Mund schloss. Es dauerte eine Weile, bis die Stimme ihr wieder gehorchte.

»Nun muss ich Ihnen danken, weil ich hier drinnen warten darf ...« Um das Zittern ihrer Hände zu bekämpfen, umklammerte sie das Retikül. Als wäre es noch nicht verwirrend genug, dass sie sich mitten in der Nacht der Gnade eines Fremden auslieferte ...

Er war groß und gut gebaut. Die leicht derangierte, aber teure Kleidung betonte seine breiten, nicht gepolsterten Schultern. Normalerweise sah sie Männer nur mit einem Jackett, einer Weste und einer Krawatte. Das alles hatte er abgelegt, trug nur mehr ein weißes Hemd, das am Kragen geöffnet war, und eine schwarze Hose. Er erschien ihr schlanker als die abweisende Gestalt, die ihr die Tür versperrt hatte, aber nicht dünn. Jetzt revidierte Marietta ihren ersten Eindruck – *außergewöhnlich* gut gebaut.

Und sein Gesicht ... Eine warme Welle liebkoste sie von den Haarwurzeln bis zu den Zehenspitzen. Unglaublich, diese leuchtenden grünen Augen unter den langen dunklen Wimpern ... Für solche Augen würden die meisten Frauen einen Mord begehen. Allerdings würde ihn keine Frau hübsch nennen. Zu prägnant traten die Wangenknochen hervor, und das Kinn wirkte zu markant.

Ein faszinierendes Gesicht, bezwingend, sinnlich. Beinahe fand sie seine maskuline Schönheit überirdisch.

Doch sie entdeckte einen gewissen Zynismus in der linken erhobenen Braue, im schief gelegten Kopf, in der müden Miene, die zu einer ernüchternden Erkenntnis führte. Oh ja, er wusste ganz genau, welche Reaktion sein Aussehen hervorrief.

Nun zog sich die dunkle Braue noch höher empor. Errötend blinzelte Marietta, als sie merkte, wie unverhohlen sie ihn angestarrt hatte.

»Bitte, ich muss mit Mr Noble sprechen. Ich weiß, es ist spät, aber ...«

Wahrscheinlich warfen sich jeden Tag hingerissene Frauen vor seine Füße. Diese Vermutung erlöste sie keineswegs von ihrer Verlegenheit oder ihrer Verzweiflung. Falls er Kenny nicht aus dem Gefängnis holte oder dem Mob nicht verwehrte, die Verwandten ihres Bruders in der Luft zu zerreißen, würde ihr die Schönheit dieses Mannes wenig nützen.

Er musterte Marietta mit seinen unergründlichen grünen Augen. Während sie seinem Blick standhielt, bekämpfte sie die Hitze in ihren Wangen. Sie würde weder wanken noch weichen. Denn Noble war ihre letzte – ihre einzige Hoffnung.

Die kostbare Karte, die ihr den Eintritt verschafft hatte, locker zwischen zwei Fingern gehalten, durchquerte er die Halle und wies mit der anderen Hand auf eine Tür. Nur kurzfristig zögerte Marietta, bevor sie ihm folgte.

Er führte sie in ein schwach beleuchtetes Arbeitszimmer.

Im Kamin knisterten Flammen, auf einem Mahagonischreibtisch stapelten sich Papiere, Dokumente und Bücher. Als er die Karte darauflegte, verschwand sie sofort in diesem Durcheinander.

Dann zeigte er auf einen Sessel. Schweigend kehrte er in die Halle zurück.

Marietta sank unsicher auf die burgunderrote Sesselkante. Vielleicht war der Mann ein Verwandter? Ein sonderbarer Kammerdiener? Seine Kleidung wirkte elegant, wenn auch unzulänglich. Aber sein Verhalten erinnerte an einen Butler. Wie er ihr einen Platz angeboten und ihr bedeutet hatte, ihm in diesen Raum zu folgen … Und sein Gang – als versuchte er sich dem edlen Ambiente anzupassen, was ihm beinahe gelang … Eine schwierige Aufgabe, allerdings nicht mit diesem Gesicht, mit diesem Körperbau.

Nun kam der schöne Mann zurück, nahm ein Buch aus einem der Regale, die vom Boden bis zur Decke reichten, und ging hinter den Schreibtisch. Das Buch – »Debrett's Peerage«, eine Liste der britischen Aristokratie – landete inmitten der Unordnung. Lässig sank er in einen schokoladebraunen Ledersessel, lehnte sich zurück und trommelte mit den Fingern auf den einzigen unverhüllten Teil der Mahagonifläche.

»Also, welches dringende Anliegen führt Sie um diese unchristliche Stunde zu mir, Miss …?«

Ein paar Sekunden lang war Marietta sprachlos. »Ich muss mit Mr Noble sprechen.«

»Dann gratuliere ich Ihnen, Sie haben Ihr Ziel erreicht. Soll ich Sie zur Tür begleiten?« Als er auf einen Punkt hinter ihr zeigte, schaute er sie durchdringend an. Mit diesem Blick strafte er seine legere Haltung Lügen. Gebieterisch. Trotzdem ungeniert.

»Oh …« Sie straffte die Schultern. »Sind Sie Mr Noble?«

»Der bin ich.«

Ihr Atem stockte. Zu dieser knappen Bestätigung passte der scharfe Glanz in den ungewöhnlich lebhaften grünen Augen. Plötzlich fand sie ihre frühere Einschätzung seiner Person lächerlich – ihre Fantasie war mit ihr durchgegangen. Der Mann, der ihr gegenübersaß, war genauso skrupellos und selbstsicher, wie man es ihr erzählt hatte.

Und dann rebellierte irgendetwas in ihr. »Aber Sie haben die Tür geöffnet. Außerdem – Ihre Kleidung …« Sie deutete auf das schlichte weiße Hemd, das locker und leicht zerknittert in seiner Hose steckte.

Mit gerunzelter Stirn ergriff er ein verbogenes Stück Draht und wickelte es um einen Finger. »Es ist mitten in der Nacht, und mein Butler ist mit zwei meiner Lakaien unterwegs, um etwas für mich zu erledigen. Da wir gerade Spekulationen anstellen …« Vielsagend betrachtete er Mariettas zerzaustes Haar, das sich längst aus den Nadeln gelöst hatte, das zerbeulte Retikül in ihren verkrampften Händen, den schmutzigen Saum ihres Kleids. »Sie sehen wie eine Wäscherin aus. Aber dem widerspricht Ihr Auftreten, das von einer besseren Herkunft zeugt. Nicht, dass ich eine Wäscherin weniger respektabel finde als ein Mitglied des …« Noch ein prüfender Blick. »… des niedrigen Adels, nicht wahr? Sonst würde ich einen Fehler begehen. Das haben meine Erfahrungen schon oft bewiesen. Immerhin verdient eine Wäscherin ihren Platz in der Welt.«

Am liebsten hätte sie mit der *verdienten* Pistole in der zerrissenen Tasche ihres Rocks demonstriert, wozu sie fähig war.

»Wie kommen Sie *dazu?*« Er zog die Karte aus dem Durcheinander auf dem Schreibtisch. Geschickt wirbelte er sie zwischen Zeige- und Mittelfinger umher. »Rockwoods Karte. Die muss er Ihnen gegeben haben.«

»Wieso wissen Sie …?« Die kleine Karte enthielt keine Anhaltspunkte, nichts verriet, dass Rockwood sie besessen hatte. Darauf stand nur »MR NOBLE«, in vergoldeter, aber schlichter Schrift.

Statt zu antworten, fragte er: »Wie heißen Sie?«

Seine Miene bekundete wachsende Ungeduld und noch etwas, das zaghafte Hoffnung weckte – Neugier.

An diesen Hoffnungsschimmer musste sie sich klammern. Sie räusperte sich. Eigentlich wollte sie ihren Namen verschweigen. Die getrocknete Spucke an ihrem Rocksaum, die verwischten Tomatenflecken am Rücken und über den Knien erinnerten sie viel zu deutlich an die Gefahren, die ihr drohten, wenn sie sich vorstellte.

»Marietta Winters.«

Seine Augen verengten sich, seine Finger umfassten die Karte etwas fester. »Ah, ich verstehe. Und was machen Sie um diese Zeit in meinem Arbeitszimmer, Miss Winters?«

»Nun – ich brauche Hilfe.«

»Brauchen wir die nicht alle?« Er warf die Karte auf den Tisch zurück und schlang wieder den Draht um seinen Finger. »Warum kommen Sie zu mir?«

»Man hat mir gesagt, Sie würden Leuten beistehen, die in Not geraten sind.« Nur mühsam verbarg sie ihre Verzweiflung.

»Sehr interessant.«

Ihre Kehle war wie zugeschnürt. »Irrt sich Mr Rockwood? Verschwende ich mit diesem Besuch kostbare Zeit?« Verdammt, der Hoffnungsschimmer erlosch. Wie dumm von ihr, etwas anderes geglaubt zu haben … Oft genug waren ihre Hoffnungen enttäuscht worden.

Trotzdem hob sie den Kopf, denn ihre feste Entschlossenheit besiegte alle Vernunft. Eine hartnäckige Maus in einer aussichtslosen Mission … Und Mr Noble beobachtete sie wie ein Raubvogel. Seit er die Haustür geöffnet hatte, behielt er diese raubtierhafte Pose bei. Das zerrte an ihren Nerven. Wäre sie nicht so eigensinnig, würde sie vor dem zielstrebigen Angriff auf ihren Stolz kapitulieren.

Er neigte sich vor. »Sicher hat Rockwood erläutert, wie ich arbeite. Nur selten akzeptiere ich Gesuche von Angehörigen der gehobenen Gesellschaft.« Seine Stimme klang ruhig, fast sanft, obwohl ein arroganter Unterton darin mitschwang.

Nach einem tiefen Atemzug bot sie den letzten Rest ihrer Würde auf. »Er hat erwähnt, Ihre Dienste würden zehntausend Pfund kosten.«

»So ist es.«

»Oder …« Sie schluckte. Jetzt wagte sie sich auf gefährliches Terrain. »Oder drei Gefälligkeiten.«

Er wickelte noch immer den Draht um seinen Finger. »Hat er Ihnen mitgeteilt, welche Art von Gefälligkeiten ich verlange?«

»Nein«, wisperte sie.

Ein düsteres Grinsen verzog sein Gesicht. »Sehr klug von Rockwood.«

Unbehaglich erinnerte sie sich, wie besorgt Rockwood gewesen war, als er von Gabriel Noble gesprochen hatte. *Sei vorsichtig, Marietta, er lässt Dukes erbeben.* Gäbe es eine andere Möglichkeit …

Sie schaute den Mann an, der den Raum dominierte. Hochmütig und kalt. Gäbe es eine andere Möglichkeit … Aber es gab keine. Sie war mittellos. Dem Gesetz ausgeliefert. Geächtet. Nur Rockwood hatte Mitleid mit ihr, wegen der langjährigen Bande zwischen den beiden Familien.

Zweifellos würde Gabriel Noble seine Hilfe teuer verkaufen und ihren Stolz endgültig brechen. Das las sie in seinen eisigen Smaragdaugen.

Aber Rockwood hatte unmissverständlich erklärt, falls ihr jemand helfen könne, dann nur Noble. Und so hatte sie keine Wahl, wenn sie Kenny retten wollte.

»Vor zwei Tagen wurde mein Bruder von der Nachtwache verhaftet.« Seither hatte sie kein Auge zugetan und zahllose Leute um Hilfe gebeten. Nur ihre Angst und eine erbärmliche Beharrlichkeit hielten sie noch aufrecht. »Er wird eines Mordes bezichtigt, und ...« Beklommen stockte sie. »Und ein Constable sagte, man würde kurzen Prozess mit ihm machen.« Sie senkte blindlings die Wimpern – unfähig, ihren Blick auf irgendwas zu konzentrieren. »Offensichtlich soll er gehängt werden.«

»Der Middlesex-Mörder.«

Ruckartig hob sie den Kopf. »Nein, das ist er nicht!«

»Aber dafür hält man ihn, nicht wahr?«

Verblasste rote Tomatenflecken glänzten über ihren Kniescheiben. Unglücklich kniff sie die Augen zusammen.

»In meinen Kreisen verbreiten sich solche Neuigkeiten sehr schnell.« Eine aalglatte Stimme. Noch immer eiskalt. »Selbst wenn es anders wäre – angesichts Ihrer äußeren Erscheinung, der nächtlichen Stunde und Ihres Nachnamens zähle ich eins und eins unschwer zusammen.«

»Dann – wissen Sie ...«

»Dass Ihr Bruder Kenneth Winters heißt? Scheint so ...«

»Er ist kein Mörder!«, flüsterte sie und presste die Lippen zusammen.

»Ob das stimmt – keine Ahnung.«

Drückendes Schweigen erfüllte das Zimmer, und Noble schien nicht geneigt, es zu beenden.

Aber er hatte noch nicht Nein gesagt. »Werden Sie mir helfen, Sir?«

»Soll ich die Unschuld Ihres Bruders beweisen? Oder Sie vor weiteren Angriffen der Einheimischen bewahren?« Er zeigte auf ihr schmutziges Kleid.

»Helfen Sie mir, Kennys Unschuld zu beweisen.« Von neuer Hoffnung erfüllt beteuerte sie: »Zu einer solchen Tat wäre er gar nicht fähig. Keiner Fliege könnte er etwas zuleide tun.«

»Das wurde schon über die schlimmsten Schläger behauptet.« Gabriel Noble studierte den Draht, der seinen Finger umwickelte, als wäre Marietta seine Aufmerksamkeit so viel wert wie die erwähnte Fliege, der er seinerseits den Garaus machen wollte. »Warum engagieren Sie keinen Detektiv, der Beweise sammeln und Ihren Bruder entlasten könnte? Sicher wäre der viel billiger.«

Sein Gleichmut ärgerte sie. Zum ersten Mal seit zwei Tagen spürte sie noch etwas anderes neben ihrer tiefen Verzweiflung. »All unser Geld geht an Kennys Verteidiger.« Zu ihrem Leidwesen, denn sie hatte schon in der Bürotür des Anwalts den Schnaps gerochen, dem er offenkundig verfallen war. Aber Mark glaubte felsenfest an die Talente des Mannes, und sie hatte ausnahmsweise nicht widersprochen. Auch er wollte den Bruder retten. Sie hoffte nur, das bisschen Geld, das sie noch besaßen, wäre gut angelegt. »Und Mr Rockwood betonte, niemand außer Ihnen könnte uns helfen. Was die Bezahlung mit den Gefälligkeiten betrifft …«

»Um mich zu wiederholen – ein Detektiv wäre billiger. In *jeder* Hinsicht.« Unentwegt schlang er den scheinbar endlosen Draht um seinen Finger. »Was meinen Sie denn, welche Gefälligkeiten ich verlangen würde?«

»Ich weiß es nicht«, murmelte sie. Alles Mögliche konnte es sein, das war ihr bewusst geworden, sobald Rockwood so widerwillig von Nobles üblichen Bedingungen gesprochen hatte.

Doch sie hatte keine Wahl. Ihrem Bruder drohte der Galgen – für ein Verbrechen, das er nicht begangen hatte. Offensichtlich würden die Polizisten keine weiteren Ermittlungen anstellen, da sie die Öffentlichkeit beruhigen wollten. Jemand musste für den Mord bestraft werden. Und zwar schnell. Der Prozess würde zu einem betrügerischen Spektakel ausarten, das der Bevölkerung einen Sieg der Gerechtigkeit vorgaukelte. Und letzten Endes würde man Kenny – den jungen, dummen, lieben Kenny – hinrichten.

Niemand würde auch nur einen Finger rühren, um ihm beizustehen. Und der Mob würde glücklich – viel zu glücklich mit dem armen Sündenbock sein.

So dringend brauchte sie Nobles Hilfe. Andererseits hatte Rockwood ihr eingeschärft, bevor sie sich an den Mann wenden würde, müsse sie bereit sein, ihre Seele zu verkaufen. Diese »Gefälligkeiten« dürfe man Noble nicht verweigern. Ganz egal, was er fordern mochte.

»Ich würde niemanden umbringen oder verletzen, Sir.«

Nur für den Bruchteil einer Sekunde glaubte sie eine gewisse Belustigung in seiner Miene zu erkennen. Er beugte sich wieder vor, und seine grünen Augen glichen Eissplittern, sein Körper erschien ihr größer denn je. »Seien Sie versichert, sollte ich das fordern, würden Sie es tun.«

Während er sie anstarrte, konnte sie kaum atmen.

Was immer ihr Gesicht ausdrückte, es musste ihn zufriedenstellen, denn er lehnte sich entspannt in seinen Sessel zurück. Zehn Herzschläge lang beobachtete er sie, bevor er hinzufügte: »So dramatische Aktionen sind wohl nicht nötig. Aber falls Sie sich Bedingungen ausdenken – vergessen Sie es. Nur *ich* stelle Bedingungen. Verstanden?«

Mit diesen Worten besänftigte er einen Teil ihrer gequälten Nerven. Gleichzeitig begannen neue zu flattern. Wie auch immer, das hörte sich so an, als würde er ihr helfen. Endlich wollte ihr jemand helfen … »Werden Sie meinen Bruder aus dem Gefängnis holen?«

Er legte den Kopf schief, und eine schwarze Locke fiel in seine Stirn. »Wenn ich den Fall übernehme und der junge Mann unschuldig ist – ja. Sollte er der Mörder sein, werden Sie mir die Gefälligkeiten trotzdem erweisen – ob Sie es wünschen oder nicht.«

In ihre beharrliche Angst mischte sich neuer Zorn. »Wie kann ich feststellen, ob Sie Kenny gerecht beurteilen werden? Für Sie wäre es einfacher, seine Schuld zu konstatieren und Ihren Lohn zu kassieren.«

Nonchalant zuckte er die Achseln, so gleichmütig, wie wenn er die Speisenfolge eines Dinners erörtern würde. »Nun, das wäre eine Möglichkeit. Aber wie Rockwood Ihnen vermutlich mitgeteilt hat, ist mein Ruf untadelig. Wenn ich meine – Klienten hinterginge, würden nicht so viele meine Dienste beanspruchen.«

Seine Lider senkten sich ein wenig, und Marietta erschauerte. Gewiss, Rockwood hatte erklärt, Noble sei vertrauenswürdig und würde jede Aufgabe zu Ende führen.

»Wenn ich den Fall übernehme, werden Sie niemals gegen meine Taktik protestieren«, fuhr er fort. »Die ganze Zeit werden Sie genau das tun, was ich sage. *Alles.*«

Sein Blick glitt über ihren Körper, was heiße und kalte Schauer in ihr erzeugte. Verwirrt suchte sie seine Worte und den Ausdruck seiner Augen zu deuten, und ihr Herz pochte viel zu schnell.

»Jetzt lautet die entscheidende Frage, Marietta Winters: Akzeptieren Sie meine Bedingungen?«

2

Ohne Marietta eine Antwort zu gestatten, hatte Noble sie nach Hause geschickt.

Wenn ich auch fasziniert bin, Miss Winters – bevor ich einen Fall übernehme, muss ich einige Nachforschungen anstellen. Außerdem brauchen auch Sie ein bisschen Zeit für Ihre Entscheidung. Bis alles geklärt ist, muss ich ungehindert über Sie verfügen. Und nachdem Sie das Abkommen akzeptiert haben, gibt es kein Zurück. Um zwölf Uhr mittags werden Sie meinem Boten Ihre Nachricht übergeben, bei Einbruch der Dunkelheit erhalten Sie meine Antwort.

Mit diesen Abschiedsworten hatte er sie nicht beruhigt. Während die Uhr unaufhaltsam tickte, warf Marietta sich in ihrem Bett umher. Allmählich verdrängte die Morgendämmerung das Dunkel. Im grauen Licht glaubte sie umschattete grüne Augen funkeln zu sehen.

Und perfekt geformte sinnliche Lippen, die ihr Befehle erteilten und ihre Seele vereinnahmten.

Als sie die Feder ergriff, fiel ein Tintentropfen auf das Papier.

Lieber Mr Noble, ich finde Sie unverschämt und arrogant, ganz egal, ob Ihr ausgezeichneter Ruf ein solches Verhalten erfordert. Trotzdem akzeptiere ich Ihre bedauerlicherweise etwas vagen Bedingungen.

Sie zerknüllte den Brief und warf ihn zu den fünf anderen im Papierkorb, die sich im schwachen Morgenlicht versteckten.

Lieber Mr Noble, Sie lassen mir keine Wahl. Das Leben meines Bruders steht auf dem Spiel. Also akzeptiere ich Ihre verschleierten Drohungen, die Sie mit unklaren Bedingungen bemänteln.

Der siebte zerknüllte Brief.

Lieber Mr Noble, je länger ich zögere, desto gefährlicher wird die Situation für meinen Bruder. Deshalb akzeptiere ich Ihre anmaßenden …

Auch die Nummer acht landete auf dem Boden des Papierkorbs, wie ein Stein, der in ein Grab fiel. Offensichtlich musste sie eine kürzere Nachricht abfassen.

Lieber Mr Noble, ich nehme Ihr Angebot an und erwarte Ihre Antwort.

Seufzend unterzeichnete und versiegelte sie den Brief.

Ein Klopfen an der Haustür kündigte die Ankunft des Boten an. Während der vorübergehend eingestellte Butler in der Halle herumlungerte – oder sich vielmehr feige in eine Ecke drückte –, übernahm Marietta seine Pflicht und öffnete selber die Tür.

»Elender Mörder!«

»Welch eine Schande!«

Hastig betrat der Bote das Haus, warf die Tür hinter sich zu und dämpfte das Geschrei, das von der Straße hereindrang. Im Salon klirrte Glas. Offenbar hatte jemand einen weiteren Gegenstand durch das Fenster geschleudert. Da es frei zugänglich war, wurde es bevorzugt. Der Junge verneigte sich vor Marietta, nahm ihren Brief entgegen und hielt ihr einen anderen hin. Verblüfft starrte sie seine Hand an.

»Was ist das?«

»Eine Nachricht für Sie, Miss.«

Mit zitternden Fingern umfasste sie das Papier. »Danke. Wenn du willst, kannst du die Hintertür benutzen.«

»Sehr gern, Miss.« Er verbeugte sich und rannte durch die Halle.

Nach einem scharfen Blick auf den noch immer reglosen Butler, der das Gespräch zweifellos belauscht hatte, zog sie sich in ihr Zimmer zurück.

Die Mitteilung bestand aus wenigen Wörtern. Mit elegant geschwungenen Buchstaben trug Mr Noble ihr auf daheimzubleiben, bis er um acht Uhr zu ihr kommen würde. Verärgert über den Befehl hörte sie ein dumpfes Geräusch. Allem Anschein nach war ein Kohlkopf gegen die Ziegelmauer geprallt.

Bis zum Abend würde sie Zeit finden, sich anders zu besinnen. Doch die lange Wartezeit bestärkte sie in ihrem Entschluss – ebenso wie die Schreihälse auf der Straße, das verfaulte Gemüse an der Hauswand, die Glasscherben im Salon. Wenn der Vermieter zurückkehrte und das alles sah, würde er einen Schlaganfall erleiden. Ein Glück, dass er ins Ausland gereist war ... Sonst hätte er der Familie Winters schon vor Tagen die Tür gewiesen.

Viel zu langsam verstrichen die Minuten. Eine reine Qual. Kurz nach Mittag kroch Mark aus den Federn, um eine Medizin gegen Kopfschmerzen zu schlucken, schützte eine Krankheit vor und flüchtete wieder ins Bett. Krank von Schnaps und Wein ... Sie hörte, wie ein Dienstmädchen auf Zehenspitzen in sein Zimmer schlich. Ein paar Stunden später ging Marietta zu ihm. Beim Anblick ihres bewusstlosen

Bruders und einer leeren Flasche neben dem Bett war sie nicht sonderlich überrascht.

Um Punkt acht Uhr klopfte es an der Haustür, und sie fühlte sich eher erleichtert als verängstigt. Irgendetwas *musste* endlich geschehen.

»Guten Abend, ich möchte Miss Winters sprechen«, ertönte eine tiefe, sanfte Stimme.

»Wen darf ich melden?« Der Frage des Butlers folgte ein längeres Schweigen.

Schließlich ging Marietta in die Halle und sah die unbehagliche Miene des Butlers, den Noble ausdrucklos anstarrte. »Danke, Yates«, sagte sie, »ich kümmere mich um den Besuch.«

Der Butler wich ein paar Schritte zurück, blieb jedoch in Hörweite. Als sie zu einem kleinen Arbeitsraum an der Seite der Halle wies, nickte Noble ihr zu und verließ das Haus. Verwundert eilte sie hinter ihm zu einer Kutsche. Ein Blick in alle Richtungen zeigte ihr glücklicherweise eine menschenleere Straße.

»Wohin fahren Sie, Sir?«, fragte sie, während ein Kutscher die Tür des stabilen, aber unscheinbaren Wagens öffnete.

»*Wir* werden eine Fahrt unternehmen«, erklärte Noble und reichte ihr seine Hand.

Zögernd schaute sie sich noch einmal um. Weil sie niemanden sah und ohnehin keine Wahl hatte, ergriff sie seine behandschuhten Finger und ließ sich in die Kutsche helfen.

Der Innenraum war luxuriös ausgestattet, mit dick gepolsterten Samtsitzen, ledernen Halteriemen und weichen Kissen. Trotz der Dunkelheit verhüllten Vorhänge die Fenster, das schwache Licht einer Gaslampe warf Schatten in die Ecken und die Ritzen.

»Finden Sie eine Fahrt in den Park zu dieser späten Stunde erfreulich, Sir?«, erkundigte sich Marietta.

Noble schloss den Wagenschlag, nahm ihr gegenüber Platz, und die Pferde wurden angespornt. Zwischen bewegten Schatten wirkte sein Gesicht unergründlich. »Für mich ist es erfreulicher, wenn unsere Unterredung nicht von Ihrem Butler und anderen Dienstboten analysiert wird.«

Sie verkniff ärgerlich die Lippen, denn er hatte recht. Sie konnte ihr Personal nicht verteidigen. »Zweifeln Sie an meinem Haushalt?«

Er zog seine Handschuhe aus, mit langsamen, sinnlichen Gesten, die jeden einzelnen Finger vom Knöchel bis zur Spitze liebkosten. »Allerdings.«

»Wie misstrauisch Sie sind.«

»Nun, ich bin nur vorsichtig. Vielleicht sollte ich mit Ihrem Bruder reden, bevor wir unsere Verhandlungen fortsetzen.«

Dass er nicht Kenny meinte, wusste sie sofort. »Mark ist indisponiert.«

Spielerisch ließ er einen Handschuh zwischen zwei Fingern hindurchgleiten. »Welch ein Pech …«

Als die Kutsche um eine Ecke bog, schwankte sie kaum merklich.

»Wollten Sie mir nicht um acht Uhr mitteilen, ob Sie meinem Bruder helfen werden?« Marietta hob ihr Kinn und klammerte sich an den letzten Rest ihres Stolzes.

»Akzeptieren Sie meine Bedingungen, ohne Fragen zu stellen?«

Unter schwarzen Wimpern und Locken spiegelten grüne Augen das Lampenlicht wider und erinnerten sie an einen Teufel, der eine Seele kaufen wollte. Sie spürte Schweißtropfen auf ihrer Stirn. »Habe ich eine Wahl? Gäbe es eine andere Möglichkeit, wäre ich nicht zu Ihnen gegangen. Leider haben Sie nicht erklärt, was Sie von mir wollen.«

»Eine gefährliche Wortwahl, Miss Winters.«

»Aber eine begreifliche, Mr Noble. Denn ich fühle mich bei diesem Geschäft, das ich mit Ihnen abschließen werde, keineswegs sicher.«

Lässig versank er etwas tiefer in der Samtpolsterung. »Sie dürfen mich ›Gabriel‹ nennen.« Als wüsste er, dass sie niemals auf diesen Vorschlag eingehen würde, zuckten seine Mundwinkel.

»Danke, ich ziehe ›Mr Noble‹ vor«, zischte sie. In dieser Situation konnte sie sich nur mit dem Klang ihrer Stimme wehren. Ansonsten war sie machtlos. Trotzdem würde sie bis zu ihrem letzten Atemzug kämpfen, um wenigstens den Anschein einer gewissen Kontrolle zu wahren.

»Und ich ziehe es vor, dass Sie mich Gabriel nennen.« Sein spöttischer Ton kam ihr wie Eisen vor, in Seide gehüllt. »In einer Taverne oder auf den Straßen wäre es unseren Nachforschungen nicht dienlich, wenn Sie unsere Tarnung gefährden.«

In einer Taverne? Er und ich? Sie biss auf ihre Lippen und ignorierte vorerst, was das bedeuten mochte. »Kennt denn jeder in dieser Stadt Ihren Namen?«

»Einigen ganz bestimmten Kreisen ist mein Name vertraut. Deshalb haben Sie sich doch an *mich* gewandt, oder?«

»Und Ihr Gesicht? Das kann man wohl kaum vergessen«, fauchte sie und staunte selber über ihre scharfe Zunge. Nachdem endlich jemand bereit war, ihr zu helfen – weckte die Erleichterung einen überflüssigen Kampfgeist?

»Finden Sie mich attraktiv? Oh Gott, Marietta Winters, ich fürchte, jetzt erröte ich.« Nobles Stimme nahm einen noch tieferen Klang an, während er mit seinen Lederhandschuhen spielte. Immer wieder zog er sie langsam zwischen seinen Fingern hindurch.

Ihre Wangen brannten. »Diesen Kommentar nehme ich nicht zurück.«

»Keine Bange. Normalerweise verkleide ich mich vor meinen Fahrten. Dadurch wird es für alle Beteiligten viel einfacher.«

Obwohl er seine träge Pose beibehielt, in die weiche Polsterung zurückgelehnt, lag eine neue Spannung in der Luft. Vorerst vergessen baumelten die Handschuhe an seinen Fingern. Marietta spürte die veränderte Atmosphäre. Wenn sie auch nicht wusste, was diese Anspannung bedeutete – sie beschloss, sich alles einzuprägen, was sie wahrnahm. Vielleicht konnte sie es später zu ihrem Vorteil nutzen.

»Und was tun wir, während Sie sich im Robin-Hood-Kostüm herumtreiben?« Sicher war das ein Scherz gewesen …

»Natürlich begleiten Sie mich.« Er musterte sie, und seine Mundwinkel zuckten wieder. »Am besten als meine Mätresse. Je länger ich darüber nachdenke, desto interessanter erscheint mir dieser Fall.«

»Wie, bitte? Ich glaube, ich habe Sie missverstanden.« Als sie sein Amüsement bemerkte, stöhnte sie, empört und erleichtert zugleich. Offensichtlich nur ein schlechter Witz … Was für ein grauenvoller Mann! Ohne Rücksicht auf ihre Verzweiflung machte er sich über sie lustig.

»Keineswegs, Ihr Gehör scheint ausgezeichnet zu funktionieren. Selbstverständlich werden Sie mich begleiten.« Grinsend zupfte er an seinen Handschuhen.

Dann verwandelte sich die Belustigung, die seine Augen verraten hatten, erneut in eisige Wachsamkeit.

»Meinen Sie das ernst?« Einige Sekunden lang starrte sie ihn schweigend an. »Oder hänseln Sie mich?«

»Erwarten Sie etwa, ich würde die ganze Arbeit leisten, während Sie mir keinen Penny bezahlen?«

»Ich bezahle Sie mit *Gefälligkeiten*. Was Sie sich darunter vorstellen, weiß ich noch immer nicht. Aber ich nehme an, Sie werden nicht zu kurz kommen«, fügte sie mit gepresster Stimme hinzu. Panik und Verzweiflung – eine ungünstige Kombination ...

»Wenn mir jemand zehntausend Pfund zahlt, darf er untätig herumsitzen. Hingegen müssen *Sie* sich ganz gewaltig anstrengen, meine Liebe. Wenn Sie mir die Gefälligkeiten erweisen, muss ich sichergehen, dass Sie dazu bereit sind.« In den grünen Augen erschien ein gefährliches Glitzern.

Falls sie aktiv an Kennys Befreiung mitwirken sollte, würde sie sich nicht weigern. Ganz im Gegenteil, dieser Gedanke stimmte sogar mit ihrem Wunsch überein, wenigstens teilweise die Kontrolle zu behalten. Andererseits – was Noble andeutete ...

»Welche Gefälligkeiten erwarten Sie von mir, Sir? Soll ich mich an arglose Leute heranschleichen und sie bestehlen?«

Bissig, herausfordernd, überheblich. Kein Wunder, dass sie unverheiratet war ... Trotzig reckte sie ihr Kinn vor, gegen einen scharfen Tadel gewappnet.

»Wenn ich mich recht entsinne, habe ich keine Diebstähle erwähnt. Aber ich finde es lobenswert, wie eifrig Sie die Initiative ergreifen«, fügte er spöttisch hinzu.

»Wenn es an der Zeit ist, werde ich Ihnen die drei Gefallen erweisen – sollten Ihre Dienste mich zufriedenstellen.« Zähneknirschend versuchte sie überlegenes Selbstvertrauen zu heucheln. »Halten Sie sich für eine männliche Märchenfee, die alle Wünsche erfüllt?«

Seine Lippen verzogen sich zu einem dünnen Lächeln.

»Falls Sie mich so sehen wollen – tun Sie sich keinen Zwang an«, empfahl er ihr und verbeugte sich. »Aber ich werde entscheiden, auf welche Weise Sie *meine* Wünsche erfüllen. Diese drei Gefallen sind Sie mir schuldig. Und seien Sie versichert – bisher war noch niemand *unzufrieden* mit meinen Diensten.«

Jetzt nahm sein ironisches Lächeln sinnliche Züge an. Zweifellos wusste er, welche Wirkung er damit auf das andere Geschlecht ausübte. Sie erschauerte und straffte den Rücken. »An Selbstbewusstsein scheint es Ihnen nicht zu mangeln, Mr Noble. Solange Sie *Ihre* Pflicht erfüllen, werde ich *meine* nicht versäumen.«

»Plötzlich erscheinen Sie mir viel zuversichtlicher, Miss Winters.« Er strich mit seinen langen Fingern über sein prägnantes Kinn. »Diese Verwandlung überrascht mich.«

»Anfangs war ich nervös.« Und verzweifelt. Weder das eine Gefühl noch das andere hatte sich verändert.

»An Ihrer Stelle würde ich so etwas einem Fremden nicht gestehen. Wer weiß, wozu ich diese Information nutzen werde?«, fragte er gedehnt. »Und wenn Sie vorher nervös waren – warum sind Sie es jetzt nicht mehr?«

Unfähig zu antworten hob sie ihr Kinn noch höher.

Abrupt gab er seine träge Pose auf, beugte sich vor, und die Spannung in der Luft begann zu knistern. Sie drückte sich in die Samtpolsterung. Obwohl er mindestens einen halben Meter von ihr entfernt war, gewann sie den Eindruck, es wären nur zwei Zentimeter.

»Fürchten Sie sich vor mir, Marietta Winters?«, flüsterte er, halb drohend, halb scherzhaft. Der Innenraum des Wagens schien sich zu verfinstern, die Schatten wirkten länger.

Beklommen heuchelte sie eine Gelassenheit, die sie

nicht einmal annähernd empfand. »Habe ich einen Grund dazu?«

Während er seinen Kopf noch weiter vorneigte und das Lampenlicht verdeckte, färbten sich seine grünen Augen schwarz. »Allerdings.«

Sie öffnete die Lippen, ihre Gedanken erstarrten. Nein. Völlig machtlos war sie nicht. In ihrer Fantasie beschwor sie einen Hammer herauf, der dieses Eis zerschmettern würde.

Langsam lehnte er sich wieder zurück, das Licht spiegelte sich in seinen Augen, und sie leuchteten erneut in diesem verwirrenden Grün – fast unnatürlich hell. Jetzt ließ er wieder die geschmeidigen Lederhandschuhe zwischen seinen Fingern hindurchgleiten – so gleichmütig, als wäre nichts Besonderes geschehen.

»Gibt es jemanden, der es missbilligen würde, wenn Sie mich begleiten, Miss Winters? Ihr älterer Bruder? Und Ihre gesellschaftlichen Kontakte? Sie verkehren zwar nicht in den besten Kreisen, aber Ihre Familie hält fest zusammen.«

Was um Himmels willen wusste er über ihre Familie? »Mark wird nicht protestieren. Was unsere gesellschaftlichen Kontakte betrifft – die spielen im Moment keine Rolle.«

»Wie ich herausgefunden habe, bedeuten sie sehr viel, vor allem für die Oberschicht. In diesem frühen Stadium sollten Sie nicht versuchen, mich zu belügen.« Seine lächelnden Lippen wirkten wieder einmal viel zu spöttisch, seine Augen ausdruckslos.

»Nach Kennys Verhaftung und meinem Besuch bei Ihnen nehme ich an, dass alle gesellschaftlichen Kontakte beendet wurden.« Sie wich seinem Blick aus und wünschte, die Kutschenvorhänge wären geöffnet, damit sie blindlings irgendwas anstarren könnte, das am Fenster vorbeigleiten würde.

»Weder gestern noch heute haben wir Einladungen erhalten. Und vorgestern nur zwei – zweifellos hatten diese Leute die Neuigkeit nicht rechtzeitig gehört, um die Karten zurückzuhalten, bevor sie abgeschickt wurden.«

»Warten keine Verehrer hinter den Kulissen?«

»Kein einziger.« Äußerst peinlich, so etwas einem Mann wie Mr Noble zu verraten …

Er musterte sie, und sie fürchtete, er würde in die Tiefen ihrer Seele schauen. »Die Anklage gegen Ihren Bruder könnten Sie überstehen, obwohl sie Ihrem Ruf schadet. Aber Ihre Zusammenarbeit mit mir wird vielleicht alle Ihre Chancen auf Heiratsanträge aus Ihrer Gesellschaftsschicht verderben.«

»Das weiß ich.« So gleichmütig, wie sie es erhofft hatte, klang dieses Geständnis nicht.

Sie sehnte sich nach einem stabilen Zuhause, ohne Sorgen um die nächste Mahlzeit oder ein Dach über dem Kopf. Doch solche Wunschträume hatte sie seit dem Tod der Eltern begraben. In ihrem kleinen Bekanntenkreis fand sich kein Mann, der ihr gefallen würde. Und ihre scharfe Zunge hatte alle anderen sehr schnell verscheucht.

Noch ein Jahr lang würde sie unter Marks Vormundschaft stehen, und er duldete keine Beziehungen zu niedrigeren Gesellschaftsklassen. Rigoros verbot er ihr, einen Geschäftsmann zu heiraten – nicht, dass sie einen kennen würde. Und wahrscheinlich würde sich nicht einmal ein Geschäftsmann mit der Schwester des Middlesex-Mörders einlassen.

»Sie könnten sich von Ihrem Bruder Kenneth distanzieren«, schlug Noble vor.

»Ja, das könnte ich«, flüsterte sie. »Aber es würde einen schlechten Charakter beweisen, wenn mir meine Heiratschancen wichtiger wären als das Leben meines Bruders.«

»Das wird sich zeigen«, meinte er und legte den Kopf schief.

Marietta versteifte sich, neuer Zorn verdrängte ihre Angst, ihre Verzweiflung. »Müssen Sie so unfreundlich sein, Mr Noble? Soviel ich mich erinnere, habe ich nichts getan, um Ihre feindselige Haltung zu verdienen.«

Forschend beobachtete er ihr Gesicht, während die Lederhandschuhe zwischen seine Finger rutschten. »Ich muss das Zimmer Ihres Bruders sehen und sein Eigentum inspizieren.«

»Wie Sie wünschen. Morgen ...«

»Nein, jetzt. Sie müssen ohnehin Ihre Sachen packen, Miss Winters. Und in der Nacht verringert sich die Gefahr einer Verfolgung«, fügte er hinzu und klopfte gegen das Wagendach.

»Meine Sachen packen ... Was heißt das?«

»Ich brauche Sie in meiner Nähe.« Als die Kutsche gewendet wurde, erhob er sich und schaute mit seinen kalten Augen auf sie herab. »Sie müssen in eines meiner Häuser ziehen. Dort werden wir kaum Aufmerksamkeit erregen. Wir können kommen und gehen, wie es uns beliebt.«

»Wa-was?«, stotterte sie. »Ich soll bei Ihnen wohnen?«

»Ist das ein Problem, Marietta? Da Ihr Ruf Ihnen nichts bedeutet ...«

»Das habe ich keineswegs behauptet«, zischte sie. »Was nötig ist, werde ich tun. Aber was Sie verlangen, erscheint mir überflüssig.«

Er zog seine Handschuhe an und streifte das Leder bedächtig über einen Finger nach dem anderen. »Können Sie Ihr Haus zu jeder Tages- und Nachtzeit unbemerkt verlassen? Ganz egal, was Sie anhaben? Können Sie auf den Straßen umherwandern, und niemand würde es registrieren oder sich den Mund zerreißen? Wenn das zutrifft – ausgezeichnet.«

Plötzlich hatte sie eine beklemmende Vision vor Augen, in der sie sich in völlig unschicklicher Kleidung über den Golden Square spazieren sah. An den letzten Tagen hatte man sie mit verfaultem Gemüse beworfen. Was würde man auf sie schleudern, wenn sie ein vulgäres Kleid trug? »Wo steht dieses Haus, und wer wird bei uns sein?«

»Nahe dem East End. Dort werden wir einen Großteil unserer Zeit verbringen. Wie ich höre, erwägt man, Ihren Bruder in ›Clerkenwell-Mörder‹ umzutaufen, weil an diesem Ort zwei Morde stattfanden. Also sollten wir uns da zuerst umsehen, meinen Sie nicht auch?«

Sein höhnischer Ton irritierte Marietta. »Wie viele Dienstboten arbeiten in diesem Haus?«

»Dienstboten? Keine. Nur wir zwei werden uns darin aufhalten.«

Entgeistert schnappte sie nach Luft und wollte protestieren. Aber ihre Stimme versagte.

»Sie dürfen sich glücklich schätzen, meine Liebe. Soeben habe ich einen Fall abgeschlossen und kann mich ausschließlich auf Ihren konzentrieren. Und – er interessiert mich. So, nun wollen wir Ihre Sachen holen.«

»Moment mal, ich kann unmöglich allein mit Ihnen in einem Haus wohnen.« Sie wusste, dass das eine alberne Reaktion war, nachdem sie die Diskussion über ihren gefährdeten Ruf und ihre schlechten Heiratschancen beendet hatten ... Wenigstens rettete sie ihren Kampfgeist.

Die Tür schwang auf.

»Seien Sie versichert, ich schwärme nicht für geächtete brünette Mädchen. Also müssen Sie keine Annäherungsversuche meinerseits befürchten.«

Bevor er aus dem Wagen stieg, gönnte er ihr nur einen flüchtigen prüfenden Blick, was ihre Eitelkeit verletzte – obwohl sie geglaubt hatte, sie würde keine mehr besitzen.

»Was für ein unhöflicher, grauenhafter Mann Sie sind!«, stieß sie hervor, während sie ihm folgte und an seiner Seite den Gehsteig entlangeilte. »Keine Ahnung, warum ich Ihnen überhaupt zuhöre! Bisher haben Sie nichts getan, um mein Vertrauen zu verdienen.«

Abrupt blieb er stehen und wandte sich zu ihr. Sie erwartete, er würde ihr wegen dieses Angriffs auf seine Ehre zürnen.

Zu ihrer Verblüffung grinste er belustigt. »Gar nichts?«, fragte er und ging um sie herum. Die Manschetten seines Hemds streiften ihren Ärmel, dann den Kleiderstoff an ihrem Rücken. »Selbst wenn ich doppelt so grauenvoll wäre – selbst wenn Sie sich unentwegt über mich beschweren müssten, würden Sie mir gehorchen, nicht wahr?«

Dicht neben ihrem Ohr vernahm sie ein seidenweiches Flüstern.

»Weil es sonst niemanden gibt, an den Sie sich wenden könnten. Und weil Ihr lieber, verlässlicher Freund Rockwood erklärt hat, ich sei vertrauenswürdig. Deshalb werden Sie mir trauen, Marietta, nicht wahr?«

Mit jeder Faser ihres Körpers drängte sie sich der sinnlichen Stimme entgegen, versuchte aber, dieses unwillkommene Gefühl zu bezwingen. »Ich glaube, ich mag Sie nicht, Mr Noble.«

Als er leise lachte, strich sie über ihren Nacken, um einen Schauer zu bekämpfen.

»Das ist mir egal, Miss Winters.« Obwohl die Worte sanft und fast verführerisch klangen, schwang ein stahlharter Unterton darin mit. »Solange Sie sich an Ihren Teil unserer

Vereinbarung halten und alle meine Anordnungen befolgen, stört mich Ihre Abneigung gegen mich kein bisschen. Und jetzt gehen wir in Ihr Haus.«

3

Ärgerlich beobachtete Marietta, wie ihr Butler und der Lakai nur einen kurzen Blick auf Gabriel Noble warfen und ihn kommentarlos eintreten ließen. Die beiden hofften wahrscheinlich, er wäre ein reicher Dandy, für den sie ihre Röcke lüften würde oder bereits gelüftet hatte, und deshalb könnte sie ihr Personal ausnahmsweise bezahlen. Natürlich waren die Dienstboten nicht dumm, und sie wussten, welch harte Zeiten die Familie Winters durchmachte.

Da die Mahlzeiten auf Wasser und Brot beschränkt wurden und Mark die Köchin entlassen hatte, zogen sie mühelos die richtigen Schlüsse. Dass sie noch immer hierblieben, überraschte Marietta. Offenbar verstand sich ihr raffinierter älterer Bruder auf Lügen und leere Versprechungen.

Während das männliche Personal hoffte, sie würde die Röcke lüften, wollten die zwei Dienstmädchen, die neben der Tür standen, das am liebsten selber tun – falls ihre glasigen Augen darauf hinwiesen. Sobald sie das Haus verlassen hatte, musste der Butler die anderen drei Dienstboten in der Halle versammelt haben, wo sie abwarteten, welche Klatschgeschichten sich aus der Rückkehr ihrer Herrin ergeben mochten.

»Miss?« Jeanie richtete ihre Frage an Marietta. Aber sie konnte ihren Blick nicht von Noble losreißen.

»Bitte, bringen Sie mir meinen Koffer, Jeanie.«

»Ja, Miss.« Die verschleierten Augen schweiften nicht von

ihrem Ziel ab. »Auf diese Reise freue ich mich. Wohin immer sie auch führen wird.«

Marietta beobachtete Carla, das zweite Mädchen, das Noble geradezu gierig anstarrte. Als er sich umsah, entging der Dienerin nichts. Alles registrierte sie, von der Neigung seines Kopfs bis zu seinem kerzengeraden Rücken. Scheinbar willenlos machte sie einen Schritt in seine Richtung, wie von einer unsichtbaren Macht geleitet.

Nun stand Mariettas Entschluss fest. Sie hatte erwogen, eines der Mädchen mitzunehmen. Doch sie würde sich lieber selber mit all den Häkchen und Ösen und Knöpfen abplagen – und ein Kleid sogar *verkehrt herum* anziehen, als *das* zu ertragen. Außerdem waren die beiden nicht besonders loyal. Gewiss, ein Prellbock zwischen Noble und ihr selbst wäre erstrebenswert, aber nicht reizvoll genug, um die Nachteile auszugleichen.

»Nein, ich verreise allein, Jeanie. Bitte, holen Sie die Tasche.«

Noble streifte Marietta mit einem wissenden Blick, der leicht irritiert wirkte. Zum ersten Mal glaubte sie, sein Unmut würde nicht ihr gelten. »Zeigen Sie mir Kenneths Zimmer.«

»Folgen Sie mir«, murmelte sie und führte ihn die Treppe hinauf. Kennys Zimmer war ein Chaos. Hier konnte sie niemals irgendetwas finden. Aber die Unordnung würde Noble wohl kaum abstoßen, da sie ihn an den Zustand seines eigenen Arbeitszimmers erinnern musste.

Aufmerksam schaute er sich um und ergriff diverse Gegenstände, inspizierte sie, nickte oder summte vor sich hin. Dieses Summen klang mild und war ein unpassender Laut in der spannungsgeladenen Atmosphäre.

»Jetzt werde ich meine Sachen packen, Sir. Sicher kommen Sie allein zurecht? Stören Sie Mark nicht. Er ist nicht – umgänglich, wenn man ihn nach einer anstrengenden Nacht aufscheucht. Oder nach einem ereignisreichen Tag.«

»Nicht umgänglich?« Nobles scharfe Augen hielten ihren Blick fest und suchten etwas. Das musste er gefunden haben, denn seine Schultern lockerten sich und er bedeutete ihr, den Raum zu verlassen. »Keine Bange, ich werde Ihren nichtsnutzigen Bruder nicht belästigen.«

Die zwei Dienstmädchen warteten im Flur und begleiteten sie in ihr Zimmer.

»Wer ist er, Miss?«

»Nur ein Mann.« Marietta runzelte die Stirn und nahm den Koffer aus Jeanies Hand. In ihrer verträumten Faszination war das Mädchen offensichtlich unfähig, ihn aus eigenem Antrieb auf das Bett zu legen.

Carla, stets die dreistere der beiden, schob sich an ihrer schmachtenden Kollegin vorbei und musterte Marietta. Nicht zum ersten Mal setzte sie die verächtliche Miene auf, die sie sich angeeignet hatte, seit die Einladungen ausblieben und die Nachbarn der Familie Winters den Rücken kehrten. Und jetzt befand sie sich – so wie das restliche Personal – in einer wundervollen Position, denn sie konnte allen Leuten die interessantesten Klatschgeschichten erzählen.

Teilweise konnte Marietta das verstehen. Die Dienstboten waren monatelang nicht bezahlt worden. Verbittert und hungrig sannen sie auf Rache. Andererseits grollte sie ihnen, weil sie das Fiasko noch verschlimmerten.

»Was machen Sie mit diesem Mann?«, fragte Carla.

»Ich packe. Helfen Sie mir?« Marietta warf ein paar Kleidungsstücke in den Koffer. Allzu viele besaß sie nicht. Aber wenn sie die Sachen nicht sorgsam zusammenlegte, würden sie zu viel Platz einnehmen.

»Wie heißt er?«, wollte Carla wissen und strich mit einem Finger über den Kofferrand.

»Denken Sie an Ihre Manieren.« Marietta zerrte Unterwäsche aus der Kommode – Hemdchen zum Wechseln, zwei Paar Strümpfe.

Noch immer leicht benommen ging Jeanie zu ihr und faltete die Wäsche zusammen. Carla schaute nur zu, und Marietta verlor die Geduld.

»Wenn Sie mir nicht helfen, verschwinden Sie!«

Carla grinste boshaft und rauschte aus dem Zimmer.

»Tut mir leid, Miss, keine Ahnung, was mit ihr los ist«, seufzte Jeanie.

»Danke, Jeanie.« Gerührt musterte Marietta das Mädchen, das immer nett gewesen war. Dumm, aber freundlich. »Ich weiß Ihre Hilfe zu schätzen.«

»Das mache ich gern, Miss. Wenn Sie wollen, packe ich alles Nötige ein.«

»Ja, das wäre wundervoll.«

Jeanie eilte in den Nebenraum, wo Marietta ihre Parfums und ihre Haarnadeln, die Toilettenartikel und die Juwelen aufbewahrte.

Am anderen Ende des Flurs erklang ein Flüstern, und Marietta drehte sich um. Die beiden Lakaien versuchten geschäftig zu wirken.

»Haben Sie nichts zu tun?«, rief sie.

Die Diener starrten sie an – der eine höhnisch, der andere hochnäsig. Schon vor langer Zeit war das bisschen Autorität entschwunden, das sie einmal besessen hatte. Die Schwierigkeiten der Familie Winters erstreckten sich auf verschiedene Bereiche.

Entschlossen straffte sie die Schultern. »Bringen Sie mir noch eine Lampe. Und meinen Schirm.«

Statt zu gehorchen gafften sie nach wie vor, und die Sekunden zogen sich in die Länge. Schließlich stiegen sie die Treppe hinab. Ihre Mienen verhießen eine baldige Rückkehr. Zitternd rang Marietta nach Luft. Ihr früheres Leben näherte sich seit dem Tod der Eltern einem traurigen Ende. Jetzt fiel die Tür unwiderruflich zu. Sie stand auf derselben Stufe wie die Dienstboten. Oder sie würde bald dorthin geraten. Sie presste eine Hand auf ihr Herz, das heftig und schmerzhaft pochte, als wollte es sich nie wieder beruhigen. Nun hörte sie wieder das Flüstern, schlich durch den Flur und blieb vor Kennys Zimmer stehen.

»Wie ich sagte, Sir – was *immer* Sie brauchen, ich kann Ihnen helfen.« Die Betonung war unmissverständlich. Obwohl Carla ihre Stimme senkte, hörte Marietta jedes Wort. »Wo all die Schätze versteckt sind, weiß ich. Für die interessanteren Sachen zahlen die Leute eine Menge Geld. Aber von Ihnen verlange ich keinen Penny.«

Was das Mädchen dem Gentleman sonst noch kostenlos anbot, erriet Marietta. Und jetzt wusste sie auch, dass die Dienstboten Kennys Habseligkeiten durchwühlt und einige Gegenstände verkauft hatten, als wäre er eine berühmte Persönlichkeit. Sie profitierten von dem Skandal. Das hatte sie geahnt, aber geglaubt, es würde nur die Klatschgeschichten betreffen – nicht den schamlosen Verkauf der Diebesbeute. Von heißem Zorn erfasst konnte sie kaum einen klaren Gedanken fassen.

»Wie viel haben Sie verkauft?«, fragte Noble. Mit seiner verführerischen Stimme suchte er Carla weitere Informationen zu entlocken. »Was waren das für Sachen?«

»Nur Kleinigkeiten. Kein Vergleich mit der Kostbarkeit, die ich *Ihnen* geben könnte, Sir. Eine Uhr, ein Handtuch, ein paar Krawatten. Da gibt es noch ein verstecktes Tagebuch – die geheimsten Gedanken des Middlesex-Mörders.«

Ohnmächtiger Zorn trieb Tränen in Mariettas Augen. Am liebsten wäre sie in das Zimmer gestürmt, um Carla zu packen, zu schütteln und ihr die diebischen Hände abzuhacken. Und sie wollte fragen, mit welchem Recht das Biest über Kennys Eigentum verfügte …

Nein, das wäre unklug. Ein letzter Rest ihrer Vernunft hielt sie zurück. Wo Kenny sein Tagebuch verwahrt hatte, wusste sie nicht. Wenn sie jetzt in sein Zimmer rannte, würde sie nichts erreichen. Aber sobald die Schlampe das Buch hervorholte, würde Marietta über sie herfallen.

»Natürlich würde mich das interessieren – und alles, was er sonst noch versteckt hat. Offenbar sind Sie ein sehr schlaues Mädchen.«

So betörend, diese tiefe, melodische Stimme … Faszinierend. Die Worte schienen durch die Tür in den Flur hinauszuwehen und Marietta in einen magischen Bann zu ziehen, den sie mit einem imaginären Messer zerschnitt. Jetzt galt ihre Wut nicht mehr dem Dienstmädchen, sondern Noble.

Carla kicherte. Aufgeregt, bewundernd. Das hörte Marietta deutlich genug. Und sie *spürte*, wie das Mädchen sich hingerissen zu ihm neigte – eifrig bestrebt, *alles* zu tun, um seine Anerkennung zu gewinnen.

»Da drüben.«

Irgendetwas scharrte über den Boden, wahrscheinlich das Nachttischchen.

»Hier hat er die Sachen versteckt, die seine neugierige Schwester nicht finden durfte.«

Marietta beobachtete das Pendel der Uhr, die an der Wand des Flurs hing. Als würde die rhythmische Bewegung die Situation verbessern und ihr helfen, ein Schluchzen zu bezwingen.

»Was hält er von seiner Schwester?«

»Vermutlich dasselbe wie wir alle. Sie ist hässlich und verarmt und scharfzüngig. Kein Wunder, dass sie noch immer nicht verheiratet ist.«

Krachend landete irgendetwas auf dem Boden. Marietta starrte noch immer die Tür an und zählte die tickenden Sekunden.

»Da ist es.« Röcke raschelten. Dann erklang das Geräusch eines Buchs, das gegen eine Handfläche klatschte.

Was würde er mit Kennys Tagebuch anfangen? Ein vager Gedanke ging ihr durch den Sinn – eine Vision von Noble, der das Tagebuch verkaufte, so wie das Personal die anderen Besitztümer ihres Bruders. Was wusste sie schon von ihm? Er hatte ihr keinen Grund zu der Annahme gegeben, er würde das Vertrauen verdienen, das Rockwood in ihn setzte. Und wenn ihre eigenen Dienstboten von Kennys Notlage profitierten – was sollte einen Fremden daran hindern, sich noch niederträchtiger zu verhalten?

»Haben Sie das Tagebuch gelesen?«, fragte er.

Marietta kniff die Augen zusammen. Wieder einmal fühlte sie eine drohende Ohnmacht, wie so oft in den letzten Wochen. Diesem Mann gewährte sie Zugang zur Privatsphäre ihres Bruders. In ihrer Verzweiflung hatte sie ihm ermöglicht, Material zu sammeln, das er vielleicht gegen ihre Familie verwenden würde. Großer Gott, was hatte sie getan?

»Oh nein, ich kann gar nicht lesen«, erwiderte Carla. »Aber ich kann was anderes. Sogar sehr gut.«

»Daran zweifle ich nicht. Anscheinend sind Sie ziemlich tüchtig.«

Carla lachte perlend, und Marietta überlegte boshaft, das Mädchen würde gar nicht wissen, was *tüchtig* bedeutete.

Eine Zeit lang hörte sie nichts. Und dann stöhnte Carla, leise und atemlos – die Stimme einer Frau, die köstliche Freuden genoss.

Mariettas Nackenhaare sträubten sich. Beinahe wurde ihr übel.

»Und jetzt seien Sie ein braves Mädchen, und suchen Sie die anderen Sachen zusammen. Wollen Sie das für mich tun?«

»Jaja, sofort.« Erneutes Rascheln, dumpfe Geräusche. Und Carla kicherte unentwegt – es war ein grässliches, knirschendes Geräusch, wie ein Wagenrad, das gegen einen Pfosten prallte.

»Ah, ja – das ist großartig. Und das auch. In der Tat, Sie sind ein Himmelsgeschenk, Carla.«

Das Wagenrad rieb sich an einem zerklüfteten Felsen. »Für Sie mache ich alles, Sir. Was immer Sie wollen.«

Marietta ertrug es nicht länger. Auf Zehenspitzen schlich sie durch den Flur zurück. Dann stapfte sie wieder zu Kennys Zimmer. Abrupt verstummte das knirschende Kichern.

Mit einem falschen Lächeln auf den Lippen überquerte Marietta die Schwelle. »Oh, da sind Sie ja, Carla! Bitte helfen Sie den Lakaien im Erdgeschoss. Die suchen meinen Schirm. Offenbar ist er verschwunden.«

Der Schirm befand sich in ihrem Schrank und wartete auf einen Platz im Reisekoffer.

Wütend öffnete Carla den Mund. Aber Noble kam ihr zuvor. »Ohne ihren Schirm kann eine Frau unmöglich verreisen.« Seine Stimme klang leichthin. Doch er ließ Marietta nicht aus den Augen. Irgendetwas suchte er in ihrem Gesicht.

Carla warf ihr einen giftigen Blick zu, bevor sie sich wieder zu Noble wandte und flötete: »Also gut, ich hole den Schirm. Gleich bin ich wieder da.«

Mit seinem trägen Lächeln, das an einen zufriedenen Kater erinnerte, nickte er ihr zu. Offensichtlich weckte es in den Frauen das Bedürfnis, ihn zu streicheln – falls Carlas Seufzen darauf hinwies. Und wie Marietta sich eingestehen musste, juckten sie die eigenen Finger.

Schmerzhaft grub sie die Fingernägel in ihre Handflächen.

Ohne sie noch einmal anzuschauen, eilte Carla aus dem Zimmer. Wenig später polterten ihre Schritte auf der Treppe.

»*Sie!*« Marietta zeigte auf Noble, zu erbost, um sich über ihren zitternden Finger zu ärgern.

»Ja, ich«, sagte er ironisch. »Der Mann, der Ihnen das Tagebuch Ihres Bruders beschafft hat.« Achtlos warf er ihr das Buch vor die Füße.

Sie kniete nieder und strich über den Ledereinband. Wie Nebelschwaden lösten sich ihr Zorn und ihre Angst auf, von Verwirrung und Unsicherheit verscheucht. »Was?«

»Wollen Sie mir erzählen, Sie hätten nicht die ganze Zeit vor der Tür gestanden, Marietta?«

Verständnislos starrte sie ihn an. Sie fühlte sich plötzlich todmüde – die letzten siebzig Stunden schienen auf sie herabzufallen, und sie glaubte zusammenzubrechen wie ein Kartenhaus, von den festen Mauern ihrer Wut nicht mehr gestützt. Völlig erschöpft … Und da stand ein Mann, der ihr den letzten Rest ihrer Nervenkraft raubte. Lässig hatte er die Karten zwischen seinen Fingern umhergewirbelt und gelegentlich den unteren Teil des Häuschens angestoßen, um das Fundament aller Dinge zu zerstören, die sich darauf befanden.

»Wollen Sie es haben?« Seine Stimme nahm einen düsteren Klang an. »Oder soll ich es Ihrer treu ergebenen Dienerin überlassen, damit sie es dem Meistbietenden verkauft?«

Grollte er ihr? Mit welchem Recht? Überall, in jeder Situation, setzte er seine tückischen Talente ein. Vehementer denn je kehrte ihr Zorn zurück. »Nun will ich Sie allein lassen. Wenn Carla zurückkommt, können Sie Ihre erotische Anziehungskraft nutzen, um ihr noch mehr Informationen zu entlocken.«

»Auf *diese* Weise benutzen Sie meine körperlichen Reize, Miss Winters? Ich bin entsetzt.«

Obwohl seine Stimme spöttisch klang, entging ihr der gefährliche Unterton nicht – eine Strömung, die sie mitzureißen drohte.

»Anscheinend gelingt Ihnen das vollauf, auch ohne mein Zutun.«

»Danke für das Kompliment.«

»Es war kein Kompliment.« Beinahe schmerzten ihre Lippen, weil es ihr so schwerfiel, die Worte zu äußern. »Sondern eine Anklage.«

»Was, eine Anklage? Wie banal ... *Sie* haben *mich* um Hilfe gebeten.«

Während sich ihre Fingernägel in die linke Hand gruben, ergriff sie mit der rechten das Tagebuch und schwenkte es in Nobles Richtung. »Würden Sie mir das auch geben, wenn ich Sie *nicht* mit Carla ertappt hätte?«

»Und ich dachte, Sie vertrauen mir«, entgegnete er nonchalant.

»Kein bisschen traue ich Ihnen. Eine *Sünde* wäre weniger gefährlich.«

Plötzlich kauerte er vor ihr. Da er sich blitzschnell bewegt hatte, konnte sie nicht reagieren. Sein Daumen glitt über den ledernen Einband des Tagebuchs und streifte ihre Finger.

»Wie bedauerlich, Marietta …« Seine Stimme glich dem leisen Rauschen einer nächtlichen Meereswelle. »Wenn Sie mir nicht trauen, wird Ihr Bruder hängen. Und Sie werden mich trotzdem bezahlen. Mit drei Gefälligkeiten. Drei Aufgaben. Drei sündigen Nächten?«

Nun wanderten seine Fingerspitzen über ihre Hand. Dann entfernten sie sich. Dicht vor ihr kniete der gefährlichste Mann, dem sie je begegnet war. Und sie erschrak über die Gefühle, die er in ihr weckte.

»Ich will wissen, ob Sie mir das Tagebuch überlassen«, wisperte sie – unfähig, sich zu rühren.

Langsam neigte er sich zu ihr. Nur wenige Zentimeter trennten seine Lippen von ihren. »Und wieso glauben Sie, ich werde antworten?«, wisperte er in sinnlichem Ton zurück.

Auf der Treppe polterten Schritte. Wie gelähmt erwartete Marietta, er würde sich erheben. Sie wartete und wartete. Immer lauter erklangen die Schritte, ein Fuß erreichte den Treppenabsatz.

Nobles Mundwinkel zuckten.

Ganz deutlich sah sie die feinen Fältchen in seinen Lippen. Das Tagebuch an die Brust gedrückt sprang sie auf und wich zurück.

»Wir haben Ihren Schirm nicht gefunden.«

Ohne sich umzudrehen, registrierte sie die Worte des Dienstmädchens. »Bringen Sie Mr … Bringen Sie diesem Gentleman etwas zu trinken, Carla. Sicher weiß er das zu schätzen.«

Bevor die Schritte sich wieder entfernten, hörte sie ein halb ersticktes Stöhnen.

»Arme Carla ... Behandeln Sie Ihr Personal immer so schlecht, Miss Winters?«

Erbost presste sie das Tagebuch noch fester an sich. Diese aalglatte, ironische Stimme ... Die arrogante Haltung seines Kopfs, die Art, wie er noch immer auf seinen Fersen hockte und zwischen seinen schwarzen Locken zu ihr aufblickte, ein herausforderndes Versprechen in den grünen Augen.

»Und wenn schon? Sicher werden Sie Carla besänftigen. Das planen Sie doch, nicht wahr?«

»Meine Aufträge erledige ich stets nach bestem Wissen und Gewissen, Marietta.« Jetzt stützte er seine Hände auf den Boden und streckte die langen Beine aus. »Wären Sie noch an anderen Diensten interessiert?«

Aus allen seinen Poren strömte eine geheimnisvolle Erotik.

»Nein.«

»Schade.« Aufreizend legte er den Kopf schief.

»Eigentlich dachte ich, geächtete brünette Mädchen wären nicht Ihr Stil.«

»Stimmt genau. Aber mit Giftschlangen komme ich sehr gut zurecht.«

Marietta versteifte sich. »Wurde Ihnen dieses Benehmen noch nie zum Verhängnis?«

»Bisher nicht.« Seine Lippen verzogen sich zu einem wölfischen Grinsen.

»*Schade.*« Sie wandte sich ab und ging zur Tür hinaus, weil sie es nicht wagte, mit diesem Mann noch länger im selben Zimmer zu bleiben. Am liebsten hätte sie ihn ermordet – oder noch etwas Schlimmeres getan, indem sie seinen Blicken und Gesten erlegen wäre ...

In ihrem Schlafzimmer lagen mehrere Sachen bereit, die sie inspizieren sollte. Marietta beobachtete, wie Jeanie an ihr vorbei zur Tür spähte, die Augen wieder verschleiert.

»Haben Sie endlich alles gepackt?«, fragte die verdammte Stimme und erklärte, warum das Mädchen so neugierig war.

»Wieso kümmern Sie sich nicht um Carla?« Erbost schob Marietta ihre Schmuckkassette in eine Ecke des Koffers. »Nachdem Sie ihr so viel Aufmerksamkeit geschenkt haben, ist sie überglücklich.«

»Ihr Sarkasmus kränkt mich, Marietta. Wirklich.«

»Das glaube ich Ihnen aufs Wort.« Als wäre sie in diesen Tagen fähig, irgendwen zu kränken ... Da müsste es erst mal jemanden geben, dem sie etwas bedeutete. Sekundenlang schloss sie die Augen und schalt sich eine Närrin. Wenn sie solchen Gedanken nachhing und im Selbstmitleid versank, würde sie bald zusammenbrechen.

»Ist das alles, was Sie besitzen?«

»Falls Sie unausstehlich sein wollen, wäre ich Ihnen dankbar, wenn Sie woanders warten würden.«

Als er den Saum eines schwarzen Kleids hochhob, schlug sie seine Hand weg.

Leise pfiff er vor sich hin und berührte den Saum noch einmal. »Sehr fashionabel. Und ich dachte, nichts könnte Ihre derzeitige Aufmachung übertrumpfen.«

»Ich bin in Trauer.«

»Obwohl Ihre Eltern schon vor zwei Jahren gestorben sind?«

Ihre Augen verengten sich. »Wieso wissen Sie das?«

»Oh, ich weiß ziemlich viel. Zum Beispiel merke ich es sofort, wenn Sie lügen.«

Natürlich hatte sie ihre Trauerzeit nicht um ein Jahr verlängert. Aber sie konnte sich keine neuen Kleider leisten. Und wenn sie die älteren änderte, würde ihr der altmodische Stil nicht viel nützen. Außerdem fühlte sie sich in der dunklen Kleidung geschützt. Dank dieser albernen Methode wurde ihre Weiblichkeit nicht betont. Wenn sie sich so anzog, durfte ihr niemand einen Mangel an femininer Raffinesse vorwerfen.

Marietta verbannte diese Gedanken. Warum hatte sie sich eingebildet, Mark wäre das stolzeste Familienmitglied?

»Unsinn, das sehen Sie mir nicht an«, erwiderte sie, schob Nobles Hand beiseite und faltete das Kleid zusammen.

»Vergeuden Sie nicht zu viel Zeit mit der Frage, welches Ihrer schönen Kleider Sie unbedingt brauchen, um zu überleben.«

Sein Hohn drängte sie zu einer scharfen Antwort. Aber sie erkannte die Wahrheit in seinen Worten, sah die Ernsthaftigkeit in seiner Miene.

Nun wandte sie sich zu ihrem persönlichen Besitz. Kleider ließen sich ersetzen, persönliche Dinge nicht. Das Personal war wenig vertrauenswürdig. Und Mark würde den Mob bald nicht mehr fernhalten können. Die Straße dürstete nach Rache. So widerstrebend sie es auch zugab – in Nobles Haus waren ihre kostbaren Erinnerungsstücke besser aufgehoben. Wenn sie ihm auch misstraute – unter ihrer Erschöpfung und irrationalen Wut spürte sie, dass er sich an gewisse Regeln halten würde.

Der irritierende Mann stöberte in ihrem Zimmer herum, schenkte der kichernden Jeanie ein strahlendes Lächeln und schickte Carla wiederholt mit diversen Aufträgen nach unten.

Währenddessen packte Marietta die letzten Gegenstände ein. Jeanie verschwand, um noch eine Schachtel zu holen.

»Wussten Sie schon vorher, dass die Dienstboten die Habseligkeiten Ihres Bruders verkaufen?«, fragte Noble.

»Nein.« Marietta kniff ihre Lippen zusammen. Irgendwie

musste sie Mark darauf hinweisen. Sie ergriff eine Feder und schrieb ihm eine kurze Nachricht. Dann schlich sie in das Zimmer ihres älteren Bruders und steckte das Papier in seine Hand, damit die Dienerschaft es nicht sofort finden würde.

Zum ersten Mal seit Jahren war sie froh über den Vollrausch, der ihrem Bruder so oft die Besinnung raubte. Wie sie derzeit mit ihm zurechtkommen sollte, wusste sie nicht. Und sie hatte das Gefühl, Mark und Noble würden sich nicht allzu gut verstehen.

Zweifellos wäre ihr älterer Bruder wütend, wenn er erfahren würde, ein Außenseiter hätte die finanziellen Schwierigkeiten der Familie bemerkt. Nicht einmal, um Kenny zu helfen, würde er so etwas verraten. Deshalb hatte sie ihm auch gar nicht erzählt, dass sie Mr Noble um Hilfe bitten würde.

Sie ging in ihr Zimmer zurück und blickte sich um. Nun waren die wichtigsten Sachen gepackt. Sie nickte Noble zu, dann trugen sie den Koffer und drei Schachteln zu der unscheinbaren Kutsche hinunter.

Bevor Marietta einstieg, sah sie vier messerscharfe Dienstbotenaugenpaare, die ihnen nachschauten, und ein glasiges. Der Wagen bog um einige Kurven, was sie unnötig fand. Als würden sie im Kreis fahren. Versuchte Noble irgendwelchen Verfolgern auszuweichen? Da er neben dem Fahrer auf dem Kutschbock saß, konnte sie ihn nicht danach fragen.

Zwanzig Minuten später hielten sie in einer schmalen, von mehreren Gaslampen gut beleuchteten Straße, die aber unbewohnt wirkte. In keinem der Häuser brannte Licht, die dunklen Fenster in den schlichten Fassaden schienen leere Räume zu verbergen. Auf den Gehsteigen häuften sich inhaltslose Kartons.

Marietta beobachte durch das Kutschenfenster, wie Noble

leichtfüßig und geschmeidig vom Kutschbock sprang. Wortlos öffnete er den Wagenschlag, ergriff die beiden schwersten Schachteln und ging zu einer Haustür.

Nachdem sie ohne seine hilfreiche Hand ausgestiegen war, folgte sie ihm ärgerlich. Die Tür schwang auf. Erleichtert sah Marietta eine stämmige ältere Frau und hörte Noble fragen, ob alles vorbereitet sei.

»Ja, Sir, ich habe Ihre Nachricht erhalten. Deshalb wusste ich, dass Eile geboten war. Ich habe die Vorratsschränke in der Küche und die Speisekammer gefüllt. Auf dem Herd steht ein nahrhafter, warmer Eintopf. Alles ist noch immer sauber, vom letzten Mal. Morgen komme ich wieder vorbei und helfe dem Mädchen.«

Sie traten ein, und der Kutscher schleppte das restliche Gepäck in die Halle. Dann verschwand er.

»Danke, Mrs Rosaire.« Nobles Stimme klang freundlich und liebenswürdig, nicht so kalt und spöttisch, wie er mit Marietta redete – oder so sinnlich und betörend wie bei seinen Gesprächen mit den Dienstmädchen.

Langsam ging Mrs Rosaire um sie herum, musterte ihre Kleidung, die praktischen Schuhe und ihr Gesicht. »Nicht schlecht. Nicht zu auffällig, das müsste vorteilhaft sein.«

»Das dachte ich mir auch«, antwortete Noble. »Unscheinbare Züge, die man herausputzen oder maskieren kann, je nach Bedarf.« Provozierend grinste er Marietta an, und sie hätte ihn am liebsten geohrfeigt.

»Soll ich Clarisse mit den üblichen Kleidern herschicken?«, fragte Mrs Rosaire.

»Ja, bitte, das wäre mir eine große Hilfe.«

Die Frau blinzelte sie an. »Ziemlich groß.«

»Wollen Sie auch mein Gebiss begutachten?« Marietta fletschte ihre Zähne.

»Und temperamentvoll.« Voller Missbilligung runzelte Mrs Rosaire die Stirn. »Seien Sie bloß nicht frech zu Mr Noble, Missy. Wozu er fähig ist, ahnen Sie nicht …«

»Danke, Mrs Rosaire«, unterbrach er sie. »Wenn Sie mit Clarisse reden könnten, wüsste ich es zu würdigen.« Er hob die Schachteln hoch, die er auf den Boden der Halle gestellt hatte. »Schöne Grüße an Mr Rosaire.«

»Die werde ich ihm ausrichten, mein Lieber.« Sie tätschelte seinen Arm und warf Marietta einen warnenden Blick zu, verließ das Haus und schloss die Tür hinter sich.

Unheimlich hallte das klickende Geräusch in dem leeren Raum wider. Hier gab es keine Gestelle für Blumentöpfe oder Tische, keine Kleiderständer oder Teppiche, nur Marietta und Noble, den Koffer und die Schachteln.

»Was für Kleider?«, fragte sie. »Wovon hat die Frau geredet? Wer ist Clarisse?«

»Eine Schneiderin, die Sie mit verschiedenen Kostümen ausstatten wird«, erklärte Noble und stieg auf die erste Stufe. »In diesem Aufzug dürfen Sie bei den Fahrten, die wir unternehmen müssen, nicht herumlaufen.« Vielsagend betrachtete er ihr Kleid. »Kommen Sie.«

Mit einer Schachtel unter dem Arm folgte sie ihm die Treppe hinauf, in ein spärlich möbliertes Zimmer. Anscheinend lagen an diesem Flur zwei weitere Räume.

»Da werden Sie wohnen. Ich schlafe ganz hinten. Sicher finden Sie alles, was Sie brauchen.« Noble stellte die Schachteln ab und holte den Koffer. »In der Küche gibt es genug zu essen. Falls Sie morgen Hilfe beim Ankleiden benötigen, stehen Sie zwischen acht und neun Uhr auf. Mrs Rosaire wird jeden Tag um diese Zeit nachsehen, ob sie was für Sie tun kann. Ansonsten biete ich Ihnen sehr gern meine Dienste an.« Ein verwegenes Lächeln umspielte seine Lippen. »Irgendwie erwarte ich, Sie werden schon um acht aus den Federn kriechen.«

»Ist das die einzige Stunde, wo jemand hier sein wird?«

»In diesem Haus müssen Sie ohne Personal zurechtkommen. Ich habe keine Dienstboten eingestellt, aus einem einfachen Grund – je weniger Leute wissen, was wir machen, desto besser. Für neugierige Menschen sind Diener sehr wertvolle Informationsquellen. Daran denke ich, wann immer es mir nützt.« Noch ein vielsagender Blick.

»Und Mrs Rosaire?«

»Die ist keine Dienerin.«

»Wieso wissen Sie, dass sie vertrauenswürdig ist?«

»Weil ich es weiß. Gute Nacht. Oh, und essen Sie was von dem Eintopf in der Küche, bevor Sie verhungern.«

Und dann ließ er Marietta mit drei Schachteln und einem vollgestopften Koffer allein, in einem kalten, fast leeren fremden Raum. Auch hier oben, im ersten Stock, erzeugte die klickende Tür ein schauriges Echo.

Sie sank auf das Bett. Obwohl es angenehm weich war, spendete es ihr keinen Trost. Das unpersönliche Zimmer erinnerte sie an eine Pension. Schon seit einiger Zeit hatten die finanziellen Probleme der Familie Winters nahegelegt, in ein solches Haus zu ziehen. Das hatte Marietta befürchtet. Und jetzt befand sie sich in einer ähnlichen Situation. Ihr Magen knurrte, ihr Stolz rebellierte.

Nein, sie wollte nicht in die Küche hinuntergehen. Das würde er hören und triumphieren.

Ihr Magen knurrte erneut, und sie beschloss, zehn Minuten zu warten. Vielleicht würde er dann schlafen, und sie konnte ihren Stolz zumindest einigermaßen retten.

Aber in zehn Minuten und einer Stunde würde sie sich nicht mehr um ihren Stolz sorgen. Ihr Blick fiel auf eine

Schachtel, und sie nahm den Deckel ab. Plunder und Briefe, ein Medaillon und ein paar gepresste Blumen.

Wehmütig strich sie mit einer Fingerspitze über das Medaillon, den Talisman ihrer Kindheit, den sie so oft in der Hoffnung umklammert hatte, ein edler Ritter würde erscheinen und sie von allen Schwierigkeiten erlösen. Damals hatte es zum Beispiel Ärger gegeben, wenn sie zum Teich geschlichen und wegen ihrer zerkratzten Hände und schlammigen Rocksäume getadelt worden war. Immer schlimmere Probleme tauchten seither auf. Und jetzt träumte sie schon lange nicht mehr von einem namenlosen, gesichtslosen Mann, der sie retten würde.

Stattdessen musste sie sich selber helfen.

Ebenso wie der Teich und der Winters-Landsitz waren ihre Heiratschancen entschwunden. Für immer. Doch es nützte ihr nichts, deshalb Trübsal zu blasen. Irgendwie würde sie überleben.

Sie berührte einen Brief von Kenny, den er während seines ersten Jahres in Eton geschrieben hatte. Mit geschlossenen Augen drückte sie das Blatt Papier an ihre Brust. Ja, es würde ihr gelingen, sie würde ihren Bruder vor dem Galgen bewahren.

Den Brief in der Hand und ihr Gelübde im Herzen eilte sie auf Zehenspitzen zur Küche hinab. Während sie eine Schüssel mit dem Schmorgericht füllte und die himmlische Mahlzeit genoss, ignorierte sie die Tränen, die in ihren Augen brannten.

4

Am nächsten Morgen wehten Marietta die Düfte von frisch gebackenem Brot und würzigen Kräutern entgegen, während sie in die Küche ging. Erleichtert seufzte sie auf. Mrs Rosaire hatte ihr bei der Morgentoilette geholfen. Nun hoffte Marietta, die Frau hätte wieder etwas gekocht – der Eintopf war köstlich gewesen.

Auf der Schwelle blieb sie stehen. Noble saß am abgewetzten Küchentisch, blätterte in einigen Papieren und trank Tee. Über der Tasse schwebte ein dünner Dampfschleier.

Ein paar Sekunden lang rührte sie sich nicht, wieder einmal beeindruckt von der physischen Präsenz dieses Mannes. Dann trat sie vor – fest entschlossen, keine Dummheiten zu machen, weder zu stolpern noch zu gaffen. Ohne den Kopf zu heben, zeigte er auf die Teekanne, und sie nickte – dankbar für die Möglichkeit, irgendwas zu tun.

Sie schüttete Tee in eine Tasse und wärmte ihre Hände daran. »Eine interessante Lektüre?«, fragte sie und zeigte auf die Papiere. »Ziemlich umfangreich.« An diesem Morgen hatte sie sich vorgenommen, Noble etwas freundlicher zu behandeln.

Da hörte er auf, die Schriftstücke zu studieren. Als er aufblickte, fiel ihm eine schwarze Locke ins Gesicht. »Die Notizen über den Fall Ihres Bruders. Hauptsächlich juristischer Jargon. Ein Mr Archibald Penner hat Kenneth dingfest gemacht und die Belohnung beansprucht.«

Hastig griff sie nach den Papieren, die er ihr erstaunlicherweise überließ, ohne zu protestieren. Sie blätterte darin, bis sie die Seite erreichte, auf der Archibald Penners Adresse stand. Offenbar wohnte er in der Nähe von Clerkenwell.

Noble schenkte sich noch etwas Tee ein. »Möchten Sie Mr Penner einen Besuch abstatten?« Über die dampfende Tasse hinweg schaute er Marietta an. Weiße Schwaden wirbelten vor seinen grünen Augen und lösten sich auf.

Fragte ein Dämon, ob sie Rache üben wollte? Sie starrte das Pergament an, alle anderen Zeilen verschwammen, nur die Adresse schien ihr entgegenzuspringen.

»Ja«, wisperte sie. Dieser Mann hatte ihren Bruder ins Gefängnis gebracht. Und seine Zeugenaussage könnte Kenny in den Tod schicken …

Er hob mit einem Finger ihr Kinn, sein gebräuntes, viel zu attraktives Gesicht war nur wenige Zentimeter von ihrem entfernt, und seine sündhaften Lippen formten die Worte: »Vergessen Sie Ihre Rachegedanken.« Nobles Fingerspitze zeichnete eine Linie unter ihrem Kinn, das diabolische Glitzern in seinen Augen erlosch. In ernsthaftem Ton fuhr er fort: »Sonst werden Sie keinen Fuß vor diese Tür setzen.«

Beinahe hätte sie rebelliert – sie war sich so sicher, er hätte die Chance auf Vergeltung versprochen, nur um sie ihr wieder zu entreißen. Ein scharfer Protest lag ihr auf der Zunge. Doch sie schluckte ihn hinunter. Nobles Mundwinkel kräuselten sich, als wüsste er ganz genau, was sie dachte. Heimtückisch spielte ein Teufel mit ihren Emotionen. Deshalb fiel es ihr doppelt schwer zu schweigen.

Er stand auf und nahm einen Brotlaib aus dem Backofen. Verlockend wehte der Duft von Rosmarin und Dill durch die Luft. Nachdem er zwei Scheiben abgeschnitten hatte, bestrich er sie mit Butter und legte eine vor Marietta auf den Tisch. Dann setzte er sich wieder, sein Stuhl wippte auf den Hinterbeinen.

»Daran werden Sie sich gewöhnen, Marietta.« So melodisch, diese tiefe Stimme …

Sie schaute von dem warmen Butterbrot auf, in seine Augen. »Woran?«

»Auf mich zu hören.«

Um seinem herausfordernden Lächeln auszuweichen, konzentrierte sie sich auf die schmelzende Butter. »An so etwas werde ich mich wohl nie gewöhnen.«

Sie biss in das Brot und genoss den Geschmack der weichen Butter auf ihrer Zunge. Dankbar dachte sie an Mrs Rosaire, die ein wahres Küchengenie war.

»Früher oder später gehorchen sie mir alle. Für Sie wäre es einfacher, Sie entschließen sich schon jetzt dazu.« Lässig balancierte er auf den hinteren Stuhlbeinen, ein Finger trommelte auf die hölzerne Armstütze.

Marietta schluckte den Bissen hinunter. »Oh Gott, Sie sind unerträglich!«

»Und Sie sind zauberhaft.«

Um die Lüge zu registrieren, musste sie den spöttischen Tonfall gar nicht beachten. Was man von ihr hielt, hatte sie auch am Vorabend in ihrem Haushalt gemerkt.

»Wie lange sorgen Sie schon für Ihre Brüder, Marietta?«

Ein Krümel fiel auf den Tisch. Angelegentlich entfernte sie ihn. Das Problem des Themenwechsels war weniger leicht zu lösen. »Keine Ahnung, wovon Sie reden.«

»Gestern Abend habe ich einiges von Ihrem Hauspersonal erfahren. Und heute Morgen noch mehr. Inklusive einiger Berichte von Gläubigern.«

Wie war er so schnell an diese Leute herangekommen? In hilfloser Wut verfluchte sie ihre Dienstboten. Jedes Geheimnis, das sie kannten, würden sie ausplaudern. Dagegen konnte sie nichts tun, weil sie keinen einzigen Penny besaß – und weil sie seit Monaten auf ihren Lohn warteten. Hatte Noble sich noch einmal mit Carla *unterhalten*?

Zitternd bohrten sich ihre Finger in die Kruste der Brotscheibe. »Alles unter Kontrolle.«

»Klar, Ihr Bruder Mark hat die Situation bestens im Griff.« Der Stuhl kippte noch weiter nach hinten.

Hoffentlich würde er zu Boden stürzen. »Seit dem Tod unserer Eltern hat er es nicht leicht.«

War das nicht die Ironie der Saison? Im Grunde sagte sie das Gleiche wie Noble, in einem ähnlichen sarkastischen Ton. Aber es war etwas anderes, wenn es über ihre Lippen kam. *Er* durfte ihren Bruder *nicht* kritisieren.

Krachend landeten die vorderen Stuhlbeine auf den Bodenfliesen. »Soweit ich es festgestellt habe, brechen *Sie* nicht zusammen und scheinen sich auch nicht sinnlos zu betrinken.« Seine Stimme klang erstaunlich mild. Nun griff er nach seiner Brotscheibe.

»Weil ich nicht unter so starkem Druck stehe wie Mark …« Irgendetwas in ihr wehrte sich gegen diese Behauptung. Natürlich litt sie genauso schmerzlich unter all den Schwierigkeiten wie Mark. Manchmal ging es ihr sogar noch schlechter, denn als das einzige weibliche Familienmitglied war sie machtlos und konnte nichts unternehmen, um die Lage zu bessern.

Entschlossen richtete sie sich auf. Nein, sie war *nicht* machtlos.

Während Noble sie beobachtete, verspeiste er sein Butterbrot. »Hm … Also stehen Sie nicht unter so starkem Druck. Ich verstehe. Gut zu wissen.«

Wütend auf ihn und sich selber nickte sie.

Eine Zeit lang schaute er sie an, dann schnitt er noch zwei Scheiben Brot ab, bestrich sie mit Butter und legte sie auf den Tisch.

»Nach allem, was ich eruiert habe, ist Archibald Penner Stammgast in einer Kneipe. Hin und wieder arbeitet er als Wachtposten. Und er ist in Geschäfte an der East Side verstrickt. Putzmacherinnen und Schneiderinnen – obwohl mir das aufgrund seiner Beschreibung unwahrscheinlich vorkommt. Vielleicht kennt Clarisse ein paar Klatschgeschichten über ihn.«

Entlockte er dieser Clarisse auf die gleiche Art Informationen, wie er es bei Carla geschafft hatte?

Ein Geräusch an der Küchentür erregte ihre Aufmerksamkeit, und sie sah eine atemlose Frau mit braunem Kraushaar und freundlichen braunen Augen hereinstolpern, die die Arme voller Kleider hatte.

»Guten Morgen, Mr Noble, ich bin so schnell gekommen, wie ich konnte.«

»Kein Problem, Clarisse.« Wieder einmal bemerkte Marietta, wie warmherzig und liebenswürdig seine Stimme klang, wenn er nicht mit *ihr* redete. Er stand auf und nahm Clarisse ihre Bürde ab.

Lächelnd bedankte sie sich, dann schaute sie Marietta an und nickte ihr zu. »Guten Morgen, Miss.«

Marietta murmelte einen Gruß, nachdem Noble sie mit der Frau bekannt gemacht hatte. Dann beobachtete sie Clarisse, die mit ihm plauderte und anbetend zu ihm aufsah. Großartig. Noch eine hingerissene Bewunderin.

Diese Clarisse behandelte er noch viel netter als die beiden Dienstmädchen in Mariettas Haus. Carla hatte er auf Distanz gehalten und dadurch erst recht gereizt, weil sie Herausforderungen liebte. Und Clarisse wurde mit einem charmanten Lächeln bedacht.

Das Lächeln verwandelte sein Gesicht. Ohne Tücke, ohne Sarkasmus strahlte er geradezu. Krampfhaft schluckte Marietta und wandte ihren Blick von ihm ab.

»Können Sie Miss Winters mit ein paar Kleidern versorgen? Das Übliche würde genügen.«

»Natürlich.« Clarisse folge Noble zur Tür. Hastig stopfte Marietta den Rest ihrer Brotscheibe in den Mund und eilte hinterher.

»Kennen Sie Mr Archibald Penner, Clarisse?«, fragte er.

»Ja, er besitzt ein paar Läden im East End. Meistens ist er ganz nett. Er mag die Verkäuferinnen. Und er kommandiert sie nicht rum. Niemand redet schlecht über ihn. Aber er trinkt ziemlich viel.«

»Wie immer sind Sie unbezahlbar, Clarisse.«

Marietta sah das Mädchen erröten und unterdrückte einen Seufzer.

»Soll Miss Winters wie eine Verkäuferin aussehen, Mr Noble?«

»So was Ähnliches. Und dann brauchen wir noch Kleider für die Assistentin eines Journalisten. Vielleicht irgendwas, das rings um den Hals ein bisschen Haut zeigt.«

An der Tür von Mariettas Zimmer ließ Noble die beiden Frauen allein, und Clarisse ging ans Werk. Neugierig starrte Marietta sie an. »Arbeiten Sie oft für Mr Noble?«

Clarisse nickte, streifte ihr ein Kleid über den Kopf und begann, es abzustecken. »Hilft er Ihnen zum ersten Mal? Ich habe Sie noch nie gesehen.«

»Ja.«

»Nun, diese Kleider werden sich auch für spätere Aufgaben eignen, wenn Sie nicht zu viel zunehmen. Allerdings könnten Sie ein oder zwei Pfund mehr vertragen.« Clarisse schaute Marietta, die auf ihre Zunge biss, kritisch an. »Aber Sie sind groß. Da lässt sich das Gewicht besser verteilen«, fügte sie fröhlich hinzu.

»Wahrscheinlich bevorzugt Mr Noble üppige Opfer.«

Da runzelte Clarisse die Stirn, genauso missbilligend wie Mrs Rosaire am vergangenen Abend. »Oh, ich habe vergessen, dass dies der erste Auftrag ist, den Sie ihm erteilt haben. Sobald Mr Noble Ihr Problem gelöst hat, werden Sie ganz anders über ihn reden. So wie alle, ob sie es nun wollen oder nicht.«

Mariettas Augen verengten sich. »Da habe ich was anderes gehört. Manchmal steht es gar nicht fest, dass er seine Aufgaben erfüllen wird. Und man darf ihm nicht in die Quere kommen.«

»Oh ja, da stimmt.« Ernsthaft erwiderte das Mädchen Mariettas Blick. »Für Sie ist es am besten, wenn Sie ihm gehorchen. Er kann ziemlich schwierig sein. Aber er ist immer gerecht. Sicher wird er das Richtige für Sie tun.«

Das Richtige für mich … Noch nie hatte ein Mann das Richtige für Marietta getan. Und ausgerechnet diesem sollte sie bedingungslos vertrauen. Noble konnte auf zwanzig verschiedene Arten lächeln. Jeder Frau, die er umgarnen wollte, schenkte er ein anderes Lächeln. Geradezu greifbar strahlte er Erotik und Sinnlichkeit aus. Und er wusste genau, wie er das zu seinem Vorteil nutzen musste. Trotzdem hatte sie sich ihm ausgeliefert, auf Gnade oder Ungnade.

»Wie viele Frauen haben Sie schon eingekleidet, Clarisse?«

»Einige«, lautete die wenig aufschlussreiche Antwort.

Wundervoll. Mit diesem Gesicht und den diversen Spielarten seines Lächelns hatte er wahrscheinlich schon unzählige Frauen durch die Tür seines Schlafzimmers bugsiert, wie eine endlose Eton-Parade.

»Und die Männer?« Marietta vermutete, auf der Liste seiner Klientel müssten auch ein paar Männer stehen, da er ihr von einem empfohlen worden war. »Werden die auch kostümiert?«

»Oh ja, mein Bruder ist ein ausgezeichneter Schneider. In unserem Familienunternehmen. Vor ein paar Jahren hat Mr Noble uns geholfen. Und natürlich bezahlt er uns sehr gut.«

Damit wurden beide Fragen beantwortet. Clarisse sprach noch eine Weile über das Familienunternehmen und Nobles grandiose Qualitäten. Gegen Mittag beendete sie ihre Arbeit, und Marietta besaß zwei perfekte Kostüme für eine Verkäuferin und zwei Kleider, bei deren Anblick eine Matrone aus der gehobenen Gesellschaftsschicht vor lauter Entrüstung in Ohnmacht fallen würde. Entweder hatten ihr die Sachen auf Anhieb gepasst, oder sie waren so geschickt zusammengeheftet, dass sie wie fertig geschneidert wirkten. In der Tat ein tüchtiges Mädchen, diese Clarisse.

Nachdem es nichts mehr zu tun gab, folgte Marietta ihr in die Küche.

»Alles erledigt?« Noble saß noch immer am Tisch, auf dem er Papiere ausgebreitet hatte – ein kleines Chaos aus Pergament und Taschentüchern voller Tinte.

»Ja, Sir«, bestätigte Clarisse. »Später komme ich noch mal mit den Kleidern, die ich ändern muss.«

Wortlos nickte er und beugte sich wieder über seine Dokumente. Das schien Clarisse normal zu finden, denn sie winkte Marietta lächelnd zu und verließ die Küche.

Marietta wartete eine Weile. Aber er blickte nicht auf.

Schließlich bemerkte sie: »Clarisse strotzt vor Energie.«

»Ja. Da steht ein Eintopf.« Geistesabwesend zeigte er auf den Herd.

Sie beobachtete, wie er sich am Kinn kratzte und den Rand eines Pergaments mit einer Notiz versah. Seltsam, einen Mann wie Noble so ernsthaft, so lerneifrig zu sehen …

Dann seufzte sie ärgerlich. Alle ihre Gedanken schienen

sich um ihn zu drehen. Sie füllte eine Schüssel. »Soll ich Ihnen auch eine Portion Eintopf servieren?«

»Nein, ich habe schon gegessen.«

Sie setzte sich an den Tisch und brach ein Stück vom Brotlaib ab. »Was lesen Sie da?«

Endlich schaute er sie an. »Alle Informationen über Ihren Fall«, erklärte er und klopfte mit seinem Federkiel auf ein Papier. »Über den Verteidiger, den Sie engagiert haben – und seine Äußerungen. Ihr Bruder wird alle Fragen des Richters und der Geschworenen beantworten und seine eigene Version der Ereignisse darlegen müssen. Bei solchen Vorgängen mischen sich die Anwälte nicht ein – ganz egal, was Ihrer versprochen hat. Diesem Bericht zufolge …« Er hielt das Papier hoch. »… hat er Ihnen den Mond versprochen. Anscheinend wurden Sie übertölpelt. Am besten verlangen Sie Ihr Geld zurück.«

Ihr Brot fiel in die Schüssel. »Aber Mark hat gesagt …«

»Genau.«

Sie hielt den Kopf gesenkt und fischte mit bebenden Fingern das Brot aus dem Eintopf. Am liebsten würde sie ihn umbringen. Mark hatte ihr versichert, der Anwalt würde alle Probleme lösen. Auch der hatte es behauptet. Sie hatte keine Zeit gefunden, um das juristische System zu erforschen. Denn sie hatte – ohne das Wissen ihres älteren Bruders – gearbeitet, da und dort ein paar Pfund verdient. Für ihren Alltag bedeuteten juristische Details nicht viel, abgesehen von gelegentlichen Bemühungen, die Familie vor dem Schuldturm zu bewahren.

»Am Freitag gehen wir zu dem Anwalt, danach suchen wir einen neuen Verteidiger für Ihren Bruder.«

Vielleicht sollte sie den Mann schon an diesem Tag aufsuchen.

Da er ihr einen sardonischen Blick zuwarf, schien er ihre Gedanken zu erraten. »Derzeit hält sich Ihr Anwalt nicht in London auf, weil er eine Geschäftsreise unternimmt. Das hat mir meine Informationsquelle erzählt. Am Freitag ist er wieder da. Dann lassen wir uns Ihr Geld zurückgeben. Mit Juristen von dieser Sorte hatte ich schon öfter zu tun.« Mit zusammengezogenen Brauen konzentrierte er sich wieder auf die Papiere, die vor ihm lagen.

Marietta nickte und beschloss, die juristischen Texte an diesem Abend selbst zu lesen. Auf Gabriel Nobles Wort wollte sie sich nicht ausschließlich verlassen.

»Was noch wichtiger als der Anwalt wäre«, fuhr er fort. »Wir müssen herausfinden, warum sich Ihr Bruder bei der Frauenleiche aufhielt. Ich versuche, uns Zutritt ins Coldbath-Fields-Gefängnis zu verschaffen. Aber das wird ein oder zwei Tage dauern.«

Er schaute nicht auf, da er mit einigen Zeilen beschäftigt war. Dafür war sie dankbar, denn ihr Herz schlug wie verrückt.

»Heute müssen Sie Archibald Penner bezirzen, Marietta, damit wir möglichst viel über jene Nacht erfahren, zumindest aus dem Blickwinkel eines Außenseiters. Um ihm die benötigten Informationen zu entlocken, müssen Sie sich kokett verhalten, nicht rachsüchtig. Später hören wir uns Kenneths Geschichte an.«

Schon wieder pochte ihr Herz zu schnell. Er glaubte nicht an die Unschuld ihres Bruders. Noch nicht. Das entnahm sie dem Klang seiner Stimme. Doch das würde sie ihm verzeihen, wenn er ihr half, Kenny im Coldbath-Fields-Gefängnis zu besuchen.

»Danke.«

Nur sekundenlang beobachtete er sie mit seinen unnatürlich leuchtenden Augen, bevor er sich erneut über die Papiere beugte. »Sehen Sie zu, dass Sie Penner betören.«

Nach dem zweiten Klopfen öffnete Archibald Penner die Tür. Er war ein vierschrötiger Mann, der den Eindruck erweckte, schnurgerade Linien würden von seinen Schultern bis zu den Hüften hinabreichen. Er hatte rotblondes Haar und braune Augen, die nicht besonders scharf wirkten, aber ein gewisses Funkeln zeigten.

»Mr Penner?«, fragte Noble und lächelte, das Gesicht von einer Kappe überschattet, die er tief in die Stirn gezogen hatte.

»Ja?«

Noble streckte die rechte Hand aus. »Wenn ich mich vorstellen darf – Nathaniel Upholt von der *Times*. Wir möchten einen Artikel über Ihre Verhaftung des Middlesex-Mörders bringen.«

Auf Penners Wangen erschienen zwei rote Flecken, die eckigen Schultern verbreiterten sich. Eifrig schüttelte er die Hand des Besuchers. »Kommen Sie rein, kommen Sie rein.«

Marietta folgte Noble ins Haus, das ihr auf den ersten Blick – peinlich sauber erschien. Zu viele perfekt angeordnete Möbel, zu wenige Farben, kein stilvolles Dekor. Geometrisch. So wie Penner selbst.

»Das ist meine Assistentin, Miss Klein. Kümmern Sie sich nicht um die junge Dame, sie ist nur zur Zierde hier«, verkündete Noble im Flüsterton.

Sollte sie beleidigt oder amüsiert sein? Das wusste sie nicht. Und was dachte er sich bloß bei dieser Komödie? Der Journalist Nathaniel Upholt existierte tatsächlich. Was das bedeutete, verstand Noble offenbar nicht. Seelenruhig nahm er ein Tintenfass, einen Federkiel und Papier aus seinem Lederranzen.

Penner musterte Marietta und leckte über seine Lippen. »Sehr hübsch, sehr hübsch.«

In ihrem tief dekolletierten Kleid staunte sie nicht über den zweiten Blick, den ihr ein Mann mit einem Faible für berufstätige Mädchen gönnte. Noble hatte ihr Kosmetika gegeben. Damit sah sie völlig verändert aus. In eine umwerfende Schönheit hatte sie sich nicht verwandelt. Aber ihre Züge wirken weicher, zu neuem Leben erwacht, die Augen fast mandelförmig, die Wangen und die Lippen rosig. Effektvoll hatte sie die fahle Blässe der letzten Tage überschminkt.

»Da sehen Sie meine Belobigung.« Penner schaute sie noch immer an, mit einer Miene, die sie vermutlich für verführerisch halten sollte. »Offenkundig gehöre ich zu den rechtschaffenen Londoner Bürgern.«

Marietta musste sich zusammenreißen, damit sie nicht nach Luft schnappte. Wirklich und wahrhaftig, an einer Wand seines Arbeitszimmers hing eine gerahmte Belobigung, vom Oberhaupt der Wachmannschaft unterzeichnet. Auch dieses Dokument schien anzukündigen, dass Kenny so gut wie verurteilt war, dass der Gerichtsprozess zu einer Farce ausarten würde.

»Und das Belohnungsdokument. Sieht er nicht wie der geborene Verbrecher aus?«

Sie betrachtete das gleichfalls gerahmte Papier mit dem dilettantisch gezeichneten Porträt eines mürrischen, heruntergekommenen Mannes. Nichts von Kennys Babybäckchen. Für die Ergreifung des Mörders war eine Belohnung von fünfzig Pfund ausgesetzt worden.

»Dieses Geld will ich der Wohlfahrt spenden. Schreiben Sie das.« Penner zeigte auf Nobles Federkiel.

»Welcher Art von Wohlfahrt?« Marietta ignorierte Nobles warnend gefurchte Stirn. Danach *musste* sie sich erkundigen.

»Ach, für dies und das. Jedenfalls werde ich den Jungs im Pub eine Runde spendieren.«

Noble warf ihr einen Blick zu, der ihr den Tod androhte, wenn sie dieses Thema weiterhin verfolgen würde.

»Wo waren Sie denn, als Sie merkten, dass sich der Middlesex-Mörder in Ihrer Nähe befand?«, fragte er in teils schmeichlerischem, teils neugierigem Ton.

»In meinem Pub.« Penner beugte sich vor. »Im White Stag. Da ich einen klaren Kopf kriegen wollte, ging ich raus. Ich hatte mit den Jungs ein bisschen gefeiert. Plötzlich hörte ich was – einen Hilferuf. Ich lief um die Ecke und versuchte, die schöne Lady zu retten.« Seufzend zuckte er die Achseln. »Aber ich kam zu spät, denn der Bastard hatte sie schon erledigt.«

»Wieso wissen Sie das?«

»Weil er neben der Leiche saß und sich zu ihr hinabbückte – blutüberströmt! Mit Teufelsaugen starrte er mich an und stand auf. Ich wusste sofort, dass er der Mörder war. Schreiend stürzte ich mich auf ihn.«

»Was, Sie stürzten sich auf ihn?« Noble hob eine Braue. »Sehr tapfer.«

Penner plusterte sich freudestrahlend auf. »Natürlich konnte ich ihn nicht entkommen lassen. Ich bin ein guter Sportsmann. Wie man einen elenden Schurken unschädlich macht, weiß ich. Und ich kann großartig mit meinen Fäusten umgehen.«

Als er Marietta aufreizend zuzwinkerte, lächelte sie schwach und inspizierte seinen Körperbau. Wahrscheinlich war der hochgewachsene, schlaksige Kenny wie ein junges Bäumchen umgekippt, von einer monströsen Axt gefällt.

»Hat er was gesagt – seine Unschuld beteuert?«, fragte Noble. »Versuchte er zu fliehen?«

»Nein, der Mistkerl brachte kein Wort hervor und schaute völlig verdattert drein. Wie wenn er nicht wüsste, warum ich ihn niedergeschlagen hatte – als wär es keine Sünde, Frauen zu ermorden!« Entrüstet ballte Penner eine Hand zur Faust.

Marietta wechselte einen Blick mit Noble und sah erleichtert den nachdenklichen Ausdruck in seinen Augen.

»Und was ist dann passiert?«, erkundigte er sich.

»Dann sind die Wachen gekommen. Im White Stag haben wir fünf Jungs, die auf Patrouille gehen. Und einer, der gerade Dienst hatte, saß im Pub.«

»War der Mann, der K … der den Täter festnahm, betrunken?«, fragte Marietta.

Nobles Lippen verkniffen sich, und Penners Kopf fuhr zu ihr herum.

»Nicht mehr als sonst. Worauf wollen Sie hinaus, Miss?«

Noble trommelte mit dem Federkiel auf sein Knie. *Reden Sie sich da gefälligst raus,* befahlen seine Augen.

»Nun, es – es ist sicher gefährlich, einen Mörder festzuhalten. Wahrscheinlich hätten Sie sich doppelt anstrengen müssen, wäre der diensthabende Wachtposten nicht Herr seiner Sinne gewesen.«

Nicht das allerbeste Täuschungsmanöver … Gespannt beobachtete sie, wie Penner ihre Erklärung überdachte. Zuerst nickte er zögernd, dann immer energischer. »Oh, ich tat nur meine Pflicht.« Er neigte sich in ihre Richtung. »Wie man so was macht, weiß ich.«

Noch ein verführerischer Blick. Nicht ganz das, was ihr fehlte, wenn sie ihren mangelnden Charme beklagte …

»Wundervoll, Mr Penner«, säuselte sie, womit sie sich wieder einen warnenden Blick des falschen Journalisten einhandelte.

Er machte sich einige Notizen – über die Belobigung, den White Stag, die Ereignisse während und nach Kennys Ergreifung. Nach Mariettas Meinung hatten Penners Antworten keine besonderen Anhaltspunkte ergeben. Er war einfach nur ein Weltverbesserer – wenn sie auch wünschte, er hätte die Welt in jener Nacht nicht verbessert ...

»Falls Sie noch mehr Informationen benötigen, schicken Sie Ihre Assistentin zu mir«, schlug Penner vor. »Von mir kriegt sie alles, was sie braucht.« Lächelnd warf er sich in die Brust. »Oh ja, ich bin ein ganzer Mann – ein Held!«

Marietta zwang sich, das Lächeln zu erwidern. Vor einiger Zeit hatte ihr jemand erklärt, eines Tages würde sie eine passable Mätresse abgeben. Da könnte ihre scharfe Zunge nützlich sein. Widerwärtig, so etwas von einem Mann zu hören, der dreimal so alt war wie sie ... Wenn sie irgendwann verzweifelt genug wäre, um diesem Weg zu folgen, würde sie gewiss nicht Archibald Penner wählen, der Kenny ins Verderben stürzen wollte.

Kurz danach verließen sie das Haus. Marietta hielt den Mund, bis sie in sicherer Entfernung waren.

»Wie sind Sie bloß auf die Idee gekommen, Nathaniel Upholt zu mimen? Wenn Mr Penner feststellt, dass in der *Times* kein Artikel über ihn erscheint ...«

Noble wirkte kein bisschen besorgt. »Oh, der Artikel wird in der *Times* erscheinen.«

»Was? Wieso?«

»Heute Morgen habe ich mit Nathaniel gesprochen, und er hat mir sehr gern die Aufgabe überlassen, Archibald Penner zu interviewen.«

Sie blinzelte verwirrt. »Also haben Sie mit Nathaniel Upholt geredet?«

»Ja, über einen Kurier.«

»Das haben Sie getan, bevor ich erwacht bin?«

»Nicht jeder kann es sich erlauben, endlos lange zu faulenzen.« Während er dahinschlenderte, schwangen seine Arme locker hin und her. »Ihr Leute aus den besseren Kreisen seid alle gleich. Bis mittags liegt ihr im Bett, und dann vertrödelt ihr die Nächte.«

Ärgerlich kniff sie die Augen zusammen. »Ich vertrödle meine Nächte nicht.«

»Wirklich nicht? Und was machen Sie an den Abenden?«

»Ich besuche gesellschaftliche Ereignisse. Partys und Galas. Manchmal ein Konzert. Oder Wohlfahrtsfeste«, ergänzte sie voller Genugtuung.

»Wenn das so ist, muss ich meinen Kommentar über Ihre vertrödelten Nächte zurücknehmen.«

»Natürlich *trödle* ich nicht, es geht ums Überleben.« Marietta knirschte mit den Zähnen.

»Ach ja, ums gesellschaftliche Überleben, nicht wahr?«

»Ganz recht.«

»Das muss Sie mit ungeheurer Befriedigung erfüllen.«

»Mr Noble, Sie irritieren mich.«

»Wie bedauerlich, Miss Winters ...«

Als ihnen auf dem Gehsteig zwei Mädchen begegneten, tippte er an seine Kappe. Marietta drehte sich um und sah die beiden tuscheln. Mit großen Augen starrten sie Noble nach und kicherten albern.

»Müssen Sie das tun?«

»Hier zu gehen?«

»Diese Mädchen zu ermutigen.«

»Ich habe nur meine Kappe berührt. Halten Sie nichts von höflichem Benehmen?«

»In diesem Moment wäre das möglich. Meine Irritation grenzt geradezu gefährlich an Abneigung.«

»Nun, das verstehe ich sehr gut. Ich mag Sie auch nicht besonders.«

Mit seinem trägen Grinsen beschleunigte er ihren Puls, und das ärgerte sie noch viel mehr.

5

Genüsslich schloss Marietta die Augen und öffnete sie ganz langsam wie eine zufriedene Katze. Den Duft der Kräuter zu riechen, den heißen Dampf im Gesicht zu spüren ... Und die Farben leuchteten immer intensiver, von den tomatenroten Geschirrtüchern am Küchengestell bis zum Narzissengelb der Sonnenstrahlen, die über Baumwipfeln spähten. Endlich war sie in eine bunte, heitere Welt zurückgekehrt.

Ein letztes Mal wischte sie die Schüssel mit dem Rosmarin- und Dillbrot aus, das inzwischen zu ihrem gewohnten Frühstück gehörte. Ihr Magen war seit Tagen angenehm gefüllt. Allmählich nahm sie zu. Auch ihr Temperament hatte sich gebessert, obwohl Noble fest entschlossen schien, ihre Geduld ständig auf die Probe zu stellen.

Sie hob den Kopf und las unverhohlenes Amüsement in seinem Blick. Als sie blinzelte, erlosch der warme Glanz in den grünen Augen, von kühler Arroganz verdrängt. Über dem Chaos, das den zerkratzten Tisch bedeckte, erhob sich ein Bild maskulinen Selbstvertrauens und viriler Perfektion. Er drehte mit seinen langen Fingern eine Walnuss hin und her.

Hastig zog sie den Ausschnitt ihres Morgenmantels enger zusammen, wie eine schamhafte Nonne.

Noble betrachtete den Morgenmantel. Plötzlich kam sie sich fast nackt vor. »Heute gehen wir ins Coldbath-Fields-Gefängnis. Da müssen Sie sich wie ein Dienstmädchen kleiden.«

»So?« Ihre Hand umklammerte noch immer den Kragen. »Tatsächlich?« Sie fühlte sich ein bisschen schwindlig. *Oh Gott, Kenny …*

»Ja, sobald Sie angezogen sind.« Er musterte sie wieder, vom Scheitel bis zum Gürtel des Morgenmantels. »Dabei sollten Sie keine Hilfe brauchen.« Ein wölfisches Lächeln. Aber die Augen blieben düster. »Es sei denn, Sie wünschen meinen Beistand.«

»Nicht nötig …« Mit diesem besonderen Blick bewirkte er seltsame Reaktionen. Ihre Haut erwärmte sich, in ihrem Körper entstand ein eigenartiges Zittern. Dann biss sie die Zähne zusammen und bekämpfte diese Emotionen. Natürlich wollte sie nicht zur Schar seiner Bewunderinnen gehören.

Dass er so gut über ihre Garderobe Bescheid wusste, durfte sie nicht stören. Clarisse hatte erwähnt, sie sei schon oft beauftragt worden, ähnliche Sachen zu schneidern. Zweifellos hatte Noble im Lauf der Jahre unzählige Frauen ausgezogen. Deshalb kannte er den Stil der speziellen Kleidung. Das Dienstmädchenkostüm bestand aus drei Teilen, die vorn und an den Seiten zusammengefügt werden mussten. Damit würde sie allein zurechtkommen. Offenbar hatte Mrs Rosaire nur das Frühstück vorbereitet, danach war sie entlassen worden.

Marietta rannte die Treppe hinauf. Endlich würde sie Kenny wiedersehen.

Obwohl das Coldbath-Fields-Gefängnis ziemlich weit entfernt lag, gingen sie zu Fuß hin. Das überraschte Marietta nicht. In den letzten Tagen hatten sie fast alle Ziele zu Fuß erreicht. Das schien Noble vorzuziehen. Oder vielleicht wollte er sie ärgern – was ihm nicht gelang. Sie genoss die Bewegung. Damit er es nicht merkte, behielt sie eine neutrale Miene bei. Dauernd beobachtete er sie, während er die Walnuss im Rhythmus seiner Schritte hochwarf und auffing. In einem Spiel, das er kontrollierte, musste sie sich irgendwie behaupten.

Sie näherten sich dem Gefängnis, und Marietta erschauerte. In einer ansonsten angenehmen Wohngegend, wo sich hübsche Häuser aneinanderreihten, wirkte der schlichte Bau mit den vergitterten Fenstern wie eine triste Festung. Eine gütige Seele hatte Blumen am Straßenrand gepflanzt, was ein erfolgloser Versuch war, die Atmosphäre etwas freundlicher zu gestalten.

Vor dem Eingang stand ein bärtiger, untersetzter Mann. Beim Anblick der Neuankömmlinge drehte er sich abrupt um und humpelte in das Gebäude. Marietta schaute Noble an.

Aber er reagierte nicht auf das seltsame Verhalten des kleinen Mannes. Als sie ihm folgten, sah sie sein dunkles Hemd hinter einer Ecke verschwinden.

Noble ging ihm nach, und sie ging Noble nach. Unterwegs begegneten sie Wärtern und schwatzenden Beamten, Häftlinge wurden durch die Korridore geführt. Niemand fragte nach dem Begehr der Besucher. Vielleicht lag es an ihren zielstrebigen Schritten.

Im dritten Korridor verringerten sich die Menschenmengen zu kleinen Gruppen, dann zu vereinzelten Personen im schmaleren, kalten Gang. Als sie um eine Ecke in den vierten

Flur bogen, hielt Marietta den Atem an. Nun sah sie das finstere Gesicht des kleinen Mannes mit der Hakennase und den buschigen Brauen wieder. Er stand vor einer massiven Eisentür, sonst ließ sich niemand blicken.

»Hier dürfen Sie nur eine halbe Stunde bleiben, bis die Wachtposten ihren Rundgang beenden«, erklärte er in mürrischem Ton. »Eigentlich dürfte kein Wächter gegen Ihre Anwesenheit protestieren, weil nur jemand mit einem Schlüssel eintreten kann. Falls sich trotzdem jemand aufregt, kümmere ich mich drum. Zweigen Sie dreimal rechts ab, und gehen Sie in die mittlere Zelle.« Er sprach mit einem starken Akzent, den Marietta nicht kannte.

»Danke, Oscar«, antwortete Gabriel Noble in sanftem Ton. »Damit erweisen Sie mir den zweiten Gefallen.«

»Stimmt genau, verdammt noch mal!« Verblüfft starrte Marietta in das kampflustige Gesicht des kleinen Mannes. »Bertha tritt mir schon die ganze Zeit in den Hintern. Je eher ich den dritten hinter mich bringe, desto besser.«

»Arme Bertha ... Ist sie mir noch immer böse wegen der Katze?«

Der Mann murmelte etwas vor sich hin, und Marietta hörte nur die Worte »nie verzeihen« und »hätte mir fast ein Bein abgerissen«.

»Sagen Sie Bertha, mein Nachbar hat ein paar Kätzchen, wenn sie eins haben will«, schlug Noble vor, ohne seine Belustigung zu verhehlen.

»Nur Ärger machen Sie mir!«, schimpfte Oscar. »Kätzchen, pah, die würde ich verspeisen!« Erbost drehte er seinen Schlüssel im Schloss herum und hielt die Tür auf.

Als Noble hindurchging, zwinkerte – zwinkerte! – er ihr zu. Leicht benommen schaute sie ihm nach. Dann riss sie sich zusammen und richtete ihren Blick wieder auf Oscar, der die Augen verengte. Abschätzend. Nun verschwand die bärbeißige Sympathie, die er vielleicht für Noble empfand. Mit verkniffenen Lippen beobachtete er sie und sagte kein Wort.

»Stimmt irgendetwas nicht, Sir?« Bei der Art, wie er sie musterte – wie etwas, das er unter einem Stein gefunden hatte –, sträubten sich ihre Nackenhaare.

»Ärger. Das sehe ich schon jetzt.«

»Wie bitte?«

»Gehen Sie rein!« Mit gerunzelter Stirn zeigte er unfreundlich zur Tür. »Nur eine halbe Stunde. Keine Minute länger.«

Kaum hatte sie die Schwelle überquert, fuhr sie herum und wollte ihn fragen, wie er seine Bemerkung gemeint hatte. Aber er warf ihr die Tür vor der Nase zu, der Schlüssel knirschte. Ihr Atem stockte.

Dann wandte sie sich zum Geräusch einer Fußspitze, die auf den Boden klopfte. Eine perfekt geschwungene dunkle Braue wurde hochgezogen. »Wollen Sie den ganzen Vormittag herumtrödeln, oder gehen wir zu unserem Opfer?«

Von Oscars Benehmen entnervt eilte sie zu Noble. »Oh, Sie grässlicher Mann, er ist nicht unser Opfer!«

Eine Hand auf der Brust gehalten verneigte er sich. »Ihre Worte erwärmen mein kaltes, grausames Herz.« Irgendwie tauchte die Walnuss wieder auf, als er die Hand sinken ließ, und er begann sie zwischen den Fingern umherzurollen. »Gehen wir zu unserem Opfer, Prinzessin«, fügte er sardonisch hinzu.

Lässig bog er um die erste Ecke. Marietta schaute nach rechts und links. Zum ersten Mal nahm sie die Zellen wahr. Bisher hatte Noble ihre ganze Aufmerksamkeit beansprucht, so wie immer, wenn er in ihrer Nähe war, der verfluchte

Schurke. Zwischen den Gitterstäben erschienen schmutzige, aufgeschürfte Hände, gefolgt von zerrissenen Ärmeln. Seelenlose Augen gafften.

»He, meine Hübsche, ich wäre sehr gern Ihr Opfer.« Eine krallenförmige Hand griff durch das Gitter nach Marietta. Bevor sie sich bewegen konnte, prallte irgendetwas klirrend gegen das Eisen, die Kralle verschwand in der feuchtkalten Zelle. Eine Walnuss rollte in eine Ecke. Zitternd blieb sie liegen.

Marietta drehte sich um. Aber Noble war nirgendwo zu sehen, und sie eilte unbehaglich durch den Korridor. Erleichtert sah sie seinen Rücken, als sie um die nächste Ecke bog, und sie folgte ihm.

Nun konzentrierte sie sich nur noch auf ihn, auf seine Rockschöße, die in vollkommener Harmonie mit seinem geschmeidigen Gang hin und her schwangen. Sicher war es besser, den vermaledeiten Mann anzustarren, statt den schaurigen Zustand der Zellen und ihrer Insassen. Oder zu überlegen, wie Kenny aussehen mochte, wie er sich verhalten würde …

Nach der letzten Biegung entdeckte sie ihren Bruder. Ganz allein kauerte er in einer Zelle, die genauso deprimierend und düster wirkte wie die anderen. Wenigstens musste er seine Hölle nicht mit seelenlosen Monsteraugen teilen. Geistesabwesend zupfte er an den Schnallen seiner Schuhe, und er sah elend aus.

»Kenny!«

Ruckartig hob er den Kopf, sprang auf und umklammerte die Gitterstäbe. Das zerrissene Hemd rutschte von einer Schulter hinab, und er erschien seiner Schwester noch dünner und schwächer.

»Oh Marietta!« Durch die Gitterstäbe hindurch versuchte

sie ihn zu umarmen, und er hielt sich an ihr fest. »Endlich! Du wirst mich hier rausholen! Oh, es war ja so grauenvoll! Meine Schuhe habe ich ruiniert. Und mein Haar ist ganz verfilzt.«

Mit einer Hand berührte sie sein Haar, mit der anderen stützte sie ihn.

»An meinem Kopf habe ich eine Beule, die noch immer schmerzt. Irgendein Idiot hat mich geschlagen!«

Sie wollte etwas sagen, doch die Worte sprudelten aus ihm hervor, als hätte er eine Woche lang mit niemandem geredet.

»Mitten auf der Straße wurde ich überfallen. Gott sei Dank, jetzt bist du hier! Wo ist der Schlüssel?«

»Ähm ...« Sie befreite sich aus seinen Armen und den Eisenstäben. »Da gibt es ein kleines Problem, Kenny.«

»Ja, das ist mir klar! Seit einer Woche sitze ich hier fest! Das Essen ist ein Schlangenfraß. Und da laufen Ratten herum. Ratten! Gestern Abend wollte mir eine mein Brot stehlen.« Er warf einen Blick in eine Ecke seiner Zelle, presste sich noch fester gegen die Gitterstäbe und umfasste sie wie die anderen Häftlinge. »Irgendwo in diesem Gefängnis haben sie den Middlesex-Mörder eingesperrt. Wenn ich schlafe, und er bringt mich um ... Dauernd murmeln die Wärter irgendwas über ihn. Seinetwegen haben sie sogar vergessen, mir meine Mahlzeiten zu bringen.« Sein Magen knurrte. »Höchste Zeit, dass sie den Bastard aufhängen! Aber ich verstehe nicht, warum ich seinetwegen auf mein Essen verzichten muss.«

Prüfend schaute Marietta ihren Bruder an. Nach seinem Wortschwall holte er tief Luft. Wenn er auch beängstigend aussah – er erweckte nicht den Eindruck, er hätte den Verstand verloren. »Warum du hier bist, weißt du doch, Kenny?«

Er winkte ungeduldig ab. »Klar, die glauben, ich hätte jemanden getötet. Als könnte ich den Anblick von Blut ertragen! Früher oder später werden sie ihren Irrtum bemerken«, fügte er schaudernd hinzu, »das weiß ich. Jetzt ist es schon eine Woche her! Ungeheuerlich! Wo ist der Schlüssel?«

So hoffnungsvoll schaute er sie an, dass ihr die Stimme nicht mehr gehorchte.

Zwischen den Gitterstäben ragte eine Hand heraus und packte ihren Arm. »Marietta?«

Wie es geschah, wusste sie nicht. Plötzlich wurde sie von Kenny losgerissen, stöhnend drückte ihr Bruder seine schmerzenden Finger an die Brust. Nobles Hand glitt von ihrem Arm, bevor sie die Berührung registriert hatte.

»Autsch! Was soll das? Wer sind Sie?« Kenny saugte an einem verdächtig sauberen Finger. Offenbar nicht zum ersten Mal.

»Darum brauchen Sie sich nicht zu kümmern«, erwiderte Noble. »Behaupten Sie tatsächlich, Sie hätten keine Ahnung, warum Sie im Gefängnis sitzen? Erwarten Sie, dass wir Ihnen das glauben?«

Kenny blinzelte verdutzt. Besonders klug war der arme Junge noch nie gewesen. »Nur wegen eines Irrtums wurde ich verhaftet. Und jetzt ist Marietta hierhergekommen, um mich zu retten.«

Keine Sekunde lang schien er daran zu zweifeln, und sie hasste sich selbst, weil sie ihn so bitter enttäuschen musste.

»Ja, Ihre Schwester ist hier, um Sie zu retten«, bestätigte Noble zu ihrer Überraschung. »Obwohl Sie es anscheinend nicht verdienen.«

Entgeistert riss Kenny die Augen auf. Schon immer war es ihm leichtgefallen, Freundschaften zu schließen, im Gegensatz zu ihr. »Diese Frau habe ich nicht getötet. Das kann doch niemand ernsthaft vermuten.«

»Nicht nur diesen Mord lastet man Ihnen an. Angeblich haben Sie auch zwei andere Frauen umgebracht.«

Vielleicht war Kenny nicht allzu intelligent, aber auch nicht strohdumm. Jetzt ging ihm ein Licht auf. Entsetzt hielt er die Luft an. »Also hält man mich für den Middlesex-Mörder?«

Marietta trat wieder näher zu ihm, und Noble folgte ihr. »Wirklich, Kenny, du steckst in furchtbaren Schwierigkeiten. Hast du das noch nicht herausgefunden?«

Nachdenklich kaute er an seiner Unterlippe. »Nun, ich dachte, die würden mich von den anderen fernhalten. Meistens machen die Wärter einen großen Bogen um mich. Glauben sie das tatsächlich von mir? Weiß es ...« Er senkte die Stimme. »Weiß es sonst noch jemand?«

Sie schluckte krampfhaft. »Ja.«

»Nein«, wisperte er. In ihrer einsilbigen Antwort las er offenbar alles, was sie *nicht* sagte.

»Du musst uns helfen, Kenny«, erklärte sie und betrachtete ihre derben Schuhe. »Sonst können wir nichts für dich tun, und sie werden dich nicht freilassen.«

»Hast du einen Anwalt engagiert?«

Sekundenlang presste sie die Lippen zusammen. »Ja, aber der ist in solchen Fällen nicht zu gebrauchen.«

Inzwischen hatte sie die juristischen Dokumente gelesen und musste Noble recht geben.

»Aber – was – was wird geschehen ...?«

»Erst mal sollten Sie unsere Fragen beantworten.« Nobles Stimme klang kalt. Aber er sah nicht so unnahbar aus wie bei seiner ersten Begegnung mit Marietta. »Was haben Sie zum Zeitpunkt Ihrer Verhaftung in der Nähe des White Stag gemacht?«

Fragend schaute Kenny seine Schwester an. In seinem Gesicht mit den eingefallenen Wangen und den dunklen Augenringen erkannte sie ein Spiegelbild ihres eigenen, wie es ihr erschienen war, bevor sie Mrs Rosaires herzhafte Eintöpfe genossen hatte. Mit seinen großen Augen wirkte er wie die personifizierte Unschuld, und Marietta hegte die vage Hoffnung, das würde auch den Geschworenen auffallen. Ermutigend nickte sie ihm zu.

Mit allen Fingern fuhr er durch sein schmutziges Haar, bis es zu Berge stand. »Mark und Marietta haben wieder gestritten. Da musste ich einfach raus.«

Sie biss auf ihre Lippen und hielt den Kopf dabei gesenkt, und der Hoffnungsschimmer wurde von Schuldgefühlen verdrängt.

»Eine Zeit lang ging ich spazieren. Ich kam an mehreren Tavernen vorbei. In keiner war viel los, und nirgendwo sah ich freundliche Gesichter. Schließlich wanderte ich nach Osten. Ich hatte ein paar Pennys bei mir.« Verlegen schaute er Marietta an. »Viel war es nicht.«

Mark hatte das »Taschengeld« der Geschwister für Kleidungsstücke ausgegeben, die sie sich nicht leisten konnten. Deshalb hatte sie mit ihm gestritten.

»Da entdeckte ich eine Kneipe, in der es ziemlich laut zuging. Das merkte ich schon, als ich noch einen Häuserblock entfernt war. Genau das Richtige, dachte ich. Und so ging ich darauf zu. Keine zehn Schritte vor der Tür hörte ich einen Lärm. Wie wenn Metall auf einen Stein prallen würde, und jemand schrie: ›Sie!‹ Das klang furchtbar unheimlich, wie das Kreischen einer Katze.« Seine Brauen zogen sich zusammen. »Weil ich annahm, ich müsste jemandem helfen, lief ich in die Richtung dieser Stimme. Und da lag eine Frau. Dann wurde alles schwarz. Irgendwann erwachte ich in einer Blutlache. Und ich hatte eine Beule am Kopf. So groß wie ein Apfel.«

»Haben Sie jemanden bei der Frau gesehen?«, fragte Noble.

»Nein. Irgendjemand muss mich niedergeschlagen haben. Nachdem ich zu mir gekommen war, hatte ich höllische Schmerzen und konnte gar nicht aufhören zu stöhnen. Dann sah ich die Leiche.« Kenny erschauerte wieder. »Da lag sie, direkt neben mir.« Die Augen weit aufgerissen sah er so aus, als wäre er erneut niedergestreckt worden. »Heiliger Himmel, der Middlesex-Mörder …«

»Was glauben Sie, wie lange Sie bewusstlos waren?«

»Keine Ahnung.« Kenny kratzte sich am Kopf, glättete ein paar Haarsträhnen, und andere richteten sich auf. »Vielleicht zwanzig Minuten? Gegen zehn Uhr hatte ich unser Haus verlassen. Und bei meiner Ankunft im Gefängnis hörte ich einen Wärter sagen, es sei halb zwölf.«

»Was taten Sie, nachdem Sie die tote Frau entdeckt hatten?«

»Ich berührte ihren Arm, der war so – kalt. Was ich tun sollte, wusste ich nicht. Ich saß einfach nur da, schaute sie an, und schließlich stand ich auf. Dann fiel dieser Mann über mich her. Was ich zu sagen hatte, wollte er gar nicht hören. Der schrie mich einfach nur an. Etwa eine Viertelstunde später wurde ich in dieses Rattenloch gestoßen.« Erbost trat er gegen ein paar Strohhalme. »Also bilden die sich ein, ich wäre der Middlesex-Mörder. Unfassbar! Wenn ich mir vorstelle, dass er auf dieser Straße war, bei der Taverne … Alles Mögliche hätte er mir antun können.«

»Bisher hat er nur Frauen getötet«, entgegnete Noble. »Deshalb passen Sie wohl kaum in sein Beuteschema, nicht einmal mit diesem Hemd.«

Erstaunt schaute Kenny auf die üppigen Rüschen an seinem Hemd hinab, das der neuesten Mode entsprach – zumindest hatte es sehr fashionabel ausgesehen, bevor es mit Schmutz und Blut befleckt und zerrissen worden war. Insgeheim teilte Marietta die Meinung, die Noble angedeutet hatte.

»Wer sind Sie?«, fragte Kenny in wachsender Verwirrung.

»Ihre Schwester hat mich engagiert, damit ich Ihnen helfe.«

»Engagiert?« Kenny wandte sich zu ihr. »Marietta?«

»Keine Bange, Kenny.« Sie lächelte strahlend. »Für alles ist gesorgt.«

Beinahe sah sie die Rädchen in seinem Gehirn rotieren. Zornesröte färbte sein eben noch aschfahles Gesicht. Zitternd krallte er seine Finger um die Gitterstäbe. Dann musterte er Noble etwas genauer, und die Wut verwandelte sich wieder in Verblüffung. Natürlich passte Marietta nicht zu einem so attraktiven Mann. Sogar ein Blinder würde das bemerken.

»Wie denn?«, fragte Kenny.

»Nicht so, wie du glaubst, das versichere ich dir«, entgegnete sie etwas bissiger, als sie es beabsichtigt hatte. Glaubte er, sie hätte sich an Noble verkaufen wollen, und der wäre nicht interessiert gewesen?

Sie warf einen Blick auf Noble, der seine übliche arrogante, distanzierte Miene zur Schau trug. Also keine Veränderung.

»Auf welche Weise …«, begann ihr Bruder.

»Diese Frage hat Ihre Schwester schon beantwortet«, fiel Noble ihm ins Wort.

Kennys Kinnladen schlossen sich mit einem hörbaren Klicken, und Noble musterte ihn mit schmalen Augen.

»Was haben Sie in Ihrer Geschichte ausgelassen, Winters?«

Auch Marietta schaute ihren Bruder an, der seine Schuhe inspizierte. »Kenny?«

Noble wandte sich zu ihr. »Vielleicht sollten Sie da drüben an der Ecke warten, Marietta?«

Ah, die Leiche. Jetzt wollte er nach der Leiche fragen. Marietta schluckte. »Nein, ich bleibe hier. Ich will alles hören. In den Küchen, wo ich manchmal arbeite, habe ich mehr Blut gesehen als Kenny in seinem ganzen Leben.«

Nobles forschende Augen drohten sie zu durchbohren. »Also gut. Wie sah das Mädchen aus, Winters?«

»Das weiß ich nicht«, wisperte Kenny.

»Was meinen Sie?«

Kenny erschauerte wieder. »Nun, die Tote war voller Blut. Deshalb konnte ich ihr Gesicht nicht erkennen. Aber sie kam mir schon etwas älter vor. Keine Ahnung, wieso. Wegen ihrer Kleidung oder der Haare ...«

»Sind Ihnen keine besonderen Merkmale aufgefallen?«

»Nein, keine ...« Kenny holte mehrmals tief Atem. »Jedenfalls war sie – verstümmelt.«

Schlachtvieh in diversen Küchen hin oder her – *diese* Szene wollte Marietta sich nicht ausmalen. In den Zeitungen waren alle früheren Opfer des Middlesex-Mörders nur andeutungsweise beschrieben worden. Sogar das hatte sie schockiert. Sie ergriff die Hände ihres Bruders. »Bald hole ich dich hier raus.«

»Und Mark?«

»Halt einfach nur durch.« Sie umfasste seine Hände etwas fester. »Und versuch die Wärter nicht zu ärgern.«

Aus den Augenwinkeln sah sie, wie Noble auf seine Taschenuhr schaute. Doch sie konnte sich noch nicht von ihrem Bruder trennen.

»Nun müssen wir gehen, die halbe Stunde ist fast vorbei.«

Zwei Schraubstöcke schienen ihre Hände zu fesseln. »Marietta?«

Wonach er fragen wollte, wusste sie nicht.

»Gehen wir«, erklang Nobles tiefe, aalglatte Stimme.

»Oh Marietta«, flüsterte Kenny angstvoll.

»Kommen Sie.« Ihr Rücken wurde berührt, und sie starrte auf die Hände ihres Bruders hinab, die ihre umklammerten – die sie ihm widerstrebend entwand. Auf ihrer Seele schien das Gewicht von tausend Schiffen zu lasten.

Die Hand an ihrem Rücken drängte zum Aufbruch, und sie ließ sich zur Tür führen. Doch sie schaute ihren Bruder noch immer an.

»Kenny«, wisperte sie.

Als sie um die Ecke bogen, prägte sie sich seine Miene ein. Verloren. Hoffnungsvoll. Verzweifelt. Und voller Unschuld.

Blindlings folgte sie Noble bis zu der versperrten Tür. Er klopfte an das Eisen, der Schlüssel klirrte, und Oscars mürrisches Gesicht tauchte auf.

»Höchste Zeit.«

Er führte sie aus dem Zellenbereich, und Noble warf Marietta einen rätselhaften Blick zu, den sie ausdruckslos erwiderte – wie gelähmt vor Entsetzen und Kummer.

»Jetzt gehen wir zum Leichenbeschauer«, erklärte er. »Mal sehen, ob wir etwas mehr herausfinden. Offenbar leidet Ihr Bruder an Gedächtnisschwund.« Seine Stimme klang ein bisschen freundlicher als bei früheren Gesprächen mit Marietta.

Oscar, der vor ihnen dahinstapfte, schüttelte den Kopf. »Damit werden Sie nichts erreichen, weil die Leiche verbrannt wurde«, sagte er über die Schulter.

Abrupt blieb Noble mitten im Flur stehen. »*Was?*«

Oscar wandte sich wieder ab und nickte. »Nach der Untersuchung konnten sie die Tote gar nicht schnell genug loswerden.«

»Sehr verdächtig …«, meinte Noble gedehnt.

»Wahrscheinlich wollten sie einfach nur die Volksseele beruhigen.«

»Was ihnen nicht gelungen ist.«

»Je länger sie so was hinauszögern, desto schlimmer wird es. Wenn man die Spuren möglichst schnell beseitigt, werden es die Leute bald vergessen.«

Genauso wollen sie mit Kennys Gerichtsprozess verfahren, dachte Marietta.

»Arbeitet Frank noch im selben Gebäude?«

»Ja, über dem Gericht. Eigentlich dachte ich, er hätte seine Gefälligkeiten schon erledigt.«

»Stimmt. Aber das bedeutet keineswegs, dass ich einen alten Freund nicht besuchen kann.«

Noble lächelte charmant, und Oscar murrte: »Besuchen Sie *mich* lieber nicht, wenn wir miteinander fertig sind.«

Ehe Marietta wusste, wie ihr geschah, stand sie auf dem Gehsteig, und das Coldbath-Fields-Gefängnis lag hinter ihr. Vage nahm sie eine kurze, verschlüsselte Konversation zwischen Oscar und Noble wahr. Was sie erörterten, interessierte sie nicht, weil sie sich an etwas erinnert hatte. Seit ein paar Minuten überschlugen sich ihre Gedanken.

»Sein Stöhnen«, sagte sie plötzlich, und Noble wandte sich zu ihr. »Verstehen Sie es nicht? Es war Kenny, den Penner stöhnen hörte. Nicht das Mordopfer – das war schon lange tot.«

Eine Zeit lang schwieg Noble. »Ja, das passt zu Penners Geschichte. Aber irgendwas ergibt keinen Sinn. Warum wurde Ihr Bruder neben der Leiche liegen gelassen?«

Irritiert hob sie die Arme. »Nun, vielleicht brauchte der Mörder einen Sündenbock.«

»Möglich.«

»Halten Sie Kenny noch immer für schuldig?«

Die Sekunden tickten dahin.

»Nein.«

Von ihren Schultern fiel eine halbe Flotte hinab, nur mehr fünfhundert Schiffe drückten sie zu Boden.

»Danke.«

»Nicht *ich* muss überzeugt werden.«

»Da bin ich anderer Meinung. Immerhin waren Sie von seiner Schuld überzeugt, bevor wir hierherkamen.«

»Von seiner *Unschuld* war ich nicht überzeugt. Und das hat Sie geärgert.«

»Nein.«

»Schmollen Sie nicht!«, mahnte er.

Empört rang sie nach Luft. »Ich schmolle nicht.« Während sie davongingen, tauchte eine andere Walnuss aus seiner Tasche auf. »Vielleicht war der Täter hinter der Frau her.«

»Was?« In Gedanken wiederholte sie das Gespräch mit Kenny. »Glauben Sie, der Mörder hatte es speziell auf diese Frau abgesehen?«

»Ihr Bruder hörte sie sagen: ›Sie!‹ Deshalb wäre es denkbar, dass alle Attacken ganz bestimmten Personen galten.«

»Keine Frauen, die ein Verrückter wahllos umbrachte?«

Achselzuckend rollte er die Walnuss zwischen seinen Fingern umher. »Die Polizei glaubt, die drei Frauen hätte es nur zufällig getroffen. Dazu scheint auch die öffentliche Meinung zu neigen. In den letzten Wochen war ich zu beschäftigt, um darauf zu achten.«

»Also glauben Sie, der Mörder hat sich die Frauen ausgesucht?« Ja, das klang plausibel.

Noch ein Achselzucken. »Keine Ahnung, was ich glaube ... Jedenfalls habe ich heute genug Neuigkeiten erfahren, die mir zu denken geben.« Nach einem unergründlichen Blick in Mariettas Richtung bewegte er seine Finger wieder im Kreis.

Was sollte sie antworten? Wie sollte sie die qualvollen Gefühle bekämpfen, die ihr Herz durchbohrten? Das wusste sie nicht. Sie ging neben Noble dahin, und wann immer sie auf dem Gehsteig einer schmachtenden Frau begegneten, knirschte sie mit den Zähnen.

6

Gabriel schob noch zehn Blätter Papier in seinen Lederranzen. Anstrengend, solche Vorbereitungen ...

Auf den Bodenbrettern war ein Rascheln, in der Luft eine Regung zu vernehmen. Er griff nach einem Federkiel und warf mit einer ruckartigen Kopfbewegung sein Haar zur Seite. Schon am Anfang seiner Ausbildung hatte er gelernt, die Ankunft von Leuten zu registrieren, bevor er sie sah.

Spätere Ereignisse hatten ihn bewogen, diese Fähigkeit nicht zu verlernen.

Leicht derangiert erschien sie in der Tür. »Guten Morgen«, murmelte sie.

Gabriel wirbelte den Federkiel zwischen den Fingern umher und erwiderte den Gruß. Aber seine Stimme klang nicht so gleichmütig, wie er es wünschte, und die Feder entglitt ihm beinahe. Marietta setzte sich ihm gegenüber an den Tisch, stellte ihren gefüllten Teller darauf, und er beobachtete sie. Sobald sie den ersten Bissen hinunterschluckte, nahm ihr Gesicht einen entrückten Ausdruck an, so wie immer, wenn sie aß. Vielleicht fürchtete sie, eine so gute Mahlzeit würde sie nie wieder genießen.

Als er diese Miene zum ersten Mal gesehen hatte, war seine Feder in der Luft erstarrt und die Tinte auf das Papier getropft. Bis Marietta den Kopf gehoben und ihn veranlasst hatte, seine Tätigkeit fortzusetzen.

In der Tat, sie verblüffte ihn. Sie wirkte eher unscheinbar – braunes Haar, braune Augen. An diesem Tag trug sie ein zerknittertes braunes Kleid. Sie hatte ein durchschnittliches Gesicht, das man mit Kosmetika und ein bisschen Farbe aufhellen und mit ähnlichen Hilfsmitteln noch unauffälliger gestalten konnte. Wohlgeformte Wangenknochen, volle Lippen, weit auseinanderstehende Augen. Einigermaßen hübsch, aber nicht schön. Vom Aussehen her eignete sie sich perfekt dafür, irgendwo mit ihrer Umgebung zu verschmelzen. Was gewiss ein Vorteil war, wenn sie die Aufgaben erfüllen musste, die er ihr stellen würde.

Doch das Feuer in ihren Augen erzählte eine andere Geschichte. Schon bei der ersten Begegnung hatte er erkannt, dass sie ihm Schwierigkeiten machen würde. Immer.

»Nach Ihrem Frühstück gehen wir zu Ihrem Anwalt.«

Sie unterbrach die Mahlzeit und blickte auf. »Haben wir danach noch etwas vor? Ist mein Kleid in Ordnung?« Sie zupfte an dem braunen Musselin.

»Ja. Wenn es nötig ist, kommen wir zurück, und Sie ziehen sich um.«

Sie nickte und begann wieder zu essen.

Widerwillig bewunderte er ihren Charakter, obwohl ihr Eigensinn ständig neue Probleme aufwerfen würde. Diese letzte Woche hatte sie geradezu mit Bravour gemeistert – was erstaunlich war für eine junge Frau in ihrer Position.

In ihrer Position … Gabriel ließ den Federkiel wieder

rotieren. Selbst wenn sie geächtet wurde und ihre Familie in Ungnade gefallen war, gehörte Marietta noch immer der gehobenen Gesellschaft an. In diesen Kreisen gab es nur wenige Leute, auf die sie zählen durfte. Schon gar keine Frauen.

Sie aß ihren Teller leer. »Oh, ich kann es kaum erwarten, Mr Hackenstay zu sagen, was ich von ihm halte …«

»Nein, Sie werden nicht mit dem Anwalt sprechen.« Nun klang seine Stimme so gleichgültig, wie er es vorzog.

»Wie bitte?« Marietta richtete sich kerzengerade auf. »Diesem Betrüger habe ich sehr viel zu sagen. Er hat uns hintergangen und Kennys Notlage schamlos ausgenutzt, ein mieser Trunkenbold, pflichtvergessen, geradezu kriminell inkompetent …«

»Wirklich imposant, Ihre Liste. Trotzdem werden Sie nicht mit ihm reden.«

»Oh doch. Niemand übervorteilt einen Winters und kommt ungestraft davon.« Sie hatte die Schultern gestrafft und das Kinn hochgereckt.

Auch die Loyalität, die eine Frau von Mariettas Status dem bedauernswerten Bruder bewies, sprach zu ihren Gunsten.

»Gewiss eine beängstigende Drohung – insbesondere aus dem Mund einer Frau, die von so vielen hilfsbereiten Leuten unterstützt wird.« Die Feder wirbelte wieder herum. Diesmal gelangen ihm sogar zwei Drehungen mit dem kleinen Finger.

Ihre Wangen röteten sich. »Auch auf andere Weise können wir uns rächen. Mark mag unausstehlich sein. Aber er ist mein Bruder – und für uns da. Er wird eben erst erwachsen. Und Kenny ist ein Baby.«

»Mit achtzehn Jahren ist er noch ein Baby?«

»Ein Baby!«, bekräftigte sie.

Nachdem Gabriel ihn kennengelernt hatte, beschloss er, nicht zu widersprechen. Kenny würde zu einem stärkeren Mann heranreifen, und ein engagierter Mentor würde einen großen Unterschied ausmachen. Aber Mark …

»Sagten Sie, Mark ist demnächst erwachsen? Wann genau wird das stattfinden?«

»Bald«, erwiderte sie in entschiedenem Ton, und ihre Lider zuckten nur ganz leicht.

»Das können nicht einmal Sie behaupten, ohne eine Miene zu verziehen. Ihr Bruder ist älter als ich. Hoffentlich erreiche ich den Zustand meiner Reife etwas früher.«

Er neigte sich vor und beobachtete, wie sie die Augen aufriss, wie ihre Brust von heftigen Atemzügen bewegt wurde.

Von maskuliner Genugtuung erfasst fuhr er fort: »Während ich in Kennys Alter war, musste ich mich gewaltig anstrengen. Knochenarbeit, kaum Schlaf, riskante Abenteuer.« Angst und Entschlossenheit waren seine ständigen Begleiter gewesen. »Damals musste ich mehr ertragen als die Sorge, ich könnte mir keine neuen Stiefel leisten. Armer Kenny, armer Mark«, stieß er ätzend hervor. Nur selten gestattete er jemandem einen so aufschlussreichen Einblick in seine Seele.

Gabriel verachtete alle Menschen, die nicht die nötige Willensstärke aufbrachten, um für ihr Überleben und eine bessere Zukunft zu kämpfen.

Natürlich besaß nicht jeder den brennenden Ehrgeiz, der ihn angespornt und zum wahrscheinlich reichsten Mann von London gemacht hatte. Ohne nennenswerte Herkunft hatte er in einem knappen Jahrzehnt unglaublich viel errungen. Und das verlieh ihm die Macht, das Leben anderer zu ändern. Aber man brauchte auch eine besondere Antriebskraft, wenn man sein eigenes Leben ändern wollte.

Mark Winters war ein Schmarotzer.

Und seinem jüngeren Bruder Kenny Winters mangelte es an Ambitionen.

Marietta Winters ... Wer sie war, versuchte er noch immer herauszufinden.

»Wie können Sie so reden?«, warf sie ihm vor. »Armer Kenny, also wirklich! Er sitzt hinter Gittern. Und vermutlich wird man ihm nicht einmal einen gerechten Prozess machen.« Neue Röte stieg in ihre Wangen, wie die erste zögernde Blüte einer Rose.

Diesen Vergleich verbannte er aus seinen Gedanken. »Deshalb müssen wir das Problem lösen, das der Anwalt darstellt. Das werden Sie *mir* überlassen.«

»Aber ...«

»Wollen Sie sich in diesem Fall meinen Wünschen widersetzen?« In seiner Stimme mischte er Zucker mit Stahl, und er beobachtete, wie sie die Tischkante umklammerte, wie sich ihr Gesicht noch dunkler färbte.

Rosenrot stand ihr gut, trotz der verkniffenen Lippen. Flüchtig fragte er sich, ob er sie nur ärgerte, um diese Farbe erblühen zu sehen.

»Wann brechen wir auf?«, fauchte sie.

»Jetzt. Der Fußmarsch dauert dreißig Minuten.«

Glättend strich sie über ihr Haar. Genauso glättete sie ihre zornige Miene. Sie verfügte über besondere Fähigkeiten, das musste er ihr zubilligen. Die meisten seiner Prüfungen hatte sie bestanden. Sie besaß eine scharfe Zunge, aber auch einen scharfen Verstand. Und gegen rebellische Frauen hatte er nichts einzuwenden. Es waren die zuckersüßen, die seine Nerven strapazierten.

Und bei dieser Frau wusste man immer, woran man war, wenn man schnell genug hinschaute. Sekundenlang spiegelte ihr Gesicht alle Gedanken und Gefühle wider – bis sie sich hinter einer Maske verschanzte.

Vielleicht würde sie ihm größeren Ärger machen, als sie es wert war. Aber er wollte erst einmal abwarten und Marietta beobachten. Und prüfen. Irgendwas hatte sie an sich. Diese Augen. Desillusioniert und enthusiastisch zugleich, das faszinierte ihn.

Sie traten in den hellen Frühlingstag hinaus. Genau das richtige Wetter für einen Spaziergang, dachte Gabriel. Warme Sonnenstrahlen streichelten sein Gesicht. Aus den umliegenden Gärten wehte eine leichte Brise Blütenstaub heran, der kurz in der Luft innehielt, bevor er weiterschwebte. Ein Passant musste niesen.

»Neulich sagten Sie doch, Sie würden Anwälte von Mr Hackenstays Sorte kennen, nicht wahr?«, fragte Marietta.

Als kichernde Mädchen vorbeigingen, sah er, wie sie eine Grimasse schnitt. Langsam breitete sich ein Grinsen von seinen Mundwinkeln bis zu den Wangenknochen aus. Diesmal trug er keine Kappe, an die er tippen konnte, denn er hatte beschlossen, Hackenstay höchstpersönlich gegenüberzutreten und sich nicht als jemand anderes auszugeben. Aber er nickte jeder Frau, die ihnen begegnete, lächelnd zu. Mariettas Gesicht erweckte den Eindruck, sie hätte in einen sauren Apfel gebissen.

»Oh ja, in London wimmelt es von solchen Juristen.«

»Wieso gibt es so viele unfähige Anwälte?«

»Nicht alle sind Rechtsanwälte, die vor Gericht auftreten. Da wären auch Buchhalter, kaufmännisch ausgebildete Juristen, Angehörige des höheren und *niedrigeren* Adels. Die Sorte, die gewisse Situationen ausnutzt, ohne Rücksicht auf die Nachteile anderer Leute, beschränkt sich nicht auf ein einziges Fachgebiet.«

Sie schaute ihn erbost an, hielt jedoch ihre Wimpern gesenkt. Die Andeutung, auch ihr Bruder Mark – ein Mitglied des *niedrigeren* Adels – sei ein Betrüger, durfte nur sie sich erlauben.

»Was haben Sie für Oscar getan?«

Plötzlich rann ein kalter Schauer über seinen Rücken. »Warum fragen Sie danach?«

»Er kam mir ärgerlich und mürrisch vor. Trotzdem schien er Sie nicht zu hassen. Immer wieder drohen Sie mir mit den ›Gefälligkeiten‹, die ich Ihnen erweisen muss. Aber ich arbeite nicht für die Regierung oder in irgendeiner geheimen Funktion. Deshalb habe ich keine Kontakte, die Ihnen helfen könnten.«

»Da Sie aus besseren Kreisen stammen, haben Sie zahllose Kontakte.«

Marietta betrachtete die Häuserreihe zu ihrer Rechten. »Jetzt nicht mehr.«

Wie es in der gehobenen Gesellschaft zuging, wusste er. Dazu war er erzogen worden. »Ich habe nie behauptet, ich würde Ihre Kontakte brauchen.«

Abrupt wandte sie ihren Kopf zu ihm. »Sprechen wir es doch unverblümt aus, Mr Noble – Sie brauchen mich für gar nichts. Das ist mir völlig klar.«

»Interessant – also haben Sie alles rausgefunden. Dann wissen Sie ja ganz genau, was Sie für mich tun müssen.«

»Nein, natürlich *nicht*!«, zischte sie.

»Soeben sagten Sie, ich würde Sie für gar nichts brauchen.«

»Inzwischen habe ich die abscheulichsten Möglichkeiten ausrangiert, weil Sie ja offenbar über einen Harem verfügen, der Ihnen jederzeit zu Diensten ist.« Mit einer vagen Geste wies sie auf einige Fußgängerinnen. »Trotz Ihrer zweideutigen Äußerungen bezweifle ich, dass ich *das* tun muss.«

In Gabriels Brust machte sich ein seltsames Gefühl breit. Eigentlich sollte ihn das Wort ›abscheulich‹ erzürnen und seine Ehre verletzen. Stattdessen fühlte er sich – belustigt? In der Gegenwart einer Dame aus gehobenen Kreisen hatte er schon lange keinen Lachreiz mehr verspürt.

»Ah, ich verstehe, und ich werde meinen Haremsmädchen erklären, sie müssten sich nicht vor einem Eindringling in ihrer Mitte fürchten.«

»Das ist nicht komisch.«

»Nein, sicher nicht.«

Das Amüsement brach sich Bahn, und er lachte laut auf. Die Hände in ihre Hüften gestemmt blieb sie stehen und starrte ihn an – ihre Miene wechselte von wütend auf widerwillig belustigt. Dann schaute sie ihn an, und ihre Augen verrieten neuen Unmut. Gabriel folgte ihrem Blick und entdeckte eine junge Frau, die ihn bewundernd musterte. Sofort verstummte sein Gelächter. Er tippte an seine Schläfe, ging weiter und wartete nicht ab, ob Marietta ihn begleiten würde.

Erst nach einer Minute hörte er ihre Atemzüge und verlangsamte seine Schritte. Sie beklagte sich nie über die langen Fußmärsche oder sein Tempo. Darauf verzichtete sie ganz bewusst – um irgendetwas zu beweisen, das ahnte er. Und es gelang ihr. Es verriet ihm sehr viel über ihren Charakter, und keine seiner Erkenntnisse enttäuschte ihn.

»Also, wie haben Sie Oscar geholfen?«

Fast eine volle Minute lang schwieg er und versuchte der Frage auszuweichen. Natürlich konnte er sie einfach ignorieren. Aber es reizte ihn viel mehr, Marietta zu ärgern.

Warum er mit ihr streiten wollte, war ein anderes Rätsel. Normalerweise verhielt er sich nicht so schroff – nur wenn eine Situation es erforderte. Doch er arbeitete nur selten für Frauen aus der oberen Gesellschaftsschicht. Weil er sie so abgrundtief hasste, wollte er nichts mit ihnen zu tun haben – obwohl sie ihm ein Vermögen bezahlen würden und ihm wichtige Kontakte verschaffen könnten.

Marietta ging weiter. Trotz ihrer langen Beine musste sie sechs Schritte machen, wenn er mit fünf auskam. »Hatte er Schwierigkeiten mit den Wachtposten?«

»Wieso glauben Sie, Oscar wäre mit dem Gesetz in Konflikt geraten? Immerhin arbeitet er in einem Gefängnis.« Entweder musste er das Thema wechseln oder eine Möglichkeit finden, ihr auf die Nerven zu fallen.

Sie zuckte die Achseln. »Oh, ich möchte Sie nur zum Reden bringen.«

»Und wieso vermuten Sie, ich hätte Oscar vor kurzer Zeit geholfen?«

»Weil er Ihnen noch immer eine Gefälligkeit schuldet«, erwiderte sie und seufzte ungeduldig, als wäre das ohnehin glasklar.

Gabriel bekämpfte ein Lächeln. Perfekt. »Meinen Sie, ich müsste jeden Tag ins Coldbath-Fields-Gefängnis gehen? Wissen Sie, warum gute Kontakte so wertvoll sind? Dadurch bieten sich zahlreiche Optionen. Manche Gefälligkeiten nehme ich erst nach Jahren in Anspruch.«

Plötzlich wanderte sie nicht mehr an seiner Seite dahin. Mühsam bezwang er ein Grinsen, drehte sich um und sah sie stocksteif auf dem Gehsteig stehen.

»Nach Jahren?« Ihre Stimme klang so gepresst, als würde ihr jemand die Kehle zudrücken. »Heißt das – ich könnte Ihnen jahrelang verpflichtet sein?«

»Allerdings. Dachten Sie, in ein paar Wochen wären Sie mich los?«

Jetzt schien sich der Würgegriff zu verstärken. Aus ihrer Kehle rangen sich nur mehr unartikulierte Laute.

Er ging zu ihr, beugte sich hinab und beobachtete zufrieden, wie ihre Augen immer glasiger wurden, je näher er seinen Kopf zu ihr neigte. Nahe genug, um ihre Atemzüge zu beschleunigen, den Puls in ihrem Hals.

»Nein, Marietta, nein, nein, nein«, flüsterte er, trat noch näher, und ihre Zehenspitzen berührten sich. »Sie werden mir sehr lange dienen. Aber keine Bange, ich werde Sie entsprechend ausbilden.« Er berührte ihr Handgelenk und fühlte den Puls, der immer schneller pochte. »Für Sie reserviere ich einen besonderen Platz in meinem Harem. Und es wird *sehr* lange dauern, bis die drei sündigen Nächte ein Ende finden.«

Nun hörte er ihren Atem stocken, sah ihren Hals zucken, die geöffneten Lippen zittern. Diese Reaktionen lockten ihn noch näher zu ihr, denn er wollte sehen, was sie zwingen mochte, ihm die völlige Kontrolle zu überlassen. Nicht, dass er etwas anderes tolerieren würde. Eine Frau, die ihre Kontrolle aufgab, war absolut notwendig, schon seit seinem siebzehnten Lebensjahr.

Eingehüllt von der dunklen Wolke dieser Gedanken an die Vergangenheit nutzte er sie zu verführerischen Zwecken. Er senkte den Kopf, seine Lippen näherten sich ihren, und ihr Puls raste – von der Vorstellung getrieben, was geschehen *könnte*. Wie er sie küssen, wie er sie streicheln würde. Wie er mit seinen Fingern so intensive Gefühle erregen mochte, dass sie sogar ihren eigenen Namen vergaß.

Nur um ein paar Zentimeter wich ihr Kopf zurück.

Mit Frauen konnte er spielen wie auf einer Geige, ein beruhigendes Schlaflied oder ein furioses Scherzo. Dies war sein prägnantestes, sein meist gehasstes Talent. So viele Frauen ließen sich mühelos umgarnen. Allein schon sein Blick genügte, um sie zu betören. Andere verlangten Komplimente oder Schmeicheleien, eine genauso leichte Beute. Doch die wahre Herausforderung stellten jene dar, die eine besondere Melodie erforderten – den Druck auf die richtige Stelle des Griffbretts, das Vibrato der richtigen Saiten, den richtigen Schwung des Bogens.

Was würde Marietta besiegen? Ein schlichter Kuss? Eine Liebkosung? Nein. Mochte er sie auch mit einfachen Dingen verlocken – wenn er sie *wirklich* unter seine Kontrolle bringen wollte, wäre es eine echte Herausforderung.

Er trat zurück, die Straße und die Häuser gerieten wieder ins Blickfeld. In den Verkehrslärm auf der Fahrbahn – knirschende Wagenräder, Hufschläge, Schreie und Flüche – mischten sich die Schritte der Passanten. In Mariettas Augen las er eine Erkenntnis. An ihrem langen weißen Hals kroch das Rosenrot empor und in ihre Wangen. Inmitten einer belebten Gegend, zu einer geschäftigen Tageszeit, hatte sie völlig vergessen, wo sie war.

Mit sechzehn hatte er sich gelobt, stets die Kontrolle zu erringen. Und zwei Jahre später war es ihm gelungen. Seither hatte er keinen einzigen Fehlschlag erlitten.

Herausforderung oder nicht – sie befand sich schon längst in seiner Reichweite.

Das Büro des Anwalts lag in einer heruntergekommenen Gegend nahe dem Südhafen.

Als Marietta hinter Noble das Haus betrat, grollte sie ihm noch immer wegen der Ereignisse auf dem Gehsteig. Nur mühsam bezähmte sie ihren Zorn. Und er lächelte seit fünfzehn Minuten über ihre Wut, was die Flammen in ihren Adern noch schürte.

Er bog in einen Flur, und sie packte seinen maßgeschneiderten Ärmel unterhalb des Ellbogens. »Warten Sie, sein Büro liegt dort.« Sie zeigte in die entgegengesetzte Richtung.

»Nein, hier.«

Ohne anzuklopfen öffnete er eine Tür zu seiner Rechten und überquerte die Schwelle. In diesem Raum hatte Marietta den Anwalt bei jener Begegnung nicht angetroffen. Aber da saß Hackenstay, ein hagerer Mann mit einem buschigen Schnurrbart. Hastig sprang er hinter einem wackeligen, mit Papieren übersäten Schreibtisch auf. Eine Blechbüchse rutschte klirrend über die Tischplatte, öffnete sich, und Münzen fielen heraus. In aller Eile hob der Mann einen Stapel Notizen auf, die auf dem Boden gelandet waren, warf das Geld in die Büchse zurück und legte bebend eine Hand auf den Deckel.

»Sie müssen Mr Hackenstay sein«, begann Noble, »und ich habe mit Ihnen über Mr Winters' und Miss Winters' Auftrag zu reden.«

In den Augen des Anwalts erschien wachsendes Unbehagen, das er bei Mariettas Anblick in kriecherische Freundlichkeit verwandelte. Schon zuvor hatte ihr der trunksüchtige kleine Wicht missfallen. Und jetzt mochte sie ihn noch weniger.

Da er nicht antwortete, fuhr Noble fort: »Soviel ich weiß, haben die Geschwister Winters Sie direkt engagiert, statt sich an eine Rechtsanwaltskanzlei zu wenden. Stimmt es, dass Sie von Mr Winters die Summe von zweihundert Pfund und von Miss Winters hundert Pfund erhalten haben?«

Im Grunde hatten sie dieses Geld nicht besessen und alle

erdenklichen Möglichkeiten ausgeschöpft, um den Betrag aufzutreiben. Zum Beispiel war Mark am Spieltisch ausnahmsweise erfolgreich gewesen. Er hatte hundert Pfund gewonnen. Zweifellos hätte er sie am nächsten Abend verloren, wären sie nicht sofort zu Hackenstay gegangen. Im Winters-Haushalt blieben Banknoten niemals lange liegen.

Unterwürfig verneigte sich Hackenstay. »Ja, mein Honorar.«

Marietta öffnete den Mund. Aber Noble kam ihr zuvor. »Ihr Honorar? Wofür?«

»Für Konsultationen, für die Auftritte vor Gericht mit Miss Winters' Bruder. Selbstverständlich werde ich ihm bis zum Ende der Verhandlung zur Seite stehen.« Mit geschwellter Brust ratterte er leere juristische Floskeln herunter, um zu erläutern, wie er Kenneth verteidigen würde.

»Wie hoch sind Ihre üblichen Konsultationshonorare?« Noble musterte die schmutzigen Vorhänge des Büros, den fadenscheinigen Teppich, die schiefen Bilder an den Wänden. Dann schaute er Marietta an und hob die linke Braue, als wollte er fragen, wieso um Himmels willen sie diesen Mann engagiert hatte.

Sie schüttelte den Kopf, hob die Arme und versuchte ihm zu bedeuten, in diesem Raum sei sie nie zuvor gewesen. Offenbar hatte Hackenstay ein Büro in einem anderen Teil des Gebäudes benutzt, das viel besser aussah. Schon vorher hatte sie Bedenken gehegt. Jetzt schwanden die letzten Zweifel an der Inkompetenz des Mannes.

Nervös leckte Hackenstay über seine Lippen. »Möchten Sie mir einen Auftrag erteilen, Sir?«

»Nein, ich frage nach der üblichen Höhe Ihres Honorars«, erwiderte Noble in aalglattem Ton.

»Nun, das hängt vom jeweiligen Fall ab. Die Winters-Honorare habe ich in einer einzigen Summe zusammengefasst. Die letzten zweihundert schulden sie mir noch immer«, fügte Hackenstay hinzu. Mit mildem Vorwurf schaute er in Mariettas Richtung. Widerwärtiger Lump …

»Nein.«

Sichtlich bestürzt wandte er sich wieder zu Noble. »Nein? Was meinen Sie?«

»Ich möchte die Arbeit sehen, die Sie bisher in diesem Fall geleistet haben.«

»Ähm – ich – ich habe diese Information nicht bei mir«, stotterte der Anwalt.

»Und wie erwarten Sie, Mr Kenneth Winters zu helfen?« Lässig nahm Noble eine Mappe von Hackenstays Schreibtisch, die der Anwalt ihm sofort entriss und an einer unerreichbaren Stelle deponierte.

»Wie gesagt, ich werde ihm während des Prozesses beistehen und ihn verteidigen.«

»Während seine Familie zuschaut?« Noble ergriff eine Glaskugel.

Auch diese versuchte Hackenstay ihm zu entwinden. Aber Noble gab vor, das nicht zu bemerken, und studierte sie. Irritiert runzelte der Winkeladvokat die Stirn, wandte sich wieder zu Marietta und schüttelte den Kopf. Unter dem buschigen Schnurrbart verzogen sich seine Lippen zu einem falschen bedauernden Lächeln. »Unglücklicherweise dürfen Familienmitglieder den Verhandlungen nicht beiwohnen. Aber danach werde ich ihnen alles berichten.« Er streckte seine Hand wieder nach der Glaskugel aus und verfehlte sie. »Würden Sie mir meinen Briefbeschwerer zurückgeben?«

Noble warf die Kugel in die Luft. Bogenförmig blitzte

Licht auf, und Hackenstay fing sie an seiner Brust auf, konfuser denn je.

»Ah, ich verstehe.« Noble blätterte in den Papieren. »Also werden Mr Kenneth Winters' Geschwister nicht erfahren, ob Sie ihren Bruder tatsächlich unterstützen.«

»Bis zum Ende! Selbstverständlich werde ich den Richter und die Geschworenen von seiner Unschuld überzeugen!« Mit zitternden Fingern umklammerte der Anwalt die Glaskugel.

»Sir, Sie wiederholen sich. Machen wir es kurz, sprechen wir ganz offen.« Noble legte eine Pause ein und drehte sich zu Marietta um. »Nun, Miss Winters, warum erklären Sie Mr Hackenstay nicht, was in den nächsten fünfzehn Minuten passieren wird?«

Verblüfft riss sie die Augen auf. Warum hatte er sich anders besonnen und erlaubte ihr, das Wort an den Anwalt zu richten? Diese Chance ließ sie sich nicht entgehen. »Ihr ›Vertrag‹ ist reiner Unsinn. Ebenso wie Ihre Versprechungen. Sie sind ein niederträchtiger Schurke, der unsere Notlage ausnutzt, unsere Trauer und unsere Verzweiflung. Deshalb werden Sie uns das Geld zurückgeben, Mr Hackenstay. Sofort. Bis auf den letzten Penny.«

»Bitte, Miss, ich versichere Ihnen – im Fall Ihres Bruders muss ein Fachmann die Verteidigung übernehmen.« An Hackenstays Haaransatz sammelten sich Schweißtropfen.

Heiße Wut stieg in ihr auf. »Inzwischen habe ich einige juristische Texte gelesen, Mr Hackenstay. Bei Schwerverbrechen können Sie gar nicht das tun, was Sie versprochen haben. Jetzt bin ich nicht mehr so naiv wie bei unserer Besprechung in der letzten Woche. Geben Sie mir das Geld zurück, oder ich – *wir* – werden dafür sorgen, dass Sie Ihre Weigerung bedauern.«

Schweigend lächelte Noble sie an. Es war kein angenehmes Lächeln. Doch die unfreundliche Miene galt nicht ihr, das wusste sie. Was sie gesagt hatte, gefiel ihm.

Hinter ihr schwang die Tür auf. Noble spannte sich an, bevor er die Tasche seines Jacketts berührte und sich umdrehte. Mittlerweile trug Marietta ihre Pistole nicht mehr bei sich. Seit sie in sein Haus gezogen war, musste sie sich nicht mehr vor dem schreienden Mob schützen. Vielleicht war es ein unkluger Entschluss gewesen, auf die Waffe zu verzichten.

»Was geht hier vor?«

»Ah, Mr Tannett, danke …« Hackenstay richtete seine schmächtige Gestalt zur vollen Größe auf. »Unglaublich, diese Leute wollen uns betrügen.«

Noble entfernte sich um einen Schritt von Marietta, warf ihr einen warnenden Blick zu, und sie wich ebenfalls zurück.

»Ach, tatsächlich?« Tannetts Augen verengten sich.

»Sir, Ihr Juniorpartner versucht der Familie Winters dreihundert Pfund zu stehlen«, erklärte Noble gelassen. Inzwischen waren alle Anzeichen einer inneren Anspannung verschwunden. »Und es steht ihm gewiss nicht zu, andere eines Betrugs zu bezichtigen.«

Tannett ging auf ihn zu. In einer Ecke an die Wand gedrückt entging Marietta der unmittelbaren Aufmerksamkeit beider Juristen. Das hatte Noble vermutlich mit seinem eindringlichen Blick bezweckt.

»Unsinn, ich – ich bin kein Schwindler!«, schrie Hackenstay.

»Wenn Sie uns die dreihundert Pfund zurückgeben, werde ich Ihr Vergehen – dank Ihres Juniorstatus – als Missverständnis betrachten«, schlug Noble vor. »Der Vertrag ist illegal. Als Anwalt sollten Sie wissen, dass Sie keine Wahl haben und das Geld zurückerstatten müssen. Ansonsten hetze ich Ihnen blitzschnell die Polizei auf den Hals.«

»Oh, die Familie Winters, ich verstehe.« Tannett zog die Brauen hoch. »Also wirklich, Sir, ich glaube nicht …«

Ohne zu blinzeln, starrte Noble ihn einfach nur an.

Bevor Tannett weitersprach, kräuselte er die Lippen. »Soviel ich weiß, befindet sich Mr Mark Winters in einer sehr beklagenswerten Lage. Sicher möchte er verhindern, dass wir die Öffentlichkeit darüber informieren, nicht wahr? Und da sein armer Bruder im Gefängnis sitzt, kann man sich den drohenden Skandal nur allzu gut vorstellen.«

Lieber würde Mark auf das Geld verzichten, als eine noch schlimmere Schande zu ertragen, dachte Marietta und biss sich auf die Lippen.

»Höre ich aus Ihrer Stimme den Unterton einer Erpressung heraus, Mr Tannett?«, fragte Noble leichthin, scheinbar nur mäßig an der Antwort interessiert.

Tannett zwinkerte ihm zu und schien sich besonders schlau zu fühlen. »Ja, das wäre möglich.«

»Wenn das so ist, muss ich Ihnen fairerweise mitteilen, dass ich Erpresser nicht mag. Um es deutlicher auszudrücken, ich hasse sie sogar.« Nobles Stimme nahm einen bedrohlichen Klang an.

Zielstrebig ging er auf Tannett zu, der nach der Tasche seines Jacketts tastete. Ehe er hineingreifen konnte, packte Noble sein Handgelenk.

»Vielleicht sollten Sie Ihrem Juniorpartner empfehlen, seine Finger aus der Schreibtischschublade zu ziehen. Sonst könnte ich Sie versehentlich erschießen.«

Marietta blinzelte verblüfft, als sie in Nobles anderer Hand eine Pistole entdeckte, die sich zwischen Tannetts Rippen bohrte.

»Oh Gott, Hackenstay …«, würgte der Seniorpartner hervor.

»Marietta, seien Sie so freundlich und nehmen Sie Mr Hackenstays zweifellos minderwertige Pistole aus der Schublade.« Sie trat einen Schritt vor, blieb aber stehen, als Noble hinzufügte: »Oh, Hackenstay – wenn Sie die Dame anrühren, werde ich Tannett von seinem Elend erlösen und mich danach mit Ihnen beschäftigen. Das wird ziemlich lange dauern.«

So weit wie nur möglich entfernte sich Hackenstay von seinem Schreibtisch. Während Marietta zu dem Schubfach ging, behielt sie alle drei Männer abwechselnd im Auge. Dann ergriff sie die Waffe, und Noble bedeutete ihr mit einer knappen Kopfbewegung, in ihre Ecke zurückzukehren.

Schmerzhaft quetschte er Tannetts Handgelenk zusammen, sodass der Mann die Tasche seines Jacketts loslassen musste, und drehte ihm den Arm auf den Rücken. »Eigentlich wollte ich mit Ihrem Juniorpartner verhandeln, Sir. Aber nun erkenne ich, wie skrupellos Sie nichts ahnende Leute wie Miss Winters übertölpeln. Nicht einmal vor einer Erpressung schrecken Sie zurück. Deshalb werde ich auf andere Weise mit Ihnen verfahren.«

»Ich zeige Sie bei der Polizei an!«

»Ah, jetzt zittere ich vor Angst. Wirklich, Sie sollten bei Experten in die Lehre gehen. Wenn Sie in die Klauen eines Spitzenerpressers geraten, werden Sie nie mehr als der Zweitbeste dastehen.«

In diesem letzten Satz bemerkte Marietta ein seltsames, kurzes Zögern. Doch sie fand keine Zeit, um darüber nachzudenken.

»Wer sind Sie?«, stieß Tannett zähneknirschend hervor, offenbar von heftigen Schmerzen gepeinigt.

»Das spielt keine Rolle. Was ich Ihnen antun kann – *das* müsste Sie interessieren.« Noble beugte sich vor, flüsterte etwas in Tannetts Ohr, und der Mann erbleichte. »Denken Sie darüber nach. Jetzt verlangen wir die dreihundert Pfund, die Sie Miss Winters schulden. Und seien Sie versichert, Sir – ich werde zurückkommen, falls Sie sich mit irgendeinem Trick aus der Affäre ziehen wollen.«

Notgedrungen nickte Tannett seinem Juniorpartner zu. »Stellen Sie einen Wechsel aus.« Dann schrie er, weil der schmächtige Mann sich nicht rührte: »Sofort!«

Hackenstay griff nach der Blechbüchse, und sie beobachteten, wie er ein Papier herausnahm und mit bebenden Fingern etwas daraufkritzelte.

»Marietta ...«

Sie ließ sich den Wechsel aushändigen und steckte ihn in ihr Retikül. Welch ein sonderbares Gefühl, dreihundert Pfund bei sich zu tragen ...

»Nun wünschen wir Ihnen noch einen angenehmen Tag, Gentlemen. Vielleicht sollten Sie den Beruf wechseln oder die juristischen Fachbücher etwas genauer studieren.« Noble wies zur Tür, und Marietta eilte hinaus. Mit einer Hand drückte sie das Retikül an ihre Brust – eine Parodie der Geste Hackenstays, der vorhin die Glaskugel an sich gepresst hatte –, mit der anderen umklammerte sie die Pistole.

Wie Noble dem Büro entrinnen würde, ohne sich der Rachsucht beider Anwälte auszuliefern, wusste sie nicht. Aber er folgte ihr wenig später, in jeder Hand eine Pistole, und schob Marietta mit einem Ellbogen zum Ausgang.

Sobald sie den Gehsteig erreichten, verstaute er die drei Waffen in seinen Taschen und ging mit schnellen Schritten davon. Erst beim dritten Häuserblock, den er in zwei verschiedenen Richtungen angesteuert hatte, drosselte er sein Tempo. Marietta sah, dass er immer wieder über seine Schulter spähte. Was das bedeutete, konnte sie nicht ergründen, denn ihr Gehirn war wie gelähmt. Als sie langsamer dahinwanderten, nahm sie das geschäftige Treiben in der Gegend nahe der Themse allmählich wahr. In Blackfriars angekommen spürte sie eine warme Welle, die durch ihre Adern strömte.

»Gerade haben Sie die zwei Männer mit einer Waffe bedroht. Und ich glaube, *ich* habe sie auch bedroht ... Wir haben das Geld. Das haben sie uns tatsächlich zurückgegeben.« Nach ein paar unsicheren Schritten gestand sie: »Oh, ich fühle mich so – lebendig.«

In Nobles Augen erschien ein zynisches Funkeln. »Zeitverzögerte Emotionen. Machen Sie deshalb keine Dummheiten.«

Nicht einmal sein Spott konnte ihre Freude trüben. Sie schaute ihm kaum zu, als er den Wechsel einlöste. Dann gingen sie nach Hause.

Nach Hause ... Würde sie jemals wieder in einem echten Zuhause wohnen? In diesem gab es wenigstens ein köstliches Brot, mit Rosmarin und Dill gewürzt, unglaubliche Eintöpfe und einen Mann, der alles wiedergutmachte, was sie verbockt hatte. Und das war wesentlich besser als alles, was sich vor einer Woche ereignet hatte.

Auf dem Weg zu einem anderen Stadtteil, nach einem kurzen Lunch, begannen Mariettas Waden zu schmerzen, obwohl sie an lange Fußmärsche gewöhnt war. Aber an diesem Tag hatten sie die ganze Londoner Innenstadt durchquert.

Sie folgte Noble in ein unscheinbares Gebäude und durch einen Flur zu einer Tür mit der Aufschrift »ARCHIV«.

Als er eintrat, blickte ein schlaksiger Mann mit einer großen Brille auf. »Mr Noble!«

»Guten Tag, Anthony. Sind Sie beschäftigt?«

Lächelnd schob Anthony seine Papiere beiseite und breitete die Arme aus. »Was kann ich für Sie tun?«

»Ich suche Informationen über den Middlesex-Mordfall.«

»Ah, ich verstehe.« Anthonys scharfe Augen schweiften zu Marietta und wieder zu Noble zurück. »Da gibt es nicht viel. Hier hat dieser Fall alle Gehirne verwirrt, und die meisten Leute atmen erleichtert auf, weil sie glauben, der richtige Täter wäre gefunden.«

»Das dachte ich mir. Was haben Sie zu bieten? Irgendwelche frühere Verdächtige?«

Anthony wies auf die beiden Stühle vor seinem Schreibtisch und klopfte mit seinem Federkiel auf das Eichenholz. »Da waren drei. Zunächst wurde der Ehemann des ersten Opfers verdächtigt, bis ihn zwanzig Zeugen entlasteten. Zum Zeitpunkt des Mordes hatte er an einer geschäftlichen Besprechung teilgenommen. Der Verdacht fiel sehr schnell auf einen seiner Geschäftsfreunde, der bei dieser Sitzung nicht anwesend war. Diese Ermittlungen fanden ein Ende, weil sich der Mann während des nächsten Mordes nachweislich in Cornwall aufgehalten hatte. Zwei Männer sind zur Tatzeit in der Nähe gesehen und verhört, aber nicht verhaftet worden – Joshua Dawkin und ein Gassenjunge. Vielleicht wollen Sie sich diesen Dawkin mal vornehmen. Auf den waren die Polizisten ganz scharf, und sie erklärten, sie würden ihm misstrauen.«

»Wenn diese zwei Männer in der Nähe waren, warum wurden sie nicht genauso behandelt wie mein – wie Kenneth Winters?« Diese Frage konnte Marietta sich nicht verkneifen.

Diesmal schaute Noble sie nicht an. Doch sie sah seine Leidensmiene. Anthony musterte sie aufmerksam, aber noch immer freundlich, und sie gewann den Eindruck eines hellwachen Geistes hinter einer harmlosen Fassade.

»Nach dem dritten Mord wuchs die Verzweiflung der Beamten.«

Noble bedeutete ihm fortzufahren, und Anthony wartete Mariettas Reaktion nicht ab.

»Beim anonymen zweiten Opfer konnten die Ermittler keine Verbindung zum ersten feststellen. Die Patrouille, die es gefunden hatte, quittierte am nächsten Tag den Dienst. Wie ich hörte, war der Anblick grauenhaft.«

»Wieso wurde das zweite Opfer nicht identifiziert?«

»Im Büro des Leichenbeschauers gibt es Zeichnungen von den Gesichtern der ersten beiden Leichen. Diese Skizzen wurden nach der Reinigung angefertigt. Die sollten Sie sich mal anschauen, Sir, und sehen, ob Sie Kopien bekommen.«

»Und das neue Opfer?«

»Auch das wurde vermutlich skizziert. Ich habe gehört, die Tote sei ziemlich schnell weggebracht worden.«

»Verdächtig.«

Anthony legte den Kopf schief. »Oder die Beamten hatten Angst.«

»Wer war das erste Opfer?«

»Mrs Amanda Sinclair.«

Nachdenklich runzelte Marietta die Stirn. Der Name kam ihr irgendwie bekannt vor. »Hatten die Sinclairs nicht eben erst geheiratet? Vor Kurzem hing das Aufgebot in Herefordshire, nicht wahr? Von dort stammte die Frau, und sie zog nach London.«

»Stimmt«, bestätigte Anthony, »ein Teil der Ermittlungen wurde in Herefordshire durchgeführt.«

Noble studierte ein Papier, das auf dem Schreibtisch lag. »Vielleicht findet sich dort eine Verbindung. Wie hieß die Frau vor der Hochzeit?«

Bedauernd schüttelte Anthony den Kopf. »Keine Ahnung. Doch das lässt sich herausfinden. Wenn ich es weiß, schicke ich Ihnen eine Nachricht.«

»Ist Arthur Dresden noch mit dem Fall betraut?«

Anthony schnitt eine Grimasse. »Ja.«

»Bisher hatte ich nicht das Vergnügen, ihn kennenzulernen. Aber sein Ruf eilt ihm voraus.«

»Obwohl er noch nicht lange im Amt ist, hat er die Polizei völlig durcheinandergewirbelt. Der strotzt vor Ehrgeiz. Nehmen Sie sich bloß vor ihm in Acht. Mit den Patrouillen und den Wachtposten kommt er gar nicht gut aus. Er hält sie für unfähig.«

»Manchmal sind sie das auch. Allerdings ist es eine schlechte Idee, ihnen mitzuteilen, wie man sie beurteilt.«

»Was Ihnen einiges über Dresden verrät.«

»In der Tat.« Noble stand auf, und Marietta erhob sich ebenfalls. »Danke, Anthony. Betrachten Sie dieses Gespräch und den Mädchennamen jenes Opfers als Ihre erste Zahlung.«

Anthony nickte. »Viel Glück, Miss Winters. Sicher wird Mr Noble Ihren Bruder bald aus dem Gefängnis holen.«

Verdutzt starrte sie ihn an. Noble umfasste ihren Ellbogen und führte sie in den Flur hinaus. Dort sank seine Hand hinab. Trotzdem spürte sie noch immer den Druck seiner Finger.

»Wieso weiß er Bescheid?«, fragte sie.

»Anthony ist sehr klug. Und Sie waren nicht besonders kokett.«

»Haben Sie was für ihn getan?«

»Ja.«

»Anscheinend sind diese Gefälligkeiten gar nicht so schlimm.«

»Freut mich, dass Sie das glauben.« Seine Lippen verzogen sich langsam zu einem Lächeln. »Aber, Marietta …« Er neigte sich zu ihr und strich eine Haarsträhne hinter ihr Ohr. An der Stelle, die er berührte, entstand ein seltsames Prickeln. »Was ich mit *Ihnen* vorhabe – das können Sie gar nicht ahnen.«

7

Marietta stöhnte. Eigentlich müsste ihr übel werden, weil sie so viele Suppen und Eintöpfe aß. Doch sie schmeckten einfach himmlisch.

Als es klopfte und Noble sich nicht bewegte, öffnete sie die Haustür. Ein Junge stand auf der Schwelle. »Ich habe eine Nachricht für Marietta.«

Warum benutzte er ihren Vornamen? Das erschien ihr merkwürdig. Aber sie war zutiefst dankbar für die Diskretion. Dass sie hier wohnte, durfte niemand erfahren, der sie identifizieren könnte – das war das Letzte, was sie brauchen würde. Sie nahm einen versiegelten Brief entgegen, tastete in der Tasche ihres Rocks nach einer Münze und gab sie dem Jungen. Grinsend tippte er an seine Kappe, und sie schloss die Tür.

Sie strich mit einem Finger über die verschnörkelte Handschrift und das Adlersiegel. Dann setzte sie sich an den Küchentisch und las Marks Brief. Dabei empfand sie leichte Schuldgefühle, weil es ihrem älteren Bruder derzeit viel schlechter ging als ihr – weil er den Mob bekämpfte und keine köstlichen Mahlzeiten genoss. Zusammen mit ihrer neuen Adresse hatte sie ihm fünfzig Pfund geschickt, in der Hoffnung, er würde das Geld für Lebensmittel ausgeben. Bald würde sie ihm mitteilen müssen, dass zweihundertfünfzig Pfund auf dem Familienkonto lagen. Bedrückt fürchtete sie, er würde es verschwenden, ehe sie es verwenden konnten, um die Schulden zu begleichen.

Auf dem Blatt Papier standen nur zwei Zeilen. Kennys Prozess sollte noch früher als geplant stattfinden. Und das Büro des Anwalts war leer geräumt, aber keine neue Adresse hinterlegt worden.

Marietta trommelte mit den Fingern auf den Brief.

»Was ist los?« Noble machte sich weiterhin Notizen und blickte nicht auf.

Während sie ihm die kurze Nachricht vorlas, erstarrte sein Federkiel über dem Pergament.

»Also hat Tannett meinen Rat befolgt. Sehr gut. Was Ihren Bruder betrifft – Ihren jüngeren Bruder –, wir werden versuchen, den Prozess zu verzögern.«

»Wie denn?«

»Ich weiß, an wen ich mich wenden muss«, erklärte er und begann wieder zu schreiben. »Heute Abend gibt der Mann einen Maskenball. Solche Feste liebt er – je orgiastischer, desto besser. Da sollten Sie entsprechend gekleidet sein.« Er fixierte Marietta mit seinen grünen Augen. »Besitzen Sie einen Domino oder ein anderes Kostüm?«

»Ja.« Sie drückte Marks Brief an sich. »Aber nichts so Gewagtes, wie Sie sich es wahrscheinlich vorstellen.«

Noble winkte ab und beugte sich wieder über seine Notizen. »Für diesen Zweck genügt eins Ihrer Tavernenkleider.«

Entsetzt schnappte sie nach Luft. »Sind Sie verrückt? Wer ist Ihr Freund?«

»John Alcroft.«

Sie blinzelte. »In so einem Kleid kann ich unmöglich eine Party in John Alcrofts Haus besuchen. Da *kennen* mich die Leute.«

»Sicher nicht, wenn Sie als Tavernendirne erscheinen.« Mit einem kratzenden Geräusch fuhr sein Federkiel über das Pergament.

»Aber ...«

»Hören Sie, Marietta ...« Die Feder kratzte nicht mehr. »Glauben Sie mir, niemand wird Sie erkennen oder identifizieren, weil Sie viel zu gut mit Ihrer jeweiligen Umgebung verschmelzen.«

Ihr Magen krampfte sich zusammen. »Ja, ich weiß, ich bin unscheinbar. Doch das bedeutet keineswegs ...«

»Unsinn, Sie sind nicht unscheinbar, sondern veränderbar.« Er legte den Kopf schief. »Und imstande, sich verschiedenen Situationen anzupassen, indem Sie die erforderlichen Kleider und Frisuren tragen. Das ist ein bewundernswertes Talent.«

Mit leicht geöffnetem Mund starrte sie ihn an.

Noble neigte sich vor, ein Lächeln umspielte seine Lippen und konkurrierte mit den eindringlichen grünen Augen. »Früher haben Sie sich immer auf die gleiche Weise frisiert, jeden Tag. Darauf wette ich. Und Ihre schwarzen und braunen Kleider? Für die gilt das ebenso. Vermutlich neigten Sie bei jeder Konversation den Kopf auf die gleiche Art zur Seite. Und Ihre Miene – stets dieselbe Maske. Nur ganz selten rangen Sie sich zu einem Lächeln durch. Hatten Sie Ihren Spaß? Seit Jahren nicht mehr. Auch darauf wette ich.«

In der stillen Küche hörte sie nur das konstante Simmern des Suppentopfs auf dem Herd und ihre eigenen, zu schnellen Herzschläge.

»Wie mir Ihr Schweigen verrät, würde ich die Wette mühelos gewinnen. Und nun sagen Sie mir, Marietta … Wenn Sie Ihr Haar anders frisieren, Ihre Augen mit Kajal umranden und sich kostümieren – glauben Sie wirklich, jemand würde Sie erkennen?«

Die Sekunden tickten dahin. Wie gelähmt saß sie da.

Noble hob eine Braue, und die Feder kratzte wieder auf dem Papier.

Nein, niemand würde das langweilige Mitglied des niedrigen Adels oder die Schwester des Middlesex-Mörders identifizieren.

Dass ihr Verhalten so – berechenbar war, hatte sie nicht gewusst. Seit dem Tod der Eltern hatte sie sich stets um Kontrolle bemüht. Vielleicht war das – extrem gewesen.

In einer anderen Gestalt einen Maskenball zu besuchen – das wäre eine gewisse Befreiung. Sie öffnete den Mund, um zu antworten. Doch da klopfte es an der Hintertür.

»Was für ein schöner Tag, nicht wahr?« Ein hochgewachsener Mann, noch größer als Noble, betrat die Küche. Ohne ein weiteres Wort ging er zum Sideboard, wo er eine Schüssel und einen Schöpflöffel ergriff.

Noble schaute nicht auf. Aber Marietta hatte seine Anspannung bemerkt, bevor die Tür aufgeschwungen war. Nun schüttelte er den Kopf und umfasste den Federkiel etwas fester.

»Was machst du hier, Jeremy?« Seine Stimme klang ärgerlich. Und liebevoll?

Jeremy ging zum Tisch. Viel älter als sie konnte er nicht sein, wahrscheinlich sogar jünger. Wer er war, erriet sie sofort, denn er besaß die gleichen Wangenknochen wie ihr Gastgeber. Allerdings wirkten seine Züge etwas runder und offenherziger. Genauso umwerfend attraktiv. Aber er war eher der charmante, jungenhafte Schurke, während Noble einen düsteren, erotischen Dämon personifizierte.

Als Jeremy Platz nahm, bildeten sie ein ungleichmäßiges Dreieck. Er lächelte Marietta an, ein bisschen schief und umso charmanter. »Guten Tag, ich bin Jeremy Noble.«

Von einem solchen Mann ließ sie sich sehr gern bezaubern. Sie erwiderte das Lächeln. »Freut mich, Sie kennenzulernen, Mr Jeremy Noble. Ich bin Marietta Winters.«

»Ah, Sie sind mit dem Middlesex-Mörder verwandt?«

Nun wirkte ihr Lächeln etwas gezwungen. »Ja, das stimmt.«

Er stieß einen leisen Pfiff aus und wandte sich zu seinem Bruder. »Offenbar hast du dir eingebildet, das könntest du mir verheimlichen.«

»Nein«, erwiderte Gabriel, ohne aufzublicken. »Genau genommen dachte ich, du solltest dein Studium in Cambridge abschließen. Warum bist du hier, Jeremy?«

»Charlie, dein Butler, erzählte mir, du würdest an einem neuen Fall arbeiten. Deshalb wollte ich mal vorbeischauen und sehen, ob du Hilfe brauchst.«

Endlich blickte Noble auf. So wie seine Stimme spiegelte auch sein Gesicht Ärger und zugleich Zuneigung wider. Er sah – völlig verwandelt aus. Wie ein Mensch – nicht mehr wie ein überirdisches, unberührbares Wesen. »Nein. Fahr nach Cambridge zurück.«

»Derzeit haben wir Ferien, erinnerst du dich?« Noch immer lächelnd schnitt Jeremy eine dicke Scheibe vom Brotlaib ab.

»Dann fall deinen Freunden auf die Nerven oder mach Mayfair unsicher.«

»Das habe ich oft genug getan«, entgegnete Jeremy. »Jetzt bin ich hier, um dir zu helfen.«

»Ich brauche deine Hilfe nicht«, entgegnete sein Bruder. Seine Augen verengten sich, und er glich wieder dem Noble, den Marietta kannte. »Oder fahr zur Abwechslung mal nach Hause.«

Während sein frostiger Ton einen Schauer über Mariettas Rücken jagte, wirkte Jeremy eher belustigt. Er wandte sich zu ihr. »Sind Sie beeindruckt, wenn er Sie so anschnauzt?« Er tauchte ein Stück Brot in seine Suppe. »Warum sollte ich nach Hause fahren? Hier ist das Essen viel besser.«

»Vielleicht würde Mrs Rosaire auch bei Ihnen daheim für Sie kochen?«, fragte sie, um das Geplänkel zu unterbrechen.

Ein paar Sekunden lang blinzelte Jeremy, dann vertiefte sich sein Lächeln und betonte die Ähnlichkeit mit seinem Bruder. Doch es überwältigte sie nicht wie Nobles Lächeln, sondern machte sie zu einer Mitverschwörerin. »Ist es das, was …«

Noble machte sich wieder Notizen. Mit seiner freien Hand winkte er energisch ab, und Jeremy amüsierte sich erneut.

»Ist es – was?«, fragte Marietta.

Jeremy schüttelte den Kopf. »Darf ich Sie Marietta nennen, Miss Winters?«

Erstaunt hob sie die Brauen. Wieso kannte er ihren Namen? Aber er erschien ihr so aufrichtig und gewinnend. Oh ja, beide Brüder besaßen eine ausgeprägte Persönlichkeit. Wenn sie gegeneinander kämpften – nein, das wollte sie sich nicht vorstellen. »Ja.«

»Wundervoll! Bitte nennen Sie mich Jeremy.«

»Nachdem ihr euch angefreundet habt, solltest du verschwinden, Jeremy«, schlug Noble vor, und sie fragte sich, was er notierte.

»Oh nein, nein. Hier unterhalte ich mich viel zu gut.«

Noble umklammerte seinen Federkiel wieder etwas fester. »Heute Abend gehen wir auf Alcrofts Maskenball. Du hast eine Einladung. Danach erwarte ich dich nur mehr daheim zu sehen.«

»In diesem Semester habe ich großartige Noten bekommen.«

Nobles Mundwinkel verzogen sich zu einem kaum merklichen Lächeln. Als er aufblickte, war sein Gesicht ausdruckslos. »Etwas anderes habe ich auch nicht vermutet. Raus mit dir!«

Grinsend stand Jeremy auf und winkte ihr zu. »Bis heute Abend.«

Sie wartete, bis seine Schritte verklangen. »Dass Sie einen Bruder haben, wusste ich gar nicht.«

»Jetzt wissen Sie es«, murmelte er und widmete sich wieder seiner Schreibarbeit.

»Haben Sie noch andere Geschwister?«

»Nein.«

»Eltern?«

»Ich bin nicht aus der Hölle gekrochen, falls Sie das meinen.«

»Leben sie noch?«

Er zögerte kurz, das kratzende Geräusch des Federkiels verstummte. »Schauen Sie nach, ob Sie für heute Abend etwas zum Anziehen brauchen. Wenn ja, verständige ich Clarisse.«

»Haben Sie es jemals satt, die Leute herumzukommandieren?«

»Nein.«

Seufzend stieg sie die Treppe zu ihrem Zimmer hinauf.

Sie zupfte die letzte Feder an ihrer Halbmaske zurecht und band sie um. Dann drehte sie sich langsam vor dem Spiegel. Aus allen Blickwinkeln betrachtete sie ihre äußere Erscheinung. So wie die normale Marietta Winters sah sie nicht aus. Sie hatte sich in eine exotische Blume oder einen Vogel verwandelt, zumindest, was den Kopf betraf. Vom Hals abwärts glich sie einer verworfenen Frau. Ob die beiden Stile zueinanderpassten, wusste sie nicht. Jedenfalls hatte sie ihr Bestes getan. Und das Resultat war interessant.

Wenn sie es wünschte, konnte sie zwei verschiedene Frauen darstellen.

Sie ging zur Küche hinab. Immer wieder amüsierte sie sich, weil Noble seine Papiere hier studierte oder vollschrieb, statt im Arbeitszimmer neben dem Salon – mochte es auch spärlich möbliert sein, so wie alle Räume in diesem Haus. Der Küchentisch war groß genug, und er genoss es, die ganze Fläche mit seinen Schriftstücken zu bedecken.

Als sie eintrat, hob er den Kopf und musterte sie von oben bis unten. »Angemessen. Gehen wir?«

Irritiert klopfte sie auf ihren Schenkel. »Ja. Herzlichen Dank für das brillante Kompliment.«

Ihre Blicke trafen sich, und er öffnete den Mund. Dann schloss er ihn wieder, und ein eigenartiger Ausdruck lag in seinen Augen. Nach einer Weile stand er auf und ging zu ihr. »Irgendwas fehlt.«

»Und das wäre?«, fragte sie und stemmte ihre Hände in die Hüften.

»Etwas Wissendes in Ihren Augen.« Forschend spähte er durch die Schlitze ihrer Maske. »Schön und gut, Sie tragen dieses Kleid. Aber Sie haben keine Ahnung, wie man es zur Geltung bringt.«

Nur mühsam bezwang sie ihren Ärger. »Ich verstehe.«

»Wurden Sie schon einmal geküsst, Marietta?«

Abrupt wurde der Ärger von Verwirrung und Nervosität verdrängt. »Geht Sie das was an? Wohl kaum.«

»Ist Ihnen klar, dass wir in Tavernen oder auf Festen ganz bestimmte Rollen spielen werden?«

»Nein.« Beklommen fuhr sie mit der Zunge über ihre Lippen.

Langsam zog er eine Braue hoch. »Wahrscheinlich können Sie sich nicht vorstellen, wie es in Tavernen zugeht. Heute Abend werden Sie es erfahren.«

Zu der Frage, was er meinte, konnte sie sich nicht aufraffen. Anscheinend brauchte er kein Stichwort.

Er neigte sich zu ihr. »Haben Sie jemals gesehen, wie zwei Menschen sich küssen, Marietta?«

»Ja.«

»Was haben Sie dabei gedacht?«

Jetzt schimmerten seine Augen in dunklerem Grün, wärmer als üblich – nicht mit der Wärme, die einer tiefen Zuneigung entsprang, sondern der heißen Erregung eines Raubtiers.

»Es erschien mir – flüchtig.«

»Ah ... Nein, ich meinte, haben Sie schon einmal zugeschaut, wenn ein Mann und eine Frau einander *wirklich* küssen?«

Bei einer Hausparty hatte sie den Kuss eines Dienstmädchens und eines Lakaien beobachtet. Die beiden glaubten, niemand wäre in der Nähe. Hingebungsvoll schmiegte sich die junge Frau an den Mann. Und er hatte sie gegen die Wand gepresst. Das meinte Noble vermutlich mit einem *wirklichen* Kuss. Zumindest hatte es sehr *real* gewirkt.

»Ja.«

»Gut. Fangen wir mit den Grundregeln an.«

»Grundregeln?«, wiederholte sie verständnislos.

»Was Küsse betrifft. Die meisten Menschen stellen sich bei ihren ersten Küssen ziemlich ungeschickt an. Es sei denn, sie besitzen ein Naturtalent«, fügte er hinzu und betrachtete sie aufmerksamer denn je.

Marietta blinzelte und kam sich furchtbar töricht vor.

Mit sanften Fingerspitzen berührte er ihre Wange. Behutsam bog er ihren Kopf nach hinten. »Wenn man jemanden küsst, ist es so ähnlich, als würde man die Teile eines Puzzles zusammenfügen. Oder wenn man eine andere erotische Tätigkeit ausübt.«

Glücklicherweise verdunkelten sich die Teile ihres Gehirns, die noch nicht völlig leer waren.

»Einerseits will man die Lippen nicht schürzen, andererseits sollen sie nicht zu schlaff bleiben.«

Er hob ihr Handgelenk, drehte es herum und näherte es seinem Mund.

»Zuerst ein sanfter Druck …« Seine Lippen berührten den Puls, der wie rasend pochte, und Mariettas Atem stockte in ihrer Kehle. Unentwegt beobachtete Noble ihr Gesicht. »Nur ein leichter Reiz …«

War das eine Zunge, die jetzt über die Innenseite ihres Handgelenks glitt? Glühende Hitze folgte diesem Pfad und breitete sich in alle Richtungen aus.

»Allmählich entsteht ein Gefühl, das alles beherrscht.« Als er wieder sprach, kitzelten seine warmen Atemzüge ihre Haut. Dann schürte er das Feuer mit seinen Lippen. Ihr Kopf sank noch weiter nach hinten, und Noble zog sie an sich. Hilflos lieferte sie sich seinem Willen aus. »Süße Unterwerfung …« Ganz sanft saugte er an ihrem Handgelenk, bevor er es losließ. »Natürlich hängt das alles von der Stimmung und der Hitze des Bluts ab.«

In der Küche war es ziemlich warm.

»Öffne deinen Mund, Marietta.«

Ohne ihre Erlaubnis teilten sich ihre Lippen.

»Sollen wir zuerst den flüchtigen Kuss ausprobieren?«

»N-nein.«

Indem er langsam den Kopf schüttelte, stimmte er ihr zu. Wie hypnotisiert folgten ihre Augen der Bewegung, und sie geriet erneut in seinen Bann – wie damals am Straßenrand, auf dem Weg zum Büro des Anwalts.

Als er sich zu ihr neigte, hielt sein Blick ihren fest. Was sie tun sollte, wusste sie nicht. Also stand sie reglos da. Sein Mund streifte ihren, und das Prickeln verlagerte sich vom Handgelenk auf ihr Rückgrat. Eigentlich fühlte sich ihr erster Kuss sehr angenehm an. Noble wiederholte die Liebkosung. Versuchsweise ließ sie ihre Lippen über seine gleiten. Statt die federleichten Zärtlichkeiten fortzusetzen, verschloss er ihren Mund mit seinem.

Jetzt empfand sie ganz andere Emotionen. Er hatte erklärt, die Lippen dürften nicht erschlaffen, aber auch keinen zu starken Druck ausüben. Was sollte sie tun? Sie hatte keine Ahnung. Einfach nur dazustehen, erschien ihr seltsam – als würde irgendetwas fehlen. Seine Hand umfasste ihren Nacken. Dann drückte er sie fester an sich, seine Lippen zwangen ihre noch weiter auseinander, und sie spürte einen fremdartigen erotischen Rhythmus, der sie schockierte.

Trotzdem versuchte sie seinen Mund mit ihrem zu verschmelzen. Das gelang ihr nicht. Verlegen seufzte sie, Schwindelgefühle stiegen ihr zu Kopf.

Da richtete er sich auf, und sie las unverblümte Belustigung in seinen Augen. »Vergiss nicht zu atmen, Marietta.«

»Wie kann ich atmen, wenn Sie – wenn du meinen Mund mit deinem verschließt?«

Er klopfte auf ihre Nasenspitze. Völlig unschicklich, die

Geste, so wie diese ganze Szene. »Durch die Nase. Oder sammle ein bisschen Luft im Mund, wenn wir den Kuss unterbrechen.«

Unterbrechen? Die ganze Zeit waren ihre und seine Lippen vereint gewesen.

»Probieren wir es noch einmal«, schlug er vor.

»Ich mag dich nicht.«

»Das weiß ich.« Wie seine Miene bekundete, glaubte er ihr kein Wort. »Leg deine ganze Abneigung in den nächsten Kuss. Räch dich an mir.«

Seine Augen funkelten herausfordernd. Hinter dem grünen Licht erkannte sie etwas Dunkles, Mysteriöses. Er senkte den Kopf, ihre Lippen trafen sich wieder. Diesmal war sie nicht schockiert. Im Gegenteil, es fühlte sich noch besser an. Natürlicher. Sie versuchte durch die Nase zu atmen und wollte gegen Nobles Schienbein treten, als sie an ihrem Mund sein Gelächter spürte.

»Hmmmm …«, flüsterte er an ihren Lippen. »Ich kann mich gar nicht erinnern, ob es jemals so lustig war, wenn ich einer Frau das Küssen beibrachte.«

Seine Worte vibrierten in ihrem Mund. »Machst du das oft?«, fragte sie, ebenfalls an seinen Lippen. Erst jetzt wurde ihr so richtig bewusst, welchen Unterricht er ihr gab.

»Nein, nicht oft«, murmelte er und zwang sie mit einem intensiveren Kuss zum Schweigen. Nun folgte sie seiner Anleitung und erwiderte den Druck seiner Lippen. Eine warme Welle floss durch ihren Körper, wie ein frisch erhitzter Ziegelstein unter der Bettdecke. Besonders gut konnte sie sicher nicht küssen. Da machte sie sich keine Illusionen. Aber es fühlte sich natürlich an, und es schien Noble zu gefallen. Immer leidenschaftlicher küsste er sie. Wie aus eigenem Antrieb drängte sich ihre Brust an seine.

Die seltsamsten Gefühle durchströmten ihr Blut. In ihrem Bauch entstanden heftige Vibrationen, als wären die Schmetterlinge, die schon eine ganze Weile darin umherflatterten, in einem Netz gefangen worden, und nun schlugen sie verzweifelt mit ihren winzigen Flügeln dagegen.

Endlich entspannte sich ihr eben noch verkrampfter Körper. Ihre Verlegenheit war nur mehr ein vager Schleier, nicht mehr so peinlich wie zuvor. In ihren Fingern spürte sie den Impuls, Noble zu berühren. Um das zu verhindern, umklammerte sie das Oberteil ihres Tavernenkleids.

»Du kannst mich berühren, Marietta«, wisperte er. »Aber es spielt keine Rolle, wenn du es nicht willst.«

Verwirrt zuckte sie zurück, sodass nur mehr seine und ihre Lippen vereint blieben und unterhalb ihres Halses nichts mehr. Er lachte leise. Dann zog seine Hand, die ihren Nacken umfasste, sie wieder näher zu sich heran, bis sie einander *überall* berührten, und sein Arm umfing ihre Taille. Sein Mund drohte ihren zu *verbrennen*, die Küsse – bisher so sanft und vorsichtig – erschienen ihr fordernd und übermächtig.

Als er sie zwang, die Lippen noch weiter zu öffnen, grub sie ihre Finger in die Ärmel seines Jacketts, und ihr Körper verlangte stärkere Reize. Seine Zunge glitt zwischen ihre Zähne und schockierte sie. Doch da presste sich etwas Hartes an ihren Bauch und versetzte ihr einen viel schlimmeren Schock. Verführerisch spielte seine Zunge mit ihrer. Seine Finger streichelten ihren Nacken und bedeuteten ihr, die Liebkosungen zu erwidern.

Zögernd schob sie ihre Zunge seiner entgegen. Welch ein eigenartiges Gefühl ... Ihr wurde ganz heiß, und Nobles intime Nähe erzeugte ein sonderbares Beben, in allen Teilen ihres Körpers.

Jetzt sollte sie ihn wegstoßen. Sofort.

Stattdessen zerknitterte sie seine seidigen Ärmel.

Küssten alle Männer so? Plötzlich ahnte sie, warum manche Frauen ihre Tugend verloren – wieso sie schwanger wurden, obwohl sie nicht verheiratet waren. Dazu führten keine *flüchtigen* Küsse, sondern *solche* …

Atemlos wich sie zurück. Gabriel Noble ließ seine Hand lächelnd von ihrem Nacken zu ihrer Kehle wandern, und seine Fingerspitzen zogen eine Feuerspur über ihre Haut, bevor sie sich entfernten.

Verwundert drückte sie eine Hand auf ihr Dekolleté, das sich viel zu heiß anfühlte. Gabriels Blick suchte ihren, und er nickte zufrieden.

»Jetzt sind wir bereit für den Maskenball.« Er wandte sich ab. Noch immer leicht benommen folgte sie ihm aus dem Haus.

Die Kutsche hielt vor einem stattlichen Gebäude am Hanover Square.

In den Fenstern schimmerte helles Licht, Gäste schlenderten durch die Tür in die Halle.

Noble half Marietta aus dem Wagen und legte ihre Hand in seine Armbeuge. Wie seidig sich sein teures Jackett anfühlte, wusste sie, und sie war froh, dass sie Handschuhe trug. Was das betraf, brauchte sie keine neuen Anregungen.

Als sie die Schwelle überquerten, kam ihnen ein Mann entgegen, der wie Noble ganz in Schwarz gekleidet war. »Gerade sprach ich mit deinem Bruder, und er erwähnte, du würdest einen schönen Gast mitbringen.«

Noble lächelte, seine Wangenknochen hoben den unteren Rand seiner Halbmaske. »Guten Abend, Alcroft. Darf ich dich mit meiner Begleiterin bekannt machen? Miss Rose, John Alcroft.«

Prüfend wandten sich blaue Augen zu ihr. »Miss Rose, ich bin entzückt. Es ist lange her, seit Gabriel mit einer Dame eines meiner bescheidenen Feste beehrt hat.«

Da sie keine Ahnung hatte, was sie antworten sollte, erwiderte sie einfach nur seinen Gruß. Sie war dem Gastgeber schon einmal kurz begegnet. Allzu viel wusste sie nicht über ihn.

»Später muss ich mit dir reden, John«, sagte Noble.

Alcroft nickte. »Um elf herum werde ich Zeit finden. Einverstanden?«

»Ja, danke.«

»Genieß den Abend, Gabriel. Miss Rose ... Also, bis um elf.«

Alcroft ging davon, um andere Gäste zu begrüßen, und Noble führte Marietta in den Ballsaal. Dort war die Party schon in vollem Gang. Die Leute tanzten und schwatzten, und die Atmosphäre wirkte etwas freizügiger als bei den Festen, die von den Spitzen der Gesellschaft veranstaltet wurden.

Die meisten Gäste kannte Marietta. So viele könnten sie identifizieren ...

Noble strich über ihren Rücken. »Beruhige dich, niemand wird dich erkennen.«

Wohl kaum. Ihre Rückenmuskeln entspannten sich. Im Spiegel hatte sie nicht einmal sich selber erkannt. »Auf solchen Partys habe ich dich nie gesehen. Aber hier scheinst du dich nicht wie ein Außenseiter zu fühlen. Gehst du oft auf Bälle? Kannst du tanzen?«

»Oh ja.« Grinsend ergriff er ihre Hand und zog sie auf die Tanzfläche, mitten in die Formation mehrerer Paare.

Er hatte ziemlich schlechte Manieren, war jedoch offenbar über missbilligende Kritik erhaben. Vielleicht, weil er sich unglaublich elegant bewegte.

In den gehobenen Kreisen gab es drei Männertypen – diejenigen, die zum Tanzen gezwungen wurden, diejenigen, die es genossen und stets dazu bereit waren, und schließlich jene, die den Tanz zur Kunstform erhoben. Gabriel Noble zählte eindeutig zur letzteren Kategorie. Bald gewann Marietta den Eindruck, sie würde mit einem schwerelosen Partner tanzen – sie selbst wäre schwerelos. Jeder Schritt, jeder Schwung wurde mit äußerster Präzision ausgeführt. Noch nie hatte sie mit einem so geschmeidigen Mann getanzt, der nicht nur sich selbst, sondern auch sie ins allerbeste Licht rückte.

Nie zuvor war sie einem Mann wie Gabriel Noble begegnet.

Hatte er irgendwelche Fehler? Natürlich abgesehen von gewissen Eigenheiten – manchmal benahm er sich unmöglich. Allerdings war er nach den ersten Tagen etwas freundlicher geworden, obwohl er sie noch immer mit spöttischen Kommentaren ärgerte. Aber sie hielt ihm zugute, wie liebevoll er seinen Bruder behandelte, wie nett er mit den Leuten umging, die für ihn arbeiteten.

Und trotz der Animositäten, wann immer ihr jemand hätte schaden können – die Häftlinge im Coldbath-Fields-Gefängnis, die beiden Anwälte –, war er für sie eingetreten. Wenn man zu Nobles engerem Kreis gehörte, wurde man offensichtlich beschützt.

Lächelnd ließ sie sich umherschwenken. In diesem Moment sah sie zweifellos wie eine versierte Tänzerin aus. Und wenn sie auch recht gut tanzte, diese Brillanz verdankte sie *ihm*.

Nun zog er sie näher zu sich heran. In seinen grünen Augen hinter der Maske las sie ein Gefühl, das sie an die Küsse erinnerte und ihr Blut erhitzte. Doch da bugsierte er sie in die andere Richtung.

»Du hast meine Frage nicht beantwortet«, ermahnte sie ihn.

»Welche?« Sein Körper streifte ihren.

»Ob du oft auf Bälle gehst.«

»Nein, die besuche ich nur in Alcrofts Haus. Seine Maskenbälle sind fabelhaft. Manchmal glaube ich, die gibt er nur so häufig, weil er weiß, ich würde die Einladung annehmen.«

»Seid ihr gut befreundet? Ich dachte, du magst Aristokraten nicht.«

Unter ihrem Handschuh, unter seinem Jackett spürte sie die Anspannung seiner Muskeln. »Alcroft und ich sind schon sehr lange befreundet. Und meine Abneigung gilt nicht allen Mitgliedern der Oberschicht.«

»Wenn du das sagst …«

Er wirbelte sie umher, und ihr Atem stockte. Während sie mit ihm tanzte, schienen ihre Füße den Boden kaum zu berühren. »Genau das sage ich.«

»Wo hast du so gut tanzen gelernt?«

»Im Hafen.«

Obwohl er sie um Haupteslänge überragte, versuchte sie ihn von oben herab anzuschauen. Aber sie fürchtete, ihre geröteten Wangen und ihre Freude an der Bewegung würden einen vernichtenden Blick verhindern.

»Wenn du es unbedingt wissen musst – von meiner Mutter.«

»Hast du mit ihr auch so getanzt, Noble?«

»In einer gewissen Phase meines Lebens musste ich Tanzunterricht nehmen. Da kam mir zugute, was ich schon vorher gelernt hatte.«

»Tanzunterricht? Wo?«

Bei einer Drehung drückte er sie fester an sich. Als er den Kopf herabneigte, verdunkelten sich seine Augen und ihr ging der verrückte Gedanke durch den Sinn, sie müssten die Küsse, die sie geübt hatten, sofort wiederholen.

Jetzt verklang die Musik. Noble ließ Mariettas Taille los und ergriff ihre Hand. Ehe sie wusste, wie ihr geschah, führte er sie von der Tanzfläche.

Sie bemerkte die bewundernden Blicke, die ihnen folgten. Nicht nur eine Frau starrte Noble begierig an. Irgendwie glaubte Marietta, die meisten Anwesenden würden wissen, wer er war. Abgesehen von der Halbmaske hatte er sich nicht verkleidet. Selbst wenn er kostümiert wäre – angesichts seiner Tanzkunst müssten alle, die ihn kannten, seine Identität erraten haben.

Vor dem Buffet blieben sie stehen.

»Ah, Noble …«, gurrte eine hohe Stimme, und eine Frau in einem fashionablen königsblauen Kleid huschte an seine Seite. »Vier Wochen lang habe ich Sie nicht gesehen. Meiden Sie unsere Gesellschaft?«

»Guten Abend, Mrs Dalworth, ich war beschäftigt. Wie geht es Ihrem Gemahl?«

Lässig winkte sie ab. »Wie üblich ist er verreist.«

»Oh, ich verstehe. Das ist Miss Rose. Mrs Dalworth.«

Die Frau gönnte Marietta nur einen kurzen Blick und entblößte mit einem falschen Lächeln ihre Zähne. »Charmant. Noble, ich hoffe, Sie erscheinen auf einer Teeparty unserer Damen, weil wir Ihre Stiftung unterstützen möchten. Natürlich werden Sie morgen eine formelle Einladung erhalten. Aber ich wollte es Ihnen persönlich mitteilen. Heute kam ich zufällig an Ihrer Residenz vorbei, und der Butler erklärte mir bedauerlicherweise, Sie wären nicht da.«

»Wundervoll, diese Einladung werde ich sofort beantworten. Wie großzügig Ihre Damen sind …« Strahlend lächelte er Mrs Dalworth an, die entzückt seufzte. Marietta fragte sich, ob sie den harten Glanz in seinen Augen nicht bemerkte. Doch die Frau schien auf seine bezaubernde Arglist hereinzufallen. Oder sie sah nur, was sie sehen wollte.

Oder was er ihr vorgaukelte. Offenbar manipuliert er die Frauen so mühelos, wie er mich auf der Tanzfläche herumgewirbelt hat, dachte Marietta. Das musste sie stets bedenken.

»Dann treffen wir uns ja bald wieder. Hoffentlich genießen Sie beide diesen Abend. Wie ich wieder einmal festgestellt habe – meine Geduld lohnt sich *immer* …« Nachdem Mrs Dalworth das letzte Wort vielsagend betont hatte, rauschte sie davon.

Sie hatte nicht einmal versucht, sich doppeldeutig auszudrücken. Gewiss, sie besaß eine wohlgeformte Figur und, wie Marietta wusste, hübsche Gesichtszüge unter der Maske. Aber die Frau hatte keine Chance bei Noble. *Begreift sie es nicht?*

»Nein, sie wird es nie begreifen. Was viel interessanter ist – wieso hast *du* es herausgefunden?«

Verwirrt schaute sie Noble an, der sie berechnend musterte. Und dann erkannte sie entsetzt, dass sie ihren letzten Gedanken laut ausgesprochen hatte.

»Wegen deiner Augen«, erwiderte sie.

Sofort senkte sich ein Schleier über seinen Blick, und sie verfluchte sich. Sie hatte endlich begonnen, seine Gedanken und Gefühle zu ergründen. Und nun hatte sie sich dieses Vorteils beraubt.

Und dann verschwand der Schleier so schnell, wie er entstanden war. Nobles Blick bekundete Amüsement und Faszination. »Hmmmmm – mal sehen, ob du mich auch weiterhin durchschaust. Die meisten Leute sehen nur, was sie sehen wollen.«

Auf die Art und Weise, wie er das beeinflusste, ging sie nicht ein. Denn er zeigte den Leuten nämlich nur, was sie sehen *sollten.* Sie glaubte, in dieser Hinsicht würde sie sich nicht von ihren Mitmenschen unterscheiden. Auch sie sah am liebsten, was sie sehen wollte. Aber schwere Zeiten verlangten Vernunft und Wachsamkeit. Und die letzten Jahre hatten sie gelehrt, genauer hinzuschauen.

»Ein Spiel?«

»Eine Herausforderung. Nimm sie an, Marietta.« Seine Stimme klang heiser und tief, sinnlich und geheimnisvoll. In seinen Augen las sie die Wahrheit – einfach nur Scharfsinn und Wachsamkeit.

»Gut, ich nehme die Herausforderung an.«

Nun mischten sich Freude und wachsendes Interesse in die Aufmerksamkeit. »Denk daran – es gibt viele Dinge, die auf dich warten. Während du die Herausforderung zu meistern suchst, kannst du auch andere Neuigkeiten entdecken. Je nachdem, wie du an die Sache herangehst.« Seine Hand glitt über ihren Rücken zu ihrer Taille. »Hoffentlich wirst du der Sehnsucht erliegen, die ich heute in *dir* entdeckt habe.« Dann drehte er sie herum, zog sie an sich, und ihre Hinterbacken schmiegten sich an seine Schenkel. Durch ihren ganzen Körper jagten Flammenwellen.

Beklommen nahm sie die neugierigen Blicke einiger Gäste wahr und versuchte ihre Nerven zu beruhigen, indem sie sich sagte, niemand würde wissen, wer sie war. Nur eine Frau, die diesen Ball mit einem viel zu attraktiven Mann besuchte …

»Ich möchte die Freilassung meines Bruders erwirken – auf *diese* Weise gehe ich an die Sache heran.«

An ihrem Ohr spürte sie seine Lippen und vergaß zu atmen. »Wenn wir Glück haben, wird Alcroft Mittel und Wege finden, um die Gerichtsverhandlung hinauszuzögern. Was wirst du tun, wenn unsere Nachforschungen mehrere Wochen dauern?«

Marietta riss sich los und wandte sich zu ihm, eine ärgerliche Antwort auf den Lippen. Scheinbar harmlos grinste er sie an. Aber seine Augen waren wachsam, berechnend. Verdammt, ständig würde er ihr Kopfschmerzen bereiten.

»Unterziehst du mich einer Prüfung?«

Noble neigte den Kopf. »Vielleicht.«

»Hör auf damit! Ich bin durchaus fähig, die Aufgaben zu erfüllen, die du mir stellst. Das habe ich schon bewiesen.«

Er beugte sich herab, sodass sich sein Gesicht auf gleicher Höhe mit ihrem befand, und verschränkte die Hände hinter seinem Rücken. »Bisher bist du nicht wirklich geprüft worden, Marietta. Wahrscheinlich hast du unsere Küsse für einen netten Spaß gehalten. Aber wenn wir heute Nacht in die Taverne gehen, musst du deine Rolle mit Bravour spielen. Davon hängt das Schicksal deines Bruders ab.«

Entschlossen hob sie ihr Kinn. »Was immer nötig ist, werde ich tun.«

Ein verlegenes Lächeln erhellte sein Gesicht. Und diesmal erreichte es auch seine Augen. »Großartig.«

Um elf Uhr verließen sie unbemerkt den Ballsaal, und Marietta folgte Noble in ein elegant eingerichtetes Arbeitszimmer. Bücherregale reichten vom Boden bis zur Decke. Überall herrschte eine fast spartanische Ordnung, was einen erheblichen Kontrast zu Nobles chaotischem Schreibtisch darstellte.

Alcroft stand in einer Ecke, ergriff eine Karaffe und füllte drei Kristallgläser.

»Wenn meine Vermutung stimmt – Miss Winters?«

Verwirrt zuckte Marietta zusammen. In seiner Attitüde erinnerte er sie an Noble. Er drehte sich nicht um und erwartete einfach nur, alles wäre so, wie er es wünschte. Nur ganz leicht spannten sich seine Schultern an – für den Fall, es wäre *nicht* so.

»Wieso wussten Sie denn …?« Sie schaute Noble an, der ihr schweigend zunickte.

Trotz ihrer diversen Tarnungen schienen erstaunlich viele Leute schon nach kurzer Zeit ihre Identität zu erkennen – Anthony, Jeremy und jetzt Alcroft.

»Das hat Gabriel mir erzählt.« Er stellte die Gläser auf den Schreibtisch und deutete auf die beiden Sessel an der anderen Seite. »Bitte.«

Noble machte es sich bequem und nahm seine Maske ab, was Alcroft bereits getan hatte. Aber Marietta, die nervös auf eine Sesselkante sank, blieb maskiert.

»Was genau brauchst du, Gabriel?«, fragte Alcroft.

Noble, der ein Glas in der Hand hielt, lehnte sich zurück. »Eine Möglichkeit, den Prozess zu verschieben, weil wir mehr Zeit brauchen.«

Alcroft nickte, nahm ebenfalls Platz und formte mit seinen Fingern ein Dreieck. »Also muss jemand aus dem Parlament einen gewissen Druck ausüben. Im Moment wäre ein Mitglied des Oberhauses eine bessere Wahl. Aber jemand aus dem Unterhaus würde auch genügen.«

»In beiden Häusern schulden mir zwei sehr einflussreiche Männer Gefälligkeiten. Die könnte ich in Anspruch nehmen.

Aber es wäre dem Anliegen nicht angemessen. Und dass *ich* jemandem verpflichtet wäre – das kommt nicht infrage.«

»Ständig willst du die Oberhand behalten«, meinte Alcroft lächelnd, »niemandem möchtest du etwas schulden. Daran wird sich wohl nie was ändern. Jemand im Innenministerium müsste mir seine Dankbarkeit beweisen, Casenton. Interessiert dich das?«

Noble nickte und ließ den Madeira in seinem Glas kreisen. »Gewiss, das wäre perfekt. Würde es sich lohnen, deshalb den Gefallen zu verlangen, den er dir schuldet?«

»Ja. Übrigens habe ich mich schon gefragt, ob ich seine Verpflichtung jemals nutzen werde. Er befasst sich nicht mit den Pferden, die ich liebe. Und eine Gefälligkeit von Casenton passt eher in deine Region als in meine. Offen gestanden, ich bin froh, wenn ich den Kontakt loswerde. Wenn er es auch geheim hält, seine Gläubiger klopfen immer lauter an die Tür. Deshalb wird er liebend gern eine Schuld bezahlen, für die er keinen Wechsel ausstellen muss.«

»Wie ich annehme, wünschst du dir einen Newmarket-Gefallen?«

Alcroft presste seine Finger etwas fester aneinander. »Das weißt du doch.«

»Ausgezeichnet. Dieses Geschenk wollte ich dir bei deinem nächsten Geburtstag ohnehin präsentieren. Als würde ich mich um die Rennen scheren …«

»Du Bastard!«

»Ja. Wundervoll, nicht wahr?« Noble setzte ein ironisches Grinsen auf, das Alcroft erwiderte, und Marietta fühlte sich, wie wenn sie in ein fremdes Land geraten wäre, dessen Sprache sie nicht verstand.

»Wirst du mir mitteilen, was Casenton sagt?«

»Natürlich.«

»Da werden sich Tricks und Spitzfindigkeiten eine wahre Schlacht liefern.«

»Allerdings.« Alcroft warf Marietta einen forschenden Blick zu. »Wenigstens wird es unterhaltsam.«

An dieser Situation fand sie gar nichts amüsant, und das schien ihre Miene zu verraten.

»Damit will ich Ihren Bruder nicht beleidigen, Miss Winters. Ich meine nur die juristischen Manipulationen, die sich abspielen werden, bis Gabriel Ihren Bruder entlasten kann. Und was er sich vornimmt, gelingt ihm *immer*. Also verzweifeln Sie nicht.«

Sie schaute von einem zum anderen. »Wie lange kennen Sie beide sich schon?« Alcroft gehörte der oberen Gesellschaftsschicht an, und wenn Noble auch eine gewisse Position einnahm – er war offensichtlich nicht in diese Kreise hineingeboren worden. Wahrscheinlich waren sie einander auf geschäftlicher Ebene begegnet, obwohl die zwanglose Art, wie sie miteinander umgingen, nicht darauf hinwies.

»Oh, wie lange ist das schon her? Zwanzig Jahre?«

Anscheinend nickte Noble. Weil sie ihn nicht anschaute, vermutete sie das nur. Und Alcroft lachte. Was ihn belustigte, verstand sie nicht.

»Ziemlich rätselhaft, nicht wahr, Miss Winters? Nun, ich überlasse es *Ihnen*, das Geheimnis zu ergründen.«

Aus den Augenwinkeln beobachtete sie Noble. Er wirkte ebenfalls amüsiert, aber auch ein wenig nervös.

Jetzt veränderte sich Alcrofts Gesichtsausdruck, und Nobles Anspannung wuchs. Was mochte hinter diesem sonderbaren Verhalten stecken? Neugierig hielt Marietta den Atem an.

»Habe ich dir jemals erzählt, dass ich Lord Dentry bat, dir das Studium in Eton zu erlauben?«, fragte Alcroft.

Noble schnaufte verächtlich. »Sicher würdest du diese Szene gern noch einmal erleben.«

»Oh nein, wirklich nicht.«

Noble warf einen Blick auf die hohe Standuhr. Anscheinend waren seine Nerven zum Zerreißen gespannt. »Nun haben wir dich lange genug aufgehalten.« Abrupt stand er auf und band seine Maske wieder um. »Gib mir Bescheid, wenn du mit Casenton gesprochen hast. Wir bewohnen mein Haus in Middlesex.«

Auch Alcroft erhob sich und ging um den Schreibtisch herum. Zuerst verneigte er sich vor Marietta, dann schüttelte er Nobles Hand und hielt dabei seine Maske lose zwischen den anderen Fingern. »Ja, das werde ich tun. Vielleicht komme ich irgendwann in dieser Woche vorbei. Wie ich zugeben muss – Jeremy hat mich mit seinem Interesse an diesem Fall angesteckt. Vorher schicke ich dir eine Nachricht. Möglicherweise kann ich noch mehr für dich tun.«

Noble nickte und führte Marietta aus dem Arbeitszimmer.

Während sie durch die Halle gingen, am Ballsaal vorbei und direkt zur Haustür, legte er einen Arm um ihre Taille.

»Und jetzt, meine Liebe, ist es höchste Zeit, dass du meine Mätresse wirst.«

8

Als sie in der Kutsche saßen, nahm Marietta ihre Maske ab. Im Licht der Gaslaternen und mit der Hilfe eines kleinen Taschenspiegels versuchte sie die Flecken unter ihren Augen abzuwischen.

»Dieser zusätzliche Kajal ist perfekt.« Lässig lehnte Noble

sich auf seinem Sitz zurück. »Du siehst verwegen und sinnlich aus.«

Brennend stieg ihr das Blut in den Kopf. Noch nie hatte man sie verwegen oder sinnlich genannt. Nicht, dass es angebracht gewesen wäre … Aber nun fand sie, diese Bezeichnung würde gut zu ihrer derzeitigen Situation passen. Sie strich über den tiefen Ausschnitt ihres Kleids und musterte den Mann, der ihr gegenübersaß.

Noble hatte den Abendanzug mit der Kleidung eines Arbeiters vertauscht, die ihm zu groß war und formlos an seinen Schultern hing. Marietta vermutete allerdings, dieser Effekt wäre beabsichtigt. Diesmal trug er eine andere Kappe, die er keck in die Stirn gezogen hatte. Auf diese Weise überschattete er seine Augenfarbe. Seine Wangenknochen wirkten flacher. Sie hatte ihn nicht genau beobachtet. Doch sie glaubte, er hätte ein bisschen Kajal benutzt. Auch als schneidiger Hafenarbeiter würde er die Blicke aller Frauen auf sich lenken.

So sah ein Mann aus, den tugendhafte Damen ignorieren mussten.

Die Kutsche bog um eine Ecke. Allmählich würden sie sich dem Ziel nähern.

»Vergiss nicht, Marietta – wir fahren nur hierher, um Informationen zu sammeln und herauszufinden, welche Patrouillen und Wachtposten freundlich sind und welche nicht. Wenn sich eine Gelegenheit ergibt, Fragen zu stellen, oder jemand über die Middlesex-Morde redet, musst du den Eindruck erwecken, du würdest für Morde und Mörder schwärmen. Wie eine dieser Frauen, die zu allen Hinrichtungen laufen und sich dann selber berühren.«

Entgeistert starrte sie ihn an. Ihre Hand, die den kleinen Spiegel festhielt, fiel in ihren Schoß. »Pardon?«

Noble winkte ab. »Tu einfach, als würde dich das alles faszinieren. Und du darfst nicht besonders intelligent erscheinen. Sicher wird dir das schwerfallen.«

Ohne ihn anzuschauen oder sein sichtliches Amüsement zu beachten, steckte sie den Spiegel in die Tasche ihres Rocks. Dann beschloss sie, das Thema zu wechseln. »Ist Alcroft dir auch einen Gefallen schuldig?«

»Nein. Wir sind einander gefällig, je nachdem, wie es erforderlich ist. Aber ich habe nie für ihn gearbeitet, so wie für dich. Die Aufträge, die er mir erteilt, sind kostenlos.«

»Wenn du mit jemandem befreundet bist, arbeitest du umsonst für ihn?«

»Willst du meine Freundin werden, Marietta?«, fragte er belustigt und wartete keine Antwort ab. »Alcroft liebt Intrigen und Klatschgeschichten. Ebenso wie Jeremy. Deshalb werden die beiden versuchen, bei unserem Fall mitzumischen. Wenn sie dich stören, jag sie davon. Wie ich arbeite, wissen sie, und sie werden ihr Bestes tun, damit ich sie einbeziehe. Sie sind wie kleine Kinder, die ihre Grenzen kennen und trotzdem alles dransetzen, um sie zu überschreiten.«

Der Wagen hielt in einer Straße, die parallel zur Greville Street verlief, der Adresse des White Stag. Vor dem Pub konnten sie in ihrer schäbigen Kleidung nicht aus einer vornehmen Kutsche steigen.

Etwa eine Minute lang sprach Noble mit seinem Fahrer. Marietta holte tief Atem. Bevor sie um die Straßenecke bogen, legte er einen Arm um ihre Schultern und sie lehnte sich an ihn. Nun würden sie das Pub betreten, in dessen Nähe Kenny verhaftet worden war. Plötzlich kam ihr ein beunruhigender Gedanke.

»Wenn Mr Penner heute Abend hier ist …«

»Ich habe ihm den Verdienstorden eines Vereins in Windsor verschafft. Diese Auszeichnung nimmt er heute entgegen. Die Festivitäten werden bis in die Nacht hinein dauern. Also kann er das Pub nicht besuchen, solange wir hier sind.«

Erleichtert seufzte sie auf und bewunderte Nobles Weitblick. Nicht zum ersten Mal fragte sie sich, warum er das alles tat – warum er Fälle wie ihren übernahm, die ihm kein Geld einbrachten. Dass er unbezahlte Aufträge erfüllte, wenn sie ihm Vergünstigungen verschafften, verstand sie. Aber wieso er für *sie* arbeitete, war ihr rätselhaft.

Als sie das Pub betraten, staunte sie über die zahlreichen Gäste. Unglaublich, wie viele Leute sich in dem kleinen Raum drängten ... Kein Wunder, dass Kenny hierher gelockt worden war. Ein paarmal wurde sie angerempelt, und Noble drückte sie fester an sich. Unter seinem warmen Arm fühlte sie sich sicher.

Durch einen glücklichen Zufall gerieten sie neben einen Tisch, von dem gerade einige Gäste aufstanden. Es war zwar nicht der beste Platz, da er im Vorderbereich des Lokals lag, aber sie konnten sich setzen und beobachten, wie die verschiedenen Gruppen miteinander umgingen. Wenn der Tisch auch weit von einer Ecke entfernt war, stand er immerhin an einer Wand. Noble rückte einen Stuhl neben ihren, sodass sie beide ins Getümmel schauten, neigte sich zu ihr und hob ihr Kinn.

»Bist du bereit, Marietta?«

Sie schluckte. Kenny. Das tat sie für Kenny. Niemand würde sie hier erkennen. Und im Moment hatte sie ohnehin keine Zukunft, für die sie ihren guten Ruf wahren musste. Der Lärm im White Stag verschmolz mit den gleichmäßigen Schlägen ihres Herzens. Eigentlich hatte sie erwartet, es würde rasen. Aber es pochte ganz normal.

Ruckartig nickte sie.

»Lächle mich an.« Seine Finger zogen eine Linie von ihrem Kinn zu ihrem Nacken und dann zum Schlüsselbein. Behutsam und tröstlich. Doch die Liebkosung bewog ihren Körper, sich an ihn zu schmiegen und sich mehr zu wünschen.

Einfach grotesk, dass er sie verwegen und sinnlich genannt hatte, obwohl er selbst diese Qualitäten so offenkundig ausstrahlte … Sein Blick hielt ihren fest, und sie konnte nur mehr an Wörter mit s denken – staunenswert, sexuell und sündhaft, stark und standhaft. Dieses letzte Wort hätte sie nachdenklich gestimmt, wäre Noble nicht plötzlich in Gelächter ausgebrochen.

In seinen Augen erschien ein mutwilliges Funkeln. »Oh, ich vergesse mich. Mit solchen Zärtlichkeiten sollte ich mich nicht begnügen – so, wie ich gekleidet bin.«

Blitzschnell glitt er mit seiner Hand zu ihrem Schenkel und streichelte ihn. Unter seinen Fingerspitzen spürte er, wie sie zusammenzuckte, und hielt ihr Bein fest.

»Komm schon, Schätzchen, wir müssen unsere Rollen spielen.«

Während er ihren Rock langsam hochzog, nahm ihr Lächeln einen verkrampften Ausdruck an. Ihre Vernunft rebellierte, weil ihre Fußknöchel sichtbar wurden. Die Waden. Die Knie. Nobles Fingerspitzen wanderten unter den Stoff und zwischen ihre Schenkel. Instinktiv schlug sie auf seine Hand und streifte das Kleid hinab.

In ihren Ohren klang sein gellendes Gelächter fremd, aus seinem Mund völlig unnatürlich. Dann küsste er sie mit wilder Glut, und sie blinzelte verwirrt. Statt der subtilen, sinnlichen Verführung am früheren Abend spürte sie jetzt einen brüsken, fast brutalen Kuss. Merkwürdig – obwohl er eine

Rolle spielte, pochte ihr Puls schneller, ihre Wangen erhitzten sich. Eigentlich dürfte es diesem Mann gar nicht gelingen, so furchtbar schlecht zu küssen, dachte sie. Nicht, dass sie ausreichende Erfahrungen gesammelt hätte, aber die Intuition log nur selten.

Und es fiel ihr wirklich nicht schwer, auf gewisse Ausdrucksformen seiner Schauspielerei einzugehen.

Als sie aufschaute, stand eine Kellnerin vor dem Tisch, die sich erstaunlich schnell einen Weg durch das Gedränge gebahnt hatte. Damit beeindruckte sie Marietta. Die Frau trug ein ähnliches Kleid wie sie selbst, mit einem engen Oberteil, aus dem ein üppiger Busenansatz quoll. Um die Augen und die Mundwinkel zogen sich harte Linien.

»Was kann ich Ihnen bringen?«

»Zwei Ales, bitte«, erwiderte Noble. »Eine Sorte, die Sie uns empfehlen, meine Süße.« Durch seine gesenkten Wimpern warf er ihr einen dreisten Blick zu.

Die Kellnerin hob die Brauen, und ihr Gesicht nahm etwas sanftere Züge an. Vielleicht war er genau der Typ, vor dem sie kapitulieren würde. »Sofort, Darlin'.« Sie zwinkerte ihm zu. Ohne Marietta zu beachten, stürzte sie sich wieder in die Gästeschar.

Salopp legte er seinen Arm auf die Lehne von Mariettas Stuhl und starrte sie lüstern an. Schon wieder erwärmte sich ihr Blut, und sie krümmte die Zehen, obwohl sie wusste, dass er sich nur so benahm, wie es seiner Rolle entsprach. *Also, ich bin ein Hafenarbeiter, der einem hübschen Tavernenmädchen unter die Röcke greifen will,* hatte er in der Kutsche erklärt. *Gewissermaßen werde ich dich umwerben. Nach ein oder zwei Ales – wer weiß, in welche Situation du draußen auf der Gasse geraten wirst?*

Das konnte sie sich nur vage vorstellen.

Er neigte wieder den Kopf zu ihr, seine Schulter berührte ihre. Würde er sie noch einmal so grob küssen? Sie fühlte sich unbehaglich und ausgeliefert – und ein kleines bisschen erregt, was sie schockierte. Aus den Augenwinkeln entdeckte sie einige Gäste, die sie beobachteten.

»Was machst du?«, zischte sie. »Sind wir noch nicht genug aufgefallen?«

»Oh, ich strebe ein möglichst *unauffälliges* Verhalten an. Niemand im Pub interessiert sich für uns, außer ein paar Lüstlingen, die sich von so was anregen lassen.«

»Wie bitte?«

Noble wies mit dem Kinn in eine Ecke. Zwischen bewegten Gestalten sah sie einen Mann und eine Frau, die sich aneinander rieben und ihre Körper betasteten, die Lippen verschmolzen. Niemand achtete auf die beiden.

»So etwas werden wir *nicht* tun.«

Da wagte Noble erneut zu lachen, und jetzt klang es angenehm, sogar warmherzig.

Wenig später wurden die Getränke serviert. Marietta glaubte, noch nie im Leben hätte ihr etwas so abscheulich geschmeckt wie dieses Bier. Trotzdem zwang sie sich, immer wieder an ihrem Krug zu nippen.

Während Noble und Marietta ihr Ale tranken, unterhielten sie sich im Flüsterton und beobachteten die Gäste. Zwischendurch raubte er ihr mit verzehrenden Küssen den Atem, wenn sie sich seiner Meinung nach zu lange *auffällig* benommen hatten.

Seine Strategie schien die gewünschte Wirkung zu erzielen. Nachdem sie die anfängliche Inspektion überstanden hatten, wurden sie ignoriert.

Bald erkannten sie, welche Hierarchie im White Stag herrschte. An der Theke umringten mehrere Männer ein paar

Leitfiguren. Neben diesen Anführern standen die Hauptlakaien, das Kinn hoch erhoben. Die anderen versuchten Aufmerksamkeit zu erregen oder hörten hingerissen zu.

An den Tischen saßen Gäste, die einen etwas demokratischeren Umgang pflegten. Das Machtzentrum befand sich eindeutig an der Theke. Dort würden Noble und Marietta die benötigten Informationen erhalten, ohne Fragen zu stellen, denn diese Männer sahen so aus, wie wenn ein interessiertes Publikum ihr höchstes Glück wäre.

Um das herauszufinden, hätte Marietta den diskreten Fingerzeig ihres Begleiters nicht gebraucht. Als sich eine neue Gruppe in das Pub drängte, die der Thekenbesatzung glich, entstand der Eindruck, zwei Fraktionen würden um die Vorherrschaft kämpfen.

Noble beugte sich wieder zu ihr und nuckelte an ihrem Hals. Verlegen wollte sie ihn abwehren.

»Entspann dich, Marietta«, bat er leise und ergriff ihre Hand. »Beobachte die zwei Männer am Ende der Theke, die ihre Banden kommandieren. Schau nicht zu auffällig hin. Und leg deinen Kopf in den Nacken. Ja, so ist es gut.« Er rieb sein Gesicht an ihrer Haut und hauchte Küsse auf ihren Hals. Solange er das tat, konnte sie nicht klar denken. Er presste seine Lippen auf ihren Puls, und die Männer in ihrem Blickfeld verschwammen. »Nein, du darfst die Augen nicht schließen. Erzähl mir, was du siehst. Ganz leise.«

»Der Mann in Grün …« Ihr Atem stockte. »… streitet mit dem Mann in Blau.«

Nun drangen einzelne Wortfetzen zu ihrem Tisch. Die Gestalten gruppierten sich neu, der Lärm flaute ab, als wollten auch andere Gäste lauschen.

»Mir ist egal, was Sie nach *Ihrer Meinung* machen können, ein Patrouillengänger von eines Richters Gnaden. In dieser Gegend bestimmen *wir*, was geschehen soll.«

»Wer hat das gesagt?«, flüsterte Noble in Mariettas Ohr. Sein Daumen streifte ihren Busen.

»Grün«, würgte sie hervor.

»Als könnten Sie in diesem Gebiet für Ordnung sorgen, Wächter!«

Langsam umkreiste Nobles Daumen eine ihrer Brüste, durch das Kleid, das Korsett und das Hemdchen hindurch. Ihre Gewänder waren nur ein dünner Schutz vor seinen warmen, bewegten Fingern, der heißen Handfläche. »Blau …« Beinahe blieb das Wort in ihrer Kehle stecken, als er ihre Brustwarze berührte.

»Pst«, hauchte er an der Haut hinter ihrem Ohr. »Ich habe es verstanden. Entspann dich und schau hinüber, ich werde zuhören.«

Würde ihr das gelingen? Daran zweifelte sie. Alle moralischen Bedenken, alle Gedanken an ihre mädchenhafte Tugend waren durch die Tür des Pubs hinausgeflogen. In ihrem Körper entstanden feurige Wellen, und sie sank hinein, wie die hilflose, von einem Beschwörer verzauberte Schlange, die sie in einem Varieté gesehen hatte. Während Nobles Mund über ihren Hals glitt – hinter ihr Ohr, unter ihr Kinn – und seine Finger immer heftigere Emotionen erzeugten, musste sie sich zwingen, die Augen offen zu halten.

»Verlier nicht die Besinnung, Marietta.« Seine Hand wanderte von ihrem Busen nach unten, zwischen ihre Beine. Erschrocken riss sie die Augen auf. Nobles Hand ruhte auf einem Schenkel. In diesem Moment war das die unschuldigste Stelle, die er berühren mochte …

»Diese verdammten Richtertypen bilden sich ein, sie müssten alles regeln. Bleiben Sie in Holborn, wo Sie hingehören.«

»Hörst du sie winseln, Sam? Als würden die armen Wachtposten keine Hilfe bei ihren Straßenkämpfen brauchen!« Nur mühsam konzentrierte sie sich auf den Mann in Blau, der über seine Schulter mit einem Kumpel sprach.

Sichtlich erbost trat der Anführer in Grün einen Schritt vor. »Haben Sie uns vielleicht bei dieser Keilerei geholfen? Da waren Sie nur im Weg. Davey und die Jungs hatten alles im Griff. Und Sie haben es viel schlimmer gemacht.«

Nun sprang auch der andere Mann vor, die Nasen der beiden stießen fast zusammen. »Das ist in gefährlicher Nähe von Holborn passiert. Für diese Gegend sind *wir* zuständig.«

»Als ob wir das vergessen würden! Wo Sie uns doch dauernd die Ohren volljammern! Vielleicht vermissen Sie Ihre Mummy, seit Sie aus dem Nest gefallen sind.« Das Gesicht des Anführers in Grün verzog sich zu einem hässlichen Grinsen.

»Ah, Sie halten sich für unbesiegbar, was? Sehr amüsant ...« Der Mann in Blau sprach in ruhigem Ton. Aber die geballten Hände verrieten seinen Zorn.

»Gibt es Probleme?« Jetzt mischte sich eine neue Stimme in den Streit ein, und Marietta genoss eine kurze Atempause, weil Noble seine Lippen von ihrem Hals entfernte. Während er einen verstohlenen Blick auf den Neuankömmling warf, kitzelten seine Locken ihr Kinn.

Der Mann war durchschnittlich groß, wirkte jedoch durch seine aufrechte Haltung und die autoritäre Attitüde imposanter als die kräftig gebauten Gäste, an deren Seite er stehen blieb. Allzu attraktiv sah er nicht aus, aber würdevoll.

»Oh Gott ...«, stöhnte der Mann in Grün, hob seinen Bierkrug und stieß ihn gegen den Ellbogen eines anderen Wachtpostens.

»Kein Wunder, dass die Kriminalität in Middlesex ständig zunimmt«, bemerkte der neue Gast, »wenn Sie sich volllaufen lassen, statt Ihre Runden zu drehen.«

»Moment mal, der Mörder wurde gefasst. Von einem unserer Männer. Dass *Sie* ihn geschnappt hätten, konnte ich *nicht* sehen. Und wäre das nicht Ihre Pflicht gewesen, Bulle? Oder haben Sie die Belohnung kassiert?« Höhnisch rempelte der grün gekleidete Wächter den Polizisten an.

Marietta umklammerte Nobles Hand. Besänftigend drückte er ihre Finger. In einer Kneipe voller Wachtposten und vom Gericht ernannter Patrouillen, zu denen sich auch noch ein Polizeibeamter gesellt hatte, durften sie kein Aufsehen erregen. »Genau das wollten wir uns anhören«, flüsterte er. »Bleib ganz ruhig.«

»Reines Glück«, entgegnete der Polizist. »Hätte Penner nicht so dringend pinkeln müssen, würde der Mörder noch immer frei herumlaufen.«

»Nennen Sie es Glück, wenn Sie wollen. Jedenfalls haben Sie sich nicht mit Ruhm bekleckert, Bulle. Und die Patrouillengänger müssen den Richtern noch etwas länger in den Hintern kriechen.«

Empört redeten der Mann in Blau und seine Kollegen durcheinander.

»Glauben Sie, nur weil Sie einen einzigen Mörder geschnappt haben, dürften Sie der Polizei ins Handwerk pfuschen?« Gewiss, der Beamte strahlte Würde aus, allerdings eine erzwungene Würde – wie ein kompetenter Mann, der stets glaubte, er müsste seine Fähigkeiten beweisen.

»Oh, là, là, die Macht der Bow Street! Hören Sie das, Joe? Die geballte Macht der Bow Street stürmt vernichtend auf uns ein!« Ironisch grinste der Wachtmann in Grün seinen Gegenpart in Blau an.

»Ich erbebe in meinen Stiefeln.«

»Sicher wäre es unklug, unseren Zorn zu erregen«, warnte der Polizist. Entweder war er ein Idiot oder gefährlich. Das konnte Marietta noch nicht beurteilen.

»Einen so gebildeten Gentleman heißen wir immer sehr gern in unserer Mitte willkommen, nicht wahr, Jungs?«

Nun hatten sich die beiden gegnerischen Gruppen zu einer geschlossenen Front vereint, um gegen den Polizisten Stellung zu beziehen. Sobald er das Pub verließ, würden sie einander wieder an die Gurgel fahren. Darauf würde Marietta wetten.

»Schauen Sie sich um, Bulle! Solche Freuden werden Sie niemals genießen. Ein ausgezeichnetes Ale, hübsche Frauen.« Unbehaglich beobachtete sie, wie der grün uniformierte Mann auf das Paar in der Ecke zeigte, und dann direkt auf Noble und sie selbst.

Mit schmalen Augen starrte der Polizist zu ihr herüber. Noble grub seine Finger in ihren Schenkel und knabberte an ihrem Ohrläppchen.

Atemlos drückte sie sich an ihn. Der Polizist kräuselte die Lippen und kehrte ihnen den Rücken.

»Amüsiert euch nur mit eurem schalen Ale und pockennarbigen Prostituierten!«

Heller Zorn verscheuchte Mariettas Trance. War sie denn eine pockennarbige Prostituierte? Der Wachtposten in Grün, der von »hübschen Frauen« gesprochen hatte, stieg ganz enorm in ihrer Achtung, während sie den Polizeibeamten verabscheute.

Nun musterte er die Kellnerin und schnitt eine anzügliche Grimasse.

»Wagen Sie es bloß nicht, Betsy zu beleidigen!«

Marietta spürte, wie Noble an ihrem Hals lautlos lachte,

warme Luft streichelte ihre Haut. Dann richtete er sich auf, um die Ereignisse zu verfolgen. Hastig ergriff sie ihren Krug und nahm einen Schluck.

»Betsy, nicht wahr?« Der Polizist inspizierte die Kellnerin von oben bis unten, ohne sein Missfallen zu verhehlen.

Empört kniff sie ihre faltigen Lider zusammen. »In unserer Gegend geht das Gerücht um, Sie hätten den Schwanz eines Wurms, Sir. Mit so einem winzigen Ding werden Sie sich wohl kaum die Pocken holen.«

Marietta verschluckte sich an ihrem Bier, und Noble klopfte auf ihren Rücken, während alle Gäste schallend lachten.

»Genau das erwarte ich von einer *Lady* in dieser Kneipe.« Der Polizist schlenderte in den Hintergrund des Raums und sank auf einen Stuhl. Aufmerksam ließ er seinen Blick durch das ganze Lokal schweifen, inspizierte alle Gesichter, und Marietta wurde von neuem Unbehagen erfasst.

Wegen der Ankunft der Patrouillengruppe waren einige Gäste zur Tür hinausgedrängt worden.

»Komm!«, flüsterte Noble, stand auf, zog Marietta vom Stuhl hoch, und sie zwängten sich durch das Gedränge. Sofort wurde ihr Tisch von anderen Gästen besetzt.

Ein letztes Mal spähte Marietta zu dem Polizeibeamten hinüber, der ihr nachschaute. Erleichtert seufzte sie auf, nachdem sie mit Noble den White Stag verlassen hatte.

Auf der Straße sprachen sie mit mehreren Leuten – Taschendieben, Wachtposten, Prostituierten. Die meisten wussten nichts, nur ein paar hatten Kennys Verhaftung beobachtet. Erst gegen ein Uhr morgens wurden Marietta und Noble für ihre Mühe belohnt.

Eine zahnlückige Nutte, die nach Schnaps und Wollust roch, musterte den vermeintlichen Hafenarbeiter von oben bis unten. »Ja, ich habe einen anderen Mann gesehen. Dieser stand vor den beiden – vor dem Mädchen, das umgebracht wurde, und vor dem Jungen, den sie später verhaftet haben.«

Aufgeregt klammerte sich Marietta an Nobles Arm.

»Wie sah er aus?« Seine Stimme bekundete nur milde Neugier. Doch sie spürte seine Anspannung.

»Schwer zu sagen. Dunkles Haar. Und dunkle Kleider.«

»Würden Sie ihn wiedererkennen?«

Die Prostituierte lächelte. Durch ihre Zahnlücken wehte ein unangenehmer Geruch in Mariettas Richtung. »Wahrscheinlich nicht. Nach allem, was ich sah, könnten sogar *Sie* es gewesen sein.«

»Warum haben Sie den Wachtposten nichts von diesem Mann erzählt?«, fragte Marietta.

Zum ersten Mal wandte sich die Frau zu ihr und rümpfte verächtlich die Nase. »In so einem arroganten Ton sollten Sie in dieser Gegend nicht reden, Hoheit.« Lachend schlug sie auf ihren Schenkel. »Aber vielleicht sind manche Männer scharf auf so was. Und Sie, Sir, müssten schon ein bisschen was lockermachen.«

Noble drückte Mariettas Arm. Mit ihrer vorwurfsvollen Frage hatte sie der Mission nicht genutzt.

Doch die Prostituierte war zu betrunken, um sich darüber zu ärgern, und Marietta versuchte es noch einmal, mit sanfterer Stimme. »Warum haben Sie den Wächtern nichts erzählt?«

»Dass die alte Daise jemanden gesehen hat?« Die Frau brach in schrilles Gelächter aus. »Jetzt muss ich wieder zu meiner Ecke gehen. Oder wollen Sie noch was anderes als reden?«

Noble warf ihr eine Münze zu. So viel Geld hatte er den

bisherigen Gesprächspartnern nicht gegeben, obwohl sie bei klarem Verstand gewesen waren. Schwankend stapfte Daise davon.

»Warum fordern wir sie nicht auf, die Wächter zu informieren? Dann müssten sie Kenny freilassen – oder wenigstens auf diese Zeugenaussage hinweisen, wenn er vor Gericht steht.«

»Sei nicht albern.« Noble hatte Daise nachgeschaut. Nun wandte er sich zu Marietta. »Meinst du, man würde ihr glauben? Genauso wenig wie uns, wenn wir ins Gefängnis gehen und Kenny für unschuldig erklären.«

»Und warum nicht? Ihre Geschichte passt zu seiner, und wir …«

Er ließ ihren Arm los und hob ihr Kinn. Behutsam bog er ihren Kopf nach hinten und erwiderte ihren flehenden Blick. »Dass du Daise für eine bedeutsame Informationsquelle hältst, ehrt dich – selbst wenn du sie nur ernst nimmst, um deinem Bruder zu helfen. Aber die meisten Leute würden einer trunksüchtigen Prostituierten misstrauen. Hättest du ihr vor zwei Wochen geglaubt?«

»Keine Ahnung.« Sie blinzelte ihn an. Vor zwei Wochen hatte sie nicht einmal an Prostituierte gedacht, geschweige denn an betrunkene. »Wenn ich mir vorstelle, *ich* müsste jede Nacht da drüben an der Ecke stehen …« Sie schluckte. »Dann wäre ich froh, wenn mir jemand glaubt.«

Weil die Kappe seine Augen überschattete, konnte sie nichts darin lesen. »Marietta, du …«

»Ist das nicht rührend? Der Gentleman und seine Lady hier draußen.«

Sie drehten sich um und sahen den Polizisten an der Straßenecke stehen. Offenbar hatte Daise hastig die Flucht ergriffen. Sein Blick schweifte zwischen Marietta und Noble hin und her. »Den ganzen Abend habe ich Sie beobachtet. Stiften Sie Unruhe wegen dieses Mordes? Soll ich Sie wegen Erregung öffentlichen Ärgernisses festnehmen – oder herausfinden, was Sie *wirklich* im Schilde führen?«

»Glücklicherweise haben Sie keinen Grund, uns zu verhaften.« Noble senkte den Kopf, und seine Augen gerieten in noch tieferen Schatten.

»Den brauche ich nicht«, erwiderte der Beamte und ging zu ihnen.

»Sogar ein Polizist aus der Bow Street braucht Beweise. Und die haben *Sie* ganz besonders nötig. Wie ich höre, hatten Sie bei Ihrem letzten Fall gewisse Schwierigkeiten.«

Nur mehr ein paar Schritte entfernt, blieb der Beamte stehen. »Ich dokumentiere alle meine Fälle äußerst gründlich und gewissenhaft. An meiner Beweisführung gibt es nichts zu bemängeln.«

»Über hundert Verhaftungen in Ihrem Namen – obwohl Sie erst seit kurzer Zeit für die Polizei arbeiten, nicht wahr?«

Die Augen des Mannes verengten sich, und Marietta starrte ihn besorgt an. Was hatte Noble vor? Mochte er auch reich wie Krösus sein – ein Polizist aus der Bow Street konnte ihn in ernsthafte Gefahr bringen.

»Offenbar bin ich Ihnen gegenüber im Nachteil«, bemerkte der Beamte. »Wie heißen Sie?«

»Terrence Jones, *nicht* zu Ihren Diensten«, entgegnete Noble mit einer spöttischen Verbeugung.

»Ah, ein besonders schlauer Zeitgenosse«, meinte der Beamte angewidert. »Warum interessieren Sie sich für die Middlesex-Morde?«

»Dafür schwärmt meine Lady. Und ich versuche einfach nur, ihre Neugier zu befriedigen.«

Marietta zwang sich zu einem Lächeln, und der Polizist schaute sie missbilligend an. Dann wandte er sich ab, doch sein Kopf fuhr sofort wieder zu ihr herum und er musterte sie etwas gründlicher. »Und wie heißt *sie*?«

Was für ein ekelhafter Kerl ... Diese Frage richtete er nicht einmal an *sie*, als würde zwischen den Ohren einer Frau kein einziger vernünftiger Gedanke entstehen.

»Cornelia Jones. Keine Verwandtschaft.«

Jetzt mimte Noble einen schmierigen Wüstling mit anzüglichem Grinsen und betont lässiger Pose.

Die Augen des Polizisten schienen Marietta zu durchbohren. »Wohl kaum ihr richtiger Name ... Aber das ist nicht so wichtig, weil ich nicht plane, Sie beide jemals wiederzusehen. Haben Sie das verstanden?«

»Natürlich nicht, hochverehrter Sir.«

Der Beamte versteifte sich. Doch er ging wortlos davon.

»Oh Gott ...« Marietta rang nach Luft. »Vielleicht hat er mich erkannt. Keine Ahnung, wieso – irgendetwas in seinen Augen ...«

Noble nahm wieder seine normale Haltung an und straffte die Schultern. »Ja. Welch ein Pech, dass Arthur Dresden noch immer an dem Fall arbeitet ... Ich dachte, inzwischen würde er sich mit anderen Dingen befassen. Aber anscheinend will er jeden Fall selber zu Ende bringen. Und das erschwert unsere Nachforschungen.«

In Anthonys Büro hatte Marietta nicht zum ersten Mal von Arthur Dresden gehört. Der Mann war bekannt für seine Hartnäckigkeit. Wie ein Terrier verbiss er sich in seine Fälle und ließ nicht locker, bis er sämtliche Fragen klären konnte. Ständig strebte er Frieden und Gerechtigkeit an – um jeden Preis. Obwohl man ihm nachsagte, er würde sich bei seinen Ermittlungen penibel an die Gesetze halten, war er schon öfter wegen seiner Taktik ermahnt worden, mit der er Informationen sammelte. Solange die Bösen bestraft und die Guten gerettet wurden, schreckte er angeblich vor nichts zurück – wenn der Zweck die Mittel heiligte.

Die Aufmerksamkeit eines solchen Mannes sollte man besser nicht erregen.

Zu dieser Kategorie zählte auch Noble, und obwohl Dresden den Gentleman und die Lady namens Jones am liebsten hinter Gitter gebracht hätte, nur weil sie unterhalb seiner Moralbegriffe existierten – auf andere Weise war Noble viel gefährlicher.

Abrupt hob er den Kopf.

»Was ist los?«, fragte Marietta.

»Ich dachte, ich hätte etwas gehört. Da fällt mir ein – ich sagte etwas über die Situation, in die du am Ende dieser Nacht geraten könntest.«

Sofort pochte ihr Herz schneller, ihre Haut fing zu prickeln an.

Sein Finger berührte ihre Wange. »Über dem Tisch eines Pubs? In einer dunklen Gasse, an einer Mauer? In einer Kutsche mit offenen Fenstern, durch die der Wind hereinweht, während wir die Straßen entlangrasen und du auf mir reitest, bis ins Paradies?«

Krampfhaft schluckte sie.

»Ja, diese Visionen gefallen mir«, fügte er hinzu. »Ich sehe, wie du deinen Kopf hin und her wirfst. Und alle Bilder zeigen mir deinen schönen, schlanken Hals.« Zärtlich streichelte er ihren Nacken. »Deine Augen verschleiern sich. Und deine Sinnlichkeit strahlt von innen aus dir heraus – nicht mehr äußerlich, mit der Hilfe des Kajals. Sollen wir herausfinden, was geschehen wird, wenn ein neues Wissen deine Wangen rötet, wenn sie wie eine voll erblühte Rose glühen?«

Ein halb erstickter Schrei wehte durch die Nacht, und Noble zog sie an sich. Offenbar war der Laut aus einer Gasse gedrungen. Noble ging zur Straßenecke, wobei er Marietta noch immer an sich gedrückt hatte. Da sahen sie, wer geschrien hatte.

Brutal schlug ein dünner Mann auf eine Frau ein, anscheinend nicht zum ersten Mal. Denn ihre rechte Wange war geschwollen, im schwachen Licht der Gaslampe voller Platzwunden. Noble ließ Marietta los.

Sekunden später hörte sie ein dumpfes Geräusch, der dünne Mann heulte auf. Noble trat beiseite und wischte seine Hand an seiner Hose ab, als hätte er sich allein schon durch den Kontakt mit dem Arm des Schlägers eine Seuche eingehandelt. »Zum Teufel mit Ihren Fäusten!«

Der Mann stürzte sich auf ihn, und Marietta stöhnte.

Noch ein dumpfes Geräusch erklang, diesmal laut und unnatürlich.

»Versuchen Sie das nie wieder. Es wäre mir ein Vergnügen, wenn Sie in den nächsten drei Monaten essen müssten, ohne Ihre Hände zu benutzen.« Drohend neigte er sich zu dem geduckten Mann hinab, der sich an eine Wand presste. »Sicher werde ich Ihre Adresse ausfindig machen, und ich komme sehr gern zu Ihnen, um Sie zu *füttern.*«

Der Mann umklammerte seinen misshandelten Arm und stolperte aus der Gasse. Als seine Schritte verhallten, herrschte tiefe Stille, bis die Frau zu sprechen begann.

»Das hätten Sie nicht tun dürfen. Wenn Eugene seine Angst überwunden hat, wird er erst richtig wütend.« Ihr zerschundenes Kinn zitterte.

»Gehen Sie da hin.« Noble reichte ihr eine Karte. »Fragen Sie nach Peg, sie wird Ihnen helfen.«

Zögernd nahm sie die Karte entgegen, die Augen voller

Misstrauen. Dann eilte sie davon, in dieselbe Richtung, die der Mann eingeschlagen hatte.

»Wird sie zu dieser Frau gehen?« Sorge und Entsetzen lähmten Marietta noch immer. Doch irgendetwas im Blick der Frau bewog sie, diese Frage zu stellen.

»Vielleicht – manche tun es, andere nicht. Man muss bereit sein, sich helfen zu lassen. Komm.«

Gabriel Noble streckte eine Hand aus, und Marietta griff danach.

9

Eine Woche später starrte Noble Marietta herausfordernd an, über den Küchentisch hinweg.

»Das traue ich dir nicht zu«, sagte sie.

»Nun kränkst du mich. Nach allem, was wir zusammen erlebt haben, glaubst du, ich könnte diese schlichte Aufgabe nicht erfüllen? Nach all den Türen, die ich dir geöffnet habe – obwohl du dachtest, sie würden für immer verschlossen bleiben?«

In der letzten Woche hatten sie Clerkenwell und die Umgebung des Stadtteils besucht, Leute befragt, Gefälligkeiten beansprucht. Und sie waren noch einmal ins Coldbath-Fields-Gefängnis gegangen, um mit Kenny zu reden.

Mariettas Bruder sah schlechter aus denn je, in seinen Augen lag unverhohlene Verzweiflung, und er war beängstigend abgemagert.

Mit der Hilfe Casentons, der Alcroft einen Gefallen schuldete, war der Gerichtsprozess um zwei Wochen verschoben worden. Eine Woche blieb ihnen noch. Viel zu schnell verstrich die Zeit.

»Gewiss, du hast uns Zutritt zum Coldbath-Fields-Gefängnis verschafft«, gab sie zu. »Aber *das* ist etwas anderes.«

Erfreut las sie die Belustigung in seinen Augen. So gut gelaunt war er vorhin, nach einer weiteren Begegnung mit dem Polizisten Arthur Dresden, nicht gewesen. »Was meinst du, wieso ich ohne Dienstboten zurechtkomme, Marietta?«

»Nun, Gabriel ...« Sie fand es albern, ihn noch immer Noble zu nennen, nach den zahllosen Küssen bei den abendlichen Vergnügungsfahrten in diversen Kostümen. »Natürlich kommst du zurecht, weil deine liebe Clarisse und Mrs Rosaire alles organisieren.«

»Ist das so?«

»Ja.«

Betont lässig wippte er auf seinem Stuhl nach hinten und lächelte träge. »Möchtest du wetten?«

Diese Herausforderung war unwiderstehlich. Und nach dem anstrengenden Tag brauchte sie eine Aufmunterung. Nachdem sie Kenny in seinem Elend gesehen hatte ... »Ja. Plötzlich bin ich neugierig und will sehen, was du über dem Feuer verkohlen wirst.«

»Verkohlen? Ah, ich verstehe.«

»Komm schon!«, erwiderte sie geringschätzig. »Du ernährst dich völlig falsch. Statt eine nahrhafte Mahlzeit zu genießen, schüttest du Unmengen von Tee und diesem grässlichen Kaffee in dich hinein. Ohne Mrs Rosaires köstliche Suppen und Eintöpfe wärst du schon längst zu einer Kaffeebohne geschrumpft.«

»Glaubst du das wirklich?«

»Oh ja«, bestätigte sie im Brustton der Überzeugung. »Vielleicht sollte *ich* zu kochen anfangen.«

»Mein männliches Herz ist hingerissen.«

»Da du mir noch eine Zeit lang dienen sollst, musst du bei Kräften bleiben.«

Krachend landeten die Beine seines Stuhls auf dem Küchenboden. »Wenn du meine Dienste wünschst, musst du es einfach nur sagen, Marietta.«

Unter seinem durchdringenden Blick begannen ihre Wangen zu brennen, und sein schiefes Grinsen brachte sie erst recht in Verlegenheit. »Du sollst Kenny aus dem Gefängnis holen.«

»Was ich äußerst ungern tue. *Dir* diene ich viel lieber.« Der Stuhl wippte nach hinten.

»Daran zweifle ich«, murmelte sie.

»Nun, meine Dienste sind sehr gefragt.«

Wie nonchalant seine Stimme klang ... Wieder einmal wunderte sie sich über ihn. Er nutzte seine Anziehungskraft auf die Frauen, wann immer er sie brauchte. Aber Marietta ahnte instinktiv, er würde diese Aufmerksamkeit nicht schätzen. In Gesellschaftskreisen war sie genug Gecken, Lebemännern und Dandys begegnet, und sie alle schienen sich in weiblicher Bewunderung zu sonnen. Oder sie heuchelten arrogantes Desinteresse.

Gewiss, auch Noble benahm sich ziemlich arrogant, was seine Wirkung auf Frauen betraf. Doch dahinter steckte noch etwas. Ein Geheimnis ...

»Abgemacht«, sagte sie. »Du versuchst zu kochen. Wenn es dir misslingt, werde ich mich in Zukunft um die Mahlzeiten kümmern, und wir müssen uns nicht mehr ständig auf Mrs Rosaire verlassen – obwohl es natürlich wundervoll wäre, ihre traumhaften Suppen und Eintöpfe auch weiterhin zu genießen.« Sie schmeckten einfach himmlisch. Aber nach den Portionen zu schließen, die Gabriel in Mariettas Gegenwart verspeiste, aß er nicht genug. »Und vielleicht muss ich nach deinen kulinarischen Bemühungen die Küche sauber machen.«

Eigentlich sollte sie ihre Zunge hüten. Sie war bestenfalls eine durchschnittliche Köchin. Und es gab zu viele Dinge, die Noble vollendet beherrschte. Jedenfalls würde es amüsant sein, ihn bei diesen neuen Aktivitäten zu beobachten.

Es sei denn, er war ein Meisterkoch. Dann würde er ihre mittelmäßigen Fähigkeiten übertrumpfen.

»Also gestattest du mir, heute Abend zu kochen? Wirst du dich nicht beklagen, weil ich Mrs Rosaire weggeschickt habe?« Bei der zweiten Frage erschien ein eigenartiger Glanz in seinen Augen, der sie zur Vorsicht ermahnte. Doch sie verdrängte das vage Unbehagen. Nach diesem ermüdenden Tag durfte die heitere Stimmung nicht getrübt werden.

»Nur zu, Gabriel.«

»Was möchtest du gern essen?«, fragte er und stand auf.

»Das überlasse ich dir«, antwortete sie und faltete ihre Hände auf der Tischplatte.

»Vielleicht Lachs mit Weinsoße?«

Marietta blinzelte und beobachtete, wie er zum Küchenschrank ging. Dort nahm er zwei Fischfilets aus einer geeisten Kiste. Geschickt warf er eine Zwiebel von einer Hand in die andere.

»Wie – wie bitte?«, stammelte sie.

»Würde dir Lachs mit Weinsoße schmecken?«

Schon wieder sah sie dieses Funkeln in seinen Augen. Sie war noch immer gut gelaunt – aber plötzlich nicht mehr sicher, ob sie seinen Fehlschlag feiern würde. »Willst du das wirklich wagen? Ich würde mich auch mit einem einfacheren Gericht begnügen.« Natürlich sollte er später nicht behaupten, sie hätte ihn auf eine zu harte Probe gestellt.

»Oh nein, nein, nein, Marietta. Für dich ist das Beste gerade gut genug.«

Grinsend ergriff er ein großes Messer, warf es in die Luft und fing es auf. Dann schnitt er die Lachsfilets zurecht, suchte Gemüse und Gewürze zusammen und breitete alles auf der Arbeitsplatte aus.

Wie aus eigenem Antrieb führten Mariettas Füße sie zu Noble, während er mit flinken Fingern das Gemüse klein schnitt. Sie blieb neben ihm stehen, wobei sie eine Hand noch auf der Arbeitsplatte hatte.

»Also gibt es einen Grund, warum du nicht so viel am Küchentisch isst?« Jeder Koch schmeckte immer wieder die Speisen ab, wenn er sie zubereitete.

»Stimmt.«

»Mrs Rosaire hat die Suppen und die Eintöpfe gar nicht gekocht, nicht wahr?«, flüsterte sie.

Sekundenlang schloss sie die Augen. Ganz klar, *das* war es, was Jeremy an jenem Morgen beinahe verraten hätte, wäre er nicht von seinem Bruder unterbrochen worden.

»Oh Gott, wie musst du dich auf meine Kosten amüsiert haben!«

Durch herabhängende Locken warf er ihr einen Seitenblick zu. »Keineswegs, es ist nur – solche Dinge behalte ich lieber für mich.«

»Aber Jeremy nahm an, ich wüsste Bescheid.«

»Normalerweise ist er an der Universität, wo er auch bleiben sollte.«

Sie beobachtete ihn mit schief gelegtem Kopf, während er Knoblauchzehen zerdrückte, Schalotten fein hackte und Pilze viertelte. Welch eine interessante Information – anderen Leuten verheimlichte er seine Kochkünste, und vor *ihren* Augen demonstrierte er sie bereitwillig …

»Du hast nie studiert, nicht wahr, Gabriel? Aufgrund deiner Sprechweise sollte man annehmen, du hättest eine Universität besucht. Und wenn du willst, benimmst du dich auch so. Aber Alcroft erwähnte, du wärst gern nach Eton gegangen.«

»Oh, ich hatte den besten aller Lehrer. Obwohl ich weder Eton noch Harrow oder Charterhouse, weder Oxford noch Cambridge besuchte.«

»Und Jeremy studiert in Cambridge.«

»Ja. Dieses Studium soll er auch abschließen.«

»Weil du niemals eine Chance dazu hattest?«

»Weil sich meinem Bruder Möglichkeiten bieten werden, auf die ich verzichten musste.«

Marietta schaute sich in der Küche um, betrachtete seine elegante Kleidung, die hochgekrempelten Ärmel des Leinenhemds, die seine Unterarme entblößten. »Allzu schlecht ist es dir wohl nicht ergangen.«

Immerhin besaß er ein Haus in einem der besten Londoner Wohngebiete, und wenn ihre Vermutung zutraf, in diesem Stadtteil eine ganze Straße. Seit sie hier wohnte, hatte sie noch keinen einzigen Menschen die anderen Gebäude betreten oder verlassen sehen. Deshalb glaubte sie, all diese Häuser wären Nobles Eigentum. In einer Stadt, wo der Grundbesitz ungewöhnlich wertvoll war, besaß er gleichsam ein Königreich.

Auf ihren letzten Kommentar ging er nicht ein.

Sie griff nach einem Messer und schnitt Möhren in Scheiben, weil sie sich nützlich machen wollte. Jetzt spielte die Herausforderung keine Rolle mehr. Da er die Suppen und die Eintöpfe gekocht und das Brot, das sie jeden Tag so begierig verschlang, gebacken hatte, bezweifelte sie nicht mehr, dass ihm auch dieses Dinner gelingen würde. Nicht einmal Rockwoods gefeierter Koch war auch nur halb so tüchtig.

»Was machst du mit den zehntausend Pfund, die du von deinen zahlungskräftigen Klienten bekommst?«, fragte sie und zerschnitt eine andere Möhre.

»Ziemlich indiskret, nicht wahr?« Er warf seine Zutaten in einen Topf. Dann fügte er auch die Möhrenscheiben hinzu.

»Wenn es dir lieber ist, könnten wir wieder über deine Ausbildung reden.«

»Und ich könnte dich fragen, warum du nie geheiratet hast.«

»Ja, das könntest du«, sagte sie so beiläufig wie möglich.

»Gut. Warum hast du nie geheiratet?«

»Während meiner Saisons war auf dem Heiratsmarkt keine Auswahl mehr.« Leichthin fuhr sie fort: »Und ich war keine grandiose Partie.«

»Hmmm.«

»Komischerweise neigt meine Zunge dazu, Dinge auszusprechen, die weder vornehm noch diplomatisch wirken. Während meine Brüder und ich aufwuchsen, kümmerten sich unsere Eltern nicht sonderlich um unsere Manieren. Nach ihrem Tod waren wir in Trauer. Und als wir unser Gesellschaftsleben wieder aufnahmen, hatte sich – einiges geändert.«

»Umso eifriger haben sich deine Eltern um die Wettrennen gekümmert.«

Mariettas Hand krampfte sich um den Messergriff. »Und um Spielkarten und Sportwetten. Wieso wusstest du das?«

»Oh, ich weiß sehr viel über dich, Marietta. Und über deine aufsässigen Brüder.« Nonchalant rührte er in seinem Kochtopf.

»Dann muss ich auch in deiner Vergangenheit herumstöbern.«

»Versuch es ruhig. Vielleicht hast du sogar Erfolg. Soviel ich mich entsinne, ist mir noch keine Person begegnet, die so emsig gewesen wäre wie du.«

Erstaunt hörte sie auf, mit einer Knoblauchzehe zu spielen. »Irre ich mich, oder klingt das wie ein Kompliment?«

»Meine alte Tante Tilly war nicht halb so emsig. Allerdings geriet sie auch niemals in Schwierigkeiten.« Während er in seinem Topf rührte, warf er ihr einen mutwilligen Blick aus den Augenwinkeln zu. »Wir nannten sie alte Schreckschraube.«

Empört schnappte sie nach Luft. »Ach, du – du ...«

Gabriel lachte leise, zwinkerte ihr zu, und ihr Zorn löste sich auf wie der Dampf, der spiralenförmig aus dem Topf emporstieg und in der Luft verschwand. Wenn Gabriel seinen Charme versprühte, war er einfach unwiderstehlich. Und wenn er so fröhlich lachte, geradezu umwerfend.

»Ist dir klar, dass ich mich rächen werde?«, fragte sie in ruhigem Ton, obwohl ihr Herz raste.

»Das hoffe ich«, konterte er grinsend, und sie umklammerte die Kanten der Arbeitsfläche. Sonst wäre sie näher zu ihm getreten.

»Ich mag dich nicht.«

»Das zu wissen tröstet mich immer wieder.« Er schaute zur Küchenuhr hinüber, die viel zu gefährdet in einem schmalen Regal stand und eigentlich auf ein Kaminsims gehörte. »Genau der richtige Zeitpunkt, um den Abend zu beginnen.«

Verständnislos hob sie die Brauen. Meinte er ein bestimmtes Ritual? »Keinesfalls möchte ich Sie enttäuschen, Hoheit.«

»*Majestät*, wenn du so freundlich wärst.«

»Aber selbstverständlich, Majestät. Darf ich Ihnen irgendetwas bringen?«

»Eine Flasche Rotwein und zwei Gläser, das wäre wundervoll«, erklärte er und zeigte auf einen Schrank.

Gehorsam holte sie eine Flasche und zwei Gläser.

Als Gabriel die Fischfilets auf eine Servierplatte legte und mit frischer Petersilie bestreute, waren sie bereits beim zweiten Glas Burgunder angelangt.

Das Dinner schmeckte ausgezeichnet. Beinahe hätte Marietta vor Wonne gestöhnt. Der Fisch zerschmolz in ihrem Mund, die Soße war perfekt gewürzt, ohne das Aroma des Lachses zu überdecken. Und sie gönnte sich eine zweite Portion. Irgendetwas Mysteriöses drängte sie, noch einen Bissen zu nehmen – und noch einen.

Schließlich legte sie das Besteck auf den Teller und nippte an ihrem Wein. Gabriel runzelte die Stirn, obwohl sie fröhliche Genugtuung in seinen Augen las. »Wo hast du kochen gelernt?«

»Bei einem der besten französischen Köche, die man mit Geld kaufen kann.«

Mit dieser Antwort hatte sie nicht gerechnet. »Also hast du einen Koch engagiert, damit er dir Unterricht gibt?«

»Eigentlich dachte ich, das wüsstest du besser, Marietta. Trotz meines Reichtums stamme ich aus einer unteren Gesellschaftsschicht.« Er prostete ihr zu und beobachtete sie über den Rand seines Weinkelchs hinweg.

»Dann hat eine vornehme Dame einen Meister eingestellt, damit er dich in die Geheimnisse der Kochkunst einweiht?«

Sobald sie die Frage ausgesprochen hatte, wusste sie, dass

es ein Fehler gewesen war – obwohl ihre Stimme scherzhaft klang. Unbehaglich sah sie, wie seine Finger sich etwas fester um den Stiel des Glases schlossen.

Langsam und sinnlich verzog er seine Lippen zu einem Lächeln, das wie üblich seltsame Aktivitäten in ihrem Magen verursachte. Aber seine Augen funkelten wie dunkle Smaragde. »Natürlich. Immerhin ist das die einzige logische Erklärung. Sehr scharfsinnig von dir, Marietta.«

Und im Gegensatz zu seinem früheren Kompliment schwang in diesem ein verächtlicher Unterton mit.

»Oh, ich wollte dich nur ein bisschen hänseln.« Sie starrte auf ihren Teller hinab. Diesen harten, höhnischen Blick, dieses sinnliche Lächeln wollte sie nicht sehen. »Wahrscheinlich steht es immer eindeutiger fest, dass mich das Schicksal einer alten Jungfer erwartet.« Sie versuchte zu lachen, was ihr kläglich misslang.

Gewiss, ihre Vermutung hatte nahegelegen, da Gabriel so mühelos die Gunst der Frauen gewann und sie zu manipulieren verstand. Doch die Sprache in seinen Augen erzählte ihr etwas anderes, und sie hatte es ignorieren – mit einem Witz überspielen wollen.

Zwanzig Sekunden lang unterbrach nur das Ticken der Uhr die drückende Stille.

»Schon immer mochte ich Küchen.« Seine Stimme klang reserviert, und Marietta vermisste die Zuneigung, die sein Tonfall in letzter Zeit verraten hatte. »In einer Küche ist es warm und gemütlich. Nur selten gehen die Besitzer und die Gäste dort hinein. Ein Koch nahm mich unter seine Fittiche, weil ich ihm ständig im Weg war, und wies mich an, gefälligst zu arbeiten.«

Während er weitersprach, biss Marietta auf ihre Lippen.

»In dieser Küche fühlte ich mich wohl. Eine Zeit lang erwog ich, den Beruf eines Kochs zu ergreifen. Doch die Ereignisse führten zu anderen Dingen.«

»Zu welchen Dingen?«

»Oh, dies und das. Gefälligkeiten wurden ausgetauscht, immer neue genutzt.« Jetzt nahm seine Stimme wieder einen freundlicheren Klang an. »Ich glaube, ich habe unsere Wette gewonnen. Dein Pech, dass du keine präziseren Bedingungen genannt hast.« So verführerisch schaute er sie an … Wieder einmal begannen die Schmetterlinge in ihrem Bauch zu flattern.

»Natürlich muss die Verliererin das Geschirr spülen«, erwiderte sie leichthin und verscheuchte die lästigen Insekten.

Gabriel zog die Brauen hoch. In seinen Augen schienen Flammen zu lodern. »Nächstes Mal werde *ich* die Bedingungen stellen. Aber heute Abend lasse ich dich noch einmal davonkommen.«

Nachdem er den Tisch abgeräumt hatte, ging sie zum Spülbecken. Sorgsam wusch sie die Servierplatten, die Teller und das Besteck und steckte alles in ein Gestell. Gabriel begann die einzelnen Teile abzutrocknen. In angespanntem, aber einträchtigem Schweigen arbeiteten sie zusammen, bis sie den letzten Teller gespült hatte.

»Wohin gehen wir heute Abend?« Nervös wartete sie auf die Antwort. Was würden sie herausfinden? Oder was mochten sie bis dahin tun?

»Allmählich glaube ich, du genießt unsere Ausflüge in die Londoner Abgründe.«

»Abgründe? Sicher nicht. Bisher haben wir die Grenzen des East End kaum überquert.«

»Für eine junge Dame von deinem Stand wäre das East End der schlimmste Albtraum. Genau genommen müsstest du sämtliche Stadtteile außerhalb von Mayfair für Abgründe halten.«

»Sagt der Mann mit dem riesengroßen Haus in Mayfair.«

»Sagt der Mann, der dieses Haus nicht immer besessen hat. Aber du bist an die komfortableren Aspekte des Lebens gewöhnt.«

»Zuletzt musste ich in weniger angenehmen Gegenden arbeiten, um unsere Rechnungen zu bezahlen.« Würdevoll hob sie ihr Kinn.

»Vielleicht. Aber bist du dabei in *Abgründe* geraten?«

»Nein.«

»Also war es nicht so übel wie im echten East End.« Er schob Marietta zur Seite und spülte eine Tasse, die er irgendwo in der Küche gefunden hatte – zweifellos eine seiner zahlreichen Kaffeetassen – und deponierte sie auf dem Gestell. »Wo hast du gearbeitet?«

»Ich habe für eine Schneiderin beim Strand genäht. Und für andere Läden gestrickt. Einmal war ich auch in einer Hotelküche.«

»Wie emsig …«

Mit einem warnenden Blick verbot sie ihm, sie noch einmal Schreckschraube zu nennen. Dann ergriff sie das Geschirrtuch und trocknete die Tasse ab. »Du hast meine Frage nicht beantwortet. Wohin gehen wir heute Abend?«

»Nirgendwohin.«

»Oh«, murmelte sie enttäuscht.

»Ärgerst du dich, weil wir nichts unternehmen, um deinen Bruder zu retten? Oder weil du mich nicht küssen wirst?«

Beinahe ließ sie die Tasse fallen und stellte sie hastig in den Schrank. »Sei nicht albern! Weil wir nichts für Kenny tun.«

»Übrigens, du kannst mich jederzeit und überall küssen.«

»Unsinn …« Wieder einmal pochte ihr Herz viel zu schnell.

Sichtlich amüsiert lehnte er sich an den Rand der Arbeitsplatte. »Flirtest du mit mir?«

»Warum solltest du dir wünschen, ich würde dich küssen?«

»Und *du*? Findest du unsere Küsse nicht vergnüglich?«

»Doch. Nein!« Plötzlich fühlte sie sich wie eine Marionette, deren Fäden in verschiedene Richtungen gezerrt wurden.

»Jetzt bringst du mich ganz durcheinander. Verrat mir, wie du dich entscheidest.«

»Die Küsse sind ganz angenehm. Nicht so feucht oder schleimig.«

»Hmmm … Gegen feuchte Küsse ist nichts einzuwenden. Schleimig – nun, da gebe ich dir recht, das muss nicht sein. Jedenfalls bin ich glücklich, da unsere Küsse nicht so schleimig für dich waren.«

Auf diese Hänselei ging sie nicht ein.

»Aber wir küssen uns nur, weil wir den Leuten was vormachen. Damit wir die Informationen sammeln, die wir brauchen. Für Kenny.«

»Ah, ich verstehe. Also willst du mich nur küssen, um Kenny zu helfen? Bist du deshalb so eifrig bestrebt, mit mir auszugehen? Weil du mich nur küssen willst, wenn es unseren Ermittlungen dient?«

»Ja. Nein! Ich – ich glaube nur, wir müssen noch mehr herausfinden.«

»Diese Woche waren wir an drei Abenden im White Stag. Dort hält man uns allmählich für Stammgäste. Und Dresden weiß zweifellos, wie oft wir da waren. Sicher schickt er nicht nur einen Spion in dieses Pub.«

»Dann sollten wir woanders hingehen.«

»Wir haben schon jedes Pub in der Umgebung der drei Tatorte besucht. In ganz Middlesex haben wir uns herumgetrieben. Jetzt müssen wir uns nach anderen Anhaltspunkten umsehen. Und das ...« Er berührte Mariettas Kinn. »Das erinnert mich an ein Gespräch, das wir heute geführt haben. Über neues Terrain, das wir morgen erforschen werden. Hast du das vergessen? Komisch ...«

Daran wollte sie sich nicht erinnern. »Irgendwas müssen wir in Middlesex übersehen haben.«

»Klar, du hast den einzigen Grund übersehen, warum du heute Nacht mit mir um die Häuser ziehen willst. Damit du mich küssen kannst.«

»Sei nicht so dumm! Ich *will* dich nicht küssen.«

»Gut. Gehen wir?«

Irritiert schluckte sie. »Wohin?«

»Soeben sagtest du, wir müssten etwas übersehen haben. Also sollten wir diese Pubs noch einmal aufsuchen.«

»Ähm – ja ...« Marietta glättete ihr Haar. Selbstverständlich täuschte er sich, sie *wollte* ihn nicht küssen.

»Bevor wir aufbrechen, muss ich dir noch etwas zeigen.«

Ehe sie ihn abweisen konnte, spürte sie seinen Mund auf ihrem. Ein sanfter Druck, eine zarte Liebkosung. Sekundenlang war sie völlig verblüfft – *sie wollte ihn nicht küssen.*

Doch dann schmiegte sie ihre Brust an seine und schalt sich eine Närrin.

Das war eine neue Kussform. Forschend, suchend. Nicht belehrend oder besitzergreifend, oder um ein Publikum zu täuschen. Dieser Kuss stellte ihr eine Frage. Was sollte sie antworten? Da war sie sich nicht sicher. Was erwartete er von ihr? Welches Spiel trieb er jetzt mit ihr? Musste sie sich sorgen?

Oder würde sie zu bereitwillig mitspielen, um an die Zukunft zu denken?

Ihre Zukunft lag in bedrohlichem Dunkel. Wie der Himmel vor einem Gewittersturm. Was das sogenannte Morgen bringen würde, wusste sie nicht. Würde sie sich irgendwie behaupten?

Jedenfalls war dies ihre Chance, etwas Neues zu erfahren, aus ihrem Käfig auszubrechen, ihr Schicksal selbst zu bestimmen, wenn auch nur für kurze Zeit.

Gabriels Lippen glitten an ihrem Kinn hinab, zu ihrem Hals. Mühelos fand er die schwache Stelle ihres Pulses, die er in dieser ganzen Woche ausgebeutet hatte. Jetzt drückte sie sich noch fester an ihn, die Luft wich aus ihren Lungen. Er drängte sie gegen den Küchentisch, hob sie hoch, sodass sie auf der Kante saß, und schob seine Schenkel zwischen ihre Beine.

Dann küsste er erneut den empfindsamen Punkt, von dem sich stets die Hitze ausbreitete und ihren ganzen Körper durchströmte. Seine Hände wanderten an ihren Armen hinab, umfassten ihre Knie, um sie noch intensiver an sich zu pressen, und schlangen ihre Beine um seine Taille. Auf dieser Weise steigerte er die süße, schmerzliche Sehnsucht.

»Willst du noch immer fortgehen, Marietta?«

»Nein«, stöhnte sie, als er ihren Puls wieder küsste.

»Aber du trägst dieses schöne Kleid.« Sein Atem streichelte ihren Hals. »Wenn wir in einem Pub sitzen, könnte ich dich vor interessierten Zuschauern liebkosen und es würde zu unserer Tarnung gehören. Du müsstest keine Entscheidung treffen und nicht sagen, was du dir wünschst.«

Seine Hand strich über ihren Schenkel.

»In einem Pub hättest du die Ereignisse nicht unter Kontrolle.«

Sie spürte warme Finger auf ihren Hüften, auf der Taille, unter ihrem Arm …

»Dort könntest du vorgeben, dies alles würde nur geschehen, weil du nicht weißt, was du tun sollst. Und du würdest dich für deinen Bruder opfern.«

Sein Daumen näherte sich einer Brust, umkreiste die Knospe und jagte noch heißere Wellen durch ihre Adern.

»Aber ich würde wissen, was du wirklich willst, Marietta. Nur zu gern möchtest du sehen, was sich unter meinem Hemd befindet. Und tiefer unten. Oh ja, du hoffst, ich würde deine Schenkel öffnen und in deiner Hitze versinken.«

Er gestattete ihr keinen Protest, sein Kuss verschloss ihr den Mund, jetzt betörend und dominant. Mit seinen Worten beschwor er Visionen herauf – lockende Bilder, die sie sich schon die ganze Woche vorgestellt hatte.

»Natürlich willst du genommen werden. Und ich würde es in vollen Zügen genießen, dich zu nehmen.«

Ob es erfreulich klang, *genommen zu werden* – daran zweifelte sie. Aber was immer Gabriel mit ihr machte, fand ein beglückendes Ende, selbst wenn es von spöttischen Kommentaren oder herausfordernden Blicken begleitet wurde.

»Möchtest du auf einem Tisch mit mir schlafen? Beim ersten Mal besser nicht. Wenn wir das lästige kleine Problem gelöst haben – sollen wir es dann auf dem Küchentisch versuchen?«

Oh, ein lästiges kleines Problem. Als wäre die Jungfräulichkeit, von aller Welt hochgeschätzt, nur ein kleines Ärgernis. Andererseits – so, wie die Dinge lagen, würde der Verlust ihrer Unschuld wahrscheinlich nichts bedeuten.

Er war gefährlich und arrogant, aber auch ein Beschützer.

Gewiss, wenn Kennys Fall geklärt war, würde Gabriel sie verlassen oder wegschicken. Doch er würde ihr nicht wehtun, das wusste sie intuitiv. Solange sie nicht mehr von ihm erwartete. Oder sich – was der Himmel verhüten möge – in ihn verliebte.

»Soll ich dein Schweigen für Zustimmung halten?« Er küsste sie wieder. Behutsam saugte er an ihrer Unterlippe. »Damit gebe ich mich nicht zufrieden. Du musst deinen Wunsch aussprechen. Nur ein einziges Mal. Für alles Weitere werde ich sorgen.«

Während er ihren Hals mit Küssen bedeckte, warf sie ihren Kopf in den Nacken. Ein teuflischer Mund, lockende Worte …

Nun richtete er sich auf. Mit dunklen, verführerischen Augen erwiderte er ihren Blick. »Du willst die Liebeskunst erlernen. Das merke ich dir an. Jedes Mal, wenn ich dich küsse, lese ich es in deinem Gesicht. Deine Leidenschaft verbirgst du hinter deinem Stolz, hinter deinen Stacheln. Umso stärker reizt es mich, das samtweiche Zentrum deiner Seele zu entblößen.«

Er berührte wieder ihre Brust, nahm die Spitze zwischen seinen Daumen und den Zeigefinger. Als Mariettas Halsmuskeln erschlafften, sank ihr Kopf noch weiter nach hinten.

»Was immer du wissen möchtest, werde ich dir beibringen.«

Da neigte sie sich vor, die Augen verschleiert. »Tust du das für alle deine Klientinnen?«

Sie spürte, wie er sich versteifte. Doch er hörte nicht auf, sie zu liebkosen. »Nein. Obwohl auch andere ihre Stacheln so stolz zur Schau tragen.«

»Warum ich?« Oft genug hatte sie in einen Spiegel geblickt. Sie war nicht blind. Und Gabriel war es auch nicht.

»Weil ich es will«, flüsterte er an ihrem Hals. »Sag Ja, und ich werde weitermachen. Sag Nein, und ich ziehe mich zurück.«

Es stimmte. Mit allem, was er ihr erklärte, hatte er völlig recht. Sie war neugierig. So furchtbar neugierig. Alles wollte sie lernen, die Macht, die er auf sie ausübte, ebenfalls besitzen. Noch nie hatte ein Mann solche Wünsche in ihr erregt wie Gabriel. Vielleicht, weil er ihren Körper besser zu kennen schien als sie selber.

»Also, Marietta? Wie lautet deine Antwort?«

»Ja.« Letzten Endes fiel ihr die Entscheidung nicht schwer.

Triumphierend leuchteten seine Augen auf.

Er trug sie in sein Zimmer und legte sie auf die Tagesdecke seines Betts. Obwohl ihre Haut brannte, war sie einer Panik nahe, und ihr Gehirn erstarrte zu Eis.

»Erinnerst du dich, was ich dir über die Küsse erklärt habe? Wie man auf den Partner reagieren und seine Reaktionen wahrnehmen soll? Genauso sollst du dich auch jetzt verhalten.«

Während er sie zärtlich küsste, öffnete er ihr Kleid und die Verschnürung des Korsetts. Entschlossen verdrängte sie ihre Nervosität und erwiderte seine Küsse. Wenn sie ihn genauso leidenschaftlich küsste, würde sie ihre Angst vielleicht überwinden. Darauf durfte sie hoffen, denn ihre spürbare Glut schürte seine.

Irgendwie gelang es ihm, sie zu entkleiden, ohne die Küsse zu unterbrechen. Nun trug sie nur noch ihr Hemd, das er über ihren Kopf zog. Hastig versuchte sie mit beiden Händen, ihre Blöße zu bedecken.

Vor ihr saß das perfekte Inbild männlicher Schönheit, und sie lag nackt auf dem Bett, so knochig und unansehnlich …

Mit gerunzelter Stirn zog er einen ihrer Arme weg, und sie legte ihn sofort wieder über ihren Busen. Dann tastete sie nach ihrem Hemd.

»Was machst du, Marietta?«

»Ich – ich habe mich anders besonnen.«

»Weil du plötzlich Bedenken hast?« Gabriel hinderte sie daran, in das Hemd zu schlüpfen. »Oder weil dir dein Körper missfällt?«

Sie reckte ihr Kinn hoch. »Welchen Unterschied macht das denn?«

»Einen sehr großen«, erwiderte er und entwand ihr das Hemd. »Gewiss, du bestehst nur aus Haut und Knochen. Das werden regelmäßige Mahlzeiten in ein paar Wochen ändern. Aber darauf kommt es nicht an. Ganz egal, ob du so dünn bleibst oder dreimal so dick wirst – am wichtigsten ist die Leidenschaft, die du nicht bekämpfen darfst.«

Er streichelte ihren Arm, und sie erschauerte.

»Ohne Seele ist die äußere Hülle belanglos. Ich könnte mit der Frau zusammen sein, die ganz London für die Allerschönste hält, und mir einreden, sie wäre zu tieferen Emotionen fähig. Aber warum sollte ich mich Illusionen hingeben, wenn mir der Funken echter Sinnlichkeit geboten wird? In dir steckt dieser Funke, Marietta, das spüre ich. Wie du aussiehst, ist bedeutungslos. Nur was du mir zeigst, interessiert mich.«

Er strich ihr mit seinen Fingern durch das Haar.

»Zeig mir diesen Funken. Lass ihn leuchten. Nur das zählt.«

Die Hitze, die abgekühlt war, wurde von neuen Flammen angefacht. »Und wenn ich dich enttäusche?«

»Dann sind wir gemeinsam enttäuscht. Wärst du glücklicher, wenn du wüsstest, dass nicht nur du unsicher bist?«

Er knabberte an ihrem Ohrläppchen. »Auch ich zweifle an mir.«

Das glaubte sie ihm nicht, während er ihren Mund mit seinem liebkoste, während seine Hände über ihren Körper glitten und das Zittern besänftigten.

»Du wirst mir gehören, Marietta. Das weiß ich seit unserem ersten Kuss. Seit du zum ersten Mal dieser Leidenschaft nachgegeben hast. Und die werde ich dir ganz und gar entlocken, mit aller Macht, wenn es sein muss.«

Oh, diese Worte, diese Hände. Sie war die Schlange und er der Beschwörer. »Ja ...« Leise stöhnte sie, als sich etwas Hartes an sie presste, genau an der Stelle, wo sie es am dringendsten brauchte. Gabriel rieb sich an ihr, und sie erwiderte den Druck, das Feuer. Rastlos bewegte sie sich, ihr Körper ersehnte etwas, das sie nicht benennen konnte.

»So ist es gut. Halt dich nicht zurück.« Seine Stimme klang tief und sanft. »Außer uns beiden ist niemand hier. Und du sollst mich mit deiner feuchten Hitze beglücken, diese Laken verbrennen.«

Was er sagte, verstand sie nicht. Aber ihr Körper schien es zu begreifen, denn er schmiegte sich noch fester an Gabriel – und tatsächlich, die Hitze wurde feucht. Inzwischen hatte er sein Hemd ausgezogen und beiseitegeworfen, und sie konnte seine muskulöse, mit dunklem Kraushaar bedeckte Brust sehen. Er sank auf sie herab.

»Zeig mir, was du empfindest, Marietta.«

Den Kopf in den Nacken gelegt stieß sie einen halb erstickten Schrei aus, als er eine ihrer Brustwarzen in den Mund nahm und aufreizend daran saugte. Jetzt wurde die Hitze unerträglich – und immer feuchter.

Nach einer Weile widmete er sich ihrer anderen Brust, dann richtete er sich auf, und sie versuchte, den Kontakt zu erneuern. Statt ihren Wunsch zu erfüllen, stand er auf und befreite sich von seiner Hose. Unter dem zerzausten schwarzen Haar glitzerten seine teuflischen grünen Augen.

Er war so vollkommen wie eine griechische Statue und starrte sie begierig an. Noch nie hatte sie sich so machtvoll gefühlt. Er schlug die Decke zurück, und sie rutschte darunter, von Neugier und Angst gleichermaßen erfüllt. Jetzt würde sie erleben, was die Damen einander kichernd zuflüsterten.

»Hast du dich schon einmal selbst berührt, Marietta?«, fragte er und streckte sich neben ihr aus. Er strich über ihren Bauch und weiter hinab. »Hier.« Seine Finger gruben sich in die dunklen Löckchen, und einer suchte die zarte Haut darunter.

Erschrocken zuckte sie zusammen. An dieser Stelle konzentrierte sich die Hitze. Seine Finger teilten die Fältchen, fanden einen ganz besonderen Punkt, und Marietta erstarrte.

So erfreulich das Gefühl auch war – es erschien ihr sonderbar und indiskret.

Er drehte sie herum, sodass beide auf der Seite lagen und einander ansahen. »Schau, was ich mache. Ich bereite dich vor, damit es dir gefällt, was geschehen wird – damit du es nicht unangenehm findest, wenn wir uns vereinen, möglichst reibungslos.«

Mühsam rang sie nach Atem, als sein Zeigefinger verschwand und in sie eindrang. »Musik in meinen Ohren«, murmelte Gabriel und zog sie näher zu sich heran. »Wenn du wüsstest, wie inbrünstig ich mir wünsche, dieser Finger wäre ein anderer Teil von mir …«

Sie spähte zwischen den zwei Körpern hinunter und entdeckte etwas, das viel größer war als der Finger. Zaudernd tastete sie danach. Hart und doch seidig. In ihrem Schoß bewegte sich sein Finger, jagte Flammen durch ihren Körper, und sie umfasste seine Männlichkeit.

Jetzt klang sein Gelächter nicht mehr so überlegen und nonchalant. »So gut verstehen wir uns ... Ja, so ist es richtig. Erforsche mich, Marietta, zögere nicht, alles zu berühren, was dich fasziniert.«

Sie streichelte ihn und beobachtete, wie er sein Glied in ihre Hand presste. Gleichzeitig glitt sein Finger tiefer in sie hinein.

Als sie die Augen schloss, küsste er sie. »Schau hin, achte auf deine Gefühle.«

Nun ergriff er ihre Hand, legte sie auf seine, deren Zeigefinger sie stimulierte. Sein Mittelfinger gesellte sich hinzu, ein verführerischer Rhythmus steigerte die Hitze. Tiefer und tiefer drang die süße Qual in sie ein, und da berührte ihre eigene Fingerspitze ihr Schamhaar, die empfindliche Haut darunter.

Mit seiner anderen Hand führte er ihre Finger zum Zentrum ihrer Lust und bewegte sie, ihr ganzer Körper begann zu zucken.

Dann schlang er ihre Finger wieder um seine Männlichkeit, sein Daumen liebkoste denselben magischen Punkt. Überwältigt bäumte sie sich auf und umklammerte ihn immer fester.

»Pst«, flüsterte er heiser. »Ich weiß ... Nur mehr ein kleines bisschen.«

Beide Finger waren in ihr verschwunden und vollführten einen berauschenden Tanz. Plötzlich wollte die Hitze explodieren, *musste* explodieren.

Oh ja, er ist ein guter Tänzer ... Warum ging ihr dieser törichte Gedanke durch den Sinn?

Sein Mund kehrte zu ihren Brüsten zurück, und sie fieberte ihm entgegen, seinen Lippen, seinen Fingern. In ihrem Bauch erzeugten die Schmetterlinge ein wildes Stakkato. Gabriel zog seine Finger zurück und umfasste ihr Gesicht mit beiden Händen.

»Jetzt werde ich dich besitzen, Marietta.«

Sie neigte sich vor und küsste ihn. Rückhaltlos würde sie ihm ihren Körper überlassen. Ihre Angst war restlos verflogen, besiegt von dem Vertrauen, das sie in ihn setzte. So einfühlsam hatte er sie auf den Liebesakt vorbereitet, mit erregenden Zärtlichkeiten und wunderbaren Worten.

Und er würde ihr ganz sicher nicht wehtun.

Während sie einen behutsamen Druck zwischen ihren Schenkeln spürte, hielt er ihr Gesicht fest. Sie lagen noch immer auf der Seite, einander zugewandt. »Leg dein Knie auf meines, Marietta.«

Sie gehorchte und öffnete die Beine. Dabei schaute sie nach unten und sah ihn näher rücken, und neue Hitze wallte in ihr auf. Nun begann die Spitze seines Gliedes in sie einzudringen, wie zuvor sein Finger. Immer heller loderte das Feuer.

»Langsam, Zentimeter um Zentimeter. Komm mir entgegen, wenn du dazu fähig bist.«

Sie schob ihre Hüften vor. Als sie einen Widerstand spürte hielt sie inne und Gabriel küsste sie.

»So süß und warm und feucht«, flüsterte er an ihren Lippen. »Versuch, dich mir anzupassen.«

Mit seiner freien Hand streichelte er die Knospe einer ihrer Brüste, und sie schmiegte sich an ihn. Die Hitze da unten wollte gelöscht werden. Noch ein Zentimeter …

»Ganz ruhig, lieg still.« Er spielte mit ihrer Brustwarze, und sie musste die Zähne zusammenbeißen, damit sie sich nicht bewegte.

Nun zog er sich ein wenig zurück und drang erneut vor. Schwindelgefühle benebelten ihre Sinne, der Impuls, etwas zu *tun* – etwas zu *erreichen*, ließ sich nicht mehr bezähmen.

»Zur Hälfte haben wir es geschafft, Liebes, und ...«

Da umarmte sie seinen Hals und küsste ihn hungrig. Seine Hand entfernte sich von ihrem Busen, und sie nahm ihn in sich auf. In seinen grünen Augen strahlte unverhohlener Triumph. Dann unterbrach er den Kontakt, schwang sich mit ihr herum, sodass er auf ihr lag.

Die Hände zu beiden Seiten ihres Kopfs auf das Kissen gestützt drang er wieder in sie ein – so reibungslos, wie er es versprochen hatte. Marietta stemmte ihre Fersen gegen das Bett und hob die Hüften, um endlich zu erzielen, was die Hitze angekündigt hatte.

»Ja, so ist es gut. Leg deine Beine um mich. Alles, was dein Körper dir befiehlt, musst du befolgen.«

Inzwischen war er vollends mit ihr verschmolzen. Ihr Kopf sank nach hinten, die Emotionen waren zu intensiv, und sie stöhnte ekstatisch. Zu überwältigt, um sich verlegen zu fühlen, kannte sie nur mehr ein einziges Ziel – die Erlösung.

»Vergiss nicht zu atmen, Marietta. Tiefe Atemzüge. Und du kannst stöhnen, so laut du willst. Ja, ganz richtig ...«

Das drängende Tempo seiner Bewegungen hob sie ein wenig vom Bett hoch. Die Beine um seine Taille geschlungen drückte sie ihn an sich, damit er die Lustperle berührte, die er zuvor liebkost hatte. Er zog sich zurück, drang wieder kraftvoll in sie ein. Voller Verlangen hob sie die Hüften noch höher. Der Rand ihres Blickfelds verschwamm, Funken sprühten. Aus ihrer Kehle rang sich ein lautloser Schrei.

»Wie süß, wie schön ... Nur keine Hemmungen, mein Liebes.«

Immer schneller bewegte er sich, und sie konnte die Hüften kaum noch heben, während sie seinen Rat befolgte. Das Gesicht an seine Schulter gepresst schrie und schluchzte sie, glaubte in seinen Armen zu bersten, und die flatternden Schmetterlinge rasten in alle Ecken des Raums.

10

Abrupt fuhr Gabriel aus dem Schlaf hoch, als geräuschvoll gegen die Haustür gehämmert wurde. Er schaute zur Uhr hinüber. Kurz nach fünf Uhr morgens, verkündeten die Zeiger. Er hatte geplant, erst in dreißig Minuten aufzustehen. Oder in sechzig, falls er sich träge fühlen würde. Über seinem Arm hing eine braune Haarsträhne. Ja, er fühlte sich sehr träge. Vielleicht würde er den ganzen Tag im Bett bleiben. Er betrachtete den braunen, neben ihm im Kissen vergrabenen Kopf. Vorsichtig berührte er Mariettas Rücken. Noch nie hatte er eine Frau in sein Bett eingeladen. Bei seinen Affären hatte er stets eine andere Umgebung bevorzugt. Aber sie sah so aus, als würde sie hierher gehören.

Nun klopfte es wieder. Weil kein Butler die Tür öffnete, erkannte Gabriel plötzlich, wo er war. Nun musste er wieder auf den Boden der Tatsachen zurückkehren …

Er schlug die Decke auf seiner Seite des Betts zurück und schlüpfte in einen Morgenmantel. Während sein Gehirn wieder zu funktionieren begann, hoffte er, wer immer vor dem Haus wartete, würde merken, dass seine Tage gezählt waren. Aus den Augenwinkeln beobachtete er, wie Marietta sich bewegte. Dann stürmte er aus dem Zimmer. Unentwegt krachte das infernalische Hämmern.

Als er die Haustür öffnete, sah er Billy, einen seiner Lakaien, auf den Eingangsstufen stehen, mit hochrotem Kopf. Gabriel bedeutete ihm einzutreten und zählte bis zehn.

»Verzeihen Sie, Sir, Mr Charlie hat mich hergeschickt und gesagt, das soll ich Ihnen sofort geben.«

Gabriel nahm einen Brief entgegen und öffnete ihn. »Warum sind Sie nicht hereingekommen, um mich zu wecken?«

»In der Eile habe ich den Schlüssel vergessen. Mr Charlie hat erklärt, es sei sehr wichtig. Deshalb müssten Sie unverzüglich informiert werden. Tut mir leid, das wird mir nicht noch mal passieren.«

Gabriel wollte etwas murmeln, das angemessen bedrohlich klang und sogar seinen riesenhaften Butler Charlie einschüchtern würde.

Dann erinnerte er sich an Marietta, die in seinem Bett lag. Vielleicht wäre es doch ein bisschen peinlich gewesen, hätte Billy das Schlafzimmer betreten. Der Junge schaute ohnehin verängstigt drein, und Gabriel entschied, er würde es bei einem Rippenstoß bewenden lassen. Aber da überflog er die ersten Zeilen der Nachricht und zerknüllte das Papier.

»Haben Sie die Kutsche mitgebracht?«

»Ja, Sir, vor dem Haus ...«

»Gut. Warten Sie hier.«

Gabriel lief die Treppe hinauf und nahm immer zwei Stufen auf einmal. Wieder ein Mord. Er war jetzt auf einmal hellwach. Nun durfte die Polizei Mariettas Bruder nicht länger gefangen halten, da der richtige Mörder noch immer frei herumlief. Eine gute Nachricht. Dass Marietta in ihr altes Leben zurückkehren würde, war die schlechte Nachricht.

Auf dem Treppenabsatz blieb er stehen. Sollte er sie wecken oder schlafen lassen? Sicher bot der Tatort einen grausigen Anblick. Den musste sie nicht sehen. Auf leisen Sohlen schlich er den Flur entlang.

Diese Mühe hätte er sich sparen können, denn Marietta saß aufrecht im Bett und hatte die Decke um sich gewickelt. Obwohl ihr Haar zerzaust war, sah sie bezaubernd aus.

»Was ist passiert?«, fragte sie gähnend, aber eindeutig bei klarem Verstand.

Er zögerte.

»Gabriel?«

»Heute Nacht wurde noch eine Frau ermordet. Ich fahre jetzt zum Tatort. Schlaf weiter. Wenn du aufstehst, bin ich wieder da.«

»Noch ein Mord? So wie die anderen?« Die Decke glitt aus ihrer Hand und bot ihm einen reizvollen Anblick einer ihrer Brüste. »Und da soll ich weiterschlafen? Oh nein, ich begleite dich.«

Mit dieser Absicht überraschte sie ihn nicht. Mariettas Mut gehörte zu ihren Vorzügen, die er besonders schätzte. Und doch ... »Das könnte ziemlich unangenehm werden. Du weißt ja, was dein Bruder erzählt hat.«

Obwohl sie erschauerte, schüttelte sie den Kopf. Ihre Augen waren glasklar, ihre Miene wirkte fest entschlossen. »Trotzdem komme ich mit.«

»Also gut. Zieh dich an. Ruf mich, wenn du Hilfe brauchst. In zehn Minuten brechen wir auf.«

Acht Minuten später saßen sie in der Kutsche.

Über den Straßen hing dunkler Nebel, im trüben Licht der Morgendämmerung warfen die Gaslampen seltsam geformte Schatten auf die Häuser und das Pflaster.

Gabriel beobachtete, wie Marietta durch das Fenster starrte. Sehr interessant, diese letzte Nacht ... Er hatte sie herausgefordert und verführt – und war in seine eigene Falle getappt.

Denn *sie* war interessant.

Sie brachte ihn zum Lachen. Und sie nahm niemals ein Blatt vor den Mund. Die meisten Frauen überschlugen sich fast, um ihm zu gefallen. Gewiss, ein paar hatten es nicht getan. Aber keine Einzige hatte ihn bewogen, eine Liaison aus reiner Freude an ihrer Gesellschaft fortzusetzen. Selbst wenn Marietta ihn mit begehrlichen Kuhaugen anschaute wie so viele andere, *wollte* er diesen Blick sehen.

Merkwürdig.

Sein Fahrer hielt am Rand einer Straße, wo sich unzählige Leute tummelten. Mühsam versuchten die Wachtposten die Menschenmassen von einer Ecke fernzuhalten – was eine schwierige Aufgabe war, weil sich der Tatort an einer Kreuzung befand und die Neugierigen aus vier Richtungen herbeieilten. Dresden bahnte sich einen Weg durch die Menge. Mit scharfen Augen inspizierte er jedes einzelne Gesicht.

»Da ist Dresden.« Seufzend klopfte Gabriel an das Wagenfenster. »Wenn wir aussteigen, wird er zweifellos erraten, wer du bist.«

»Du hast gesagt, wahrscheinlich weiß er es ohnehin schon.«

»Gnadenlos wird er dich verfolgen«, murmelte Gabriel und überlegte, ob er Marietta in der Kutsche festbinden sollte.

Sie straffte die Schultern. »Nachdem Kenny entlastet wurde, hat Dresden keinen Grund, mich zu beschatten.«

Was würde sie tun, wenn ihr Bruder freikam? Wollte sie ihre gesellschaftliche Position zurückgewinnen oder sich aufs Land zurückziehen? Einen Heiratskandidaten suchen, den ihre spitze Zunge und ihre fatale Neigung zur Dominanz nicht störten?

Oder soll ich die Beziehung fortsetzen? Seltsamerweise widerstrebte es ihm, Marietta gehen zu lassen.

Im Lauf der Jahre hatte er für viele Frauen gearbeitet. An einigen war er sogar interessiert gewesen. Aber ihr Reiz war bald verblasst. Jedes Mal.

Zu Marietta fühlte er sich noch immer unglaublich stark hingezogen. Schon vor dem Liebesakt hatte er es gewusst. Und das hatte ihn erschreckt.

Warum faszinierte sie ihn so sehr? Er sah, wie sie die Finger ineinanderschlang und die Menschenmenge beobachtete. Nervös und aufgeregt fieberte sie der Freilassung ihres Bruders entgegen. Besonders schön war sie nicht, auch nicht allzu klug oder tapfer. Aber sie besaß diese Eigenschaften in einer ausgewogenen Mischung, die ihm zusagte.

In der Tat, beängstigend.

Niemals hätte er vermutet, Marietta Winters würde auftauchen und ein Loch in sein gut geplantes Leben bohren. Er stieß die Tür auf. Was geschehen mochte, würde er abwarten. Und wenn sie nicht zu ihm kam – würde er sie vielleicht *holen*.

Er half ihr auszusteigen, und sie gingen zum Tatort. Schon nach wenigen Sekunden wurden sie von Dresden entdeckt, der die Augen zusammenkniff. Gabriel winkte Billy zu sich, und der junge Lakai sprang vom Kutschbock herab.

Während Gabriel sich einen Weg durch die Menschenmassen bahnte, dicht gefolgt von Marietta, sah er Blut auf dem Boden, aber keine Leiche.

»Wo ist sie denn? Kennt jemand ihren Namen?«

Dankbar musterte er die alte Frau, weil sie die Fragen stellte, die auch ihn beschäftigten.

»Die wurde schon zum Leichenbeschauer gebracht. Angeblich ist sie furchtbar verstümmelt und unkenntlich.«

»Wie die anderen. Also haben sie den Falschen verhaftet.«

Ein Raunen ging durch die Menge, und er hörte Marietta erleichtert aufatmen.

Dann klatschte der Polizist in die Hände. »Das stimmt nicht ganz.«

Bestürzt versteifte sie sich. Beinahe wäre auch Gabriel erstarrt.

»Diese Tat sieht wie das Täuschungsmanöver gewisser Beteiligter aus. Deshalb werden wir den Bruder des Middlesex-Mörders vernehmen.« Nun schaute Dresden direkt in Mariettas Augen. »Die ganze Familie ist verdächtig.«

Mit einiger Mühe bezwang Gabriel sein Entsetzen. Dresden war kein Narr. Wenn er verhinderte, dass Kenny für unschuldig erklärt wurde, und der Öffentlichkeit eine Alternative präsentierte, erweckte er den Eindruck, das Problem wäre unter Kontrolle. Vorerst würden sich die Wogen glätten.

Und falls der stechende Blick, den er Gabriel und Marietta zuwarf, diesen Schluss zuließ – seit er wusste, wer sie waren, fühlte er sich durch ihre Nachforschungen persönlich beleidigt.

Gabriel erteilte Billy einige Anweisungen und zog Marietta an seine Seite, während sich der Junge durch die Menge drängte.

»Oh Gott, Mark …«

»Pst. Jetzt fahren wir zum Leichenbeschauer.« Unverwandt behielt er Dresden im Auge, dessen sarkastisches Grinsen nichts Gutes verhieß.

»Sogar die Schwester des …«

Hastig gab Gabriel seinem Fahrer ein Zeichen, und die Leute am hinteren Rand der Schar schrien auf, als das Gespann davonpreschte. Demnächst würde sich der Mann über eine Gehaltserhöhung freuen.

Gabriel führte Marietta durch die aufgescheuchten Menschenmassen, die den Mordfall vergaßen und in alle Richtungen rannten. Blicklos starrte sie vor sich hin. Er ergriff ihre Hand, und sie bogen um eine Ecke, dann um noch eine. Am Ende einer Parallelstraße wartete die Kutsche, so wie er es dem Fahrer bedeutet hatte.

»Zum Gericht«, befahl er, nachdem er Marietta in den Wagen geholfen hatte. »Schnell! Unser Vorsprung beträgt etwa zwanzig Minuten.«

Kaum hatte er ihr gegenüber Platz genommen, rasten sie auch schon davon.

»Mark«, wisperte sie.

»Keine Bange, deinem Bruder wird nichts zustoßen. Wenn es irgendwie möglich ist, wird Billy ihn aus deinem Haus holen. Schau nicht so unglücklich drein!« Gabriel schnippte vor ihren glasigen Augen mit den Fingern. »Mal sehen, was ich im Gericht herausfinde.«

Endlich kehrte der gewohnte Kampfgeist in ihren Blick zurück. »Ich begleite dich.«

»Gut.« Hätte sie das nicht angekündigt, wäre er besorgt gewesen. »Aber wir müssen uns beeilen. Mein Kontaktmann im Gericht wurde bereits verständigt. Da lässt sich sicher was machen.«

Hoch aufgerichtet betrat sie an seiner Seite das Gerichtsgebäude. Nicht wie eine Frau, die vielleicht beide Brüder an den Wahnsinn des Mobs verlieren würde.

Als sie den Untersuchungsraum des Leichenbeschauers betraten, sahen sie eine Bahre mit einer Leiche in einer Ecke stehen, die von mehreren Leuten umringt wurde.

»Tut mir leid, Sir, hier haben Sie keinen Zutritt.«

»Doch, ich bin Rory Carney, Nathaniel Upholts Assistent.« Lächelnd schüttelte er dem verwirrten Wächter die

Hand. »Er hat mich vorausgeschickt, damit ich erste Informationen sammle. Wie ich sehe, sorgen Sie hier gewissenhaft für die nötige Ordnung.«

Voller Stolz warf sich der Mann in die Brust. »Nun, Sir, wir tun unser Bestes.«

»Glauben Sie, wir könnten uns die Leiche anschauen, bevor der Mob auftaucht? Das wäre wirklich hilfreich.« Eigentlich erweckte der Mann den Eindruck, er würde sich nicht bestechen lassen. Aber seine Hose sah ziemlich fadenscheinig aus. Auf gut Glück überreichte Gabriel ihm einen Geldschein und drückte ihm noch einmal die Hand.

Zögernd schlossen sich die Finger des Wächters um die Banknote, und er schaute Gabriel unschlüssig an.

»In fünf Minuten sind wir wieder draußen.«

Der Mann sah sich um und nickte. »Einverstanden. Fünf Minuten.«

Nun lächelte Gabriel ihn noch liebenswürdiger an. »Vielen Dank, mein Freund.«

Mit schnellen Schritten ging er zu der Bahre hinüber, und Marietta blieb ihm auf den Fersen. Gerichtsbeamte und Wachtposten redeten durcheinander. Einige erkannte Gabriel wieder, von den letzten Exkursionen und Begegnungen bei früheren Fällen. Vorsichtshalber senkte er den Kopf.

Ein blutgetränktes Tuch bedeckte den Körper der Toten, und Gabriel schob Marietta hinter seinen Rücken. Wenn sie es wollte, sollte sie hinschauen. Aber er würde sie nicht dazu zwingen. Ein Mann reinigte das Gesicht der Frau, ein anderer machte sich Notizen.

»An beiden Handgelenken blaue Flecken«, murmelte er. »Passt zum zweiten Opfer. Bei den anderen war nichts davon zu sehen. Ein Schlag auf den Kopf. Durchschnittene Kehle, in der Mitte geöffnet.«

Aufmerksam prägte sich Gabriel die Worte ein. Der feuchte Lappen glitt über eine Wange der Leiche, und da stieg ein seltsames Gefühl in ihm auf – eine vage Angst. An beiden Wangenknochen der Frau sah er Verfärbungen. Irgendetwas an ihr erschien ihm vertraut. Das braune Haar war verfilzt, an einer zerzausten Locke hing ein mit Perlen besetzter Kamm.

»Interessante Schnittwunden entlang der Halskette ...«

Nein.

»... Smaragde, meinen Sie nicht auch? Offenbar eine wohlhabende Frau.«

Nein, das konnte nicht sein.

»Als wollte jemand darauf hinweisen. Zum Hohn? Wegen ihres Geldes? Oder ist der Schmuck das Geschenk eines Liebhabers?«

Nein, ein Geschenk von ihrem reichen Vater. Stolz zur Schau gestellt und deshalb ermordet? Im Bericht des Ermittlers, von Gabriel beauftragt, wurde erwähnt, von dieser Kette habe sie sich nie getrennt – nicht einmal, nachdem das Familienvermögen dahingeschwunden sei.

Eine zerschundene Stirn, ein spitzes Kinn. Jetzt glitt das Tuch zur Seite, und er sah die Kette aus Smaragden und Gold, voller Blut, auf verkrusteter dunkelroter Haut.

Plötzlich hörte er einen Krach, wandte sich zur Seite und sah einen umgekippten kleinen Tisch, den er zu Boden gestoßen hatte.

Nur weg von hier ... Er stolperte aus dem Raum, nahm kaum wahr, dass Marietta ihm folgte und fragte, ob ihm übel geworden sei.

»Armer Kerl, manche Männer ertragen so einen Anblick nicht«, sagte jemand.

Eines der vielen Gesichter, die er nie wieder zu sehen gehofft hatte. Nicht, dass ihm ihr Tod besonders naheging. Er hasste sie. Alle hatte er gehasst. Doch er hatte sich schon vor langer Zeit von seiner Vergangenheit getrennt. Was zum Teufel ging hier vor?

»Gabriel?«, flüsterte Marietta.

Wie aus weiter Ferne drang ihre Stimme zu ihm, obwohl ihre Hand auf seinem Arm lag und ihr anderer Arm seine Taille umschlang. Er zwang sich, die Augen zu schließen. Langsam öffnete er sie wieder, so wie er es gelernt hatte. Keine Gefühle zeigen, keine Reaktion.

Er richtete sich auf. Vor ihm erstreckte sich der Flur zur Treppe. Bevor er seine wirren Gedanken geordnet hatte, durfte er nur kurze Sätze äußern.

Wo war sein Vater? Wann hatten Jeremys Ferien begonnen? Wo befand sich sein Ermittler? Seit fast – ja, seit fast einem Monat hatte Gabriel keinen Bericht erhalten. Nein.

Nein.

Es konnte ein Zufall sein. Oder ein Albtraum. Er musste die Skizzen von den anderen Mordopfern sehen.

Vor einer Tür mit dem Namensschild »FRANKLIN LEWIS« blieb er stehen und klopfte. Sie wurde geöffnet, und ein verblüffter Frank trat beiseite. »Mr Noble, ich habe die Nachricht erhalten. Fühlen Sie sich nicht wohl, Sir?«

»Doch, Frank. Ich brauche einen Gefallen. Dafür kann ich bezahlen.«

»Natürlich werden Sie *nichts* bezahlen! Mit meiner letzten Gefälligkeit habe ich meine Schulden noch nicht beglichen. Was kann ich für Sie tun?«

»Können Sie mir die Skizzen vom Leichenbeschauer beschaffen?« Irgendwie musste er die Verzweiflung, das kalte Entsetzen aus seiner Stimme verbannen.

Nachdenklich runzelte Frank die Stirn. »Wie lange würden Sie die Zeichnungen brauchen?«

»Nur für zehn Minuten.«

»Dann dürfte es keine Probleme geben. Ich bringe die Skizzen hierher und wieder zurück, bevor es jemand merkt. Und falls doch irgendwer misstrauisch wird – da gibt es einen Mann, der *mir* etwas schuldig ist. Dieser Zeitpunkt ist günstig, weil sich alle ziemlich aufregen. Gleich bin ich wieder da.«

Frank eilte aus dem Zimmer und ließ Gabriel mit Marietta allein.

»Was ist da unten geschehen? Ich konnte nicht richtig über deine Schulter schauen. Aber was ich sah, war grausig genug.« Sie erschauerte. »Wie ein böser Traum ...«

»Ja«, stimmte er geistesabwesend zu. In seinem Gehirn schwirrten die Gedanken noch immer durcheinander und weigerten sich, Zusammenhänge herzustellen.

»Gabriel?« Sie berührte sein Kinn und drehte sein Gesicht zu sich herum. »Wollen wir gehen? Sicher können wir später zurückkommen.«

Da strömten neue Kräfte durch seine Adern. »Nein, mit mir ist alles in Ordnung. Wir müssen hierbleiben und erledigen, was zu tun ist, bevor Dresden uns daran hindert.«

Heiliger Himmel – welche Maßnahmen sollte er ergreifen, wenn sich sein hässlicher Verdacht bewahrheitete?

Nun kehrte Frank zurück. »Verdammter Zirkus da unten! Höchstens zehn Minuten ...«

Gabriel nickte und nahm die Skizzen entgegen. Beim Anblick des ersten Blatts drehte ihm eisige Angst den Magen um. Ja, nach allem, was er jetzt wusste, erkannte er die Frau. Älter – aber ihre Züge passten zu seinen Erinnerungen, seinen Albträumen. Die Furcht steigerte sich zur Panik, und er spielte mit dem Rand des Papiers, wollte die nächste Skizze nicht sehen, wollte sich keine Gewissheit verschaffen. Aus den Augenwinkeln sah er, dass Marietta ihn beunruhigt anstarrte, und er zwang sich, die zweite Skizze zu betrachten. Vor seinen Augen schwankte das Papier. Das dritte Porträt ... Dann legte er die Blätter auf den Schreibtisch, bevor sie seinen zitternden Fingern entgleiten und zu Boden flattern würden.

Eine Frau mit einem anderen Namen, das einzige identifizierte Opfer. Bald würde Anthony ihm eine Nachricht mit dem Mädchennamen schicken. Amanda Forester. Eine überstürzte Hochzeit, hatte Marietta erklärt. Inzwischen müsste eine Mitteilung von dem Mann eingetroffen sein, den er beauftragt hatte, Erkundigungen über die ermordeten Frauen einzuziehen. Dann wüsste er, ob die eine ihren Namen geändert hatte. Was hätte er getan, wäre er früher über die Identität der Leiche informiert worden? Vor dem Beginn der Ermittlungen?

»Alles klar.« Er zwang sich zu einem Lächeln. »Danke, Frank, Sie haben mir sehr geholfen.«

Ja, genauso hätte ihm jemand helfen können, eine Grube auf einem Friedhof auszuheben, mit einem Grabstein, der seinen eigenen Namen trug ...

»Komm!« Er wandte sich zu Marietta. »Bevor Dresden hier eintrifft, müssen wir verschwinden.« Höflich schüttelte er Franks Hand und strahlte unerschütterliche Ruhe aus. Die hatte er sich mühsam angeeignet – um sie in jeder Situation zu demonstrieren, die mit *ihnen* zusammenhing. »Nochmals vielen Dank. Bitte, geben Sie mir Bescheid, wenn ich irgendetwas für Sie tun kann.«

Lächelnd legte Frank die Papiere zusammen. »Kein Problem, Mr Noble. Wann immer Sie einen Fall lösen müssen, unterstütze ich Sie sehr gern. Besonders, wenn es um Fälle geht, die meinem gleichen. Wie sehr Sie uns geholfen haben, weiß ich wirklich zu schätzen, Wissen Sie, wie wir Sie nennen? Unseren Beschützer.«

Beschützer … Würde man ihm noch immer so wohlwollend begegnen, wenn die Öffentlichkeit alles über seine Vergangenheit erfuhr? Insbesondere jetzt, wo vier Leichen aus jener Zeit entweder auf einer Bahre im Untersuchungsraum des Leichenbeschauers lagen – oder auf Papier skizziert?

Gabriel zwang sich erneut zu einem Lächeln. »Sicher wird Miss Rose mich eine Woche lang wegen meiner Arroganz hänseln.«

»Viel Glück, Miss.« Frank verbeugte sich vor Marietta. »Was immer Ihnen Schwierigkeiten bereitet – Mr Noble wird alles zu einem guten Ende bringen. So wie immer.«

Gabriel hatte ein Netzwerk aufgebaut, um sicherzugehen, dass Hilfesuchende sich nicht in der gleichen Lage befinden würden wie er vor all den Jahren. Hilflos. Er erschauerte und ergriff die Türklinke, um die unwillkürliche Reaktion zu überspielen. Nun würde sich der Kreis schließen.

Von Marietta gefolgt verließ er das Zimmer. »Was haben dir die Skizzen verraten?«, fragte sie.

Und Marietta. Völlig arglos. So wie all die anderen vertraute sie ihm. Wie sollte sie auch ahnen, dass sie womöglich die Erste war, deren Vertrauen er bitter enttäuschen würde?

»Ich wollte das Alter der Frauen feststellen und nach gemeinsamen körperlichen Merkmalen suchen.« Keine Lüge. Nur nicht die ganze Wahrheit.

»Und?«

»Offenbar waren sie ungefähr im gleichen Alter. Mal sehen, ob jemand die Zeichnungen für mich kopiert. Dann könnte ich sie zirkulieren lassen und noch mehr erfahren.«

Doch das würde er nicht tun. Niemand durfte die Opfer

wiedererkennen. Seltsam – eigentlich hätten sie schon längst mehreren Leuten bekannt erscheinen müssen. Andererseits, er selbst hätte sie wohl kaum identifiziert, wären ihm die Bilder nicht gleichzeitig präsentiert worden. Beabsichtigte der Mörder, die Frauen unkenntlich zu machen?

Warum waren sie nicht als vermisst gemeldet worden? Wo zum Teufel steckte sein Ermittler, und was hatte er herausgefunden? Immerhin wurde der Mann gut bezahlt. Schon vor *Wochen* hätte er über Amandas Hochzeit Bericht erstatten müssen.

Gabriel ballte die Hände. Diesen Kerl bezahlte er großzügig genug für die Nachforschungen, damit er die Frauen vergessen konnte. *Es sei denn, eine hat wieder die alten Tricks angewendet ...* Solche tückische Methoden wehrte er sehr schnell ab, auf finanzielle Weise. Und das war eindeutig ein Grund, warum sie noch nicht vermisst wurden – mittellos, aus der Gesellschaft verbannt.

Er war so in Gedanken versunken, dass er den Mann nicht bemerkte, der ihm den Weg versperrte – bis er ihm beinahe auf den Fuß stieg. Dann sah er das unwillkommene Gesicht und fluchte.

»Gehen Sie irgendwohin, Mr Noble?«

Arthur Dresdens Miene spiegelte Genugtuung wider, mit komischem Zorn vermischt.

»Haben Sie es endlich rausgefunden, Dresden? Herzlichen Glückwunsch. Wenn Sie uns jetzt entschuldigen ...«

Gabriel griff nach Mariettas Hand und versuchte, dem Polizisten auszuweichen. Nur zwanzig Schritte, und sie würden den Hauptausgang und die Freiheit erreichen.

Aber der Beamte trat ihm in den Weg. »So schnell verlassen Sie uns? Das glaube ich nicht, denn ich muss Ihnen ein paar Fragen stellen.«

»Wie interessant ... Aber Sie können uns hier nicht festhalten. Also werden wir gehen.«

»Bilden Sie sich ein, ich kann es nicht?«

»Das *weiß* ich.« Manche Leute ließen sich von einem Polizeibeamten aus der Bow Street und seiner Taktik einschüchtern. Doch Gabriel kannte alle Gesetze – auch jene, die seine derzeitige Tätigkeit betrafen. Pech für den Mann, der vor ihm stand ...

Dresdens Augen schienen ihn zu erdolchen. »Inzwischen habe ich einiges über Sie gehört. Sie beugen die Gesetze, wie es Ihnen beliebt, und bestechen Beamte, um Ihre eigene Auffassung von der Gerechtigkeit durchzudrücken. Das finde ich ungeheuerlich. Mit dem Gesetz darf man nicht spielen. In Zukunft werde ich Sie beobachten, Noble, darauf können Sie Gift nehmen.«

»Natürlich ehrt mich Ihr Interesse, Sir. Würden Sie uns jetzt Platz machen?«

Der Polizist wandte sich an Marietta. »Offenbar versuchen Sie die Freilassung Ihres Bruders zu erreichen. So bewundernswert Ihr Bestreben auch sein mag – wie fühlt man sich, wenn man die Arbeit der Gesetzeshüter behindert, Miss Winters? Zweifellos waren es Sie, Mr Noble, der die Verschiebung des Gerichtsprozesses erwirkt hat.«

»Das muss ich zugeben – Sie sind ein ausgezeichneter Detektiv. Allerdings verwirrt es mich, wie mühelos Sie in dieser Stadt einem Gefangenen die Gerechtigkeit verweigern.«

»Lachen Sie nur, Noble. Was *wirklich* beklagenswert ist – Sie glauben, Sie würden den Leuten helfen, indem Sie die Gesetze umgehen und die Gerechtigkeit in *Ihrem* Sinn deuten.«

»Was mir noch viel trauriger erscheint, Dresden – *Sie* glauben an die Berechtigung der Heuchelei in *Ihrer* Welt.«

Offensichtlich hatte Gabriel etwas Falsches gesagt, denn das Gesicht des Polizisten färbte sich feuerrot. »Wenn ich Ihnen irgendwas in dieser Sache anlasten kann, werde ich es tun, Noble. Und Sie, Miss Winters – bald wird Ihr älterer Bruder dem jüngeren Gesellschaft leisten.«

Marietta umklammerte Gabriels Hand, und sein Ärger über Dresdens Einschüchterungstaktik wuchs.

»Und wenn Sie keine Frau wären ...« Der Beamte neigte sich näher zu Marietta. »... würden Sie den beiden blitzschnell folgen.«

Anscheinend hielt er nicht viel von Frauen. Doch es war ein schwerer Fehler, sie zu unterschätzen.

»Wie scharfsinnig Sie Ihre Verdachtsmomente interpretieren ...« Gabriel trat vor. Als Dresden ihn erneut aufhalten wollte, versetzte er ihm einen kraftvollen Stoß und ging weiter. Hinter ihm erklang das befriedigende Geräusch eines Körpers, der unsanft auf dem Boden landete.

»Noble!«, schrie Dresden.

Aber Gabriel drehte sich nicht um, eilte zur Tür hinaus und die Eingangsstufen hinab und bahnte Marietta einen Weg durch eine Menschenmenge. Rings um das Gerichtsgebäude drängten sich immer mehr Leute – Schaulustige, die auf Neuigkeiten und Klatschgeschichten warteten, um sie ihren Nachbarn brühwarm zu erzählen.

Schließlich erreichten sie die Kutsche, wo sie sicher waren. Noch nie war Gabriel so froh gewesen, in einem Wagen zu sitzen. Er lehnte sich zurück und schloss die Augen. Welch ein katastrophaler Morgen ... Vielleicht würde er erwachen und feststellen, Billys Ankunft und die weiteren Ereignisse wären nur ein böser Traum gewesen.

Als er einen erstickten Laut hörte, hob er die Lider. Mit zusammengepressten Lippen saß Marietta ihm gegenüber und krallte die Finger in ihr Kleid. Er zog sie auf seinen Sitz, schob ihren Kopf unter sein Kinn und lauschte ihrem leisen Schluchzen.

»Pst, deinem Bruder wird nichts zustoßen.«

»Aber sie wollen Kenny noch immer festhalten.«

Dem konnte er nicht widersprechen. War nur Dresden für die neue Wende in den Mordfällen verantwortlich? Gemeinschaftliche Taten zweier Brüder – oder ein weiteres Verbrechen, von dem einen begangen, um den anderen aus dem Gefängnis zu holen ... Das spielte keine Rolle. Wenn sich die öffentliche Meinung gegen die Winters stellte, würden sie in arge Schwierigkeiten geraten. Die Geschworenen wären beeinflusst. Und der Richter würde die Befragung so gestalten, wie es dem Publikum gefiel.

Da gab es ein kniffliges Problem. Falls es Gabriels Lakaien gelang, Mark zu verstecken, würde Dresdens Version glaubhaft wirken. Dann würde der Eindruck entstehen, der ältere Bruder wäre geflohen, um einer Mordanklage zu entrinnen. Ein schreckliches Dilemma ... Womöglich würde Marietta beide Brüder verlieren.

Und wenn sich sein grausiger Verdacht bestätigte, wenn seine beklemmende Angst begründet war – sollte er seine Familie opfern und die Winters retten?

Das Puzzle nahm scharfe Kanten an. Verschwunden waren die glatten Linien, die abgerundeten Ecken. Stacheln und spitze Fangzähne schmückten die Ränder. Dass ausgerechnet er diesen speziellen Fall bearbeitete – welch ein unglaublicher Zufall ... Männer wie er arrangierten ihre eigenen Zufälle und richteten sie gegen andere. Was *geschah* mit ihm?

»Und wenn sie Mark festnehmen?«

Er drückte Marietta an sich. Natürlich war sie unschuldig. An all diesem Wahnsinn trug sie keine Schuld. Deshalb musste er sie schützen. »Der Mörder wollte das Geschenk, das ihm durch die Verhaftung deines Bruders angeboten wurde, nicht nutzen. Also wird er wieder töten. Sollten sie Mark einsperren, bevor das passiert, können sie deinen beiden Brüdern nichts mehr vorwerfen.«

Oder die Polizisten würden versuchen, die Morde Marietta anzulasten. Oder Gabriel, weil er für sie arbeitete. Wenn sie in seiner Vergangenheit herumstocherten ... Oh ja, dann *mussten* sie ihn verdächtigen. Oder seine Familie, was ihn noch schmerzlicher treffen würde. Am vernünftigsten wäre es, den ganzen Fall zu vergessen, Marietta wegzuschicken und seine eigene Haut zu retten.

Gequält schloss er die Augen. Genügten die vielen Leute, denen er geholfen hatte, und sein umfangreiches Netzwerk denn nicht? Er hatte seine Strafe verbüßt. Noch einmal musste er nicht für all das bezahlen.

»Wirst du es zulassen, dass Mark verhaftet wird?«

»Nein. Hoffen wir, dass der neue Mord als Beweis für Kennys Unschuld anerkannt wird. Und falls sie deinen anderen Bruder hinter Gitter bringen – denk daran, was ich vorhin sagte. Der Mörder läuft noch immer frei herum. Wahrscheinlich wird er bald ein weiteres Opfer suchen.«

Marietta klammerte sich an sein Jackett und drückte das Gesicht an seinen Hals. Eine Träne rann über seine Haut und unter den Hemdkragen. Besänftigend streichelte er ihr Haar. Aber seine Gedanken gerieten in einen heftigen Konflikt. Was sollte er tun, wie sollte er Marietta retten und die schreckliche Situation meistern?

Und wenn er die falsche Entscheidung traf – würde ihn eine neue Sünde verdammen? *Ich bin ohnehin schon verloren.*

Seit er sechzehn Jahre alt gewesen war.

11

Marietta las die Nachricht, die Gabriel ihr gegeben hatte, während sie in der Küche umhergewandert war. Mark hielt sich in einem Haus auf, irgendwo in London. In Sicherheit. Wenigstens vorerst. Sie traute ihm zu, eine Dummheit zu machen, weil er sich langweilte oder den Ernst seiner Lage nicht erkannte.

Aber vielleicht verstand er endlich, was ihm drohte. Bei einer Begegnung an einer abgeschiedenen Stelle im Hyde Park war er kreidebleich gewesen. Schon nach wenigen Minuten hatten Gabriels Männer ihn weggeführt.

Seit dem Besuch im Gerichtsgebäude war Gabriel seltsam wortkarg. Keine witzigen oder spöttischen Bemerkungen. Er hatte sie umarmt und getröstet. Doch sein Blick war ausdruckslos gewesen. Jetzt noch immer ... Schon zuvor hatte er sich unermüdlich seinen Papieren gewidmet, und nun arbeitete er fanatischer denn je, in Fachbüchern, juristischen Abhandlungen und Broschüren vergraben. In der ganzen Küche lagen seine Notizen verstreut. Konzentriert studierte er Briefe, alte Zeitungsartikel, Beschreibungen von Tatorten.

Marietta hatte versucht, einige seiner Notizen zu lesen. Sie waren bereits vorher schwer verständlich, aber jetzt waren sie dank seiner speziellen Kurzschrift völlig rätselhaft.

Kein einziges Mal hatten sie über die letzte Nacht gesprochen. Wegen der aufregenden Ereignisse des Vormittags war keine Zeit für peinliche Geständnisse oder Erklärungen gewesen.

»Marietta?«

Sie wandte sich zu Gabriel, der zusammengesunken am Tisch saß. Auch das erschien ihr merkwürdig – Gabriel

Noble, *zusammengesunken?* Normalerweise wirkte er stets so aufrecht und selbstsicher, als würde er jeden Moment eine Verführung planen, geschmeidig aufstehen und ihren Wunsch erregen, um einen Kuss zu betteln. Nach wie vor sah er so umwerfend aus, dass sie ihn küssen wollte. Mit den Locken, die in seine Stirn hingen, den intensiven grünen Augen, den leicht geöffneten Lippen, die ihren Namen ausgesprochen hatten …

»Ja?«

»Hör auf herumzulaufen.«

Wie sie erleichtert feststellte, gab es Dinge, die sich niemals änderten. Sie sank auf den Stuhl an der anderen Seite des Küchentisches. »Irgendwas muss ich tun. Wenn du mir verrätst, was du gerade erforschst, würde ich dir helfen.«

Er betrachtete seine Bücher und Papiere. »Besuch doch Mark. Schärf ihm ein, dass er dieses Haus nicht verlassen darf.« Seine Stimme klang betont beiläufig, und Mariettas Nackenhaare sträubten sich. »Glücklicherweise steht die Kutsche vor dem Haus. Der Fahrer wird einen Umweg machen, nur zur Sicherheit. Also wirst du vielleicht entnervt und ungeduldig aus dem Wagen springen, wenn du das Ziel erreichst. Zum Dinner bist du wieder da.«

Obwohl das alles sehr vernünftig klang, fühlte sie sich nicht beruhigt. »Und du?«

Gabriels Unterlippe glitt zwischen seine Zähne. »Nun, ich bleibe hier und befasse mich mit juristischen Dokumenten. Nichts Aufregendes.«

»Oh.«

Irgendetwas an seiner Antwort stimmte nicht. Aber er beugte sich schon wieder über seine Papiere, und sie hakte nicht nach. Und sie *wollte* ja auch mit Mark reden, sich vergewissern, dass er nicht in Gefahr schwebte.

Außerdem vertraute sie Noble, nicht wahr?

»Frag deinen Bruder, wo er letzte Nacht war. Da sind Angaben über die anderen Morde.« Er reichte ihr ein Blatt Papier. Wie ausdruckslos seine Stimme klang – das passte nicht zu ihm. »Vielleicht erinnert er sich, wo er war. Wenn nicht, schicke ich jemanden in dein Haus, der die Korrespondenz holen soll. Die müsste Marks Gedächtnis auf die Sprünge helfen.«

»Und die Dienstboten?«

Er trommelte mit dem rechten Zeigefinger auf den zerkratzten Tisch. »Die hat Billy inzwischen bezahlt und mit den nötigen Zeugnissen entlassen.«

Eigentlich sollte sie ihm zürnen, weil er diese Maßnahme ohne ihre Erlaubnis ergriffen hatte. Doch sie konnte es nicht.

»Danke.«

Seine Schultern lockerten sich ein wenig. Doch sie spürte seine innere Anspannung noch immer. Das war nicht mehr der arrogante, selbstsichere Mann, den sie vor einigen Wochen kennengelernt hatte. Oh, seine Dominanz hatte er nicht verloren. Aber irgendetwas hatte sein autoritäres Wesen beeinträchtigt.

Durch seine herabhängenden Locken schaute er sie an. »Ich dachte, du würdest mir böse sein.«

»Dazu hätte ich allen Grund. Aber hättest du nicht gehandelt, wäre das Haus wahrscheinlich leergeräumt worden. Vielleicht ist das ohnehin geschehen.«

Wieder einmal war sie froh, weil sie Kennys und ihren eigenen persönlichen Besitz mitgenommen hatte.

»Sobald der Schmied Zeit findet, werden die Schlösser ausgewechselt.«

»Vielen Dank.«

Gabriel beobachtete ihre Lippen, die diese Worte formten, und sie berührte ihren Mund. Welch ein verwirrender Gedanke – seinen Kuss zu ersehnen und gleichzeitig zu fürchten, alles in ihrem Leben würde auseinanderbrechen. Trotzdem wünschte sie sich Trost und Leidenschaft.

»Im Nachbarhaus zur Rechten findest du den Kutscher. Er weiß, wohin er dich bringen muss. Das Ziel wirst du nicht erfahren, zu deiner eigenen Sicherheit. Sag ihm, er soll hierherkommen und mit mir reden. Danach wirst du Mark besuchen.«

Nachdem die Geräusche der Wagenräder verklungen waren, wartete Gabriel nur ein paar Minuten. Dann setzte er seinen Zylinder auf. Eine halbe Stunde später betrat er Alcrofts Haus.

Erstaunt hob Alcroft die Brauen, als er den Besucher im Salon begrüßte. »Gabriel!«, rief er und schaute ihn aufmerksam an. »Du siehst grauenhaft aus.«

»Oh, vielen Dank, John. Dieses Kompliment weiß ich zu schätzen.«

Alcroft führte ihn ins Arbeitszimmer, schloss die Tür, und sie setzten sich. »Sicher willst du nicht vom Personal belauscht werden.«

»Sogar so manierliche Dienstboten wie deine haben Ohren und Münder.«

»Was ist passiert?« Alcroft beugte sich vor. »Wie ich höre, wurde noch jemand ermordet.«

»Das erste Opfer des Middlesex-Mörders war Amanda Forester.«

»Was, Lady Dentrys alte Freundin?« Alcroft blinzelte verwirrt.

»Ja. Und die zweite Leiche war Celeste Fomme.«

Eine Zeit lang saß Alcroft reglos hinter seinem Schreibtisch. Dann senkte er den Blick. »Gewiss, sie war eine Tyrannin. Aber – tot? Und – auf die Weise?«

»Tut mir leid.«

Alcroft schob ein Papier über die Tischplatte, dann noch eines, als suchte er im Pergament Antwort auf die vielen Fragen. »Hast du noch mehr zu erzählen?«

»Heute sah ich die Skizzen der anderen Opfer. Das dritte war Jane Moreton. Und letzte Nacht wurde Abigail Winstead getötet.«

Abrupt hob Alcroft den Kopf. »Nein.«

»Doch«, erwiderte Gabriel.

Sein Freund betrachtete ein Porträt an der Wand. »Neulich sprach ich mit Abigail. Sie dachte, jemand würde sie verfolgen. Das glaubte ich ihr nicht.«

Das hatte Gabriel nicht gewusst. »Wurde sie als vermisst gemeldet?«

»Wohl kaum. Ich dachte, sie wäre abgereist, denn sie hatte angekündigt, sie würde aufs Land fahren. In der Stadt sei es nicht mehr sicher. Obwohl wir nicht allzu eng befreundet waren, kam sie zu mir, weil sie dachte, ich könnte ihr helfen.« Erbost zerknüllte Alcroft ein Papier unter seiner Hand. »Ich zog Erkundigungen für sie ein. Aber ich glaubte ihr nicht. Hätte ich bloß etwas unternommen ...«

Dazu gab Gabriel keinen Kommentar ab. Ladys wie Abigail neigten zu Dramatik und übertriebenen Emotionen. Deshalb war es verständlich, dass John sie nicht ernst genommen hatte. Doch ein solcher Hinweis würde den Freund nicht trösten. »Was hat sie gesagt? Hatte sie irgendeine Ahnung, wer ihr gefolgt sein könnte?«

»Einer von Lady Dentrys Dienstboten.« Seufzend fuhr Alcroft mit allen Fingern durch sein Haar, und Gabriel war froh, weil er bei dieser Geste den Blick von ihm abwandte. Sonst hätte John die Angst in seinen Augen gelesen, die er hastig maskierte.

»Hat sie einen Namen genannt?«

»Ja. Joseph, Jacob – Jacob! Genau ...« Alcrofts kniff seine Lippen zusammen. »Irgendwo habe ich eine Zusammenfassung des Berichts über meine Nachforschungen ... Worley. Ja, ich glaube, so heißt er – ein Lakai.«

Maßlose Erleichterung – fast schmerzhaft ...

»Gabriel?«

»Verzeih mir ...« Gabriel hüstelte und riss sich zusammen. »Sprich weiter.«

»Nun, Abigail erwähnte, der Mann sei mehrmals vor ihrem gemieteten Haus aufgetaucht. Er stand auf der anderen Straßenseite und starrte sie an. Geradezu unheimlich, sagte sie.« Alcroft umklammerte seinen Federkiel. »Und jetzt ist sie tot. Alle?«

»Ja«, bestätigte Gabriel mit gepresster Stimme. In seiner Fantasie erschienen die Gesichter und verspotteten ihn.

Alcroft beobachtete ihn, und Gabriel glaubte tiefes Mitgefühl in seinem Blick zu lesen. *Also weiß er Bescheid* ... Über seinen Rücken kroch ein eisiger Schauer.

»Was weißt du, John?

Sein Freund zuckte zusammen. »Nur dass sie ihren Damenclub gegründet hatten. Und sie quälten einige Jungs im Haus, indem sie ihnen irgendwas versprachen und Interesse heuchelten.«

Wäre das bloß alles gewesen ...

»Wahrscheinlich schnappte sich der Lakai einen Lockvogel und war ganz besessen.« Unbehaglich schnitt Alcroft eine Grimasse. »Kannst du dir vorstellen, was zu *so etwas* führen würde?«

Von irgendwas besessen zu sein? Ja. Frauen zu töten? Nein.

»Andererseits sind das auch gute Neuigkeiten«, meinte Alcroft. »Bald wirst du Miss Winters' Bruder aus dem Gefängnis holen.«

»Bedauerlicherweise macht der Ermittler, der den Fall bearbeitet, einige Schwierigkeiten. Jetzt sind die Polizisten hinter Miss Winters' älterem Bruder her, den sie für einen Komplizen halten – und ebenfalls für einen Mörder.«

»Wie sind sie denn *darauf* gekommen?«, fragte Alcroft.

»Aus Dummheit. Und in der Hoffnung, eine Panik in der Bevölkerung zu verhindern. Zu ihrem Leidwesen ist Mark Winters verschwunden.«

Alcrofts Augen verengten sich. »Was für ein Pech. Wieder einmal muss ich dir gratulieren.«

»Vorhin hast du einen Bericht über diesen Dienstboten erwähnt.«

»Ja. Darin ging es um seinen Status und seine Aktivitäten. Ich hatte einen Detektiv darauf angesetzt. Da du gerade an anderen Fällen arbeitetest, habe ich dich nicht darüber informiert.« Alcroft strich über seinen Nacken. »Damit wollte ich dich nicht behelligen.«

Gabriel schwieg.

»Allzu viel fand der Detektiv nicht heraus, und ich beauftragte ihn, seinen Bericht an Abigail zu schicken. Zum Zeitpunkt des ersten Mordes war er hinter dem Lakaien her. Als sich die Neuigkeit über einen grausamen Mord in Clerkenwell herumsprach, war ich gerade verreist. Wie ich mich entsinne, dachte ich über meinen Detektiv nach. Ich habe Abigails Adresse. Vielleicht kannst du den Bericht aufstöbern …« Alcroft durchsuchte seine penibel geordneten Papiere. »Ah, da ist sie.«

»Danke, John.« Gabriel nahm den Zettel entgegen.

Nicht nur für die Adresse dankte er ihm, und Alcroft schien das zu wissen. Ernsthaft nickte er. »Den Bastard wirst du finden, das weiß ich.«

Auf dem Rückweg dachte Gabriel immer wieder an diese Worte.

Und an die Frage, die John beim Abschied gestellt hatte. *Wirst du es Marietta erzählen?*

Nein.

Dieser Mann musste es sein, ein fast gesichtsloser Diener. Niemand aus seiner Familie, niemand, den er kannte oder liebte. Auch niemand aus Mariettas Familie. Letzten Endes würden sie beide befreit aufatmen und tun, was immer sie wollten.

Könnte er sich bloß davon überzeugen ... Könnte er sich von Fluchtwegen und Alternativplänen ablenken ... Unentwegt nahmen sie in seinem Gehirn Gestalt an.

Er zwang sich, an Jacob Worley zu denken. An den Mann, den er dingfest machen und der alles gestehen würde.

Das redete er sich bei jedem Schritt ein. Doch er erkannte die Ironie und wusste, dass er sich einer Illusion hingab. Schließlich verbannte er diese bittere Einsicht aus seinen Gedanken. Schon immer war er ein Realist gewesen. Ein widerwärtiger Überlebenskünstler. Er hasste jede Art von Schwäche. Und Angst. Und er war so sicher gewesen, er hätte diese Gefühle längst besiegt.

Heller Zorn stieg in ihm auf. Diesen Dienstboten würde er schnappen – und dann seine schwachen Emotionen zwei Meter tief unter der Erde begraben, wo sie hingehören.

Ja, sie würden Jagd auf Jacob Worley machen.

Nun musste er seine Jagdkunst auffrischen, und das – er lächelte teuflisch und ignorierte ein Mädchen, das ihm entgegenkam und verstört nach Atem rang –, das war eine Beschäftigung, die er an diesem Abend genießen würde.

Marietta saß in der Küche. Geistesabwesend blätterte sie in den Papieren und runzelte wütend die Stirn. Sie war früher als erwartet zurückgekehrt. Mark hatte zwischen wirrem Gerede, Fantastereien und verzweifeltem Schweigen geschwankt. Schließlich waren die ständig wechselnden Launen unerträglich gewesen. Sie hatte ihn ermahnt, er möge sich wie ein erwachsener Mann benehmen, ihm einige Befehle erteilt und das Haus ärgerlich verlassen.

Offenbar vermutete auch Noble, sie würde später heimkommen. Dass er irgendwo hingehen würde, hatte er nicht erwähnt. Natürlich – nur zu gut erinnerte sie sich an seine hinterhältige Miene. Stellte er *ohne sie* Nachforschungen an? Wenn er Dresden über den Weg lief – und sie war nicht dabei, um ihn zu retten?

Inzwischen hatte sie Anthonys Brief gelesen, in dem der Name des ersten Opfers stand – Amanda Forester. Dieser Name kam ihr vage bekannt vor. So wie die Namen aller Leute am Rand der gehobenen Gesellschaft. Hätte sie sich die Klatschgeschichten bloß etwas aufmerksamer angehört, statt zu überlegen, wie sie die Familie ernähren sollte … Was für alberne Gedanken!

Die Haustür wurde geöffnet und fiel krachend ins Schloss. In der Halle klickten gemessene Schritte. Dann erschien Noble in der Küche, das Haar vom Wind verweht, die Augen umschattet. Raubtieraugen. Das Bild eines Jägers, der seine Beute endlich gefunden hatte.

»Sagtest du nicht, du würdest daheimbleiben?« Marietta sprang auf. »Wo warst du? Warum hast du es mir nicht gesagt?«

Er ging zu ihr. Mit einem kraftvollen Fußtritt räumte er ihren Stuhl aus dem Weg. Ehe ihre Nerven Zeit fanden, um verwirrt zu flattern, lag sie rücklings auf dem Tisch. Unter ihr raschelten die Papiere.

»Was …«

Kaum hatte sie ein zweites Mal Atem geschöpft, streifte er auch schon ihre Röcke nach oben und schob ihre Beine auseinander. Sein Mund berührte … *Großer Gott …*

In ihrer Kehle stieg irgendetwas empor und drängte sich zwischen ihre Lippen. Als sie seine Zunge spürte, bäumte sie sich auf. Ihr fehlte die Zeit, um ihn zu fragen, was er tat.

Denn *was* er tat, beschämte sie ganz schrecklich. Und dann konzentrierten sich alle ihre Gedanken auf die Stelle, wo sein Mund ein Wunder vollbrachte. Unter ihren Fäusten knisterte zerknülltes Pergament, und sie warf ihren Kopf so weit nach hinten, dass ihre Schultern die Tischkante nicht mehr berührten.

Er umfasste ihre Beine. Sein Gesicht zwischen ihren Schenkeln vergraben, drang er mit seiner Zunge in sie ein, und seine Oberlippe stimulierte den empfindlichsten Punkt. Auch ein Finger reizte sie, und – oh Gott – sie schwebte, sie starb. Unkontrolliert zuckten ihre Hüften, unter ihren bebenden Händen zerriss das Papier.

Atemlos lag sie auf dem Tisch, die Stirn erhitzt und feucht. Ihre Beine zitterten. Was um alles in der Welt war soeben geschehen? Was war das?

Gabriel zog sie hoch und küsste sie. Leidenschaftlich, verzehrend. Wie in Trance klammerte sie sich an ihn, während er sie wachküsste – und erneut betörte. Er schmeckte nach *ihr*.

Welch eine seltsame Entdeckung, doch sie vermochte nicht länger darüber nachzusinnen, weil er sie so erregte, dass sie keinen klaren Gedanken mehr fassen konnte.

»Jetzt nimmst du mich in dir auf, nicht wahr, Marietta?«

Offenbar sagte ihre schwache Kopfbewegung Ja, denn seine Augen leuchteten siegesssicher.

»Auf dem ganzen Heimweg habe ich mir ausgemalt, wie ich deine Röcke hochziehen würde. Dieser Tag hat heftige Gefühle entfesselt. Und ich habe interessante Informationen erhalten. Soll ich dir davon erzählen?«

»Ja.« Allmählich funktionierte ihr Gehirn wieder.

»Wie soll ich es dir erzählen? Zwischen unseren Küssen?«

Er saugte an ihrer Unterlippe und presste sie gegen die Tischkante.

»Nur die wichtigsten Einzelheiten, während ich dich ausfülle?«

Schon wieder verschleierten sich ihre Gedanken, denn die Stelle, die er soeben fast verschlungen hatte, wurde gegen etwas Hartes in seiner Hose gedrückt.

»Oder ist es morbid, bei einem Liebesakt über solche Dinge zu reden? Wahrscheinlich. Aber wir nähern uns dem Ziel, Marietta. Bald wird dein Bruder freigelassen, und dann können wir unsere familiären Sorgen vergessen.«

Eigenartig, diese Formulierung …

Nun war er wieder der dominante Verführer. Was immer ihn bedrückt hatte, war in den Hintergrund getreten. In seinen Augen sah sie noch immer düstere Schatten lauern. Doch das helle Grün überstrahlte das Dunkel und schien ein Versprechen zu wispern.

»Was hast du vorhin mit mir gemacht?«

Von allen Fragen, die sie stellen wollte, drängte sich nur diese über ihre Lippen.

»Ich habe dich gekostet, Marietta. Und wie ich dir zu meiner Freude versichern kann, du schmeckst wundervoll – süß und köstlich.«

Konfus schlugen die Flügel der Schmetterlinge, die seit Mariettas erster Begegnung mit Gabriel in ihrem Bauch hausten (letzte Nacht waren einige größer und stärker geworden), gegen das Netz ihrer Gefangenschaft.

»So schnell ging es«, fügte er hinzu. »Und es war so wild. Sollen wir es noch einmal versuchen? Etwas langsamer? Natürlich will ich dich nicht enttäuschen.«

»Nein, das würdest du nicht ...«, flüsterte sie mit belegter Stimme und versuchte in seinen Augen zu lesen, die ihr immer die Wahrheit verrieten. Aber jetzt verschwammen sie vor ihren eigenen. Um klarer zu sehen, blinzelte sie. Wenn seine raffinierte Wortwahl auch auf einen erproben Wüstling hinwies – in seinem glühenden Blick wurde der Zynismus von echter Leidenschaft gemildert.

Wie sie sich schamlos eingestand, übten nicht nur die lockenden Worte eine unwiderstehliche Wirkung aus. Nicht einmal die selbstsicherste Frau würde glauben, sie wäre es wert, die Aufmerksamkeit eines solchen Mannes zu erregen – die sich als trügerisch erweisen mochte. Doch seine Augen ließen die Worte belanglos erscheinen. Mariettas Brust, ihr Hals, ihre Wangen brannten. Aus Gabriels Blick strömte die Hitze direkt unter ihre Haut.

»Gut.« Er knöpfte ihr Kleid auf, streifte das Oberteil hinab und legte sie wieder auf den Tisch. Ringsum breiteten sich die Röcke aus.

Während er um den Tisch herumging, berührte er ihre entblößte Haut. Er neigte sich hinab und leckte über den Stoff, der ihre rechte Brust bedeckte.

»Heute Abend habe ich noch nicht diniert. Und dieser Anblick verheißt mir ein köstliches Festmahl.«

Der vernünftige Teil ihres Gehirns flüsterte ihr zu, sie sei viel zu dünn und knochig, um ihn dermaßen zu faszinieren.

Aber die prickelnden Vibrationen in ihrem Körper brachten den Verstand zum Schweigen, als Gabriels warmer Atem ihre Schläfen streichelte.

»Wo ich anfangen soll, weiß ich gar nicht, weil alles so appetitlich aussieht.«

Mit einer Fingerspitze strich er über ihren Busen, und ihr Blick folgte seinem Weg. Sie beobachtete, wie sich ihre Brüste immer schneller hoben und senkten.

»Ah, dein Kleid, dein Korsett, dein Hemd ... Die einzelnen Schichten verschmelzen. Reibt sich die Seide an deiner Haut? Reizt das Leinen deine Brustwarzen? Erhärten sie sich, voller Sehnsucht nach einer Liebkosung?«

So empfindlich, so feurig ... Die armen Schmetterlinge verbrannten in den Flammen, zerfielen zu Asche. Unbewusst bäumte sie sich auf, als seine Finger von der seitlichen Wölbung einer Brust zur Spitze wanderten, durch den restlichen Stoff hindurch.

»Was wünschst du dir, Marietta?«, hauchte er in ihr Ohr. »Soll ich dein Korsett entfernen, das Hemdchen?« Seine Hand glitt zur anderen Brust. »Soll ich die Knospen in den Mund nehmen, eine nach der anderen, und mein Festmahl genießen?«

Was zuvor mit ihr geschehen war, kehrte zurück. Alles in ihr zerschmolz in sengender Glut.

Wie aus eigenem Antrieb bewegten sich ihre Hände, berührten seine Wangen, umfassten sein Gesicht, und sie unterbrach ihn. »Ja, Gabriel. Was immer du vorhast.«

Zärtlich streichelte sie ihn, doch etwas ließ sie stutzig werden. Sie richtete sich ein wenig auf. Zu ihrer Verblüffung sah sie ihn stocksteif dastehen, seine Finger waren erstarrt. Über seine Augen senkte sich ein Schleier. Plötzlich erschien ihr seine Miene kalt und fremd.

»Gabriel?«

Da erinnerte er sich an sein verwegenes Lächeln. Aber es erreichte seine Augen nicht, die Mariettas Blick fesselten.

»Ich …«

Nun kniff er die Lider zusammen.

»Ich …«

Zögernd schaute er sie wieder an, und seine grünen Augen schimmerten wie dunkle Jade. Gezügelte Kontrolle. Als hätte er sie nur für wenige Sekunden verloren und machtvoll zurückerobert.

»Fleh mich an, deine Wünsche zu erfüllen.«

Seine Finger zeichneten Kreise auf ihren Bauch. Zielstrebig wanderten sie unter Mariettas Röcke. Suchend, herausfordernd.

Dann seufzte er zufrieden, seine Augen färbten sich noch dunkler, und die Fingerspitzen verharrten an der Stelle, wo sich alle Gefühle vereinten. »Wie reines, flüssiges Gold.«

Vor der letzten Nacht hätte sie bezweifelt, dass so etwas möglich war. Offensichtlich doch. Sie zerknüllte noch mehr Papiere. Als sein Daumen den empfindsamen Punkt umrundete, schnellten ihre Hüften empor, und sie konnte ein Stöhnen nicht bekämpfen.

»So ist es gut, Marietta. Zeig mir, was dir ein Stöhnen entlockt.«

Sie glich einer Marionette, und er zog an allen Fäden. Ihre Wünsche, ihr Flehen musste sie nicht in Worte fassen, denn die Sprache ihres Körpers war leicht zu verstehen, ihr leiser Schrei unkontrollierbar. Später würde brennende Scham ihre Nerven belasten. Aber in diesem Moment gelang es ihr nicht, entrüstet zu protestieren.

Während er sie weiterhin mit seinem Daumen stimulierte, drang ein Finger in sie ein. Mühsam rang sie nach Atem. Die

Hitze glühte fast schmerzhaft, erfüllte sie von ihrem Scheitel bis zu den Zehenspitzen. Und im Gegensatz zum ersten Höhepunkt, der sie überrumpelt hatte, schwoll das Verlangen jetzt etwas langsamer an, bis zu jener wunderbaren Ekstase.

Aber bald war es nicht mehr wunderbar, sondern so enttäuschend, dass sie die Zähne zusammenbiss. Wie ein Wagen, der nicht schnell genug fuhr – wie ein Traum, in dem sie nicht laufen konnte.

Plötzlich spürte sie Gabriels Mund, sah seine schwarzen Locken zwischen ihren Schenkeln. Obszön bauschten sich die Röcke um ihre Taille, ihre nackten Knie ragten in die Luft. Irgendetwas tat er – und dann explodierte sie. Alles in ihr war angespannt, ihr Oberkörper richtete sich auf und sank zurück, heftige Erschütterungen durchzuckten ihre Glieder. Und die intimen Zärtlichkeiten dauerten an. Überwältigt schwebte sie auf dem himmlischen Gefühl dahin – das Ende der Enttäuschung.

Sie legte eine Hand auf ihren Bauch und atmete tief durch. Das zweite Mal war anders gewesen als das erste, und das erste anders als die vergangene Nacht. Und immer unglaublich schön. Erschöpft und erlöst lag sie da.

Zwischen ihren gebeugten Knien sah sie Gabriel, der sie beobachtete und in dessen Augen etwas Düsteres, Gefährliches lag.

»Jetzt gehörst du mir, Marietta Winters.«

12

»Erzählst du mir von diesem seltsamen Mann?«, bat sie.

Gabriel müsste triumphieren, weil ihr Gesicht noch immer gerötet war, weil ihr das Atmen schwerfiel. Aber sein Herz schlug viel zu schnell. Für einige Sekunden hatte er die Kontrolle verloren, die Welt war aus den Fugen geraten. Das durfte nie wieder vorkommen.

Wegen jener Schwäche hatte er seinen Plan, Marietta auf der Tischkante zu nehmen, ändern müssen und sie stattdessen noch einmal beglückt. Denn er hatte gefürchtet, was geschehen mochte, wäre er bei seiner ersten Absicht geblieben. Hätte sie einen Teil seiner Seele geraubt?

»Er lauerte dem letzten Opfer mehrmals auf, und die Frau sah ihn. Nun müssen wir ihn aufspüren.«

Entschlossen bezwang er seine Angst, wieder im Vollbesitz seiner inneren Kräfte. Wie immer. Nichts hatte sich verändert. Und es würde sich auch nichts ändern.

»Wie hast du es herausgefunden?«, fragte Marietta.

»Reines Glück. Da gab es eine Notiz über ein Halsband, passend zu dem, das eine der Frauen trug. Bei meinen Nachforschungen über diesen Schmuck stieß ich auf einen Namen und eine Adresse, außerdem auf die Information, ein sonderbarer Mann hätte sich ebenfalls danach erkundigt und das spätere Opfer verfolgt.«

Auf diese Weise schmückte er die Fakten ein wenig aus.

»Und die beiden mittleren Opfer?«

»Über die weiß ich noch nichts.« Was nur teilweise stimmte. Dass er die Namen bereits kannte, verschwieg er.

»Sollen wir Dresden einweihen?«

Der kalte Schweiß stand ihm auf der Stirn, und er wischte

ihn verstohlen weg. »Noch nicht. Vorher müssen wir etwas feststellen. Sonst würde er uns nicht glauben.«

Enttäuscht presste sie die Lippen zusammen. Am liebsten hätte er geschrien. *Gar nichts* würde er dem Polizisten verraten. Falls Dresden nur ein kleines bisschen ermittelte und ... Nein. Gabriel war sich nicht einmal sicher, warum er *ihr* das alles erzählte. Für ihn war es besser, wenn sie sich ausschließlich auf ihre Brüder konzentrierte – wenn er alles andere allein erledigte.

Das versuchte er ihr zu erklären. Er öffnete den Mund. Aber er brachte keinen einzigen Laut hervor. Er versuchte es noch einmal, und sie schaute ihn erwartungsvoll an.

»Ja?«

»Nichts.«

Einfach ungesund, diese Begierde, dieses Bedürfnis, Marietta in seiner Nähe festzuhalten ... Warum? Weil sie ihn besser verstand als die zahlreichen übrigen Frauen in seinem Bekanntenkreis? Weil er die Wortgefechte mit ihr genoss? Wegen dieser verdammten Funken, die zwischen ihnen knisterten und nicht erloschen?

Was zum Teufel hatte sie an sich?

So attraktiv war sie nun auch wieder nicht.

In seiner Fantasie erschienen Visionen von ihrem Gesicht, wie es sich in sinnlicher Lust rötete. Wie sie auf seine Liebkosungen reagierte. Noch nie hatte er etwas Schöneres gesehen.

Sie war zu rechthaberisch.

Er hasste Frauen, die sich wie Fußabstreifer benahmen.

Ständig wollte sie die Kontrolle an sich reißen.

Die innere Stimme verstummte.

»Gabriel?«

»Ja?«

»Eine volle Minute lang hast du kein einziges Wort gesagt. Und du starrst mich an, als wäre ich eine ekelhafte Küchenschabe.«

Hastig korrigierte er seine Miene.

»Meinst du wirklich, dieser Mann ist der Täter? Der illoyale Lakai?«

»Nun, ich glaube, wir sollten die Adresse aufsuchen, die man mir gab. Mal sehen, was wir dort finden. Vielleicht nichts, was mit dem Dienstboten zusammenhängen würde. Oder möglicherweise doch, weil die Frau dachte, er wäre ihr ständig gefolgt.«

Blitzschnell hatte er überlegt, was er ihr mitteilen würde und was nicht. Alcroft hatte er nicht erwähnt. Und er ließ natürlich nichts verlauten, was auf ihn selbst oder seine Familie hinweisen würde.

Sein Leben lang hatte er Jeremy beschützt. Den Schicksalsschlag würde er hinnehmen, bevor sein Bruder davon berührt wurde. Falls es dazu kam. Aber daran bestand kein Zweifel, es war eine Tatsache – den Jungen musste er retten.

Er schaute in Mariettas Augen. War es ein Wunder, dass sie von Anfang an sein Herz berührt hatte? Mit der Sorge um ihren Bruder, die alles andere besiegte, sogar ihren Selbsterhaltungstrieb?

»Wann gehen wir in das Haus der Frau?«, fragte sie.

»Morgen früh. Nutzen wir das Tageslicht, dann brauchen wir keine Lampen, die den Nachbarn auffallen könnten.«

»Und wie kommen wir hinein?«

»Überlass das mir.«

Nervös sah sie sich um, während Gabriel am Türschloss des Hauses Nummer sechs hantierte. Niemand schien ihn zu beachten. Trotzdem hatte sie das Gefühl, jemand würde an der Straßenecke *Einbrecher!* schreien und auf sie beide zeigen.

Endlich klickte die Haustür, schwang auf, und Marietta seufzte erleichtert.

Gabriel trat ein, sie eilte ihm nach, und er schloss die Tür.

»Wo hast du das gelernt?«

»Ein tüchtiger Die ...« Er steckte das Werkzeug, das er benutzt hatte, in die Tasche seines Jacketts. »Ein tüchtiger Detektiv weiß, wie man Schlösser aufbricht.«

»Für mich ergibt das keinen Sinn.«

Er grinste wölfisch. »Nun, es hat auch keinen.«

Darauf fand sie keine Antwort. Während er die Eingangshalle inspizierte, folgte sie ihm. Auf einem Tisch lagen ungeöffnete Briefe und ein Schlüsselbund.

»Was glaubst du, was mit dem Personal geschehen ist?«

»Anscheinend wurde den Leuten gekündigt.« Er ergriff den Schlüsselbund. »Seltsam, dass ein Butler die Hausschlüssel zurückgelassen hat ... Ich werde mich mal in meinem Dienstbotennetzwerk umhören. Vielleicht weiß jemand irgendwas.«

Nur zu gut kannte Marietta den Wert von Dienstbotenklatsch. Sie sah die Post durch und entdeckte mehrere Einladungen. Die meisten Absender kannte sie. »Abigail Winstead war ein Mitglied der besseren Gesellschaft. Kein hochrangiges, den Einladungen nach zu schließen. Aber sie hatte ein paar Kontakte.« Ärgerlich befingerte sie einen Brief mit Goldrand. »Vor einer Woche fanden es die Shossers überflüssig, *Mark und mich* einzuladen.«

»Erstaunlich, dass die Hautevolee den Klatsch nicht aus erster Hand hören will.«

»Oh, das wollte sie am Anfang. In den ersten beiden Tagen hatten wir oft Besuch, und wir wurden auch kurzfristig eingeladen.« Sie warf den Brief auf den Tisch. »Aber jetzt dürfen wir die Salons der Leute nicht mehr beschmutzen. Zumindest vorerst nicht. Ich wäre nicht überrascht, wenn man uns wieder empfangen möchte, sobald Kenny vor Gericht steht. Sicher interessiert man sich dann brennend für unser Seelenleben.«

»Wie großartig, wenn eine Frau zum Zynismus neigt …«

»Zum *Realismus*. Diesen Unterschied müsstest du kennen.«

»Allerdings.« Gabriel durchstöberte die restliche Post. »Suchen wir ihren Schreibtisch.«

Der Schreibtisch des Mordopfers befand sich im Wohnzimmer. Darauf stand eine schöne Mahagonikassette mit Perlmuttintarsien. Marietta öffnete sie und sah ungeordnete Papiere. Wahrscheinlich waren sie hastig eingesammelt und in das Kästchen geworfen worden. Unter dem Stapel berührte sie den Rand eines Buches und nahm einen Lederband heraus.

»Was hast du entdeckt?« Gabriel blätterte in den Papieren, die auf dem Tisch lagen.

»Ein Tagebuch.«

Sofort hob er den Kopf. »Ein persönliches Tagebuch?«

Das deuteten die eingravierten Initialen auf dem Einband an. »Offensichtlich.«

»Lass mich sehen.«

Marietta schlug die erste Seite auf.

2. Januar 1813. L.D., C.F., J.M., A.F., T.R. und ich haben beschlossen, uns zu amüsieren, einen Club gegründet und uns zu absoluter Diskretion verpflichtet. Wir …

Das Buch wurde ihr aus der Hand gerissen. Empört schnappte sie nach Luft. »Oh, wie unhöflich! Gib es sofort zurück!«

Ohne zu antworten, entfernte er das Tagebuch aus ihrer Reichweite. Mit zusammengekniffenen Augen blätterte er darin, und sie fragte sich, ob er etwas Bestimmtes suchte.

»Gabriel!«

Eine Seite nach der anderen glitt durch seine Finger, während Marietta erfolglos nach dem Buch griff. Schließlich kletterte sie sogar auf einen Stuhl, um sich einen Vorteil zu verschaffen. Aber Gabriel ging einfach davon.

Wütend sank sie in einen Sessel und verschränkte die Arme. Nach einer halben Ewigkeit hörte er auf, die Seiten umzublättern.

»Nur alberne Aufzeichnungen. Seit 1815 wurde nichts mehr eingetragen. Jetzt müssen wir herausfinden, ob sie ihre Angst in irgendwelchen Briefen erwähnt hat.«

Marietta streckte ihre Hand nach dem Tagebuch aus. Nach kurzem Zögern warf er es ihr zu. Seufzend schob sie es in ihre Handtasche. Später wollte sie es lesen, wenn sie auch nicht wusste, warum. Dann setzte sie sich an den Schreibtisch und untersuchte einige Papiere. Gabriel rückte einen Stuhl an ihre Seite und nahm sich einen anderen Stapel vor. Während sie Briefe, Rechnungen und Notizen ordneten, spürte sie seine Körperwärme und lehnte sich an ihn. Wäre Kenny nicht im Coldbath-Fields-Gefängnis eingesperrt und würde der unbekannte Verbrecher keine Frauen ermorden, könnte sie das alles für ein großartiges Abenteuer halten.

»Offenbar hatte sie hohe Schulden.« Marietta schaute sich im Wohnzimmer um. »Wenn man diese Unterlagen sieht, muss man glauben, sie hätte sich in einer schlimmen

Notlage befunden. Aber das Haus ist sehr schön eingerichtet.«

»Weil sie über ihre Verhältnisse gelebt hat. Wie dein Bruder Mark.«

Sie warf ihm einen vernichtenden Blick zu und befasste sich wieder mit den Papieren.

Bald muss der Butler ersetzt werden. Der weiß kaum was mit sich anzufangen. In den alten Zeiten hätte er unter meiner Fuchtel gestanden und mich angefleht, damit er mir dienen darf.

»Ziemlich – bissig.«

»Meinst du Kommentare wie diesen hier? ›Dienstmädchen – dumme Gans. Nächste Woche zeige ich sie wegen Juwelendiebstahls an.‹«

Verblüfft blinzelte Marietta. Dann nahm sie ihm eine Notiz aus der Hand. »Steht das wirklich da?«

»Nein.« Auf den Zettel hatte Abigail nur geschrieben, sie würde Gemüse beim Lebensmittelhändler kaufen.

Marietta trat gegen Gabriels Schienbein. »Beinahe hätte ich dir geglaubt. So ein ähnliches Geschreibsel lese ich dauernd.«

»Was glaubst du, wie ich an *dieses* geraten bin?«

»Dummkopf.«

»Giftzwerg.« Er lächelte. Immer intensiver spürte sie seine Wärme, und sie rückte noch ein bisschen näher zu ihm, während sie weiterlasen.

»Da!«, rief er triumphierend. »Eine Adresse des Lakaien Jacob Worley. Stell dir vor, sie hat einen Detektiv engagiert.« Er blätterte in einigen Seiten. »Von dem stammen diese Berichte.«

Marietta hielt ein Blatt hoch, auf dem die Aktivitäten des Lakaien am Mittwoch vor zwei Wochen geschildert wurden. »Ja, du hast recht. Da gibt es noch mehrere Hinweise. Anscheinend ist ihr der Mann tatsächlich gefolgt. Wie unheimlich muss das gewesen sein …«

Kameradschaftlich stieß er ihre Schulter an. »Leg das ganze Zeug zusammen, wir nehmen es mit.«

»Und wenn es jemand bemerkt?«

»Sobald wir alles durchgesehen haben, bringe ich es zurück. Da die Dienstboten verschwunden sind, wird uns niemand Schwierigkeiten machen. Das Haus ist noch für den ganzen Monat gemietet.«

Marietta nickte und stopfte die Papiere in ihre Tasche. »Sehen wir uns im Haus um«, schlug Gabriel vor. »Vielleicht entdecken wir noch etwas.«

Offenkundig war Abigail Winstead sehr penibel gewesen. Überall herrschte peinliche Ordnung, was ein merkwürdiges Licht auf die chaotischen Schriftstücke in der Kassette warf.

In der Schublade einer Kommode lagen einige Dinge, die eine anständige Frau nicht besitzen dürfte – Dildos in verschiedenen Größen steckten zwischen Kleidungsstücken, die Damen niemals tragen würden. Zumindest keine Damen, die ihre Brüder zu retten versuchen, verbesserte Marietta ihre Gedanken.

»Falls du dir solche Werkzeuge wünschst, kann ich sie dir beschaffen«, flüsterte Gabriel ihr ins Ohr. »*Diese* hier wirst du nicht benutzen.«

»Ich weiß nicht einmal, wofür sie bestimmt sind.«

Grinsend drehte er sie zu sich herum und presste sie an seinen Körper. »Das lässt sich ändern.« Er sah sich um, und sein Blick verdunkelte sich. »Aber nicht hier.«

»Also, nun weiß ich, wofür man das Zeug verwendet. Denkst du eigentlich *immer* an erotische Dinge?« Sie wisperte, wenn sie auch nicht wusste, warum, denn sie waren allein.

»Oh ja«, bestätigte er amüsiert.

Danach entdeckten sie keine weiteren Anhaltspunkte. Die mustergültige Ordnung in Abigail Winsteads Domizil erschien Marietta irgendwie viel unangenehmer als die spartanische Ausstattung des Hauses, das sie mit Gabriel bewohnte. Nur zu gern würde sie dieser Atmosphäre entrinnen. Er ergriff den Schlüsselbund und die Einladungen, sie traten ins Freie, und er versperrte die Tür hinter sich. Während sie der Straße folgten, erklang disharmonisches Vogelgezwitscher.

»Was hältst von Abigail Winstead?«, fragte er.

»Keine Ahnung. Und du?«

Eine Zeit lang schwieg er. Sie gingen an Sandsteinhäusern und schönen Ziegelfassaden vorbei, an farbenfrohen Blumen in Kästen und Töpfen.

»Zielstrebig.«

»Ja.« Marietta rückte ihren Hut zurecht, der zu ihrem Kostüm einer Verkäuferin passte. »Das finde ich auch. Also muss sie gegen den Mann, von dem sie belauert wurde, zielstrebige Maßnahmen ergriffen haben.«

»Genau.«

»Glaubst du, sie hat ihn beobachtet?«

»Vielleicht. Sie wurde an einer Straßenecke ermordet, weit entfernt von ihrem Haus – und von Worleys Adresse.« Gabriel klopfte auf die Tasche, in der die Papiere steckten. »Warum?«

Sie schüttelte den Kopf. »Hoffentlich finden wir in ihrem Tagebuch einen Hinweis.«

Nach dem Dinner setzte sie sich mit Abigails Tagebuch in den kleinen Salon, der im ersten Stock lag. Hier war es, im Gegensatz zu den anderen Räumen, etwas gemütlicher, mit zwei Lehnstühlen und einem Plüschsofa. Gabriel war hinausgegangen. Doch sie erwartete, er würde jeden Moment zurückkehren. Das Tagebuch hatte sie aus seinem Zimmer holen müssen. Wie es dorthin geraten war, wusste sie nicht. Wenn er die Eintragungen auch albern fand – sie musste ihre Neugier befriedigen.

Die Ereignisse, die Abigail geschildert hatte, wirkten wie ein Roman. Gebannt folgten Mariettas Augen der eleganten Handschrift. So faszinierend – und erschreckend.

Jetzt haben wir einen Neuen. Wie hinreißend er ist. Wir nennen ihn unseren kleinen Rächer, und er ist viel kratzbürstiger als unser Letzter. So temperamentvoll. Offenbar hält er uns für Erpresserinnen! Ich lachte, denn das ist die reine Wahrheit. Doch wir müssen ihm noch sehr viel beibringen. Ich sehe, wie L.D. ihn anschaut. Wie sie ihn alle anschauen. Gewiss, er ist schön. Ein Kronjuwel.

Eine Hand berührte ihre Schulter, strich über ihren Hals und das Kinn zur Wange. Sie war so von ihrer Lektüre gefesselt dass sie Gabriels Schritte auf der Treppe nicht gehört hatte. Nun saß er neben ihr auf dem Sofa. Sie schmiegte sich an ihn, wie so oft seit zwei Tagen, und blätterte eine Seite um. Eine Woche später war die nächste Eintragung datiert.

Oh, er ist schöner als alles, was wir jemals gesehen haben. Und trotzig. Noch nie ist mir ein so trotziger Diener begegnet. Offenbar setzt ihm seine Mutter Flausen in den Kopf.

Und die anderen Dienstboten verhätscheln ihn. Wie er sich aufführt – als wäre er etwas Besseres.

Aber das finde ich sehr verführerisch. So nahe würde der kleine Rächer unseren Herzen sicher nicht stehen, würde dieses schöne Gesicht zu einem beflissenen, unterwürfigen Diener gehören. Von dieser Sorte gibt es genug, die können unser Interesse nur für kurze Zeit erregen. Und sie reagieren auch nicht so gut auf die Spielsachen. Ein widerwärtiger Enthusiasmus zeigt ihre wahren Charaktere. Wie Hunde.

Nicht so unser kleiner Rächer. Und was mir am wunderbarsten erscheint – der Ausdruck in seinen Augen. Wann immer er an seinen Status erinnert wird, wann immer wir ihm erklären, was seiner Familie zustoßen könnte, wenn er nicht gehorcht. Dann starrt er uns zornig und rachsüchtig an. Offenbar bildet er sich ein, er könnte uns vernichten. Und uns in unserem eigenen Spiel besiegen. Wie mich das belustigt …

Die Hand an ihrer Wange hielt inne. »Was liest du da?« Verwirrt starrte sie ihre Hände an, als er ihr das Buch entwand. »Abigail Winsteads *Tagebuch?* Wo hast du das her?«

»Aus dem Regal in *deinem Zimmer.* Vorher hatte ich es in *meine Tasche* gesteckt. Nun lautet die große Frage: Wie bist *du* dazu gekommen?«

»Du hattest alle Dokumente in deiner Tasche verwahrt, und ich fing an, sie durchzusehen.«

»Dieses Tagebuch hattest du bereits als unwichtig abgetan.«

Marietta hob ihre Hand. »Her damit!«

»Es gibt keinen Grund, diesen Unsinn zu lesen.« Verächtlich schwenkte er das Buch durch die Luft, und seine Augen verfinsterten sich.

»Da bin ich anderer Meinung, denn es bietet mir erschütternde Einblicke in die Seele einer Verstorbenen.«

»*Das* ist eine wesentliche Erkenntnis – sie ist tot und das Buch zehn Jahre alt. Befass dich lieber mit den Dokumenten aus der jüngeren Vergangenheit.«

»Aber Abigails Tagebuch enthält tausend Gründe für ein Mordmotiv.«

Abrupt erstarrte Gabriels Hand und Marietta sah darin eine Aufforderung fortzufahren.

»Die Mitglieder dieses Frauenclubs waren grausam und *verdorben.*« Eifrig beugte sie sich vor und senkte die Stimme, als würde sie ein schreckliches Geheimnis verraten. »Ich glaube, sie zwangen Männer oder Jungen, alle ihre Wünsche zu erfüllen. Welche – das hat Abigail in ihren bisherigen Eintragungen nicht erklärt. Aber es ist in jedem Satz offensichtlich.« In noch leiserem Ton fügte sie hinzu: »Vermutlich hielten sie sich Eros-Sklaven.«

»Oh, Eros-Sklaven? Welch eine obszöne Schlussfolgerung aus dem Mund einer Frau, die eben erst in die Welt der Erotik eingeführt wurde …«

»Mach dich nicht lustig über mich! Das ist sehr ernst, denn die Männer wurden benutzt, um die krankhaften Bedürfnisse der Frauen zu befriedigen.«

»Ah, *benutzt?*« Gabriel schien sich zu amüsieren. Aber irgendetwas in seinem Blick bewog sie, ein wenig von ihm wegzurücken. »Sicher wären die meisten Männer entzückt, wenn ihnen so viele Frauen zur Verfügung stünden. Sechs, nicht wahr?«

Marietta biss auf ihre Lippen und starrte das Buch an. »Das weiß ich nicht. Vielleicht gingen einige Opfer bereitwillig auf die Wünsche der Frauen ein. Doch ein paar andere wurden gezwungen …«

»Opfer?« Er lachte heiser. »Zweifellos würden sie dir widersprechen. Wie alt waren diese Jungen?«

In Gedanken blätterte sie die Seiten des Tagebuchs um. »Sechzehn bis zwanzig.«

»Ein normaler Sechzehnjähriger wäre begeistert, wenn sich sechs Frauen auf ihn stürzten.«

»Das glaube ich nicht. Behauptest du, ein Mann hätte nichts dagegen, wenn er auf diese Art ausgenützt würde?«

»Von sechs willigen Frauen?«

»Ob sie willig waren, spielt keine Rolle, da sie die Schuld an dem Missbrauch trugen.«

»Waren sie hässlich?«

»Anscheinend nicht. Kommt es darauf an?«

»Dann wäre ein *normaler* Sechzehnjähriger entzückt, nicht wahr?«

Erbost verschränkte sie die Arme vor der Brust. »Oh, du bist unmöglich!«

»Das würden dir fast alle Männer erklären.«

»Wie auch immer …« Marietta entriss ihm das Tagebuch. »Jedenfalls wollte einer dieser Jungen nicht mitmachen, und sie zwangen ihn.« Sie schlug eine Seite auf. »Weil er so widerspenstig war, gaben sie ihm einen Spitznamen – sie nannten ihn ihren kleinen Rä…«

Gabriel nahm ihr das Buch wieder weg und schleuderte es in eine Ecke des Salons. Krachend prallte es von der Wand ab. »Hör auf, diesen Blödsinn zu lesen.«

»Nein!«

Zärtlich streichelte er ihren Nacken und schaute ihr tief in die Augen. Sie neigte ihren Kopf zu ihm, ihre Lippen fanden sich, und sie genoss das Gefühl – weich und sanft und kraftvoll zugleich.

Schon nach wenigen Sekunden antwortete ihr Körper auf

den Kuss. Süße Wärme, ein vertrautes Prickeln. Nun würde er sie wieder verführen. Und sie würde es zulassen. So leicht wäre es, sich hinzugeben. Bedeutete das, sie wäre zu schwach, um Widerstand zu leisten?

Langsam schob sie ihn weg. »Ich will das Buch zu Ende lesen.«

»Nein.«

»Nein?« Wachsender Zorn verdrängte ihren Entschluss, sich selbst zu erproben. »Du kannst mir nichts verbieten.«

»Kann ich das nicht?«, forderte er sie heraus. »Wenn mein Gedächtnis mich nicht trügt, habe ich dir schon am ersten Abend unserer Zusammenarbeit erklärt, du müsstest alle meine Anordnungen befolgen, wenn ich dir helfen soll.«

»Nur was Kennys Fall betrifft …« Sie verstummte, weil ihr bewusst wurde, dass dies nicht ganz stimmte. An jenes Gespräch erinnerte sie sich nur zu gut. Aber damals hatte sie Gabriel gefürchtet. Welch einen Unterschied es doch machte, wenn man sich sicher fühlte!

»Die Verzweiflung führt sehr oft zur Kapitulation. Und du hast kapituliert, meine Liebe.« Er hob ihr Kinn. »Mit deinem fleckigen Kleid und deinem dünnen Körper. Mit deinen traurigen Augen.« Seine Hand glitt zu ihrem Nacken. »Schon vorher warst du stark und temperamentvoll. Die regelmäßigen Mahlzeiten, beruhigender Trost und deine Sicherheit gaben dir zusätzliche Kraft. Hoffentlich haben sie dein Gedächtnis nicht beeinträchtigt. An jenem Abend betonte ich, du müsstest während unserer gemeinsamen Tätigkeit alles tun, was ich dir sage. *Alles.* Und wenn ich mich recht entsinne, hast du zugestimmt.«

Ihre Erinnerung funktionierte einwandfrei. Aber das Gefühl der Sicherheit ermutigte sie, die Diskussion fortzusetzen. »Wie unvernünftig du bist! Wir reden über meinen Bruder. Über meine *beiden* Brüder. Glaubst du, ich würde meine Zeit sinnlos mit dem Tagebuch einer Verrückten verschwenden, wenn ich es nicht wichtig ...«

Mit einem verzehrenden Kuss brachte er sie zum Schweigen, und sie drückte sich an ihn. Ja, er hatte recht. Das leugnete sie nicht. Mahlzeiten, Trost und Sicherheit. Dadurch fühlte sie sich nicht mehr völlig hilflos.

Noch nie hatte sie sich so sicher gefühlt wie jetzt, in Gabriels Nähe. Ein beängstigender Gedanke ... Sollte sie ihre Emotionen einem Mann anvertrauen, der eine so starke Macht auf sie ausübte? Selbst wenn sie wegen eines albernen Tagebuchs stritten ...

Sie riss sich von ihm los und sank in die Sofapolsterung. Nur zwei raffinierte Küsse – und ihr Gehirn wurde benebelt. Er manipulierte sie. *Mühelos manipuliert er alle Frauen.* Wann hatte sie vergessen, dass diese Erkenntnis auch für *sie* galt? Seit sie begonnen hatte, mit dem Teufel persönlich Freundschaft zu schließen? »Wann immer ich irgendwas tue, das dir missfällt, verführst du mich!«

»Als wenn es so einfach wäre. Muss ich nur mit den Fingern schnippen, und du lässt dich verführen?« Sein Gesicht spiegelte eine Mischung aus Ärger und noch etwas anderem wider. Meldete sich sein Gewissen?

»Mit deinen Küssen! Mit deiner Nähe, mit deinen glühenden Blicken!« Immer schneller überschlugen sich ihre Gedanken. »Du versuchst mich zu *kontrollieren!* Mein Gott! Haben meine Gefühle alles durcheinandergewirbelt? Und ich bildete mir ein, ich wäre in *Sicherheit.*«

Während die Gedanken zusammenprallten und ihr Sicherheitsnetz wie eine Spinnwebe zerriss, kam sie sich ein bisschen hysterisch vor.

Ausdruckslos schaute er sie an. »Du weißt nicht, was du redest.«

»Oh doch, das weiß ich ganz genau. Du bist ein fantastischer Verführer, das gebe ich zu. Wie viele Frauen haben dich abgewiesen? Nur sehr wenige, darauf wette ich!« Die Hysterie steigerte sich. »Und die anderen waren zweifellos sehr glücklich in deinen Armen. Aber *ich* lasse mich nicht von dir kontrollieren!«

»Interessant.« Er stand auf und wanderte um das Sofa herum. »Also versagst du dir sinnliche Freuden, weil du nach Dominanz strebst?«

»Schon wieder dieses Spiel um Macht und Dominanz!« Mariettas Hysterie sank zu bitterer Resignation herab, und sie verrenkte sich fast den Hals, um Gabriel zu beobachten, der gerade hinter ihr dahinschlenderte. »Keine Ahnung, was du im Schilde führst! Aber warum kannst du nicht einfach *normal* sein?«

Ein schiefes Lächeln hob einen seiner Mundwinkel und erreichte sogar seine Augen, als er vor ihr stehen blieb.

In diesem Lächeln, in dieser spürbaren Selbstverachtung lag etwas, das Marietta drängte, ihre Worte zurückzunehmen. Obwohl ihr schwindlig wurde, obwohl sie sich einer Ohnmacht nahe fühlte, strömte eine sonderbare, sprunghafte Energie durch ihre Adern.

»Ja, warum kann ich nicht normal sein? Eine gute Frage, die ich mir selber immer wieder stelle.« Dann wandte er sich ab. »Bis morgen.« Höflich, formell. Wie ein Butler, der sich von der Herrin des Hauses verabschiedete.

Erst als sie seine Tür weiter unten am Flur klicken hörte – ein Geräusch, das sie aussperrte –, merkte sie, dass er das Tagebuch mitgenommen hatte.

13

Marietta ging dahin, starrte beharrlich geradeaus und bemühte sich, keine verstohlenen Blicke auf Gabriel zu werfen. Während sie mit ihm Schritt zu halten versuchte, schlug ihr Rock – sie trug wieder das Kleid einer Verkäuferin – gegen ihre Beine.

Schließlich gab sie vor, eine Kutsche zu beobachten, die gerade vorbeifuhr, und schaute ihn kurz an. Die Strahlen der sinkenden Sonne beleuchteten sein Profil, tauchten sein Gesicht halb in Licht, halb in düsteren Schatten.

Als sie sich der Grenze des East End näherten, legte sich ein schmutzig-grauer Dunstschleier auf die Stadt. Gabriel hatte wieder das Kostüm eines Hafenarbeiters angezogen. Aber diesmal wirkte der lässige Gang unecht und einstudiert.

Inzwischen hatte er sich wieder in den kühlen, distanzierten Mann verwandelt, der er bei der ersten Begegnung mit Marietta gewesen war. Immer wieder musste sie den Impuls bezwingen, sich die Augen zu reiben. In einer qualvollen, einsamen Nacht hatten wirre, vage Gedanken mit Zorn und dem Gefühl eines schändlichen Verrats gekämpft. Warum hatte sie plötzlich geglaubt, Gabriel würde sich von allen anderen Männern unterscheiden?

War sie ungerecht? Von dieser Frage verfolgt hatte sie sich rastlos im Bett umhergeworfen. Allein schon die Erinnerung an seinen Blick in jenen Sekunden, bevor er den Salon verlassen hatte, bedrückte sie. Irgendetwas musste er ihr bieten – und ihr erlauben zu verstehen, was er dachte. Sonst würde sie sich weiterhin benutzt fühlen. Sobald Kennys Problem gelöst war, würde sie ihren ganzen Mut aufbringen und sich gegen Gabriels Stoizismus behaupten.

Die Häusernummern entlang der Straße wurden immer höher, bis sie vor einer tristen zweistöckigen Pension standen – der Adresse in Abigails Notiz.

Auf den schmutzigen, rissigen Eingangsstufen häuften sich zerknülltes Papier und Essensreste. Marietta folgte Gabriel nach oben. Ehe seine Fingerknöchel an die Tür klopfen konnten, wurde sie aufgerissen.

Ein Mann mit einer langen Narbe unter dem Kinn stand auf der Schwelle, der offenbar die Absicht hatte auszugehen. Zögernd öffnete er den Mund, um etwas zu sagen – vielleicht *Pardon* oder *Guten Tag*. Den Kopf schief gelegt wartete Gabriel auf irgendeinen Kommentar und trat zur Seite, um ihn vorbeizulassen.

Da trafen sich ihre Blicke.

Der Moment schien eine Ewigkeit zu dauern.

An Mariettas Nacken sträubte sich das Haar. Schwankend versuchte sie ihr Gleichgewicht neben der unheimlichen versteinerten Szene zu halten.

Zuerst bewegte sich der Mann und wich in den Flur zurück. Krachend prallte die Tür gegen die Wand. Gabriel stürmte hinterher. Sekundenlang war Marietta wie gelähmt. So ähnlich hatte sie sich nach dem Besuch bei den Anwälten gefühlt. Doch dann raffte sie ihre Röcke und rannte ins Haus, so schnell ihre Beine sie trugen.

Als sie um eine Ecke bog, sah sie den Flüchtling durch ein offenes Fenster springen, dicht gefolgt von Gabriel. Bei diesem Anblick hielt sie den Atem an. Sie spähte nach rechts, nach links. Auf einer Seite entdeckte sie eine geschlossene Tür, öffnete sie und trat hinaus.

Die Männer rappelten sich gerade vom Boden auf und liefen davon, der Fremde zuerst. Aber sein Vorsprung schmolz.

Klirrend fielen Mülltonnen um, Wäsche wurde von einer Leine gerissen. Ein Yorkshireterrier nahm die Verfolgung auf, was aber wegen seiner kleinen Beine ein aussichtsloses Unterfangen war. Von diesem winzigen Fellbündel würden sich die beiden Männer sicher nicht einholen lassen.

Auch Marietta rannte hinterher. Ebenso wie der kläffende Hund zog sie den Kürzeren. Gabriel streckte eine Hand aus, und sie wandte sich in die Richtung, in die er zeigte. Da die Straße ein U bildete, würden die Männer zu ihr zurückkehren. Sie verschwanden hinter den Häusern an der Biegung.

Hastig steuerte sie durch eine Gasse das andere Ende der Straße an, blickte sich um und hob die nächstbeste Waffe auf, die sie fand – einen scharfkantigen Stein neben einem Abfalleimer.

Hier gab es keinen Schlupfwinkel, wo sie sich verstecken konnte. Sie hoffte nur, sie wirkte harmlos genug, damit der Flüchtling an ihr vorbeilaufen würde. Jetzt tauchten die Männer in ihrem Blickfeld auf. Gabriel kam immer näher an den Fremden heran. Aber der war erstaunlich agil, wie die meisten Lakaien.

Nun stürmte er direkt auf sie zu. Erschrocken zog sie sich in die Gasse zurück, wobei der Stein ihrer Hand entglitt. Mit einem Fußtritt beförderte der Mann ihn beiseite und umschlang ihre Taille. Sie fiel zu Boden und – nichts geschah. Keine Geräusche, keine Gerüche. Vor ihren Augen sah sie ein statisches Bild. Dann schwankte es, Gabriels Gesicht erschien, seine Lippen bewegten sich.

Angestrengt rang sie nach Luft, spürte seine Finger auf ihrem Arm, dann entfernte er sich. Eine Hand auf ihren Bauch gepresst überlegte sie, ob all die Schmetterlinge endlich gestorben waren. Welch ein alberner Gedanke …

Eine Minute später kehrte Gabriel fluchend zurück, kniete neben ihr nieder und tastete ihren Brustkorb ab, was ihr erneut den Atem raubte. Auch ihre Arme und Beine wurden untersucht. Sie fühlte sich zu benommen, um irgendetwas zu sagen.

»Nichts gebrochen, Gott sei Dank. Nur ein paar Schürfwunden und blaue Flecken. Verdammter Bastard!« Er half ihr auf die Beine. Aus seinen Augen war die Kälte verschwunden, von hellem Zorn verdrängt. »Komm, durchsuchen wir Worleys Zimmer. Vielleicht ist er leichtsinnig genug und taucht bald wieder hier auf. Wenn wir jetzt weggehen, kriegen wir keine zweite Chance.«

Einen Arm um ihre Taille gelegt führte er sie zu der Pension zurück. Die Tür war versperrt. Aber Gabriel wusste sich zu helfen. Ein paar Leute gingen vorbei. Zu Mariettas Verblüffung protestierte niemand. Was für nette Nachbarn ...

Er umfasste ihre Hand, und sie folgte ihm in einen dunklen Raum. Was sollte sie von seinem Entschluss halten, sie wieder zu berühren? Nachdem er die Tür geschlossen hatte, öffnete er die Fenstervorhänge. Marietta inspizierte ein durchschnittlich eingerichtetes Schlafzimmer. Ziemlich schäbig. Nichts Besonderes.

Auf einem Schreibtisch an der Wand stapelte sich Pergament neben einem Holzkohlestift. Sie ging darauf zu und sah das halb fertige Porträt einer Frau, das den Zeichnungen im Büro des Leichenbeschauers glich.

»Schau doch, Gabriel.« Sie legte die Skizze beiseite. Aber die anderen Blätter waren leer. Auf dem Holz der Tischplatte entdeckte sie Holzkohleflecken, auch an der Wand dahinter.

Er antwortete nicht.

»Gabriel, ich glaube, Worley hat eines der Mordopfer gezeichnet.« Als er noch immer schwieg, drehte sie sich zu ihm um.

Reglos stand er da und starrte in den Schrank, die Finger um den Türgriff der Schranktür gekrallt. »Ja«, sagte er schließlich, »du hast recht.«

Sie eilte zu ihm und spähte über seine Schulter. An alle drei Innenwände des Schranks waren Papiere geheftet. Frauengesichter schauten Marietta an, zwischen Flugblättern, Notizen, Zeitungsausschnitten. MIDDLESEX-MÖRDER GEFASST! Angaben über Daten und Uhrzeiten, Listen von Namen und Adressen. Auf dem Boden lagen Kerzenstummel. Ein makabrer Schrein.

»Oh Gott«, wisperte sie.

»Genau.«

An den Wänden hingen auch Taschentücher und Spitzenborten.

»Was sind das für Sachen, Gabriel?«

»Keine Ahnung. Vielleicht stammen sie von den Opfern.«

Was sollte sie zu alldem sagen? Es war so grotesk ...

»Zünden wir Kerzen an«, schlug er vor. »Findest du ein paar?«

Bald erhellte ein unheimliches Licht den Boden des Schranks und warf bizarre Schatten auf die Skizzen, die erstaunlich lebensecht wirkten – sogar das Bild einer mysteriösen, verschleierten Frau. Alle Augen schienen die Betrachter zu mustern, und Marietta erschauerte. Plötzlich hatte sie das Gefühl, sie wäre zwischen den Seiten von Abigails Tagebuch gefangen, und diese Frauen würden über sie Gericht halten. Auf Gabriels Gesicht fiel gelbliches Licht, was ein eigentümlicher Effekt war. Sie warf einen Blick zur

Zimmertür. Wenn Worley jetzt nach Hause käme, während sie ihm den Rücken kehrten – das würde sie nicht ertragen.

Dann schaute sie wieder die Porträts an. Die meisten bestanden hauptsächlich aus Augen, einige zeigten auch andere Züge, *en face* oder im Profil. Seltsamerweise wurden manche Gesichter teilweise von Stoffen oder Tieren verdeckt. »Das sind vier oder fünf verschiedene Frauen. Vielleicht noch mehr. Und eine sieht viel älter als die anderen aus. Seine Mutter?«

»Das weiß ich nicht«, erwiderte Gabriel tonlos. »Mag sein.«

»Irgendwie kommt mir die da bekannt vor.« Sie berührte ein Profil. »Gibt es noch ein anderes Bild, das ihr Gesicht von vorn darstellt? Siehst du eins?«

»Nein.« Er kauerte sich vor den Schrank. »Möglicherweise eine Frau, die er auf der Straße sah«, meinte er beiläufig, als wäre das unwichtig. »Fällt dir irgendwas auf, das einer Waffe gleicht? Bei keiner Leiche wurden Tatwaffen gefunden. Deshalb nehme ich an, der Mörder hat bei allen seinen Opfern dieselbe Waffe benutzt. Vielleicht ein Souvenir?«

Marietta durchsuchte die Schubladen des Schreibtisches, schaute unter das Bett und das Kopfkissen.

Unbehaglich wischte sie die Hände an ihrem Rock ab. Alles, was sie in diesem Raum berührte, schien sie zu beschmutzen. »Nein, ich finde keine Waffe.«

Gabriel starrte noch immer in den Schrank.

»Was ist los?«

»Nichts«, murmelte er.

»Was sollen wir tun?«

Wortlos wandte er sich zum offenen Fenster.

»Ich weiß, du willst Dresden nicht informieren. Aber er müsste wenigstens erfahren, dass es außer Kenny und Mark noch einen anderen Verdächtigen gibt.«

Ohne ihren Blick zu erwidern, schwieg er beharrlich.

»Wenn Kenny freikommen soll, brauchen wir Dresden.«

Jetzt sah er sie an. Zu ihrer Überraschung las sie Zorn in seinen Augen, der sich anscheinend gegen *sie* richtete. Was hatte sie verbrochen?

»Stimmst du mir nicht zu?«, fragte sie unsicher.

Er schaute wieder aus dem Fenster. »All diese Sachen könnten wir mitnehmen«, sagte er, als würde er mit sich selber reden. »Aber dass *wir* sie gefunden haben, würde keinen guten Eindruck machen.«

»Mitnehmen? Statt Dresden in dieses Zimmer zu führen? Das würde meine Familie erst recht belasten. Nein, er muss die Beweisstücke *hier* sehen.«

»Dann wird er sich in unsere Ermittlungen einmischen.«

»Er glaubt doch, wir mischen uns in *seine* ein. Hör mal, Gabriel, wir brauchen ihn. Das weißt du.«

Eine Minute lang blickte er sie einfach nur an – das war die längste Minute ihres Lebens. Er würde sich weigern, ihren Wunsch zu erfüllen. Das merkte sie seinen Augen an, seiner Körperhaltung.

Verzweifelt presste sie eine Hand auf ihre Brust. Ohne Gabriels Hilfe würde Dresden sie verhaften. Und man würde ihre Brüder verurteilen.

Seine Miene veränderte sich. »Also gut, führen wir Dresden hierher.«

Zunächst war sie zu verblüfft, um zu sprechen, dann seufzte sie erleichtert. Ja, natürlich, das mussten sie tun. Das war die einzige logische Maßnahme. Warum hatte sie befürchtet, er würde es nicht erkennen? Und doch – eben noch hätte sie schwören können, er würde keinesfalls Vernunft annehmen.

»Vielleicht macht es einen Unterschied«, fügte er hinzu. »Oder auch nicht. Jedenfalls wird er gezwungen sein, die Beweise zu registrieren – und *diesen* Mann für den Mörder zu halten.«

»Meinst du, er könnte noch immer vermuten, dass wir lügen?«

»Ja.« Gabriel spielte mit einer seiner Manschetten. Was er tat, schien er nicht wahrzunehmen. »Immerhin ist es ein Versuch, deinen Bruder zu retten.«

Trotz dieses unwiderlegbaren Beweismaterials würde Dresden auch weiterhin an Kennys Schuld glauben? Sie starrte wieder ins Leere.

Er ging zu ihr und hob ihr Kinn. »Diese Chance werden wir nutzen«, erklärte er widerstrebend, als würde er ihr ein grandioses Zugeständnis anbieten, statt den einzig richtigen Entschluss zu fassen. »Gehen wir zu Dresden.«

Auf der Straße gab er zwei Männern ein halbes Vermögen, mit dem Auftrag, bis zu seiner Rückkehr niemanden in Worleys Zimmer zu lassen. Dann würde er die Summe verdoppeln.

Marietta bezweifelte nicht, dass sie den Raum unberührt vorfinden würden. Insbesondere, weil die beiden hofften, wenn sie den Bewohner festhielten, würde er den Lohn erneut verdoppeln.

An der Straßenecke winkte er eine Droschke herbei, und sie fuhren zur Bow Street.

Als sie Dresdens Büro betraten, zog er die Brauen hoch.

Er hörte sich ihren Bericht an, dann nickte er. Zu Mariettas Verwunderung folgte er ihnen ohne langes Federlesen zu der Pension. Aber nach den zahlreichen finsteren Blicken, die er Gabriel während der Fahrt zuwarf, staunte sie nicht mehr. Natürlich, für ihn war es am wichtigsten, den Feind im Auge zu behalten.

Wie eigenwillig er sein konnte, wusste sie. Umso mehr freute sie sich über die ernste Miene, mit der er das Beweismaterial sichtete. Gründlich inspizierte er das ganze Zimmer und den Inhalt des Schranks. Seine Augen katalogisierten *alles*. Teils grimmig, teils irritiert wanderte er umher.

»Genauso gut hätten Sie beide das arrangieren können«, murrte er.

»Gewiss, das wäre möglich«, entgegnete Gabriel frostig. »Nun ist es *Ihre* Pflicht, die Nachbarn zu befragen und die Wahrheit herauszufinden.«

»Ich mag es nicht, wenn die Leute in meine Ermittlungen eingreifen.«

Lässig tippte Gabriel an seine Mütze und wandte sich ab. »Am besten lasse ich Sie allein. Lösen Sie das Problem in aller Ruhe.«

»Irgendwann werde ich Sie erwischen, Noble.«

»Daran zweifle ich nicht.«

Gabriel führte Marietta an den neugierigen Blicken einiger Pensionsgäste vorbei aus dem Haus.

Aufgeregt umklammerte sie seinen Arm. »Wir müssen die anderen Frauen auf den Skizzen warnen, die noch immer leben.«

Er kräuselte die Lippen und verengte die Augen.

»Sollen wir die Bilder herumzeigen? Wie werden wir die Frauen finden? Besonders die mit dem Schleier?«

Gabriel schaute sich auf der Straße um. »Jetzt befinden sich die Bilder in Dresdens Händen. Also liegt es an ihm, die Frauen aufzustöbern. So stur er auch ist – normalerweise geht er ziemlich penibel vor, sobald er einer glaubwürdigen Spur folgt.«

»Aber …«

Er ging davon, und sie eilte ihm nach. »Kein Aber. Wir werden Jacob Worley suchen. Überlass die Frauen dem Polizisten. Die interessieren uns nicht. Für uns ist es nur wichtig, deinen Bruder aus dem Gefängnis zu befreien.«

Mit langen, schnellen Schritten setzte er seinen Weg fort, und sie blieb zurück. »Aber …«

»Miss Winters? Marietta Winters?«

Beinahe wäre sie gestolpert. Ihr Körper versuchte zu erstarren. Doch der Verstand drängte sie, sofort weiterzugehen.

»Marietta Winters?« Eine Hand packte ihren Arm, und sie wurde zu Felicity Tercakes schmalen boshaften Augen herumgedreht. Obwohl ein breitrandiger modischer Hut ihr Gesicht vor der Sonne schützte, konnte sie Marietta ungehindert betrachten. »Ja, Sie sind es wirklich.«

»In der Tat.« Entschlossen widerstand Marietta der Versuchung, an ihrem schäbigen Kleid zu zupfen.

»Oh, das ist wundervoll!«, krähte Felicity. »Arbeiten Sie irgendwo, liebe Cousine? Oder gehen Sie zum Armenhaus? Vielleicht in die Kirche? Möchten Sie ein letztes Gebet für Ihren Bruder sprechen?«

»Wenn Sie anderweitig beschäftigt sind, Miss Tercake, würde ich es verstehen.«

»Nein, ich habe noch mindestens eine Viertelstunde Zeit.« Felicity lächelte spöttisch. »Was Sie alles verpasst haben! Die ganze Hautevolee redet über Sie, meine Liebe. Über Sie und Ihre Brüder. Was für ein Pech für Ihre Familie …«

»Wie ich sehe, genießen Sie unsere Notlage in vollen Zügen.«

»Allerdings. Die Winters mochte ich noch nie. Wie sie sich an meine Mutter gehängt und um Einladungen zu allen bedeutsamen Partys gefleht haben! Jetzt fühle ich mich maßlos erleichtert, weil sie von der besseren Gesellschaft geschnitten werden.«

»Sicher wird Ihr gütiges Herz seinen gerechten Lohn finden.«

»Oh, ganz bestimmt, denn Benton wird demnächst um meine Hand anhalten«, verkündete Felicity triumphierend und rückte ihren Hut zurecht.

Das bezweifelte Marietta, falls sich die Situation in den letzten Wochen nicht drastisch verändert hatte. »Lord Benton wird sich wohl kaum für Sie entscheiden, denn dieser Gentleman könnte einen Diamanten erobern. Und Sie sind ein Niemand.«

Obwohl Felicity die Augen zusammenkniff, erlosch ihr Lächeln nicht. »Als würden *Sie* den Unterschied zwischen einem Diamanten und Strass kennen! Wie viele Heiratsanträge haben Sie bekommen, Marietta? Und wie viele Einladungen in letzter Zeit?«

»Keine«, erwiderte Marietta mit einer ruhigen Überlegenheit, die sie nicht empfand. »Das wissen Sie ganz genau.«

»Natürlich«, gurrte Felicity. »Haben Sie die Zeitungen gelesen? Da steht, Sie seien eine Mätresse geworden.« Verächtlich musterte sie Marietta von oben bis unten. »Das will ich gern bestätigen.«

»Welch ein hässliches Wort – noch dazu aus dem Mund einer *Dame* …«

Verwirrt zuckte Marietta zusammen. Sie hatte Gabriel völlig vergessen. Bei der unwillkommenen Begegnung war er mehrere Schritte entfernt gewesen. Auch Felicity erschrak und wandte ihren fashionabel behüteten Kopf zu ihm.

Dann schnappte sie nach Luft. Während sie die Lippen

zu einem strahlenden Lächeln verzog, glaubte Marietta die Rädchen in ihrem Gehirn kreisen zu sehen. Natürlich war Gabriel der attraktivste Mann, den sie je getroffen hatte. Und das galt sicher auch für Miss Tercake.

»Ach, du meine Güte .... Verzeihen Sie, Sir, Sie haben völlig recht. Leider übt meine Bekannte einen schlechten Einfluss auf meine Manieren aus.«

»Machen Sie immer andere Leute für Ihr Verhalten verantwortlich?«

Felicity schnappte wieder nach Luft, diesmal sichtlich schockiert. »Wie bitte?«

»Soeben haben Sie dieser jungen Dame die Schuld an Ihrem schlechten Benehmen gegeben.« Er neigte sich zu ihr, und Marietta sah sie erröten – nicht nur wegen seiner Worte, sondern auch dank seiner verführerischen Nähe. »Also möchten Sie die Verantwortung für Ihre Handlungsweise nicht selber tragen, Miss. Und deshalb vermute ich, Sie führen sich *immer* ganz schrecklich auf, und danach erfinden Sie irgendwelche Ausreden.«

»Unsinn, ich benehme mich nicht schlecht! Seien Sie versichert, Sir, ich gehöre der gehobenen Gesellschaft an.« Sie glättete ihren Rock. Dann blickte sie mit einem neuen Lächeln auf. »Glauben Sie mir, ich besitze perfekte Manieren, die allgemein geschätzt werden.«

»Von wem?«

Ihr Lächeln erstarb, und sie riss die Augen auf. »Bitte, Miss Winters, wären Sie so freundlich, mich mit diesem Gentleman bekannt zu machen?«

Noch nie hatte Marietta die Frau so nervös gesehen. Sie zuckte die Achseln. »Da kann ich Ihnen nicht helfen, Miss Tercake, ich kenne ihn nicht.«

»Sind Sie vorhin nicht mit einem Mann die Straße entlanggegangen?« Felicity musterte Gabriel. »Oh, das muss jemand anderer gewesen sein.«

»Und jetzt nennen Sie die junge Dame noch einmal eine Mätresse?«, fragte er. »Sind Sie sicher, dass Sie zur Oberschicht gehören?«

»Mein Vater ist Baron Kilden.«

»Diesen Namen kenne ich nicht. Ein Ausländer?«

»Ein Ire!«

Schweigend wippte er auf seinen Stiefelabsätzen.

»Warum rede ich überhaupt mit Ihnen? Wo Sie doch ein elendes Nichts sind!« Erst jetzt hatte sie sich von seinem traumhaften Gesicht losgerissen und die Kleidung eines Hafenarbeiters bemerkt. Unglücklicherweise glühten ihre Wangen noch immer feuerrot. Nur zu gut wusste sie, wie lächerlich sie sich gemacht hatte. »Und Sie!« Sie zeigte auf Marietta. »Wagen Sie es bloß nicht, vor unserer Tür zu erscheinen und um Hilfe zu bitten!«

Ohne ein weiteres Wort stolzierte sie davon. Gabriel schaute ihr nach, und Marietta beobachtete ihn.

»Jetzt verstehe ich, warum du Hilfe bei einem Fremden gesucht hast.« Sein Blick war unergründlich. »Komm, gehen wir nach Hause.«

14

Marietta blätterte wieder die *Times* durch. In manchen Berichten wurde behauptet, die Brüder Winters hätten die Morde gemeinsam begangen. Die widerwärtigsten Journalisten drückten sich genauso schadenfroh aus wie Felicity. Aber ein paar zweifelten an Marks und Kennys Schuld. Sie wiesen auf Partys oder andere Veranstaltungen hin, die beide zu dieser oder jener Tatzeit besucht hatten. Also konnten sie die Frauen nicht getötet haben. Die positivsten Artikel stammten von Nathaniel Upholt.

Letzten Endes würde alles vom Einfluss der öffentlichen Meinung abhängen. Und der Gerichtsprozess würde in wenigen Tagen beginnen. Deshalb drängte die Zeit.

Marietta ließ ihren Blick in der Küche umherschweifen und vergewisserte sich, dass Gabriel nicht nach Hause gekommen war – so lautlos wie üblich. Sogar Katzen erzeugten vernehmlichere Geräusche, wenn sie über den Boden scharrten. Beruhigt setzte sie sich an den Tisch und zog Abigails Tagebuch unter einem Papierstapel hervor. Das hatte sie aus seinem Zimmer geholt, diesmal aus einem Versteck neben der Tür. Beinahe hätte sie es vergeblich gesucht. Was für ein raffinierter Mann …

Heute Abend kommt L.D.s Ehemann zurück, mit seinen persönlichen Dienern und Leibwächtern. L.D. meint, wir müssten unseren kleinen Rächer zum Stillschweigen zwingen. Welch ein gefährlicher Abend! Ein falsches Wort, und unser Kartenhaus wird zusammenfallen. Aber nicht, ohne die Familie des kleinen Rächers zu ruinieren. Totaler Ruin, gnadenlose Verfolgung, Musik in meinen Ohren!

Wäre ich nicht so hingerissen von unserem kleinen Rächer, würde ich ihm drohen, nur um den Schmerz in seinen schönen Augen zu sehen. Oh, wie ich es genieße, wenn andere in tiefste Verzweiflung stürzen! Das erinnert mich an die Worte, die meine Mutter ständig wiederholte – manche Menschen werden geboren, um uns zu dienen und unsere Launen zu befriedigen. Und wir sind geboren, um sie wie Marionetten zu benutzen und an ihren Fäden zu ziehen. Und die Figuren bewegen sich auf dem Schachbrett, ohne dass es jemand bemerkt.

Während Marietta weiterlas, spielte sie mit einer ihrer Haarsträhnen. Wie grauenhaft … Solche Gedanken hatte Abigail tatsächlich gehegt.

Die Hintertür klickte, und Marietta beugte sich vor. Dabei stieß sie ihren Becher um, Wasser überschwemmte die rechte Hälfte des Tisches. Hastig schob sie das Tagebuch unter die Papiere und setzte die unschuldigste Miene auf, die sie zustande brachte.

»Marietta, Sie sehen so aus, als wären Sie mit Ihren Fingern in der Teigschüssel ertappt worden.«

Erleichtert stützte sie ihre Ellbogen auf den Tisch. »Oh, Gott sei Dank! Was machen Sie hier, Jeremy?«

»Ich wollte nur sehen, wie es meinem Lieblingsbruder und meiner Lieblingsklientin geht, für die er gerade arbeitet.« Gewinnend lächelte er sie an und nahm ihr gegenüber Platz.

»Ja, natürlich.« Sie hob ihre Brauen. »Soviel ich weiß, ist Gabriel Ihr einziger Bruder.«

Er legte den Kopf schief und grinste noch breiter. »Bloß keine Wortklaubereien.«

Marietta strich die Zeitung glatt. Wie gern würde sie im Tagebuch lesen … Dazu kam sie nur, wenn Gabriel sich nicht im Haus aufhielt, und diesmal hatte er angekündigt, er würde bald zurückkehren. Dann würde er das Tagebuch finden, was ihm jedes Mal gelang – auf welche Weise, wusste sie nicht – und es wieder verstecken. Ein Wunder, dass er es noch nicht verbrannt hatte … Vielleicht bereitete es ihm ein perverses Vergnügen, immer neue Verstecke zu finden.

»Wie kommen Sie mit Ihren Nachforschungen voran?«

Jeremy lehnte sich auf seinem Stuhl zurück und erinnerte sie an Gabriel – eine jüngere, dreistere Version seines Bruders.

Offenbar plante er einen längeren Besuch, und sie musste überlegen, wie sie das Tagebuch verbergen sollte. Jetzt lag es gefährlich nahe bei ihm. »Wir haben einen Verdächtigen gefunden.«

»Oh, wirklich? Wer ist es?«

Sie inspizierte die Papiere auf seiner Seite des Tisches. Wenn sie diesen Stapel ein wenig nach links rückte ... »Ein Dienstbote. Vom Dentry-Landsitz.«

»Was?« Sein Stuhl balancierte auf den Hinterbeinen. Krachend fiel er wieder nach vorn. Auch das erinnerte sie an Gabriel.

»Warum staunen Sie? Kennen Sie das Personal der Dentrys? Ach ja, Sie stammen aus dieser Gegend, nicht wahr?«

»Ja.« Nun wirkte sein Grinsen etwas gezwungen.

Sie runzelte die Stirn. »Das hätte ich nicht erwähnen dürfen. Aber ich dachte, Gabriel würde den Fall mit Ihnen besprechen.«

Betont lässig zuckte er die Achseln. »Letzte Woche war ich meistens unterwegs. Warum informieren Sie mich nicht? Was hat ein Dienstbote der Dentrys mit den Morden zu tun?«

Sie zögerte. Wenn sie Jeremy auch mochte – er benahm sich sonderbar. Doch das galt auch für Gabriel. Und der ganze Fall brachte sie immer wieder auf seltsame Gedanken.

»Vor dem letzten Mord hat er das Opfer verfolgt.«

Unruhig rutschte er auf seinem Stuhl umher. »Wissen Sie, wer dieses Opfer war? Davon stand nichts in den Zeitungen.«

»Gabriel fand es heraus, weil die Frau ...« Als eine *Dame*

konnte Marietta sie nicht bezeichnen. »… ein Halsband trug.«

»Ah, ein Halsband.« Er schluckte. »Wie interessant. Typisch für Gabriel, die Puzzleteile so schnell aneinanderzufügen.«

Sie schaute ihn besorgt an. »Fühlen Sie sich nicht gut, Jeremy?«

»Nun ja – jetzt, wo Sie mich danach fragen – ich bin ein bisschen angeschlagen. Kennen Sie den Namen des Opfers?«

Marietta kaute an ihrer Unterlippe, und ihre Unsicherheit steigerte sich zu beklemmendem Unbehagen. »Da Gabriel Ihnen anscheinend nichts erzählt hat, ist es wohl besser, wenn ich den Mund halte.«

Er stützte beide Ellbogen auf dem Tisch ab und beugte sich vor, wobei seine unverhohlene Verzweiflung in seinen Augen zu erkennen war. Plötzlich erinnerte er sie an Kenny. Er war nur ein bisschen klüger und attraktiver. »Bitte, Marietta. Gabriel versucht mich zu schützen. Mit diesen Aktivitäten muss er aufhören. Sonst …«

Einer seiner Ellbogen streifte die Papiere, und er schob sie zur Seite. Dabei kam das Tagebuch zum Vorschein.

»Was ist das?«

»Oh – nichts.« Nervös tastete sie nach dem Buch.

Aber er schlug es bereits auf, und sie beobachtete, wie sich seine Miene verfinsterte. »Wer ist der Dienstbote? Und warum beschatten Sie ihn?«

»Jeremy …«

»Bitte, Marietta.«

»Jacob Worley.«

Entgeistert starrte er sie an. »Und Sie halten ihn für den Mörder?«

Sie spielte mit den Papieren. »Das muss irgendjemand gewesen sein. Und meine Brüder waren es nicht. Dieser Jacob Worley hat einen Schrein für die Opfer errichtet.«

»Einen – was?«

»Eine Art Schrein, mit Bildern, Notizen und Zeitungsausschnitten. Wie ein Verrückter, der sich in die Frauen verliebt, bevor er sie tötet.«

Angewidert schnitt er eine Grimasse. »Ein Schrein – wie ekelhaft!«

Durch die Küche schien eine eigentümliche Atmosphäre zu wehen. Marietta konnte dieses *Etwas* nicht definieren. »Gewiss. Was geht im Gehirn eines Menschen vor, der Frauen tötet und ihnen danach mit einem Schrein huldigt.«

Jeremy blinzelte, als hätte er ihre Worte nicht verstanden.

»Wo haben Sie das her?« Er schwenkte das Tagebuch durch die Luft.

»Aus dem Haus der Frau, der es gehörte. Oh, es ist so grässlich – *sie* war grässlich.« Marietta streckte ihre Hand aus. Doch er rührte sich nicht. »Jeremy?«

»So was sollten Sie nicht lesen.«

»Jaja.« Ungeduldig winkte sie ab. »Das habe ich schon mal gehört. Geben Sie mir das Buch.«

Da er sich noch immer nicht bewegte, griff sie über den Tisch hinweg und entriss ihm das Tagebuch.

Im selben Moment hörte sie, wie die vordere Haustür geöffnet wurde, und zuckte zusammen. Blitzschnell versteckte sie das Tagebuch wieder unter den Papieren, und Jeremy zog die Brauen hoch.

Gabriel schlenderte in die Küche und hielt abrupt inne. »Was machst du hier?«

»Auch dir wünsche ich einen guten Tag, mein lieber Bruder.«

»Eigentlich dachte ich, du wärst an die Universität zurückgekehrt.«

»Ich habe Urlaub genommen.«

»*Was?«,* rief Gabriel in messerscharfem Ton.

»Wenn alles klappt, studiere ich im nächsten Semester weiter.«

»Erklär mir das. Wenn *was* klappt?«

»Mein Projekt. Damit will ich mich schon seit langer Zeit befassen.«

»Was für ein Projekt ist das?«, fragte Marietta.

»Unsinn!« Zum ersten Mal las sie eine Emotion in Gabriels Augen, die an Angst grenzte. Seine Züge veränderten sich auf erschreckende Weise. »Fahr nach Cambridge zurück, Jeremy. Meine Kutsche bringt dich hin. Demnächst werde ich mit dem Dekan reden.«

»Nein, ich bleibe in London«, entgegnete Jeremy und stand auf. »Du kannst mich nicht herumkommandieren, Gabriel.«

»Doch, das kann ich. Du wirst dein Studium fortsetzen.«

»Im nächsten Semester.«

»In *diesem.«*

»Nein.«

»Ja.«

Marietta erhob sich und wollte die Küche verlassen.

Gebieterisch zeigte Gabriel auf ihre Nasenspitze. »Setz dich.«

Sie gehorchte und sprang sofort wieder auf, verärgert über sich selbst, weil sie seinen Befehl automatisch befolgt hatte. »Warum hörst du dir nicht an, was Jeremy sagen will?«

»Weil es mir egal ist. Noch *heute* wird er nach Cambridge fahren.«

Aus Jeremys Miene sprachen Kummer und Entschlossenheit. »Nein, Gabriel. Wenn du auf deinem Standpunkt beharrst, breche ich den Kontakt zu dir ab.«

Nur sekundenlang las Marietta tiefes Leid in Gabriels Blick, bevor es hinter einer Eisenmaske verschwand. »Dann bekommst du kein Taschengeld mehr.«

Jeremy öffnete den Mund. Was immer einer der Brüder jetzt sagte, würde unverzeihlich sein. Das kündigten die blitzenden Augenpaare an, die aggressive Haltung, die beide annahmen.

Ehe Jeremy zu Wort kam, wandte Marietta sich zu Gabriel. »Warum tust du das? Wieso fragst du ihn nicht einfach, welches Projekt er durchführen möchte?«

»Weil ich es nicht wissen will.«

Was schlimmer war, wusste sie nicht – die Qual in Gabriels oder in Jeremys Augen.

»Also gut«, sagte der Jüngere leise. »Das ist nun mal deine Methode, Gabriel – alles zu ignorieren, vielleicht wird es dann irgendwann verschwinden.« Seine Hand fegte über den Tisch, worauf einige Papiere zu Boden flatterten. Unter dem restlichen Chaos auf dem zerkratzten Eichentisch ragte eine Ecke des Tagebuchs hervor.

Irgendwo hörte sie Wasser plätschern. In der tiefen Stille, die den Raum erfüllte, starrten alle das Buch an. Und es lag da und starrte zurück.

»Verdammt, Marietta!«, stieß Gabriel hervor. Dann packte er das Tagebuch und wirbelte noch mehr Pergament durcheinander, stürmte aus der Küche und die Treppe hinauf.

Jeremy schaute sie traurig an. »Leben Sie wohl, Marietta.«

»Warten Sie …«

Doch er hatte die Hintertür bereits geöffnet und hinter sich zugeschlagen.

Sie sank auf ihren Stuhl und musterte die zerwühlten Papiere.

Nach einer Weile tauchte Gabriel wieder auf, stellte einen Topf auf die Arbeitsfläche, warf einen Kochlöffel hinein und knallte einen Teller auf den Tisch.

Blindlings schaute Marietta seinen Rücken an, während er eine Mahlzeit vorbereitete und im Topf rührte.

»Heute Abend gehen wir ins East End.« Seine Stimme klang seelenruhig, als wäre nichts Ungewöhnliches geschehen, als würde der Kochlöffel nicht misstönend am Gusseisen des Topfs scharren.

»Was?«

»Dort wurde Jacob Worley gesehen. Vielleicht finden wir ihn.«

»Und Jeremy?«

Seine Schultern spannten sich an. »Was soll mit ihm sein?«

»Wirst du nichts unternehmen?«

»Doch, ich suche Jacob Worley.«

»Nein, das meine ich nicht. Kümmerst du dich nicht um Jeremy?«

»Das geht dich nichts an.«

»Wenn du in meiner Gegenwart mit ihm streitest, geht es mich sehr wohl was an. Du hast gesagt, ich soll mich wieder hinsetzen.«

Wortlos rührte er in seinem Topf.

»Du hast ihm sehr wehgetan.«

»Marietta ...« Wieder einmal nahm seine Stimme einen drohenden Klang an.

Mit Mark hatte sie die ganze Zeit gestritten. Doch der hatte sich schon immer ein bisschen von Kenny und ihr distanziert. *Dieser* Bruderzwist glich eher ihrer Beziehung zu

Kenny. An den hatte Jeremys unglückliches Gesicht sie erinnert. »Aber …«

Klirrend landete der Löffel im Kochtopf. »Nein!« Seine Schultern neigten sich vor. »Das verstehst du nicht. Bitte, hör auf damit.«

Ihr Atem stockte. Noch nie hatte er »bitte« zu ihr gesagt.

»Gut«, flüsterte sie.

Dann ging sie zu ihm und begann eine Zwiebel zu schälen. Jetzt entspannte er sich ein wenig, und sie sagte nichts mehr.

In der dunklen Taverne drängten sich wenig vertauenswürdige Gäste. Mochte es in den Pubs von Clerkenwell auch laut und obszön zugehen – dort hatte Marietta wenigstens nicht das Gefühl, sie wäre in Gefahr. Voller Unbehagen musterte sie die unsteten Augen der Männer, die Hände, die sie verbargen, und tastete nach der Pistole in ihrer Rocktasche. Würde sie den Schießunterricht, den sie vor langer Zeit erhalten hatte, endlich nutzen?

Gabriel warf eine Münze auf den Tisch. Ehe sie wusste, wie ihr geschah, standen zwei Bierkrüge vor ihnen, und sie zwang sich zu einem Lächeln. So, wie dieses Ale aussah, passte es zu der Taverne. Ziemlich trüb. In der Flüssigkeit schwamm etwas, das sie gar nicht identifizieren wollte.

Ein Geschirrtuch über die Schulter geworfen, blieb der Kellner, der das Bier serviert hatte, vor dem Tisch stehen. Gabriel streckte seine Hand aus. Als der Mann sie schüttelte, schimmerte Metall zwischen ihnen.

»Wir suchen einen Mann«, erklärte Gabriel. »Etwa so groß wie Sie. Braunes Haar, blaue Augen, eine Narbe unter dem Kinn.«

»Vielleicht weiß ich, wen Sie meinen. Was wollen Sie von ihm?«

»Das ist seine Schwester. Seit vierzehn Tagen war er nicht mehr zu Hause, und die Familie macht sich schreckliche Sorgen.«

Marietta schaute in die Augen des Kellners. Offensichtlich glaubte er kein Wort. Aber die Sache schien ihn nicht sonderlich zu interessieren.

»Ja, das ist schlimm, wenn man die Familie beunruhigt. Gestern war jemand hier, auf den die Beschreibung passt. Der hat mit Denise geredet.« Er zeigte auf ein Mädchen in einem hautengen Kleid. »Danach ist er blitzschnell verschwunden.«

Gabriel gab ihm noch eine Münze, und der Kellner ging zu Denise, um mit ihr zu sprechen.

»Was sagen meine Augen, Marietta?«, fragte Gabriel leise, und sie schaute ihn an. Leuchtend grün, sinnlich.

»Du bist fasziniert.«

»Pst, pst, Marietta, du verlierst dein Talent.« Jetzt wirkte sein Blick herausfordernd, und sie schluckte.

»Sagen sie, du willst mich küssen?«

Langsam verzogen sich seine Lippen zu einem Grinsen. »Viel besser.«

»Aber wir müssen nicht …«

Ein Kuss verschloss ihr den Mund, seine Zunge spielte mit ihrer, und er zog sie an sich. Niemals ungeschickt oder hastig, immer dominant. Immer selbstsicher.

Als er ein wenig von ihr abrückte, zitterten ihre Glieder. Mit einer einzigen Liebkosung konnte er diese verdammte Schwäche in ihr erzeugen. Nein, plötzlicher Zorn verlieh ihr neue Kräfte. Sie packte Gabriels Hemd, riss ihn zu sich heran und tat alles, was er ihr beigebracht hatte. Nach einem aggressiven Kuss ließ sie ihn los, stieß ihn weg und rang nach Luft.

Bestürzt starrte er sie an, mit seinen weit geöffneten grünen Augen.

»Brauchen Sie mich?«, fragte eine Stimme zu ihrer Rechten. »Roger hat gesagt, Sie möchten mit mir reden. Aber ich glaube, Sie wollen vielleicht was anderes.«

Gabriel ignorierte die Stimme und starrte noch immer Marietta an, jetzt wieder mit dem üblichen rätselhaften Blick.

Schweigend ergriff sie ihren Bierkrug und starrte zurück.

Nach ein paar Sekunden wandte er sich ab und bedeutete der Frau, Platz zu nehmen.

Denise setzte sich. »Probieren Sie es mal mit einer anderen Frau?« Sie kicherte schrill. »Das kann ich Ihnen bieten.«

»Gestern Abend haben Sie sich mit einem Mann unterhalten«, sagte er kühl. »Braunes Haar, blaue Augen, eine Narbe unter dem Kinn.«

Aufmerksam taxierte sie ihn. »Ja, der war hier, und ich habe ihn mit nach Hause genommen.«

»In Ihr Zimmer?«

»Ja«, bestätigte sie achselzuckend, »der war recht nett. Durchschnittliches Getümmel im Bett. Aber so ist es ja meistens, nicht wahr?« Vielsagend ließ sie ihren Blick über Gabriels breite Schultern schweifen. »Manchmal sieht es viel besser aus. Sogar vielversprechend. Mit Ihnen beiden würde ich mich sehr gern amüsieren.«

Fassungslos blinzelte Marietta.

»Was können Sie mir über den Mann erzählen? Wohin ging er danach? Hat er angekündigt, er würde wiederkommen?«

»Danach ist er sofort verschwunden. Das tun die meisten. Er sagte, heute Abend wäre er wieder hier. Es ist bei Weitem nicht das erste Mal, dass einer so was verspricht und sich nicht dran hält.«

»Hat er sich irgendwie sonderbar benommen?«

»Dauernd nannte er mich Abigail. Und er verlangte, ich sollte ihn beschimpfen und sagen, er sei ein ganz böser Junge. Sogar auspeitschen musste ich ihn. Das hat richtig Spaß gemacht. Solange ich mein Geld kriege, ist es mir egal, auf was für Ideen die Kerle kommen. Und die Peitschenstrafe war ein reines Vergnügen.«

»Was, Sie haben ihn *ausgepeitscht*?« Marietta traute ihren Ohren nicht.

»Klar, manche Freier mögen das. Wo kommen Sie denn her?« Mit schmalen Augen spähte Denise in Mariettas Gesicht. »Ah, also sind Sie eine von *der* Sorte, die ihre Röcke hebt, um ein Abenteuer zu erleben.« Sie zuckte wieder die Achseln. »Diese Tonart sollten Sie sich abgewöhnen.«

Gabriel legte eine Hand auf Mariettas zitterndes Knie.

»Danke«, murmelte er und schob eine Münze über den Tisch.

»Jederzeit, wenn Sie mich brauchen.« Denise steckte das Geld ein, warf ihm einen anzüglichen Blick zu und schlenderte davon.

Kurz danach verließen sie die Taverne. Gabriel fluchte.

»Natürlich wusste er, dass wir heute hierherkommen würden.«

»Oder er dachte, es wäre an der Zeit, aus London zu verschwinden.«

»Nein, die Chance, noch mehr perverse Praktiken zu genießen, würde Worley nicht versäumen. Zumindest nicht nach der Meinung meines Ermittlers. Irgendwie wusste er, wir würden diese Kneipe besuchen.«

»Was tun wir jetzt?«

»Wenn er in London bleibt, wird er wieder hier auftauchen. Auch Dresden ist hinter ihm her. Vermutlich lässt er die Straßen beobachten.«

»Wäre es möglich, dass Kennys Gerichtsprozess erneut verschoben wird?«

Seufzend schnitt Gabriel eine Grimasse. »Sicher nicht. Also müssen wir rechtzeitig genug Beweise sammeln. Morgen gehe ich ins Coldbath-Fields-Gefängnis und gebe Oscar ein paar aktuelle Zeitungen für deinen Bruder. Hoffentlich wird Kenny sein Gehirn auf etwas anderes konzentrieren als die neueste Mode.«

Marietta spähte unter das Bett. Allzu viel Zeit blieb ihr nicht, um das Tagebuch zu finden. Was Gabriel zu tun hatte, erledigte er immer sehr schnell und effizient. Und wie der Himmel wusste, verschwendete Oscar keine Zeit mit Höflichkeitsfloskeln.

Jedes Mal versteckte Gabriel das Buch an einer Stelle, wo es nicht mit seinem persönlichen Eigentum in Berührung kam. Als glaubte er, es würde seine Sachen beschmutzen. Einmal hatte sie den Fehler begangen, seine Hemden zu durchsuchen, die alle nach ihm rochen. Warm und tröstlich.

Schließlich kniete sie sich auf den Boden und schaute unter die Serpentine-Kommode, eine Wange an das Hartholz gepresst. Erfolg! Mit einiger Mühe erreichte sie eine Kante des Ledereinbands und zog das Tagebuch hervor.

Sobald sie es geöffnet hatte, verlor sie sich in einer fremden, morbiden Welt.

Für den ganzen Sommer ziehen wir um. So schmerzlich wird es sein, ihn nicht zu sehen. Sein unbeabsichtigtes Stöhnen nicht zu hören (an diese Musik muss ich nur denken, und schon schmerzen meine Brüste! Aber in letzter Zeit stöhnt er nur noch selten) und seinem stoischen Blick nicht mehr zu begegnen. Aber während unserer Abwesenheit haben wir einen neuen Kandidaten. Nicht so zauberhaft wie unser kleiner Rächer. Doch für einige Spiele wird er sich eignen. Ein verlockender Schritt in eine neue Gesellschaftsschicht. Ob es sich lohnen wird, weiß ich nicht. Jedenfalls versichert C.F., der Mann wäre die Mühe wert.

Wenn alles gut geht, machen wir ihn vielleicht mit unserem kleinen Rächer bekannt. Bevor wir ihn zähmen, will A.F. herausfinden, ob er sie auch wirklich erregt. In den Augen des Neulings sehe ich bereits einen gewissen Trotz. Er bildet sich ein, er könnte der Welt die Stirn bieten. Bald wird er merken, dass nur wir das Kommando führen.

Schritte schreckten sie auf. Hastig schob sie das Buch unter die Kommode und erhob sich von den Knien.

Gabriel trat ein und zog eine Braue hoch. »Welch schöner Glanz in meinem langweiligen Schlafzimmer …«

So strahlend wie nur möglich lächelte sie ihn an.

»Also hast du wieder das Tagebuch gesucht.«

Darauf gab sie keine Antwort. Er ging zu der Kommode und warf seine Kappe darauf. Dann drehte er sich um, lehnte sich an das Holz und öffnete die Manschette eines Hemdsärmels.

»Kein Protest? Ich bin schockiert, Marietta.«

»Warum?« Nun gab sie die halbherzige Komödie auf. »Warum sollte ich protestieren? Was ich will, weißt du ohnehin.«

»Aber nicht, aus welchem Grund.«

»Ganz einfach, das Tagebuch ist interessant«, erklärte sie und verschränkte die Arme.

»Das Gefasel einer Verrückten?«

»Nein, verrückt war sie nicht – nicht wirklich. Nur – nicht normal.«

Ein freudloses Lächeln umspielte seine Lippen. »Kaum jemand ist völlig normal.«

Ärgerlich schüttelte sie den Kopf. »Warum darf ich das Buch nicht lesen? Ich bin eine erwachsene Frau, und du musst mich vor nichts beschützen.«

»Vielleicht beschütze ich nicht *dich*.« Während er die andere Manschette öffnete, sprach er in so beiläufigem Ton, dass Marietta den Satz in Gedanken wiederholen musste, um ihn zu verstehen.

»Und wen beschützt du? Die Leute, die in diesen Aufzeichnungen erwähnt werden, kennst du nicht.«

Er ging zu ihr. »Was würdest du sagen, wenn ich dir erzähle, ich hätte sie gekannt? Jede einzelne Person in diesem Tagebuch?« Langsam ging er um sie herum. Diese Gewohnheit hasste sie. Wann immer er das tat, fühlte sie sich klein und hilflos.

»Dann würde ich sagen, du lügst.«

»Würdest du mir nicht glauben?«

»So oder so würdest du lügen. Entweder, was deine Behauptung betrifft, oder weil du mir nicht *sofort* mitgeteilt hast, du würdest diese Menschen kennen.«

»Ah ...« Seine Hand strich über ihren Nacken. »Und so leicht verzeihst du nicht, Marietta?«

»Allerdings nicht.« Diesen Wesenszug hatte sie niemals überwunden.

»Deinem Bruder Mark hast du noch immer nicht verziehen. Oder deinen Eltern. Oder Kenneth. Oder dir selbst.«

Sie versteifte sich. »Mir selbst habe ich nichts zu verzeihen.«

»Tatsächlich nicht?«

»Du wechselst das Thema. Weißt du irgendetwas über das Tagebuch?«

»Hmmm … Möglicherweise weiß ich alles über jede einzelne Person, die darin erwähnt wird.«

Sie wollte sich umdrehen. Doch das ließ er nicht zu, seine Lippen streiften ihr Ohr.

»Was würdest du tun, wenn ich Bescheid wüsste, Marietta? Wenn ich genau wüsste, wer all diese Frauen getötet hat und die Freilassung deines Bruders verhindert?«

So musste man sich fühlen, wenn man aus einem Kanonenrohr geschleudert wurde. »*Was?*«

»Würdest du dich betrogen fühlen? Bist du mir verfallen, Marietta?« Seine Hände wanderten zu ihren Hüften hinab, und er drückte sie an seine Brust.

»Was?«, wisperte sie. Das war offenbar das einzige Wort, das sie über die Lippen brachte …

Nun berührte sein Mund ihren Hals. »Bist du mir verfallen, Marietta?«

Plötzlich durchbrach eine glasklare Erkenntnis ihre Panik. »Oh, du elender Bastard!« Wütend riss sie sich los. »Du stellst mich auf die Probe! Warum machst du das? Habe ich nicht bewiesen, dass ich vertrauenswürdig bin? Bin ich dir nicht blindlings gefolgt? Sogar meine Jungfräulichkeit habe ich dir geschenkt!«

»Glaubst du, es gefällt mir, wenn mir jemand blindlings folgt?« Unergründliche dunkelgrüne Augen. Aufmerksam. Wachsam.

»Das weiß ich nicht.« Am liebsten hätte sie geschrien und die Flucht ergriffen. Welches Recht hatte dieser Schurke …

»Dieser heiße Kuss in der Taverne – was hast du versucht?«

»*Mein* Kuss? So küsst du mich *immer*! Wie kannst du es nur wagen, was – wie – oh …« Vor lauter Zorn konnte sie kaum atmen. »Wenn wir miteinander fertig sind, musst du mich in die Irrenanstalt bringen. Behandelst du alle Leute, die mit dir zusammenarbeiten, so schändlich? Ich wette, mit Oscar bist du genauso umgegangen. Der ist froh, wenn er dich möglichst selten sieht. Und was mussten Anthony und Frank und Clarisse und Mrs Rosaire erdulden?«

»Gar nichts habe ich ihnen angetan.« Der Schuft besaß auch noch die Frechheit, amüsiert dreinzuschauen.

»Also darf ich mich glücklich schätzen? Wundervoll! Was stimmt denn nun? Stellst du mich auf die Probe? Oder kennst du tatsächlich die Leute, die in Abigails Tagebuch erwähnt werden?«

Er schaute zur Standuhr hinüber. »Natürlich stelle ich dich auf die Probe.«

»Wie immer. Was wird danach geschehen?«

Er kehrte zur Serpentine-Kommode zurück, lehnte sich wieder an die Wölbung und öffnete seine Hemdknöpfe – einen nach dem anderen. Ohne Marietta anzuschauen. »Wonach?«

Forschend schaute sie in seine unglaublichen Augen. »Wenn Kenny frei ist. Oder wenn …« Sekundenlang presste sie die Lippen zusammen. »Oder wenn er es nicht ist.«

»Möchtest du wissen, was dann zwischen uns beiden geschehen wird?«

»Ja.«

Sie ging zu ihm, und er liebkoste sie sanft, indem er ihr eine Haarsträhne hinter das Ohr strich.

»Das musst *du* entscheiden. Ich verspreche dir nichts. Das

kann ich nicht. Aber ich möchte dir nicht absichtlich wehtun. Für manche Menschen ist die Jungfräulichkeit heilig. Das sehe ich anders, aus ganz bestimmten Gründen. Die Entscheidungen, die man trifft, finde ich wichtiger als die Tugend.«

»Mit wie vielen Frauen hast du geschlafen?«

Sein Blick verdunkelte sich. »Nicht mit der enormen Zahl, die ich in deinen Augen lese. Die Freuden des Liebesakts genieße ich. Aber ich finde nur ganz selten eine Partnerin, die wahre Leidenschaft in mir entfesselt.«

»Vielleicht Carla?« Schon seit Wochen wollte sie diese Frage stellen.

»Dein Dienstmädchen?« Belustigt schüttelte er den Kopf. »Nein, wirklich nicht mein Geschmack.«

Irritiert erinnerte sie sich an Carlas lustvolles Stöhnen, an die Informationen, die Gabriel ihr entlockt hatte.

»Ah, du glaubst mir nicht.« Er hob ihr Kinn. »Beweisen kann ich es dir nicht. Und ich sehe auch keinen Grund, das zu versuchen. Aber ich habe dich aufgefordert, meine Gedanken und Gefühle zu lesen. Und das gelingt dir erstaunlich gut.«

Sie schaute in seine Augen. Feuer und Wahrheit.

»Mag das Ende unseres Abenteuers auch ungewiss sein – die Herausforderung bleibt bestehen.«

Er hauchte einen flüchtigen Kuss auf ihre Lippen.

»Akzeptierst du das?«

»Ja«, wisperte sie. Verwirrt und erwärmt. Oh, sie *wollte* ihn verstehen, wünschte sich den Trost und die Sicherheit in seiner Nähe. *Ihn* wollte sie …

Um das zu erreichen, musste sie einfach nur die Kontrolle aufgeben. Das war so belanglos. Und so wichtig.

In Windeseile zog er Marietta und sich selbst aus, drückte

sie gegen das Holz des Vierpfostenbetts und entfachte eine heiße Leidenschaft in ihr.

Wie immer übernahm er die Kontrolle, reizte Marietta und forderte sie heraus, zog an den Fäden seiner Marionette und verlangte Reaktionen auf sein Feuer, die ihm ihr Körper bereitwillig bot.

Dann legte er sie auf das Bett und verschmolz mit ihr.

»Was liest du jetzt in meinen Augen?« Langsam bewegte er sich in ihr, und sie konnte nicht klar denken, konnte kaum die Lider offen halten. »Was siehst du, Marietta? Zwing mich nicht, dich zu bestrafen.« Er zog sich zurück, nur die Spitze seines Glieds blieb mit ihr vereint und beschrieb kleine Kreise.

Um ihn nicht zu umarmen und tiefer in sich aufzunehmen, grub sie ihre Finger ins Laken.

»Ich will wissen, was diese schönen braunen Augen sehen.« Aufreizend drang er ein wenig vor und raubte ihr den Atem. »Verrat es mir, meine Süße«, schmeichelte er.

Was wollte er hören? In diesem Moment hätte sie ihm *alles* gesagt.

Endlich drang er so tief wie möglich in sie ein, und ihr ganzer Körper schien zu stöhnen. Sie schlang die Finger in sein seidiges Nackenhaar. Da verharrte er reglos – eine neue Form der Tortur. Sie versuchte sich ihrerseits zu bewegen. Aber er hielt sie eisern fest, auf seine Hände gestützt. An seinen Armen traten alle Sehnen hervor. Nur Mariettas Oberkörper war befreit, die wichtigste Zone gefesselt, Gabriels Macht ausgeliefert. Verzweifelt bemühte sie sich, seine Männlichkeit enger zu umfangen, denn irgendetwas musste sie unternehmen.

Und so tat sie instinktiv das Einzige, wozu sie fähig war. Noch immer lag er auf ihr, ohne sich zu rühren. Ein zweites, ein drittes Mal spannte sie ihre inneren Muskeln an. Der Druck wurde schwächer. Doch ihre Begierde wuchs. Inständig hoffte sie, er würde die Beherrschung verlieren und sich wieder bewegen.

Er neigte sich herab, leises Gelächter wehte in ihr Ohr. Nun rotierten seine Hüften, und sie vergaß ihr Muskelspiel. »Was für eine unartige Frau du bist, Marietta Winters! Dafür werde ich dich belohnen. Aber zuerst musst du meine Frage beantworten.«

Erneut drang er tief in sie ein. Sekundenlang verdunkelte sich ihr Blickfeld, ihr Mund öffnete sich und stieß einen lautlosen Schrei aus. Gabriel zog sich wieder zurück, beinahe vollends. Da empfand sie ein so schmerzhaftes Verlangen, dass sie ihn fast angefleht hätte, den Liebesakt fortzusetzen und ihr mehr zu schenken, viel mehr.

Seine Zunge stimulierte die Knospen ihre Brüste, seine raue Wange ihren Hals, sein Mund verschloss ihre geöffneten Lippen.

Hungrig küsste sie ihn, drückte ihn an sich, die Finger noch immer in seinem Nackenhaar vergraben. Er erforschte mit seiner Zunge ihren Mund. Als er etwas tiefer in sie eindrang, versuchte sie ihn wieder mit ihren inneren Muskeln zu umschließen.

Nun beendete er den Kuss. Sie schaute in seine grünen Augen, die ihr heller denn je erschienen, so strahlend, dass sie fast geblendet wurde, nur wenige Zentimeter von ihren entfernt.

»Ich sehe Sehnsucht«, flüsterte sie, leckte über ihre Lippen und schmeckte ihn. »Und Geheimnisse, die ich nicht verstehe.«

»Ja. Und?«

Was sie sonst noch sah, wollte sie nicht aussprechen,

denn es würde sie beschämen, wenn sie sich irrte. »Freundschaft?«

»Kameradschaft?«, fragte er belustigt. Er beugte sich herab. Als er an ihrem Ohrläppchen saugte, streichelte sein Atem ihre Haut. »Interessant. Willst du deine Belohnung haben?«

»Ja«, hauchte sie, und ihr Herz pochte schneller.

Er bewegte sich in ihr, nur ganz leicht. Trotzdem entzündete er Flammen in allen ihren Nerven. Immer tiefer drang er in sie ein, langsam und zielstrebig, bis er eine Grenze erreichte, eine besonders empfindsame Stelle. Mariettas Wangen brannten, ihre Kehle wurde trocken, und das wunderbare Gefühl der Vollendung kam näher und näher. Nur noch eine Minute ...

»Gefällt dir das, Schätzchen? Möchtest du auf einer Welle schweben, oder wünschst du dir ein abruptes Ende, wie bei unserem Tanz auf dem Küchentisch?«

Marietta sah das Funkeln in seinen Augen, konnte ihm aber nicht antworten, da er das Tempo beschleunigte und immer kraftvoller und fordernder zustieß. Sie stöhnte oder sagte etwas oder schrie, während ihr Körper bebte und sie immer höher emporflog, von überwältigenden Erschütterungen erfasst.

Und etwas später dachte sie, vielleicht – nur vielleicht war sie so dumm gewesen, sich in Gabriel zu verlieben.

15

Eine Tür fiel ins Schloss und weckte Marietta. In ihrem Blickfeld tauchte eine Zimmerdecke auf – Gabriels Schlafzimmer. Schritte erklangen im Erdgeschoss. Verwirrt betrachtete sie das leere Kissen an ihrer Seite. Laute Stimmen. Und irgendetwas fiel krachend zu Boden. Dieser Lärm bewog sie, in einen von Gabriels Morgenmänteln zu schlüpfen und die Treppe hinabzulaufen.

Nachdem sie an der Küchentür angekommen war, beobachtete sie erstaunt, wie Jeremy und Alcroft vor Gabriel umherwanderten, der am Tisch saß. Trotzdem erweckte *er* den Eindruck, er würde sich auf einer Jagd befinden.

»Es ist ernst«, betonte Alcroft.

»Das weiß ich, John«, fauchte Gabriel.

Wie erstarrt stand sie auf der Schwelle und wagte kaum zu fragen: »Was ist geschehen?«

Sofort wandten Jeremy und Alcroft sich zu ihr – Gabriel nicht. Aber sie wusste, dass er ihre Ankunft bemerkt hatte. Wie immer.

»Noch ein Mord.« Entschuldigend breitete Alcroft die Arme aus. »Ein Mitglied der Oberschicht.« Nach einem kurzen Blick auf Gabriel schaute er sie wieder an. »London ist im Aufruhr, und der Verdacht gegen Ihre Brüder bekam neue Nahrung. Jetzt schreit die Öffentlichkeit nach ihren Köpfen. Bald beginnt der Prozess, und es sieht nicht gut aus, Miss Winters.«

»Verdammt, John!«, stieß Gabriel hervor.

»Sie muss es erfahren.«

»Wer wurde ermordet?« Sie betrat die Küche, und die Kälte des Bodens kroch in ihre nackten Sohlen. Dann spürte sie nichts mehr. Wie betäubt stand sie da.

»Anastasia Rasen.«

In ihrer Fantasie flatterte ein rosa Vogel herum. Sie kannte diese Frau, wenn auch nicht allzu gut. Allmählich kroch das Unheil immer näher heran.

»Und jetzt hält man Mark für schuldig?«

»Sonst gibt es niemanden.« Aus Alcrofts Miene sprach tiefes Mitleid. »Einen anderen Namen habe ich nicht gehört.«

»Jacob Worley …«

»Wir müssen uns um die Journalisten kümmern und den richtigen Ohren was zuflüstern, die Wachen verstärken – und Dresden noch nachdrücklicher auf die Spur des Lakaien stoßen. Es gibt noch immer eine Chance.«

Am liebsten hätte sie Alcroft umarmt.

Blicklos starrte Jeremy zu Boden, und Gabriel musterte den gesenkten Kopf seines Bruders.

»Warum Anastasia Rasen?«, fragte sie, weil sie nichts anderes zu sagen wusste. Ihre Finger krampften sich um die Falten des Morgenmantels.

Als Jeremy den Mund öffnete, ließ Gabriel ihn nicht zu Wort kommen.

»Das haben wir noch nicht herausgefunden. Zieh dich an.«

Seine Stimme klang nicht unfreundlich, aber entschieden. Anscheinend duldete er keinen Widerspruch. Verschlossen, unnahbar. So hatte sie sich den Morgen nach dieser Nacht nicht vorgestellt.

Ehe sie zu sprechen vermochte, sah er sie an. Für einen kurzen Moment schloss er die Augen. Als er sie wieder öffnete, verriet sein Blick qualvollen Kummer. »Bitte, wir müssen uns beeilen.«

Erstaunt hoben Alcroft und Jeremy die Brauen. Marietta nickte und lief die Treppe hinauf.

»Also bist du verliebt.« Alcroft pfiff leise vor sich hin.

»Sieht so aus«, meinte Jeremy. Mit schmalen Augen beobachtete er seinen Bruder.

»Um so etwas zu erörtern, fehlt mir die Zeit«, entgegnete Gabriel. »Was geht da draußen vor, John? Wie reagieren die Mitglieder der Hautevolee?«

»Natürlich sind sie außer sich, das war zu erwarten. Noch schlimmer wär es, wenn sie die Namen der anderen Opfer kennen würden. Die Zeit drängt. Demnächst werden sie die ganze Wahrheit erfahren. Deshalb musst du diesen Dienstboten möglichst schnell aufspüren.«

»Hol die Kutsche, Jeremy«, befahl Gabriel. Dabei schaute er seinen Bruder nicht an.

Ohne einen Blick zurückzuwerfen, verließ Jeremy die Küche.

Alcroft schaute ihm nach, und Gabriel fürchtete, sein Freund würde eins und eins zusammenzählen.

»Fang den Lakaien«, mahnte John noch einmal.

»Er – ist nicht der Täter«, erwiderte Gabriel. Zu dieser Information rang er sich nur zögernd durch. »Wir würden einen Unschuldigen ans Messer liefern.«

»Einen *Unschuldigen?«*, wiederholte Alcroft ungläubig. »Bist du sicher?«

Gabriel starrte seine Papiere an. »Allmählich zieht sich das Netz immer enger zusammen. Nun muss ich noch ein Haus durchsuchen – nein, genau genommen zwei ...«

»Bald solltest du eine Entscheidung treffen. Was wird dich beeinflussen? Die Sorge um die Gerechtigkeit, um den Schutz gewisser Menschen? Oder Rache? Wirst du die edle Gesinnung opfern, die dir stets so viel bedeutet hat?«

»Für mich war die Gerechtigkeit immer am wichtigsten.«

»Manchmal ist *Rache* gerecht.«

»*Meine* Rache habe ich bereits geübt. Ohne Blutvergießen.«

»Jetzt musst du eine andere Entscheidung treffen – und eins von zwei Dingen opfern, die dir viel bedeuten. Wird es dein verdammter Edelmut sein?«

Gabriel schlug mit der Faust auf den Tisch. »Aber er ist alles, was ich habe – was ich jemals hatte.«

»Außerdem Gerechtigkeit.« Alcroft neigte sich zu ihm hinab. »So, wie du glaubst, muss es nicht enden.«

Schweigend starrte Gabriel ihn an. Wenn der Freund es auch gut mit ihm meinte – er verstand nicht, worum es ging. Allein schon der Gedanke, mit John darüber zu diskutieren, erschreckte ihn. Alcroft führte ein angenehmes Leben, genoss zahlreiche Privilegien und hohes Ansehen. Niemals würde er den Konflikt begreifen, diese Verzweiflung.

Nach jenen ersten Jahren in einem sicheren Versteck war Jeremy ebenfalls privilegiert. Das verdankte er seinem Bruder. Stets hatte Gabriel ihn im Unklaren über die Situation gelassen und ihn beschützt. So wie er selbst niemals beschützt worden war.

»So wie du glaubst, muss es nicht enden«, bekräftigte Alcroft.

Gabriel verübelte seinem Vater, wie blind er gewesen war.

Unfähig, zu durchschauen, was sich direkt vor seinen Augen abgespielt hatte ... Der eigene Sohn, in solchen Schwierigkeiten ... Niemals hatte der Vater seine Schuld bestritten. Als Gabriel ihn wütend zur Rede gestellt hatte, beharrte er auf seiner Passivität. Die Beziehung, immer förmlich und etwas problematisch, hatte sich nie davon erholt. Solche Ressentiments kannte Jeremy nicht. Er besuchte den Vater sehr oft. Dabei müsste ihm einiges aufgefallen sein.

»Zu meinem Bedauern wird es genau so enden, wie ich es erwarte.«

Das Haus am Wisteria Park entsprach den Vorstellungen, die er sich gemacht hatte. Rosa, mit vergoldeten Schnörkeln überladen. Irgendwie glich es einem sterbenden Vogel, der kraftlos in seinem Käfig umherflatterte. Die Farben Rosa und Gold hasste er, weil sie ihn an Anastasia Rasen erinnerten. Und da stand er nun, inmitten ihres Puppenhauses.

Glücklicherweise waren die Dienstboten nicht anwesend, weil sie sich ihrer neuen Herrschaft vorstellten, um zu erfahren, ob sie ihre Arbeitsplätze behalten würden. Doch sie würden bald zurückkehren. Zudem bestand die Gefahr, neugierige Besucher würden auftauchen. Zweimal war schon an die Tür geklopft worden. Deshalb mussten sie sich beeilen.

»Warum haben Alcroft und Jeremy uns nicht begleitet?«, fragte Marietta und durchwühlte den Inhalt eines Schubfachs.

»Weil ich sie beauftragt habe, etwas anderes zu erledigen. Später werden wir sie treffen.«

Er konnte Jeremy kaum anschauen. Nie zuvor hatte er sich so feige gefühlt. Und er müsste seinen jüngeren Bruder nur fragen, ob er für das alles verantwortlich sei. Dann wüsste er Bescheid. Selbst wenn der Junge log – Gabriel würde die Wahrheit in seinem Gesicht lesen, seiner Stimme anhören.

Noch nie hatte es ihm so sehr widerstrebt, die Tatsachen herauszufinden. Wo Jeremy während der letzten beiden Morde gewesen war, wusste Gabriel nicht. In seiner beklemmenden Angst hatte er das nicht nachprüfen wollen. Jahrelang hatte er diese grausige Furcht nicht gekannt. Und nun erschien sie ihm wie eine alte Freundin, die für einen längeren Besuch zurückgekehrt war.

Vor all den Jahren hatte er sein Bestes getan, um seinen Bruder zu retten. Würde er ihn jetzt verlieren – das wäre unerträglich.

»Immer wieder trug sie Rosa«, sagte Marietta, als sie Anastasias Garderobe inspizierte. »Aber ich hatte keine Ahnung, wie besessen sie von dieser Farbe war.«

Er ging zu ihr. »Was schaust du dir an?«

»Ihre Unterwäsche.

So seltsam war das weibliche Geschlecht ... »Warum?«

»Manche Frauen verstecken gewisse Dinge an Stellen, wo Männer nicht nachsehen würden. Deshalb hoffe ich, dass ich hier etwas finde. Was suchen wir eigentlich?«

»Irgendwas, das sie mit Jacob Worley in Verbindung bringen würde. Etwas Ungewöhnliches, das nicht zu dieser Orgie in Rosa passt.«

Zehn Minuten später rief Marietta: »Oh, ich habe ein Tagebuch gefunden!«

Über Gabriels Rücken rann ein eisiger Schauer. »Lass mich sehen.«

Entschlossen drückte sie das Buch an ihre Brust. »Nein. Diesmal kannst du die Ausrede, sie sei eine verworfene Frau gewesen, nicht benutzen.«

Das konnte er sogar mit Fug und Recht behaupten. Doch die Worte, die auf seine Beziehung mit Anastasia hinweisen würden, kamen ihm nicht über die Lippen. Er beobachtete, wie Marietta die erste Seite aufschlug.

»1810. Also hat sie viel früher als Abigail mit ihren Aufzeichnungen begonnen. Nicht, dass es darauf ankäme ... ›Ich glaube, für mich wäre es vorteilhaft, einem Damenclub beizutreten, den Celeste F. leitet ...‹«

Im Erdgeschoss krachte es, und beide zuckten zusammen.

»Bleib hier.« Viel zu heftig pochte sein Herz, von diesen Worten und dem bedrohlichen Geräusch aufgewühlt. Würde der Albtraum niemals enden?

Marietta sah ihn aus dem Zimmer eilen. Vermutlich war ein Dienstbote ins Haus zurückgekehrt. Wie sie ihre Anwesenheit erklären sollten, wusste sie nicht. Gabriel hatte versichert, er würde sich um das Personal kümmern. Und wenn jemand die Menschen charmant umgarnen und gefügig machen konnte, dann war es *er.*

Nachdenklich betrachtete sie das Buch in ihrer Hand. Einige Frauen hatten einen Club gegründet. Zu welchem Zweck? Sie fröstelte. Aufs Geratewohl blätterte sie zu einer Seite kurz vor dem Ende.

Von diesem Neuling halten Jane und ich nichts. Mr Moreton kennt den Jungen, und sollte irgendwas zur Sprache kommen, werden wir alle in Schwierigkeiten geraten. Zu viele Verbindungen. Gefährliche Verbindungen. Sind wir zu arrogant geworden, zu selbstgefällig? Aber das reizt Amanda – der Gedanke, was wir tun könnten. Und ihn zusammen mit unserem Rächer zu sehen …

Großer Gott, die beiden Tagebücher hingen zusammen.

Zu sehen, wie sich die außergewöhnlichen Augen unseres Rächers verdunkeln …

Eine Hand bedeckte ihren Mund, dann wurde sie an einen kraftvollen Körper gepresst.

»Wären Sie so freundlich, mir das Buch zu geben?«, drang eine Flüsterstimme in ihr Ohr.

Ihr Blickfeld verwandelte sich in kristallklare Kälte. Durch ihre Fantasie glitt das Bild eines Mannes mit einer Narbe unter dem Kinn und prallte gegen ihren Angreifer, obwohl sie sein Gesicht nicht sah.

Mühelos entwand er ihr das Tagebuch. »Danke, Miss Winters. Dass Sie es gefunden haben, war wirklich eine große Hilfe.«

Marietta stand reglos da. Womöglich befand sich ein Messer in der Nähe ihrer Kehle – oder eine Pistole hinter ihrem Rücken. Die Hand, die ihr den Mund zuhielt, drehte ihren Kopf zur Seite.

»Allzu viel wissen Sie nicht über Ihren treuen Beschützer. Was er tun wird, ahnen Sie nicht einmal. Wozu er sich letzten Endes entscheidet – das würde mich interessieren.«

Er versetzte ihr einen unsanften Stoß, und sie fiel auf das Bett, mit dem Gesicht nach unten. In ihrer Panik warf sie sich auf der anderen Seite zu Boden. Schmerzhaft landete sie auf ihrer Schulter und erhob sich auf die Knie – fest entschlossen, um ihr Leben zu kämpfen. Doch da war niemand. Das dunkle Ende eines Hosenbeins verschwand durch die Tür zum Flur, leise Schritte entfernten sich auf der Hintertreppe. Krampfhaft umklammerte sie die hässliche rosa Bettdecke.

»Was machst du, Marietta?«

Sie fuhr herum und sah Gabriel in der Schlafzimmertür stehen, die Brust von keuchenden Atemzügen bewegt.

»Da war ein Mann. Er packte mich, nahm mir das Tagebuch weg und sagte …«

Doch er stürmte bereits an ihr vorbei, in den Flur hinaus. Sekunden später polterten seine Schritte auf der Hintertreppe. Marietta schaute sich misstrauisch um und kroch in eine Ecke. Verwirrt starrte sie die zerknitterte Bettdecke an.

Nach ein paar Minuten kam Gabriel zurück. »Leider war er schon weg.«

Sie blickte auf die Linien in ihren Handflächen hinab, die Fältchen, die einander kreuzten.

»Kannst du ihn beschreiben? Hat er mit dir gesprochen?«

»Die ganze Zeit stand er hinter mir. Er flüsterte ...« Mit einer Fingerspitze zeichnete sie eine Linie nach. »Er dankte mir, weil ich das Tagebuch gefunden habe. Gabriel, diese zwei Bücher hängen zusammen, beide Frauen gehörten demselben Club an.«

Behutsam umfasste er ihre Ellbogen und half ihr auf die Beine. Dann hob er ihr Kinn und schaute in ihr Gesicht.

»Dieser Mann muss der Mörder sein«, wisperte sie. Ihr Blick war verschwommen, und sie konnte seine grünen Augen nicht mehr klar sehen. »Und – er hat nach mir gegriffen.«

»Jetzt halte *ich* dich fest«, murmelte Gabriel und drückte sie an sich.

Im Wagen verschränkte sie ihre zitternden Arme vor der Brust. Ausnahmsweise war sie froh, dass sie die Kutsche benutzten. »Was glaubst du, warum er mir nichts angetan hat?«

»Falls die Tagebücher zusammenhängen – wahrscheinlich aus demselben Grund, aus dem Kenny verschont wurde. Nur seinen Opfern will der Täter schaden.«

»Er sagte ...« Unter Mariettas Fingern zerknüllte sich ihr Rock. »Es würde ihn interessieren, wofür du dich letzten Endes entscheiden wirst.«

Bisher hatte Gabriel sich nur mit den Schwankungen des Wagens bewegt. Und jetzt erstarrte er vollends.

»Was hat er gemeint?« Sie beobachtete ihn und entdeckte widersprüchliche Gefühle in seinen Augen.

»Vertraust du mir, Marietta?«, fragte er und beugte sich vor.

Ihre Finger gruben sich noch tiefer in die Rockfalten. Traute sie ihm? Rückhaltlos hatte sie ihm ihr Vertrauen geschenkt. Wenn er sie verriet und abwies, so wie all die anderen, wusste sie nicht, was ihr noch bleiben würde. »Ja.«

Besänftigend strich er über ihren Arm, lockerte die verkrampften Finger und umfing ihre Hände. Als er sie auf seinen Sitz hinüberzog, wehrte sie sich nicht. Zarte Küsse bedeckten ihren Hals, ihr Kinn, ihre Lippen. Gewiss, er versuchte sie abzulenken. Doch das störte sie in diesem Moment nicht, denn sie wollte nicht nachdenken und einfach nur genießen, was er ihr zu bieten hatte.

Er klopfte fünfmal an das Wagendach, und die Kutsche wurde in die Richtung gewendet, die von zu Hause wegführte.

Dann setzte er Marietta rittlings auf seinen Schoß, die Räder polterten über Kopfsteinpflaster, das Schaukeln presste sie an ihn. Er schob ihre Röcke aus dem Weg, öffnete seine Hose und drang in sie ein, füllte sie ganz und gar aus. Sofort war ihr Körper dafür bereit gewesen. Leidenschaftlich küsste sie ihn, und er umfasste ihre Hüften.

Wenn er sie hinterging … Aber wie konnte er? Alberne Ängste krochen in ihr hoch wie boshafte Schlangen.

Jetzt berührte er diese wunderbare Stelle tief in ihrem Innern. Immer wieder. Warum dachte sie an Verrat und Vertrauen? Sie hatte ihm einen Auftrag erteilt und sich hingegeben. Vielleicht würde er nicht für immer bei ihr bleiben. Doch jetzt, in diesem Moment gehörte er nur *ihr*.

Als sein Mund über ihren Hals glitt, legte sie ihren Kopf in den Nacken, schlang ihre Finger in sein Haar und das Tempo des Liebesakts folgte dem Schwanken der Kutsche auf den Pflastersteinen. Gabriel wählte genau den Rhythmus, den Marietta brauchte. Bald schwollen die berauschenden Gefühle an, und sie erreichte den Höhepunkt. Sie war in Ekstase geraten und fühlte sich beglückt, sodass die reinigenden Wellen den Ekel vor dem rosa Puppenhaus und das Grauen der Mörderhände hinwegspülten. Aber sie brachten keine Antworten.

Mit geschlossenen Augen ließ sie sich auf den Wogen dahintreiben, erstickte ihr Stöhnen in Gabriels seidigen Locken und klammerte sich an ihn. Wenige Sekunden später folgte er ihr auf den Gipfel und wusch den letzten Rest des Entsetzens weg.

Sie lehnte die Stirn an den Samt der Rückenlehne, halb träge, halb von neuer Energie durchströmt. »In Anastasias Tagebuch muss irgendwas Besonderes stehen«, sagte sie und merkte, wie er sich unter ihr versteifte.

»Willst du wirklich darüber reden? Ausgerechnet *jetzt?*«

Sie lächelte, das Gesicht an die Samtpolsterung geschmiegt. Obwohl sie Gabriels Miene nicht sah, spürte sie seine Entrüstung. »Nein, eigentlich nicht.«

Da entspannte sich sein Körper. »Ein paar Orte müssen wir noch erforschen, dann bringe ich dich heim und sorge dafür, dass du eine Woche lang nicht gehen kannst.«

Marietta schlenderte über den Markt, wieder ordentlich frisiert, korrekt gekleidet. Hinter ihr schwatzte Gabriel mit einer alten Frau, die in einer heruntergekommenen Bude wertlosen Schmuck feilbot.

Mit mindestens zehn Händlern hatte er sich unterhalten.

In Mariettas Gegenwart wollte keiner den Mund aufmachen. *Zu vornehm,* hatte einer gemurmelt.

Gabriel behauptete scherzhaft, sie sei schlecht fürs Geschäft. Das nahm sie allmählich ernst. Sicher würden sich andere Frauen besser dafür eignen, ihn in die Tavernen oder fragwürdigen Stadtteile zu begleiten. Mit ihrem Akzent konnte sie die unteren Bevölkerungsschichten nicht für sich gewinnen. Und der Hautevolee war sie ein Dorn im Auge.

Weil sie sich nutzlos fühlte, versank sie immer tiefer in Selbstmitleid.

Seufzend berührte sie ein kariertes Tuch, das über den Rand eines Marktstands hing. Aus den Augenwinkeln sah sie, wie die alte Frau etwas in Gabriels Hand drückte. Seltsam, dass es ihm so leicht fiel, sich in allen Gesellschaftsschichten zu bewegen. Er musste nur lächeln ... Nein, am Anfang hatte ihm sein Charme sicher geholfen. Aber seinen Erfolg verdankte er seiner Intelligenz und harter Arbeit.

Himmelsgeschenke. Er war der Liebling der Götter.

Aber manchmal deuteten seine umschatteten Augen und die düsteren Stimmungen, die er so geschickt überspielte, etwas anderes an. Bisher war es ihr nicht gelungen, dieses Dunkel zu ergründen. Was würde ...

Eine Hand packte ihren Arm und zog sie hinter den Marktstand, in eine schmale Gasse.

Entsetzt starrte sie Jacob Worley an, sah ernsthaften Eifer und Wahnsinn in seinem verzerrten Gesicht.

Als sie zurückwich, trat er vor, und sie wollte weglaufen. Da hob er seine Hände. »Bleiben Sie hier.« Seine Stimme klang heiser, nicht so wie an jenem Abend, und er wirkte irgendwie kleiner und schwächer.

»Warum sollte ich? Sie haben fünf Frauen ermordet, Mister.«

»Das habe ich nicht.« In seinen brauen Augen schimmerten Tränen. »Niemals würde ich so etwas tun – es sei denn, sie bitten mich darum.«

»Was, die Frauen sollen Sie darum *bitten*?« Zweifellos war er völlig verrückt.

»Schon immer habe ich die Regeln befolgt. Die sind so wichtig. Miss Winstead und Mrs Fomme und Lady …«

Krächzend flog eine Rabenschar durch die Gasse, und Worley schüttelte den Kopf. »Nur noch eine, dann sind *Sie* die Nächste. Töten Sie ihn. Sonst wird er *Sie* ermorden.«

»Was?«, würgte sie hervor.

»Noble wird Sie umbringen. So wie die anderen.«

Mit bebenden Fingern griff sie an ihre Kehle. »Sie sind irrsinnig.«

Als er sich zu ihr neigte, presste sie ihren Rücken an die Hausmauer. »Meine Ladys – alle sind dahingegangen. Durch seine Schuld. Er hasst sie. Und er will sich rächen. Die Letzte muss ich vor ihm retten. Melissande, die Anführerin.«

Marietta konnte kaum noch atmen. Einerseits wollte sie fliehen, andererseits beobachtete sie ihn wie gebannt, schockiert und fasziniert zugleich. Gewissermaßen glich er Abigails perversem Tagebuch, nur mit anderen Vorzeichen – das Opfer, das die Herrin verehrte.

»Töten Sie ihn! Glauben Sie mir, das ist die einzige Möglichkeit. Ich habe es versucht. Von außen wird er zu gut geschützt. Also muss es von innen geschehen. *Sie* müssen es tun, es ist die einzige Rettung. Bewahren Sie Melissande vor einem schrecklichen Ende.«

»Wer ist Melissande?«

Aber Jacob Worley war bereits zwischen den Marktbuden verschwunden und eine Erinnerung geworden – eine böse Erinnerung.

Sekunden später stand Gabriel vor ihr. »Marietta?«

Irgendetwas krampfte ihr Herz zusammen – neue Angst, beharrliche Sehnsucht. »Ja?«

»Was machst du hier hinten? Da bist du nicht sicher.« Er zeigte auf den Marktplatz. Blindlings folgte sie ihm in die Menschenmenge.

Wie sollte sie antworten? Mit einer Frage, mit der Wahrheit, mit einer Anschuldigung?

»Oh, ich wollte nur Atem holen«, erklärte sie. Eine Lüge. Dafür hatte sich ihre Vernunft entschieden.

Unentwegt gellten Worleys Worte in ihren Ohren. Beschwörend, beklemmend. Mrs Fomme. In Anastasias Tagebuch wurde eine Celeste F. erwähnt, in Abigails Aufzeichnung eine C.F. Eine Zeit lang hatte Celeste Fomme zu den schlimmsten alten Drachen der Hautevolee gezählt, bis sie vor irgendetwas aufs Land geflohen war. Seit Jahren besuchte sie weder Partys noch Bälle.

Als Marietta versucht hatte, die Zusammenhänge zwischen den Tagebüchern zu erörtern, war sie von Gabriel verführt worden. Trotz der erdrückenden Beweislast hatte er das Thema ignoriert. Und sie hatte es gestattet, in der Gewissheit, sie würden später darüber sprechen. Das Tagebuch. Sie musste es lesen. *Sofort.*

»Jetzt gehe ich nach Hause«, verkündete sie so nonchalant wie möglich. »Hier bin ich dir nur eine Last. Und ich muss ein paar Notizen für Kennys Verteidigung zusammensuchen.«

»Das habe ich schon erledigt. Und du warst mit dem Material einverstanden.« Wieder einmal waren seine Augen unergründlich.

Sie zwang sich zu einem Lächeln. »Nun, ich dachte, ich sollte die Notizen noch einmal lesen – und mit Randbemerkungen versehen. Wenn Kenny nervös wird, bringt er vielleicht irgendetwas durcheinander. Deshalb muss er sich vorher einprägen, was er sagen soll.«

Seine glänzenden Smaragdaugen wurden hart. Als sich seine Lippen verkniffen, fürchtete sie sekundenlang, er würde sie festhalten. »Wie du wünschst, Marietta. Nimm die Kutsche. In einer Stunde komme ich nach Hause.«

Sie nickte und eilte davon. Instinktiv folgte sie dem Impuls zur Flucht, statt ihre Schritte zu verlangsamen, um kein Misstrauen zu erregen.

Während der Fahrer das Gespann anspornte, sah sie, dass Gabriel ihr nachschaute. In diesem Wagen hatten sie vorhin ... Sie schüttelte den Kopf und entfernte ihre Finger von den weichen Kissen und der Samtpolsterung. Von hier aus konnte sie seine Augen nicht erkennen. Nur seine düstere Miene. Anklagend. Mörderisch. Er schien nicht mehr der zärtliche, leidenschaftliche Liebhaber zu sein. Gabriel war ein Mann mit vielen Gesichtern – ein raffinierter Verführer, der seinen Willen immer und überall durchsetzte ...

In Anastasia Rasens Haus war sie nicht von Jacob Worley angegriffen worden. Jemand anderer hatte sie gepackt. Und Gabriel war außer Atem gewesen, offenbar nach einem schnellen Lauf.

Woher war er gekommen?

Unaufhaltsam bahnte sich der hässliche Verdacht einen Weg in ihr banges Herz.

Die Kutsche folgte der Straße viel zu langsam. Offenbar wollten die Pferde einen gemächlichen Trott genießen, statt das Tempo einzuschlagen, das Marietta ersehnte. Sollte sie aussteigen und nach Hause laufen? Aber für dieses Wagnis bewegte sich das Gespann dann doch ein bisschen zu schnell.

Außerdem musste sie ihre Kräfte sparen, denn womöglich musste sie am Ende dieses Nachmittags um ihr Leben laufen.

Endlich hielt der Wagen vor dem Haus. Noch ehe die Pferde stillstanden, sprang Marietta aus der Kutsche. Der Fahrer rief ihr etwas zu. Doch sie winkte ihm nur und musste den Schlüssel dreimal in das Schloss stecken, ehe sie ihn herumdrehen konnte. Sie eilte die Treppe hinauf, in Gabriels Zimmer und kniete vor der Serpentine-Kommode nieder. Blindlings tastete sie den Boden darunter ab. Da … Sie zog das Tagebuch hervor und schlug es auf.

2. Januar 1813. L.D., C.F., J.M., A.F., T.R. und ich haben beschlossen, uns zu amüsieren, einen Club gegründet …

C.F., Celeste Fomme. A.F., Amanda Forester. J.M. In Abigails Tagebuch wurden eine Jane und Mr Moreton erwähnt. Jane Moreton. Anastasia? Keine A.R. Sie überflog die Initialen erneut. Dann stockte ihr Atem. T.R. Irgendjemand hatte Anastasia Rasen einmal *Tasia* genannt. T.R.

Diesem Club hatten alle ermordeten Frauen angehört. Und in dem Tagebuch, das Gabriel ihr vorenthielt, wurde mehrmals auf sie hingewiesen. Wann immer er sie bei dieser Lektüre ertappte, ärgerte er sich. Besonders wütend war er gewesen, als sie die Aufzeichnung über den Favoriten der Frauen gelesen hatte – einen unvergleichlich schönen Mann mit wundervollen Augen …

Plötzlich glitt das Buch aus ihren Händen …

Gabriel. Der Erzengel. Der Rächer.

… und es landete krachend auf dem Boden.

16

Ihr Herz hatte zu klopfen aufgehört. Das wusste sie, weil eine Grabesstille das ganze Haus erfüllte. Kein einziger Laut war zu hören. Nicht einmal ihre Herzschläge.

Wie konnte ...

Was hatte ...

Nein, es durfte nicht wahr sein.

Poch, poch, poch.

Marietta fuhr auf dem Hartholzboden herum, und ihr Ellbogen stieß gegen die Kommode. Offenbar drang das Geräusch aus dem Erdgeschoss herauf.

Wenn es Gabriel war? Plötzlich raste ihr Puls, ihr Herz galoppierte. In ihrem Ellbogen verebbte der Schmerz, während ihr Atem stockte und heftige Schwindelgefühle ihren Kopf erfüllten.

Poch, poch, poch.

Nein. Gabriel würde einfach eintreten. Auf Katzenpfoten. Da, wo sie kniete, den Rücken zur Tür gewandt, konnte er sie mühelos ermorden.

Sie stand auf, wankte zur Tür, in den Flur hinaus. Bebend umklammerte ihre Hand das Treppengeländer, und sie trat auf eine knarrende Stufe – ein Echo ihrer Verzweiflung.

Wer mochte an die Haustür klopfen?

Poch, poch, poch.

Mrs Rosaire und Clarisse hatten Schlüssel. Auch Jeremy schien einen zu besitzen. Und das Personal des Hauses in Mayfair – Marietta hatte einen Lakaien sagen hören, er habe den Schlüssel vergessen. Also konnten diese Dienstboten jederzeit hier hereinkommen.

Vielleicht wollte Jacob Worley in das Haus eindringen,

um Marietta zu ermorden, nachdem er auf dem Markt ihre Trennung von Gabriel verursacht hatte. Nein, das ergab keinen Sinn. Der Angreifer in Anastasias Puppenhaus war er nicht gewesen, das stand wegen seines anderen Körperbaus fest. Davon abgesehen hätte er sie in der dunklen Gasse hinter den Marktbuden töten können. Außerdem – mochte Worley unschuldig sein oder nicht – hatte Gabriel gewichtige Gründe, um diese Frauen zu beseitigen.

Zweifellos entsprach seine Erklärung, er würde die in Abigails Tagebuch erwähnten Personen kennen, der Wahrheit. Danach war seine Behauptung, er würde sie prüfen, eine Lüge gewesen. Sie hatte geglaubt, er würde sie absichtlich provozieren, statt ein perverses Spiel mit ihr zu treiben.

In seinen Augen hatte sie es gelesen. Bei der Äußerung, er würde die Mitglieder des Frauenclubs nicht kennen, war er ihrem Blick ausgewichen. Das hätte sie sofort stutzig machen müssen.

Würdest du dich betrogen fühlen? Bist du mir verfallen, Marietta?

Großer Gott. Sie schloss die Augen.

Poch, poch, poch.

Ja, er hatte ein Mordmotiv. Wenn er ihr verraten hätte, er würde die Frauen kennen, wenn er ihr erklärt hätte – dann, vielleicht ...

»Mach die Tür auf, Gabriel!«, rief eine kalte Stimme. »Du bist da drin. Das weiß ich. Vorhin hast du einen Fehler gemacht. Ich hörte eine Stufe knarren.«

Unschlüssig blieb Marietta am Treppenabsatz stehen. Sollte sie durch die Hintertür hinausschleichen? Aber wenn der Mann, wer immer er war, diesen Ausgang kannte ... Wenn seine Komplizen davor lauerten ...

Sie traf eine Entscheidung – eine vernünftige – und huschte in ihr Zimmer. Dort nahm sie ihre Pistole aus dem Schubfach, öffnete das Fenster und dankte dem Allmächtigen, weil es zur Straße hinausging. Sie neigte sich vor und spähte zur vorderen Haustür hinab.

In derselben Sekunde schaute ein hochgewachsener, korrekt gekleideter Mann nach oben und registrierte alles an ihr, von ihrer Brust aufwärts. Mit einem weiteren Stoßgebet dankte sie dem Himmel für ihre schäbige Kleidung, in der sie wie ein Dienstmädchen aussah …

… das seinen Kopf aber nicht aus dem Fenster stecken dürfte.

»Mr Noble ist nicht da, Sie finden ihn auf dem Markt. Guten Tag.«

Als sie sich zurückziehen wollte, rief der Mann: »Halt!« Seine Augen verengten sich. »Wer sind Sie?«

»Felicity, das Dienstmädchen.« Nur eine kleine Bosheit, die ihrer entfernten Cousine Miss Tercake galt …

»Unsinn, Sie sind kein Dienstmädchen.«

»Doch, seien Sie versichert«, entgegnete sie und hob das Kinn.

»Und ich versichere Ihnen, dass Sie es nicht sind. Kommen Sie herunter, oder ich muss annehmen, dass Sie trotz Ihrer kultivierten Sprechweise und Ihrer arroganten Haltung die Manieren einer Dienerin besitzen.«

Entschlossen zügelte sie ihren Zorn. Ihr Stolz sollte nicht von einer Dummheit gefährdet werden. »Im Moment wünsche ich nicht mit Ihnen zu sprechen. Besuchen Sie Mr Noble ein anderes Mal, oder treffen Sie ihn auf dem Marktplatz. Guten Tag.«

Marietta trat vom Fenster zurück und zählte zehn Schläge ihres rasenden Herzens. Als sie wieder nach unten blickte, war der Mann verschwunden. Sie nahm ihre größte Tasche aus dem Schrank.

Mit ihrer zitternden Hand strich sie über ihre Kleider. Es würde zu lange dauern, alles einzupacken. Also musste sie einen Teil ihrer Sachen zurücklassen. Zögernd betrachtete sie ihr persönliches Eigentum. Notizen, Geschenke, das Medaillon. Nein. Sie würde Erinnerungen mitnehmen, nicht deren greifbare Manifestationen. Und so warf sie nur möglichst leicht tragbare Habseligkeiten und Gegenstände von finanziellem Wert in die Tasche.

In ihren Augen brannten Tränen. Nein, noch nicht. Später, in Sicherheit – in einer Pension oder bei einer Nachbarin, die den Namen Gabriel Noble nie gehört hatte – würde sie weinen. Und danach musste sie planen, was sie tun würde.

Um ein paar Sachen einzupacken, gestand sie sich fünf Minuten zu. Dann schloss sie die Tasche und trug sie zur Treppe. Auch das Tagebuch steckte darin. Zudem wollte sie möglichst viele von den Dokumenten mitnehmen, die auf dem Küchentisch lagen.

Weitere fünf Minuten. Mehr durfte sie nicht riskieren. Schon viel zu lange war sie im Haus geblieben. Jede Minute konnte Gabriel zurückkehren. Er würde durch die Vordertür hereinkommen – und sie durch den hinteren Ausgang fliehen.

Sie betrat die Küche, eilte zum Tisch und stopfte eine Handvoll Papiere in die Tasche. Als sie einen zweiten Stapel ergreifen wollte, wurde sie von einer Stimme gestört.

»Heben Sie Ihre Hand. Sofort.«

Erschrocken fuhr sie herum und sah den Mann, der an die Haustür geklopft hatte, in einer schattigen Ecke stehen. Sie tastete nach der Pistole in ihrer Rocktasche.

»Keine Bewegung.« Nun tauchte er aus dem Dunkel auf und ging mit einer Waffe in der Hand auf sie zu.

Sie wich zurück, bis sie gegen den Tisch stieß. Hoch aufgerichtet und stattlich hielt der Fremde vor ihr inne und inspizierte sie, als wäre sie ein Insekt, das man vernichten müsste.

»Wie sind Sie hereingekommen?« Mariettas Zunge glitt über ihre Lippen. Wie üblich hatte sie die Vordertür versperrt. Und danach hatte sie nichts gehört.

Reglos stand er da und richtete die Pistole auf ihre Brust. »Ich habe einen Schlüssel benutzt. Wer sind Sie? Was versuchen Sie zu stehlen?«

Nun fühlte sie sich etwas besser. Offenbar war er nicht hinter ihr persönlich her. Aber er glaubte, sie wäre eine Diebin. Keine besonders günstige Situation …

»Ich bin einfach nur ein Dienstmädchen, das Mr Noble eingestellt hat, und ich mache hier sauber.«

Verächtlich hob er die Brauen. »Niemals gestattet Gabriel einer Dienerin, seine Papiere anzurühren.« Er zeigte auf den Tisch. »Sagen Sie endlich die Wahrheit.«

Die Zeit lief ihr davon. Jeden Moment würde Gabriel zurückkommen. »Lassen Sie mich gehen.« Sie breitete ihre Arme aus. »Bitte. Ich werde nichts mehr anfassen. Nur was mir gehört, habe ich eingepackt. Das schwöre ich.«

Für das Tagebuch galt das nicht unbedingt. *Aber – verdammt, es ist mein Eigentum.*

»Warum so eilig? Wie lautet Ihr Nachnahme, *Felicity?«*

Seine Stimme klang gebieterisch und zugleich beschwichtigend. Als hätte er Marietta einerseits unter Kontrolle und würde sie andererseits respektieren.

»Felicity Rose. Mein Bruder steckt in Schwierigkeiten, und ich muss ihm helfen.«

Zumindest die beiden letzten Äußerungen trafen zu.

»Setzen Sie sich.«

Marietta straffte die Schultern. Der Mann sah bedrohlich aus, da er eine Pistole in der Hand hielt. Trotzdem glaubte sie nicht, er würde auf sie schießen. Irgendwie wirkte er anständig und edelmütig.

Denselben Eindruck hatte sie auch von Gabriel gewonnen.

Ehe sie sich anders besinnen konnte, trat sie vor. »Jetzt muss ich gehen. Guten Tag, Sir.«

»Die Dokumente, die Sie soeben in Ihre Tasche geschoben haben, gehören nicht Ihnen. Nehmen Sie die Papiere heraus. Sofort. Dann werde ich mir überlegen, ob ich Sie gehen lasse.«

Wenn ihr die Flucht gelang, würde es sich lohnen, auf die Schriftstücke zu verzichten. Sie kannte die Fakten des Falls. Und das Material, das Kenny für seine Verteidigung brauchte, hatte sie ihm bereits gegeben. Diese zusätzlichen Notizen waren ihr Leben nicht wert. Deshalb nickte sie, holte die Papiere hervor und warf sie auf den Tisch.

»In Ihrer Tasche befindet sich noch etwas. Nehmen Sie es heraus.«

»Nur mein Tagebuch. Das trug ich schon bei mir, bevor ich in die Küche gekommen bin.«

Unsanft wurde ihr die Tasche entrissen, große Hände zogen das Buch heraus. Dann schlug der Mann die erste Seite auf. In seinem Gesicht zeigten sich undefinierbare Emotionen. Marietta nahm ihre eigene Pistole aus der Rocktasche.

Da blickte er auf, nur sekundenlang überrascht, dann schaute er sie ausdruckslos an. »Also besitzen Sie tatsächlich eine Waffe. Wer hätte das einem so zierlichen Mädchen zugetraut?«

»Ganz recht.« Sie wies auf das Tagebuch. »Stecken Sie es wieder in die Tasche. Die werden Sie mir zurückgeben.«

Dieses Buch brauchte sie, denn es enthielt ihre einzigen Anhaltspunkte. Und jetzt, wo sie die wichtigste Tatsache kannte, würde sie alle Antworten auf ihre Fragen daran finden.

Blitzschnell richtete er seine Pistole wieder auf ihre Brust. »Offenbar sind wir bei einem Unentschieden angelangt, Miss Rose.«

Verdammt, wie geistesgegenwärtig er reagierte ... »Sieht so aus.«

»Wie haben Sie sich Abigail Winsteads Tagebuch angeeignet?«

Verblüfft und entsetzt runzelte sie die Stirn. »Ihr Name steht nicht darin. Wieso wissen Sie das?«

»Was ich *nicht* weiß, wer sind Sie? Und warum sind Sie hier? Aber allmählich geht mir ein Licht auf.«

Was seine Augen bekundeten, milderte den Schock ein wenig, weil sie vor allem Neugier verrieten.

»Dieses Tagebuch brauche ich. Und ich muss das Haus verlassen. Bitte.«

»Vermutlich sind Sie mit dem jungen Winters verwandt. Miss Marietta Winters, nicht wahr? Sie gleichen Ihren Eltern.«

Nur ganz leicht schwankte ihre Pistole, bevor sie den Griff wieder fest umfasste. »Kannten Sie meine Eltern?«

»Nein. Aber ich habe sie einmal gesehen.«

»Wer sind Sie?«, flüsterte sie.

»Nur ein Butler. Oder ich war ein Butler, sollte ich sagen. Einmal Butler, immer Butler.«

Auf seltsame Weise ergab das einen Sinn. Seine Attitüde, seine Sprechweise. Würdevoll und kritisch. Hochmütig, aber nicht respektlos.

Sie fuhr sich wieder mit ihrer Zunge über die Lippen. »Wo haben Sie als Butler gearbeitet?«

»Auf dem Dentry-Landsitz. Dort war ich Lord Dentrys persönlicher Butler.« Ohne die Waffe zu senken, verneigte er sich.

Dentry? Instinktiv rannte sie auf die andere Seite des Tisches, und der Mann hob die Brauen.

»Stimmt irgendwas nicht?«

»Sie waren Butler bei den Dentrys?« Ihr Gelächter klang fast hysterisch. »Wieso kennen Sie Gabriel Noble?«

Wieder diese undefinierbare Miene … »Ah, ich verstehe.« Seine Stimme klang ruhig und resignierend.

»Was verstehen Sie?« Im Rückwärtsgang näherte sie sich der Hintertür, die Pistole noch immer gezückt. Plötzlich fand sie ihre Flucht viel wichtiger als das Tagebuch.

Die vordere Haustür klickte, und neues Entsetzen beschleunigte Mariettas Puls. Gabriel …

»Nun, ich verstehe, dass Sie gar nichts über mich wissen«, erklärte der Fremde.

Verzweifelt bemühte sie sich, ihre Hysterie in Grenzen zu halten. Jetzt musste sie die Tür öffnen. »Warum sollte ich?«

»Gabriel? Marietta? Was ich soeben herausgefunden habe, werdet ihr nicht glauben.«

Beinahe brach sie vor Erleichterung zusammen. Jeremys Stimme … Doch dann spannte sie sich wieder an, denn sie durfte auch ihm nicht trauen.

Sein hübsches Gesicht tauchte auf. Beim Anblick des Butlers blieb er wie festgewurzelt stehen. »Was machst du hier?«

»Ganz einfach – ich will herausfinden, auf was ihr beide euch eingelassen habt.«

»Auf gar nichts«, entgegnete Jeremy hastig. »Fahr aufs Land zurück.«

Langsam zog der Butler seine Brauen hoch. »Lieber nicht.«

Um die Gunst des Augenblicks zu nutzen, sprang Marietta vor und entriss ihm das Tagebuch. Beide Männer wandten sich zu ihr.

»Nun lasse ich Sie beide allein, damit Sie in Ruhe streiten können. Guten Tag.« Sie wich wieder zur Tür zurück.

»Warum halten Sie eine Waffe in der Hand, Marietta?«, fragte Jeremy. »Und warum *du*? Was ist hier passiert?«

»Nichts, worum Sie sich sorgen müssten.« Sie schwenkte das Tagebuch in seine Richtung und trat noch einen Schritt zurück.

»Mit diesem Buch werden Sie nicht gehen, Miss Winters«, entschied der Butler und zielte wieder mit seiner Pistole auf Marietta.

»Doch«, erwiderte sie in möglichst ruhigem Ton.

»Welches Buch?«, fragte Jeremy.

Nach kurzem Zögern antwortete der Butler: »Ein Tagebuch, das nicht ihr gehört.«

Sekundenlang versteifte sich Jeremy. »Also das von Abigail Winstead.«

Wie absurd das alles war, die Geheimnisse, die Lügen ... »Ich brauche es. Sobald mein Bruder nicht mehr hinter Gittern sitzt, werde ich Ihnen das Buch schicken, Sir. Das verspreche ich.« Das Tagebuch an ihre Brust gepresst, richtete Marietta ihre Waffe auf den Butler. »Niemanden werde ich informieren«, flüsterte sie. »Mein Bestes werde ich tun, um *nichts* über ihn zu sagen. Mir geht es nur um Kenny, den ich retten muss.«

Zwei durchdringende Augenpaare nagelten sie fest.

»Nur Kenny will ich retten …« Ihre Stimme erstarb.

»Wie meinen Sie das?«, fragte der Butler. »Sie werden Ihr Bestes tun, um nichts über ihn zu sagen?«

Sie schüttelte den Kopf.

Mit zusammengekniffenen Augen senkte er seine Pistole. »Jetzt sind Sie mir gegenüber im Vorteil, Miss Winters. Was meinen Sie?«

»Mit keinem Wort werde ich ihn belasten. Nicht einmal andeutungsweise. Wenn Kenny freigekommen ist, werden wir sofort verschwinden.« Oh Gott, Mark … An ihren älteren Bruder hatte sie gar nicht gedacht. Er befand sich in Gabriels Gewalt.

Und sobald Gabriel ihre Flucht bemerkte, würde er in hellen Zorn geraten. Noch vor ihr konnte er Mark erreichen. Ihre Brosche … Die musste sie gegen eine Droschkenfahrt eintauschen. Ja, sie würde es schaffen – und mit ihren Brüdern auf den Kontinent fliehen. Oder in die Kolonien. Alles aufgeben – einen neuen Anfang wagen …

»Was meinen Sie mit andeutungsweise?«, fragte der Butler. »Und wen werden Sie nicht belasten?« Erst jetzt wurde ihr bewusst, dass er seinen Namen nicht genannt hatte.

Jeremy erblasste und presste die Lippen zusammen. Also musste er alles wissen.

Sie schüttelte den Kopf. »Nein.« Noch immer mit erhobener Waffe näherte sie sich der Tür.

»Beantworten Sie meine Frage, sonst lasse ich Sie nicht gehen.«

»Nein, ich sagte – ich werde ihn nicht belasten.«

»Drücken Sie sich etwas genauer aus.«

Und dann nickte er langsam, als würde er begreifen, worum es ging.

»Ja, sag es ihm, Marietta.«

Verwirrt wandte sie sich zur Hintertür, und die Pistole wurde ihr entrissen.

Da stand Gabriel, an den Türrahmen gelehnt, die Arme vor der Brust verschränkt. An seinen Fingerspitzen hing die Waffe.

»Sag ihm, wen du verdächtigst.«

17

»Gabriel!«

Wie eigenartig Jeremys Stimme klang ... Doch sie konnte nicht in seine Richtung schauen, konnte nur den Mann anstarren, der vor ihr stand. Also war er durch die *Hintertür* hereingekommen. Marietta brachte nicht einmal ausreichende Gefühle auf, um sich über ihre Dummheit zu ärgern.

Er rührte sich nicht. Nur sein Blick schweifte von ihr weg, über ihre Schulter. So ähnlich hatte der Butler zu ihrem Fenster hinaufgespäht ...

»Allzu sehr überrascht es mich nicht, dich hier zu sehen«, wandte Gabriel sich an den Butler.

Langsam wich sie zurück, entfernte sich auch von den anderen und suchte Zuflucht in einer Ecke des Raums. Alle Wege waren versperrt. Sie hatte keine Waffe. Sie tastete die Arbeitsfläche an ihrer Seite nach einem Messer ab. Nicht, dass es sie vor einer Kugel retten würde.

»Darüber solltest du auch nicht staunen«, entgegnete der Butler. »Du hättest mich sofort verständigen müssen.«

»Schon vor langer Zeit habe ich mich deiner Kontrolle entzogen. Also habe ich keinen Grund gesehen, dich zu informieren.«

Kontrolle? Marietta beobachtete das Mienenspiel des Butlers. Widerstrebende Zustimmung. Und Schmerz?

»Vermutlich hat Jeremy dich benachrichtigt.«

»Nach meiner Lektüre diverser Zeitungen war das nicht nötig.«

»Nein, natürlich nicht.«

»Du wusstest, ich würde hierherkommen.«

»Daran konnte ich dich nicht hindern.«

»Jedenfalls hättest du mir Bescheid geben sollen.« Diesmal war der schmerzliche Unterton unüberhörbar. Aber der Butler zeigte seinen Kummer auf würdevolle Weise.

»Das war überflüssig.« Noch immer lehnte Gabriel lässig am Türpfosten, als würde er keine Sorgen kennen. »Was gab es zu sagen? Seit einer Woche hege ich keinen Verdacht mehr gegen dich.«

Keinen Verdacht mehr?

Der Mann holte tief Atem und richtete sich zu seiner vollen Größe auf. »Ah, ich verstehe. Dann muss ich dir für dein Vertrauen danken, wenn auch nicht für deine Rücksichtnahme.«

Gabriel neigte den Kopf und schaute Marietta an. Sofort hielt sie in ihrer Suche nach einem Messer inne. »Welch eine imposante Versammlung verdammter Seelen ... Wollen wir uns setzen und wie zivilisierte Menschen darüber diskutieren? Oder fangen wir zu schießen an?«

Bereitwillig senkte der Butler seine Waffe. Bevor Jeremy am Tisch Platz nahm, trat er nervös von einem Fuß auf den anderen.

Gabriel lehnte noch immer am Türrahmen. »Nun, Marietta, wie entscheidest *du* dich?«

»Bedauerlicherweise habe ich keine Pistole, mit der ich feuern könnte«, fauchte sie.

»Nein, du hast keine. So leid es mir tut, ich musste dich entwaffnen. Setz dich, es gibt keinen Grund, warum du dich fürchten müsstest. Unter diesem Dach befinden sich keine Mörder.« Sein Lächeln wirkte nicht freundlich, eher wie ein höhnisches Zähnefletschen. Oder wie eine Demonstration seiner Wut über ein unberechtigtes Misstrauen.

Steifbeinig ging sie zum Tisch und wählte einen Stuhl, der möglichst weit von den drei Männern entfernt stand. Gabriel sank auf den einzigen, der noch frei war.

»Ist das nicht eine erfreuliche Szene?«

»Gabriel …«

»Eine wundervolle Wiedervereinigung«, unterbrach er den Butler.

Forschend schaute Marietta von einem zum anderen. Jeremy war noch immer blass. Und Gabriel erschien ihr wie ein dunkler Dämon, der auf der Jagd nach den Seelen aller Anwesenden war. Der Butler wirkte passiv, abgesehen von einer leicht erhobenen Braue. So wie Gabriel, wenn er …

Zeit und Raum erstarrten.

»Hast du es endlich herausgefunden?«

»Lass sie in Ruhe, Gabriel.«

Nur vage drangen beide Äußerungen in ihr Bewusstsein.

»Nein!«, stieß Gabriel hervor. »Bevor ich eingetreten bin, habe ich durch das Fenster gesehen, was hier geschah. Und ich habe alles gehört. Beantworte die Frage, *Miss Winters*!«

»Er ist dein Vater …«, begann sie tonlos. »Und deine Verbindung zum Dentry-Landsitz. Der Grund, warum du so oft dort warst. Warum du Jacob Worley wiedererkannt hast. Du hast mit ihm zusammengearbeitet.«

»Als einfacher Dienstbote. Höre ich diesen Aspekt aus deiner Antwort heraus?« Gabriels Stimme klang seidenweich, dunkel – und gefährlich.

»Nein, das habe ich nicht gesagt.«

»Hmmm ... Manchmal ist es nicht notwendig, etwas auszusprechen.«

Ihre Verwirrung ging in Ärger über. »Was immer du früher gewesen bist – es gibt dir kein Recht, mit dem Leben anderer zu spielen.«

»Da bin ich ganz deiner Meinung.« Mit halb geschlossenen Lidern lehnte er sich zurück. »Und dein Status ermöglicht *dir*, mit dem Leben anderer zu spielen, in beträchtlichem Ausmaß.«

»Oh, das ist grauenhaft.«

»Erspar mir deine Entrüstung. Je höher du in der gesellschaftlichen Hierarchie stehst, desto mehr darfst du dir erlauben. Wenn du die Unterschicht kontrollierst ...« Seine Augen funkelten bedrohlich. »... gehört dir alles.«

Die Luft wurde dünner, das Atmen schwerer. »Nein.«

Langsam beugte er sich vor – er war so betörend und so schrecklich in seiner Schönheit. »Oh ja, *Marietta.*«

»Jetzt reicht es, Gabriel«, mahnte der Butler.

»Du bist ein Gast in meinem Haus, Vater«, erwiderte der Sohn. »Wie ich bereits erwähnt habe – inzwischen unterstehe ich nicht mehr deiner Kontrolle.« Im Grün seiner Augen schwelte schwarze Glut. »Nicht, dass du jemals die Neigung bewiesen hättest, mich zu lenken und zu leiten.«

Kerzengerade saß der Butler ihm gegenüber. Obwohl Marietta ihn nicht kannte, merkte sie ihm an, wie qualvoll er verletzt war. »Deine Mutter und ich ...«

»Halt sie da heraus!«, fiel Gabriel ihm mit messerscharfer Stimme ins Wort. »Hättest du uns beigestanden ...«

Jeremys bleiches Gesicht hatte sich gerötet. »Moment mal, Gabriel, du darfst Vater nicht für das alles verantwortlich machen ...«

»Wirklich nicht? Und warum nicht?«

»Weil es ungerecht wäre.«

»Ah, ungerecht. Wie interessant.«

Marietta überlegte, ob sie aus der Küche schleichen könnte, wenn sie noch immer in der Ecke stünde. Sobald sie diese Möglichkeit erwog, schien Gabriels Blick sie zu durchbohren.

»Denk nicht einmal daran.«

»Lass mich einfach nur gehen«, sagte sie kaum hörbar.

Rings um seine Augen vertieften sich feine Linien. »Nein.«

»Bitte.«

Irgendetwas erhärtete seine Miene und verschwand sofort wieder. »Eigentlich solltest du mir eine Frage stellen.« Seine Stimme klang beinahe freundlich.

»Nein.«

»Oh ja. Frag mich, Marietta. Jetzt.«

Seine Finger schlossen sich etwas fester um die Pistole. Um ihre Pistole, die sie hatte benutzen wollen.

Aus den Augenwinkeln sah er eine Spinnwebe an einem dünnen Faden hängen, die beim Saubermachen übersehen wurde. Nun löste sie sich auf. Wie alles andere.

Ich werde ihn nicht belasten.

Dazu war es also gekommen. Marietta erregte einen noch heißeren Zorn als sein Vater. Warum, wusste er nicht, denn sie hatte wahrlich keinen Grund, ihm zu trauen. Trotzdem – jenes Versprechen, ohne vorher mit ihm zu reden, ohne ihn zu *fragen,* ob er ein Verbrechen verübt habe, erschien ihm wie ein schrecklicher Verrat. Nur seit einem knappen Monat kannte er diese Frau. Auf seiner rasanten Fahrt durchs Leben war sie nur eine kurze Episode. Und doch – und doch …

Sie biss auf ihre Lippen. »Nein.«

»Bist du sicher? Oder willst du einfach nur glauben, was dein Gehirn heraufbeschworen hat? Irgendwas, um deinen Bruder zu retten? Habe ich recht? Warum solltest du Worley anzeigen, wenn du den Wachtposten oder – noch besser, Dresden – jemand anderen anbieten kannst? Jemanden, den der Polizist hasst? Den die Hautevolee nur zu gern am Galgen sehen würde, nachdem er sie mit seinem Erfolg geärgert hat? Der nichtswürdige Sohn eines Butlers und einer Gouvernante. Ja, es würde den hässlichen Fleck entfernen, den ich dem Glanz der vornehmen Gesellschaft zugemutet habe. Noch einen Emporkömmling aus der Welt geschafft.«

»Du bist verrückt.«

»Vielleicht, ein bisschen. Verrückt genug, um irgendwas an dir zu schätzen.« Bitterkeit. Zorn.

Zitternd presste sie die Lippen zusammen. In ihren Augen schimmerten Tränen. »Dann bin ich auch verrückt, weil ich über dich genauso denke …«

Jeremy schloss die Tür der Küche, die er mit seinem Vater verlassen hatte. In der Halle verklangen die Schritte der beiden. Weder der eine noch der andere wurde vermisst.

»Erinnerst du dich?«, fragte Gabriel. »Du bist zu mir gekommen.«

»Und ich glaubte, ich könnte dir trauen.«

»Nein, du hast mir nicht vertraut. Du warst spröde und reizbar. Niemals hast du mir getraut. Versuch nicht, unsere Beziehung in einem neuen Licht zu sehen.«

»Unsere Beziehung? Gibt es die überhaupt? Offenbar hast du mich an der Nase herumgeführt und belogen. Wann immer es dir gefiel.«

»Natürlich wäre es sinnlos gewesen, etwas zu tun, das mir *missfallen* hätte.«

Er beobachtete, wie wachsender Zorn ihre Wangen rötete und ihrem Gesicht Farbe und Tiefe verlieh – einem Gesicht, das er längst nicht mehr unscheinbar fand, sondern lebendig und ausdrucksvoll.

»Sogar dich selbst belügst du«, warf sie ihm vor.

»Wenn es mir nützt …«

»Bildest du dir ein, ein Dutzend gute Taten – oder hundert – würden deine Sünden wettmachen?«

»Nun, das hängt von den Sünden ab.«

»Tatsächlich? Auf diese Weise rechtfertigst du dich?«

»Jeder von uns bringt solche Rechtfertigungen vor. Hast du etwa nicht gesündigt, um deinem Bruder zu helfen, Marietta?«

»Ja. Das habe ich wissentlich getan. Ich habe mir nicht ein eingeredet, ich sei schuldlos. Und ich habe dir keine wichtigen Informationen vorenthalten.«

»Die hattest du gar nicht.«

»Aber du schon.«

»Nichts, was für dich bedeutsam wäre.«

»Oh, es wäre *sehr* bedeutsam gewesen, hätte ich erfahren, dass du vergewaltigt wurdest. Von sechs Frauen, die jetzt tot sind!«

Drückende Stille zerschnitt die Luft.

»Und deine Frage?« Gabriel umklammerte den Pistolengriff so fest, dass seine Finger schmerzten. »Wirst du sie jetzt stellen?«

Eine Zeit lang schwieg sie, und er hörte nur ihre mühsamen Atemzüge. Seltsam – würde *er* je wieder atmen können?

»Diese Frauen kanntest du. Und du hattest allen Grund, dir ihren Tod zu wünschen.«

»Das ist keine Frage.«

Ihre Brüste hoben und senkten sich – hoben und senkten sich. *Nein, sie würde nicht danach fragen.* Ein eigenartiges Gefühl der Irrealität erfasste ihn – das Gefühl, er wäre schon einmal in dieser Situation gewesen, aber auf der anderen Seite. Unfähig, Jeremy zu fragen. Unfähig, die Antwort zu ertragen. Unfähig, irgendetwas zu tun, außer wegzulaufen.

»Immerhin haben sie dich vergewaltigt.«

Wie er dieses Wort hasste – den harten Klang des betonten a. Und wie das w zwischen den Zähnen und der Unterlippe gebildet wurde.

»Darüber könnte man streiten – das habe ich schon einmal erwähnt.« Er versuchte beiläufig zu sprechen. Verzweifelt bekämpfte er die Leere in seinem Gehirn, in seiner Brust.

»Keineswegs. Das habe ich Abigail Winsteads Tagebuch entnommen.«

»Dem sinnlosen Geschreibsel einer Verrückten?«

»Verrückt? Möglich. Sinnloses Geschreibsel? Wohl kaum.«

»Dieses Buch nimmst du viel zu ernst. Davon bist du geradezu besessen.«

»Kein Wunder – wenn die Hauptperson die ganze Zeit in meiner Nähe war und neben mir schlief.«

»Wenn ich mich recht entsinne, haben wir *mein* Bett geteilt.«

Erbost und verlegen errötete sie. »Irgendetwas in diesem Buch schien nach mir zu rufen – etwas, das ich erfahren müsste.«

Gabriel verbarg sein Entsetzen und seine Wut hinter geheucheltem Desinteresse. »Dass du pervers bist, wusste ich gar nicht.«

Diesmal gelang es ihm nicht, seinen Schmerz und die Selbstverachtung vollends zu verhehlen.

Marietta streckte eine Hand nach ihm aus und zog sie sofort wieder zurück. Instinktiv wollte sie ihn trösten, und *bewusst* verzichtete sie darauf. Er lächelte bitter.

»Glaub mir, ich bin nicht auf dein Mitgefühl angewiesen.«

Als er beobachtete, wie sie ihre Nerven zu beruhigen suchte, wuchs sein Zorn. Sie holte tief Luft. »Was die Frauen taten, war falsch.«

»Erspar mir dein Mitleid. Das brauche ich wohl kaum, ebenso wenig wie sonst irgendwas von dir.« Oh, die Tragödie mutwilliger Bosheit …

Marietta senkte die Wimpern und schlang ihre zitternden Finger ineinander. Dann richtete sie sich auf. »Also gut.«

»Deine *Frage*, Miss Winters?«, herrschte er sie an, und sie hielt seinem Blick stand.

»Hast du diese Frauen ermordet?«

Bevor er antwortete, wartete er ein paar Herzschläge ab. »Wenn nicht ich – wer sonst?«

Ihre Lippen wurden zu einem dünnen Strich. »Meiner Meinung nach ist das keine Antwort.«

»Wenn ich Nein sage, hättest du keinen Sündenbock. Und wenn ich Ja sage – was wirst du unternehmen?«

»*Du* hast mich zu dieser Frage gedrängt. Antworte endlich!«

»Denk doch nach. Wann wäre ich fähig gewesen, die beiden letzten Frauen zu töten?«

Sie betrachtete die verstreuten Papiere. »Während ich schlief, hättest du davonschleichen und Anastasia Rasen ermorden können.«

»Bin ich so ein Heimlichtuer?«

»Allerdings. Das verstehe ich, wenn ich mir deine Vergangenheit vorstelle.«

»Die Vergangenheit eines Dienstboten.«

»So habe ich das nicht gemeint«, protestierte sie und umklammert die Tischkante.

»Vielleicht wirst du das in absehbarer Zukunft anders beurteilen, Marietta. Genauso war es gemeint.«

»Keineswegs – ich meinte, du hast gelernt, lautlos umherzuschleichen, niemanden zu belästigen.«

»Unsereins darf die Menschen, die so hoch über ihnen stehen, *niemals stören.*«

Unglücklich zuckte sie die Achseln. In diesem Moment verspürte er kein Mitgefühl. Bittere Galle würgte ihn. Am liebsten hätte er sie ausgespuckt.

»Siehst du mich so?«, wisperte sie. »Als eine Dame, die sich für etwas Besseres hält?«

»Glaubst du das etwa nicht? Du bildest dir ein, du wärst besser als Mark. Besser als der armselige Kenny. Besser als deine Eltern. Besser als deine Bekannten, die Fehler begehen. Übrigens – du *selbst* hast deine scharfe Zunge erwähnt. Und wie rechthaberisch du bist, hast du mir oft genug bewiesen.«

So leicht kamen ihm die ätzenden Worte über die Lippen. Ihre sichtliche Bestürzung zwang ihn, nicht nur sein eigenes Leid zu spüren. Doch dann verbannte er skrupellos die Reue über seine verletzende Tirade. Marietta gehörte der Oberschicht an, sie hatte ihm wehgetan – und ihm *vorgemacht*, er würde ihr etwas bedeuten.

Warum hatte er ihr geglaubt? Das war die große Frage. Warum war er zu der Überzeugung verleitet worden, er wäre ihr wichtig? *Das verdiente er nämlich nicht, er war beschmutzt.*

»Hast du nichts zu sagen, Marietta?«

Zögernd hob sie ihr Kinn. »Ja, du hast recht. Ich bin rechthaberisch und scharfzüngig. Aber keine Lügnerin.«

»Niemals?«

»Ich ziehe rückhaltlose Offenheit vor. Sogar in meiner taktlosen, unfreundlichen Art.«

»Wie erfrischend«, murmelte er.

»Auf welche Weise hast du mich hierher gelockt? Wie konntest du Rockwood veranlassen, mich damals in dein Mayfair-Haus zu schicken?«

Die beängstigende Ahnung irgendwelcher Geheimnisse, die außerhalb seiner Reichweite lauerten, stieg in ihm auf.

»Das habe ich nicht gemacht«, erwiderte er in entschiedenem Ton. »Du bist freiwillig zu mir gekommen. Es sei denn, du willst es bestreiten. Habe ich deinen Willen gebrochen?« Er beugte sich vor. »Habe ich jemals irgendetwas getan, das du nicht wolltest?«

In ihren Augen erschien ein harter Glanz. »Du verstehst es sehr gut, deine Erotik zu nutzen, Gabriel. Das ist mir sofort aufgefallen. Dieser Sinnlichkeit kann man nicht entrinnen – und dir nicht ausweichen. Du bist fabelhaft. *Zu* verführerisch. Offenbar haben deine Lehrerinnen dir sehr viel beigebracht.«

Angst, Wut und etwas noch Schlimmeres verengten seine Kehle. War er nicht der Einzige, der in diesem Spiel die *grausame* Rolle übernommen hatte?

»Wusstest du das nicht?«, fragte sie. »Du siehst überrascht aus. Sogar elend.« Aus ihrem freudlosen Lächeln sprach eine gewisse Genugtuung. »Dachtest du wirklich, du würdest die Taktiken nicht nutzen, die sie dich lehrten? Das musst du *gespürt* haben. Und deshalb hasst du dich selber.«

Wie gelähmt saß er ihr gegenüber.

»Nein, anscheinend war es dir nicht bewusst«, fügte sie erstaunt hinzu. »Was glaubst du, worin das Motiv deiner Selbstverachtung, deines Abscheus vor übereifrigen Liebhaberinnen lag?« Nur kurzfristig wurde die grimmige Genugtuung in ihrer Stimme von Mitleid verdrängt. »Nun, Gabriel?«

»Du hast keine Ahnung, wovon du redest.«

»Nein?« Sie lachte sarkastisch. »Sobald ich erkannt hatte, wer du bist, war mir alles klar. Wer der Mann im *Tagebuch* war. Oh ja, Abigail Winstead kannte dich sehr gut.«

Gabriel ergriff das Buch, das auf dem Tisch lag. »Glaubst du wirklich, sie kannte mich? *Gar nichts* wusste sie.« Er schleuderte das Tagebuch so kraftvoll gegen die Wand, dass der Rücken des Ledereinbands zerbrach. »Sicher, sie verstand es sehr gut, kleine Jungs zu erschrecken. Über *mich* wusste sie nichts.«

Krampfhaft schluckte sie und sah sich um. Gabriel hörte sonderbare Geräusche. Dann konnte er sie definieren – seine eigenen keuchenden Atemzüge.

»Hast du diese Frauen ermordet, Gabriel?«

»In diesem Moment wünsche ich mir, ich hätte es getan! Aber warum sollte ich ihnen so viel Macht über mich gönnen? Stattdessen habe ich sie *ruiniert*. Ich zwang sie, mit dem Grauen zu *leben*.«

Jetzt hatte er sie ernsthaft schockiert, das verriet ihre Miene deutlich genug. Doch es kümmerte ihn nicht. Abrupt stand er auf, warf ihre Pistole auf den Tisch, und die Waffe knackte eine Nuss, die unter den Papieren steckte.

»Geh, wenn du das vorziehst. Das reiche kleine Mädchen – plötzlich verarmt und verstört ... Keine Bange, ich hole deinen Bruder aus dem Gefängnis, und danach – *nichts mehr*.«

Wie er aus der Küche gelangt war, wusste er später nicht.

Krachend fiel die Tür hinter ihm ins Schloss, geriet beinahe aus den Angeln, und Marietta wischte Zornestränen aus ihren Augen. Sie zog die Pistole zu sich herüber, zerknitterte die Papiere. Darunter raschelten die Nussschalen.

Seltsam verbogen lag das Tagebuch in der Ecke. Hilflos. Bösartig. Lauernd, wie ein Raubtier, das eine Verletzung vortäuschte. Und in seiner Nähe schnüffelte die glücklose Beute herum, nur um zwischen spitzen Zähnen zermalmt zu werden.

Brutal. Schrecklich.

Marietta stand vom Tisch auf und taumelte zu dem Tagebuch. Bevor sie es mit ihrem Daumen und dem Zeigefinger aufhob, starrte sie es sekundenlang an. Dann ließ sie es in ihre Tasche fallen.

In der Küche herrschte tiefe Stille. Gespenstisch ... Unbewegt stand sie da. Ausnahmsweise hatte sie keinen Plan und kein Ziel. Nichts, was sie vorantreiben würde.

Schließlich durchschnitt ein Geräusch die Stille, eine gedämpfte Stimme, dann noch eine. Hinter einer fast geschlossenen Tür stritten einige Männer.

Wie von einer fremden Macht geleitet, ging Marietta zu der Tür, die in die Halle führte. Nicht zum Hinterausgang, zum Fluchtweg. Sie starrte das knorrige Holz an, ihre Finger berührten die Eiche – eigenartig, als würde die Hand nicht ihr gehören, die gegen die Tür stieß.

Die Stimmen lockten sie hinter die Treppe, zu einem bisher unbenutzten kleinen Raum. Vier Stimmen. Während ihres Gesprächs mit Gabriel in der Küche hatte Alcroft sich zu der Problemfamilie gesellt.

»... da draußen läuft Worley noch immer frei herum«, sagte er.

»Worley ist nicht der Mörder«, erwiderte der Butler. Seinen Namen kannte sie noch immer nicht.

»Aber – Vater ...«, flehte Jeremy.

»Er hat recht.« Nach seinem Wutausbruch klang Gabriels Stimme unheimlich ruhig. »Diese Frauen hat Worley geliebt und verehrt.«

»Ein Grund mehr, um ihn vor Gericht zu bringen«, meinte Alcroft. »Da stimmt irgendwas nicht.«

»Da bin ich ganz deiner Meinung, John«, versicherte Jeremy hastig.

Schweigen.

»Also ist es wahr.« Jeremys Stimme klang angstvoll und gepresst. »Das habe ich schon die ganze Zeit geahnt – du glaubst, *ich* hätte es getan.«

»Natürlich nicht«, entgegnete Gabriel etwas *zu* gleichmütig.

Um Mariettas Kehle schienen sich eisige Schlingen zu legen.

»Du lügst.«

»Bitte, Jeremy ...«

»Du bist wütend auf Marietta, weil sie *dich* für den Mörder hält. Und wie willst du mir erklären, du hättest gedacht, *ich* wäre es gewesen, Gabriel? Ich bin dein Fleisch und Blut. Dein Bruder. Und du hältst *mich* für den Mörder?«

»Nein.«

»Diese Frauen habe ich nicht umgebracht.« Plötzlich nahm Jeremys Stimme einen erstaunlich ruhigen Klang an, und er erinnerte Marietta an seinen Bruder. »Nur zu gern hätte ich sie alle beseitigt, um die Vergangenheit auszulöschen. Du dachtest, ich wüsste nichts. Ich hätte nichts gesehen. Wer mich vor ihnen gerettet hat, *weiß* ich. Oh ja, ich weiß viel mehr, als du glaubst. Vater …«

»Dazu hatte er kein Recht.« In jeder einzelnen Silbe, die Gabriel aussprach, schwang heißer Zorn mit.

»… musste mir gar nichts erzählen, denn ich wusste noch mehr als er. Einmal trat sie an mich heran. Wusstest du das nicht?«

»Wer?« Gabriels Frage klang tödlich.

»Lady Dentry.«

Lady Dentry. L.D. Marietta lief es heiß und kalt über den Rücken. *Heute Abend kommt L.D.s Ehemann zurück, mit seinen persönlichen Dienern und Leibwächtern. L.D. meint, wir müssten unseren kleinen Rächer zum Stillschweigen zwingen.*

Und Gabriels Vater war Lord Dentrys persönlicher Butler gewesen. In ihrer Kehle stieg beißende Galle hoch, und sie drückte eine Hand auf den Mund.

»Ich werde sie töten«, stieß Gabriel hervor.

»Natürlich, das wäre großartig.« So elend und entsetzt, wie sie sich fühlte, nahm sie Jeremys Sarkasmus kaum wahr. Jetzt wurde ihr die Realität der Situation – *Gabriel*, die Hauptfigur in Abigails Tagebuch – erst richtig bewusst.

»Nur sie ist noch am Leben.«

»Sie hat mich niemals angerührt. Eine Woche später sind wir abgereist. Ja, du hattest Erfolg«, fügte Jeremy in bitterem, müdem Ton hinzu. »Du warst der Prellbock. Deshalb blieb ich ungeschoren.«

»Oh Gott, dies alles hätte niemals geschehen dürfen«, warf der Butler mit einer Stimme voller Selbstverachtung ein.

»Aber es *ist* geschehen. Jetzt spielt es keine Rolle mehr.« Gabriel fluchte. Mehrere Sekunden lang hörte Marietta ausdrucksvolle Obszönitäten. »Und nun muss ich es tun, ein Albtraum ist wahr geworden.«

»Was musst du tun?«, fragte Alcroft.

»Verschaff mir eine Einladung auf den Dentry-Landsitz, John.«

»Wozu?«

»Offensichtlich soll dieses Biest das nächste Opfer sein.«

»Und du wirst Ihre Ladyschaft retten.«

Während Gabriel schwieg, spürte sie das Grauen, das die Atmosphäre des kleinen Raums beherrschte, und sie wünschte, sie könnte sein Gesicht sehen.

»Bitte, Gabriel, du kannst unmöglich …«, begann Jeremy.

»Ich begleite dich«, sagte Alcroft.

»Nein, du musst hierbleiben«, erwiderte Gabriel, »und den Gerichtsprozess hinauszögern. Mariettas Bruder …« Bei diesen Worten verschleierte sich ihr Blick. »… braucht noch einen Tag. Vielleicht zwei. Und du, Jeremy, wirst John unterstützen.«

»Aber …«

»*Ich* begleite dich.« Mit dieser Ankündigung bewirkte der Butler ein neues längeres Schweigen. »Um auf den Landsitz zu gelangen, brauchst du Alcroft nicht. Nur mich.«

»Nein …«

»Eine Weigerung akzeptiere ich nicht. Es genügt, wenn ein Vater sein Kind *einmal* im Stich lässt.«

»Inzwischen bin ich kein Kind mehr. Und außerdem habe ich das Biest seit jener Zeit oft gesehen.«

»Ohne mich wirst du *nicht* dorthin fahren.«

Wieder ein langes Schweigen.

»Wie du willst.« Gabriels Antwort klang leise, fast neutral.

Dann hörte Marietta Stuhlbeine scharren, Schritte näherten sich der Tür, und sie rannte in die Küche zurück.

Wenig später erschien Alcroft auf der Schwelle. Ihr Anblick schien ihn zu überraschen. »Oh – Miss Winters ...«

Hinter ihm tauchte Jeremy auf. »Seltsam – wir dachten, Sie wären weggegangen, Marietta.«

Sie hörte die Haustür ins Schloss fallen. Also brach Gabriel mit seinem Vater auf, um die Frau zu sehen, die den Club geleitet hatte. Um die Frau zu retten, von der er missbraucht worden war.

»Nein.« Marietta schaute in Jeremys Augen. »Erklären Sie mir, wie ich Ihrem Bruder helfen kann.«

18

»Ich traute meinen Ohren nicht. Aber du bist es tatsächlich.«

Wortlos blickte Gabriel der blonden Frau entgegen, die in die Bibliothek trat. Kalte Augen musterten ihn von Kopf bis Fuß. Dann lächelte sie amüsiert.

»Du siehst genauso wundervoll aus wie bei unserer letzten Begegnung, Gabriel. Wie lange ist das her? Ein Jahr?«

»Ungefähr.«

»Noch immer so redselig ...« Leichthin lachte sie und strich über den Brokatbezug von einem der Sessel.

Er lehnte nonchalant an einer Wand und beobachtete die Lady. Aber seine träge Pose bildete einen krassen Kontrast zu seiner gesteigerten Wachsamkeit. Alle seine Gefühle für Marietta hatte er in sein Unterbewusstsein verbannt. Sonst würde er sie womöglich als Waffen benutzen. »Nun, ich sehe keinen Grund, dir meine Beredsamkeit zu beweisen.«

»Ach, Gabriel …« Sie schlenderte zu ihm. »Spricht man so mit einer alten Freundin?«

»Für mich bist du keine Freundin, Melissande.«

»Hmmm … Komm, setz dich.«

Ehe er sich von der Wand abstieß, wartete er, bis sie zum Schreibtisch ging, dann folgte er ihr. Plötzlich blieb sie stehen, dicht vor ihm, und drehte sich um. Beinahe hätte sie ihn berühren können, und er unterdrückte den Impuls, ihrer Taktik zu applaudieren.

»Bist du gewachsen, seit wir uns zum letzten Mal getroffen haben, Gabriel?«

»Seit wir uns *getroffen* haben? Meinst du etwa den Abend, an dem du in mein Haus geschlichen bist und um meine Aufmerksamkeit gebettelt hast?«

Sie lachte perlend, und ihre Augen funkelten. »Du warst schon immer mein Favorit.«

Was für ein dreistes Biest …

»Der Einzige, der mich zu spannenden Verfolgungsjagden zwang.«

»An Jagden erinnere ich mich nicht.«

»Das meine ich nicht im buchstäblichen Sinn.« Sie klopfte mit ihrem langen, schmalen Zeigefinger auf einen seiner Hemdknöpfe. »Natürlich wäre es zu plebejisch gewesen. Nein, das emotionale Element hat mich stets viel mehr gereizt. Die wahre Prüfung eines Charakters – die Frage, wer länger durchhält.«

Langsam ging sie um ihn herum. Nach einer Weile setzte er sich hinter den Schreibtisch, in ihren Sessel. Er wühlte in einigen Papieren. Dann legte er die Füße auf den Tisch.

Er sah, wie Melissande ihre Lippen kräuselte. Schließlich nahm sie ihm gegenüber Platz. »So viel habe ich dir beigebracht, Gabriel.«

»Vor allem List und Tücke? Das habe ich nicht nur von dir gelernt. Aber einen Teil des Verdienstes darfst du beanspruchen.« Seine Hand glitt spielerisch über das Pergament.

»Allerdings haben deine Manieren etwas nachgelassen.«

»Was bedeuten schon ein paar emotionale Gewaltakte unter Freunden?«

Nun wirkte ihr Lächeln verkniffen. »Oh, unser kleiner Racheengel ...«

Er zwang sich, seine angespannten Muskeln zu lockern, und Melissandes Lächeln bekundete Genugtuung.

»Diesen Namen verdienst du wirklich. Celeste, Jane und Abigail – ruiniert. Tasia hast du zur Trunksucht getrieben, Amanda aus der Stadt gejagt. Sicher bist du wütend, weil du mich *nicht* ins Verderben stürzen konntest.«

Lässig lehnte sie sich auf dem Gästestuhl zurück, als wären die Lehne und der Sitz mit Samt gepolstert. Nicht aus dem harten Holz, das sie vorzog, um es ihren Gästen möglichst unbequem zu machen.

»Gnadenstoß. Teufelin. Die Namen, die du mir gabst, fand ich stets sehr schmeichelhaft. Celeste wurde halb wahnsinnig, weil ich dir viel schrecklicher erschien als sie – und Abigail noch furchtbarer. Immer neue Torturen dachte Celeste sich aus, damit du sie etwas mehr lieben würdest.« Voller Zuneigung seufzte sie. »Ja, sie war ein bisschen verrückt.«

»Da ist sie nicht die Einzige, oder?« Er grinste ironisch und blätterte in den Papieren. Rechnungen, Korrespondenz. Ah, ein unvollendeter Brief an einen gewissen Tom. Die Identität dieses Mannes – und sein Alter musste er feststellen. Zur Hölle mit seinem abwesenden Ermittler ... Nun vermisste er den Mann schon so lange, dass dessen Verschwinden kein Zufall sein konnte.

Melissande strahlte ihn an. »Nein, sicher nicht. Jane steht noch immer mit einem Fuß im Irrenhaus.«

»Jetzt liegt sie zwei Meter tief unter der Erde.«

Ihre Miene versteinerte. Doch sie erholte sich sehr schnell von ihrem Schock. »Warst du unartig, mein lieber Gabriel?« Ihr Blick schweifte über die Tischplatte.

»Suchst du etwas, Melissande?«

Sie berührte das Oberteil ihres eleganten Kleids. Schon immer hatte sie eine tadellose Figur besessen. »Nein.«

»Keine Waffe, mit der du dich verteidigen könntest? Oder glaubst du, deine Vipernzunge wird dich retten?«

Früher hätte er das Unbehagen in ihrer Miene genossen. Aber jetzt war er nur müde. Und zornig.

»Ich wette, du hast schon lange nichts mehr von Celeste gehört. Oder von Amanda. Oder von der lieben, lieben Abigail.«

»Was hast du getan, Gabriel? Bist du deinem Namen gerecht worden? Der Erzengel, der Rächer. Und ich dachte, du würdest Gewaltakte widerwärtig finden und lieber elendem Abschaum helfen – all den Leuten, die zu arm und verzweifelt sind, als dass man einen weiteren Gedanken an sie verschwendet.«

»Also weißt du nichts über die neuen Klatschgeschichten, Lady Dentry?« Er kreuzte die Fußknöchel auf dem Schreibtisch. »Sogar in London hat Anastasia für Schlagzeilen gesorgt.« Seine Stiefelabsätze strichen über die Papiere, während er halbherzig nach Hinweisen suchte. »Liest du keine Zeitungen? Übrigens, hat Lord Dentry dich endlich durchschaut?«

»Das würdest du dir wünschen.« Sie glättete ihr Haar. Dann schaute sie sich verstohlen in der Bibliothek um, offenbar auf der Suche nach irgendetwas, das ihr nützen würde. Dumm war sie nicht – und trotz ihrer zierlichen Gestalt und der scheinbar unschuldigen großen Augen war sie keineswegs hilflos. »Mein Gemahl interessiert sich mehr für seine politischen Intrigen als für seine Frau. Selbst wenn ich sämtliche Betten der Hautevolee zerwühlte, würde er nichts merken.«

»Hast du es etwa *nicht* getan?« Gabriel heuchelte Entsetzen. »Jetzt enttäuschst du mich.«

Melissande neigte sich vor. »Nur die Betten junger Männer. Für dich würde ich allerdings eine Ausnahme machen. So schwer es mir auch fällt, dir das zu gestehen – du bist unvergleichlich.«

Er beobachtete, wie sie sich wieder zurücklehnte und den Kopf ein wenig schief legte, um sich von ihrer besten Seite zu zeigen.

Diese Bewegung kannte er. Beinahe wurde ihm übel. Solche Tricks wandte er selber an, ebenso die Taktik, um jemanden herumzugehen, damit er nicht selber umkreist wurde. Diese Erkenntnis lastete bleischwer auf seiner Seele, während er sich an andere seiner Gesten und Gewohnheiten erinnerte, die er jetzt identifizieren konnte.

»Als Nächste stehst *du* auf der Liste, Lady Dentry.«

Obwohl sie Gleichmut zu bezeugen suchte, umklammerte sie die Armstützen ihres Stuhls. »Vermutlich bist du deshalb hier, Gabriel. Schon immer hast du zur Melodramatik geneigt.«

»Ich brauche die Namen aller Männer, die deine Gunst genossen haben und vielleicht unglücklich darüber sind.«

Sekundenlang erstarrte sie, dann lockerten sich ihre verkrampften Finger, und sie lachte erleichtert. »Oh, mein lieber Gabriel, du bist hier, um mich zu retten. Wie wundervoll! Welch eine Ironie – und welch ein Kummer ... Grandios! Arme Abigail. Tot, sagst du? Schade! Was du von mir verlangst, hätte ihr gefallen.«

Gabriel musste sich mit aller Macht beherrschen, um sitzen zu bleiben, um sich zu gedulden. Ihrem wohlverdienten Tod durfte er sie nicht ausliefern. »Die Liste, Lady Dentry.«

Offenbar verlieh ihr die Erleichterung neue Energien. »Jetzt, wo du hier bist, müssen wir unsere Bekanntschaft erneuern. Haben wir nicht alle Zeit der Welt?«

»Zehn Minuten.« Er warf einige Schriftstücke, die er ergriffen hatte, auf den Tisch zurück. »Danach gehe ich. Ob du weiterlebst oder stirbst, ist mir völlig egal.«

»Unsinn!« Sie hob die fein gezeichneten Brauen. »Wenn du so denken würdest, wärst du nicht hier.«

»*Deinetwegen* bin ich *nicht* gekommen.«

»Weiß du, dass alle jungen Männer, die wir unter unsere Fittiche genommen haben, hierher zurückgekehrt sind? Alle außer dir.«

»Irgendwie zweifle ich daran.«

»Einige kamen wieder, um sich erneut versklaven zu lassen, und zwei einfach nur, um sich in diesem Haus das Leben zu nehmen. Gewissermaßen demonstrativ. Wollten sie abschreckend auf uns wirken? Auf *mich*?« Angewidert verdrehte sie die Augen. »Sehr unangenehm. Lord Dentry war gar nicht erfreut.«

»Wusste er Bescheid?«

»Nur, dass sie sich aufgehängt haben, sonst nichts.« Sie zeigte auf den Schreibtisch. »Und die Korrespondenz? Von manchen jungen Männern erhalte ich noch immer Briefe.«

Gabriel bemerkte einen Stapel ungeöffneter Post auf einer Ecke des Tisches und suchte einen Brieföffner.

»Seit dem letzten Sommer ist mein Brieföffner verschwunden«, erklärte Melissande. »Und nun läute ich nach Tom, der öffnet die Post.« Ihre Mundwinkel zuckten. »Welch ein glücklicher Zufall, der Verlust dieses Brieföffners ... Du solltest mal sehen, was er mit seiner Zunge machen kann. Oh, schau nicht so drein, Gabriel. Tom ist zweiundzwanzig. Alt genug, um deinen absurden Regeln zu folgen.«

Er nahm den Brief, der obenauf lag, vom Stapel und öffnete ihn mit einer Fingerspitze.

»Jetzt ist dein Bruder auch in diesem Alter, nicht wahr, Gabriel? So vielversprechend, der junge Jeremy ...«

»Ziemlich unklug, diese Äußerung, Melissande«, erwiderte er in sanftem Ton. »Noch ein Wort über Jeremy, und ich werde die letzte Aufgabe des Middlesex-Mörders erledigen.«

Während er die ersten Zeilen eines glühenden Bewunderers las, erwartete er eine Antwort. Doch sie schwieg, und er blickte auf. Ihr Gesicht war aschfahl geworden. Über Gabriels Rücken kroch ein schwaches Unbehagen. Er las den Brief zu Ende. Inzwischen war etwas Farbe in ihre Wangen zurückgekehrt.

Mit einer zitternden Hand strich sie über ihr Haar und schob eine imaginäre gelockerte Strähne hinter ihr Ohr. »*Was* für eine Liste ist das, die du brauchst? Meiner sämtlichen Liebhaber?«

Gabriel lehnte sich zurück und spielte mit einem Federkiel. »Plötzlich so fügsam? Habe ich dich eingeschüchtert, Melissande Dentry?«

»Denk an deine Manieren, Gabriel«, mahnte sie mit einem Gleichmut, den sie wohl kaum empfand.

»Ts, ts, Melissande ... Du sitzt nicht mehr am längeren Hebel.«

»Nicht einmal, wenn du deine Vergangenheit geheim halten willst?«

»Schon mit zwanzig Jahren habe ich deinen Versuch, mich zu erpressen, abgewehrt. So etwas wird dir jetzt ebenso wenig gelingen. Ich kann einfach dein Spiel spielen. Damals nahm ich bereitwillig, was du mir so freundlich ›angeboten‹ hast. Ein sechzehnjähriger Junge? Wer würde etwas anderes glauben?« Verbittert und angeekelt schnitt er eine Grimasse und rückte seine Füße nach rechts. Dann setzte er das Lächeln auf, das er von ihr gelernt hatte – ein tückisches, zweideutiges Lächeln. »Wie leicht wäre es, *dich* in diesem Spiel anzuschwärzen! Insbesondere, weil all deine Mitverschwörerinnen tot sind.«

»Unsere Tagebücher …«

Geschickt wirbelte er den Federkiel umher. Die Gelassenheit, die er vorzutäuschen suchte, empfand er nicht. »Nur deines ist übrig. Und ich frage mich, was darin steht. Zweifellos würden dich deine Aufzeichnungen belasten.«

Sie kniff die Lippen zusammen, Angst und Zorn verliehen ihrem trügerisch schönen Gesicht jämmerliche Züge.

»Allmählich verliere ich die Geduld.« Gabriel warf den Federkiel auf den Tisch. »Wenn du auch nichts über das Schicksal deiner ›Freundinnen‹ weißt, hast du offensichtlich von den Middlesex-Morden erfahren. Das entnahm ich deiner Reaktion. So entsetzt habe ich dich noch nie gesehen, Lady Dentry.«

»Und du genießt die Situation in vollen Zügen, Gabriel.«

»Da gebe ich dir recht.«

Bedrückt erinnerte er sich an Mariettas Vorwurf, er würde genau die Tricks anwenden, die er hasste. »Gib mir die Liste.«

Sie ergriff den Federkiel und tauchte ihn ins Tintenfass. »So enttäuscht war ich, als wir aus London zurückkehrten und du verschwunden warst. Danach verlor der Club seinen Reiz, zumindest teilweise.«

»Sehr gut.«

»Auch dein Vater war nicht mehr derselbe.«

Darauf antwortete er nicht.

»Natürlich hegte ich sofort den Verdacht, er hätte deinem Bruder und dir zur Flucht verholfen. Dafür bestrafte ich ihn. Das hatte ich dir vorher angedroht.«

»Diese Konsequenzen nahm er auf sich.« Jenes Gespräch hatte Gabriel nie vergessen – den Kummer des Vaters, seine eigene Zerknirschung und Wut, auf ein neues Ziel gerichtet. Manchmal bereute er noch immer, dass er nicht hiergeblieben war und seinem Vater das Leid erspart hatte. Ein Opfer, an der Stelle der beiden Söhne …

»Aber er war der Einzige, an den ich nicht richtig herankam.«

Freudlos lächelte sie über seine Verwunderung. »Ich habe nur ein bisschen geblufft. Unglücklicherweise stand dein Vater meinem Gemahl zu nahe – und wurde viel wichtiger genommen als ich«, fügte sie bitter hinzu. »Trotzdem konnte ich ihm das Leben schwer machen. Darauf verstehe ich mich ausgezeichnet.«

Schweigend nahm Gabriel den nächsten Brief vom Stapel.

»So komisch warst du immer, mein Lieber. Wie eine Königliche Hoheit hast du dich aufgeführt. Erfüllt vom Wissen deiner Mutter, der klugen Gouvernante, über die Geheimnisse deines Vaters informiert, die er seiner gehobenen Position in diesem Haus verdankte … Mit all deinen Freunden bist du auf unserem Landgut herumgelaufen, jedes weibliche Wesen hast du bezaubert. Ein Märchenprinz. Nie wieder habe ich einen Jungen gesehen, der dir geglichen hätte.«

Ohne eine Miene zu verziehen, las er den Brief. Was Melissande auf den Tod nicht ausstehen konnte, wusste er – ignoriert zu werden. Das hatte ihr Ehemann nie herausgefunden und deshalb auch nicht erfahren, warum ihm ein Missgeschick passierte, wann immer er sie beleidigte.

»Wie geht es dem lieben John? Fast ein Jahr lang habe ich ihn nicht gesehen. Seid ihr beide noch immer so eng befreundet? Ein Wunder, dass ihr damals die Trennung verkraftet habt …«

Offensichtlich näherte sie sich dem Ende ihrer Nervenkraft. Deshalb beschloss er, ihr ein Stückchen Zuckerbrot hinzuwerfen. Es war nicht ratsam, ein gefährliches Raubtier zu reizen. Wenn solche Geschöpfe in Wut gerieten, konnten sie die Gitterstäbe ihrer Käfige durchbeißen. »John geht es gut. Frag ihn selber.«

»Während er das Internat besuchte, musstest du hierbleiben, unter meiner Fuchtel. Sicher war das sehr schwierig für euch.« Über den Tisch gebeugt, ergänzte sie die Liste. »Dentrys Mündel. So unangreifbar wie dein Vater.«

Gewiss, John durfte sich glücklich schätzen. »Da du zwischen so vielen Dienstboten und Dorfjungen deine Wahl treffen konntest, hat dich das wohl kaum gestört.«

»Hmmm …Und wer ist der Mörder?« Nun wirkte sie etwas aufgemuntert, entweder wegen des Themenwechsels oder weil sie froh war, dass er auf sie einging.

»Wie soll ich das wissen?«

»Weil du alles weißt, Gabriel.«

Nicht alles. Nicht einmal über sich selbst hatte er genug gewusst. »Was glaubst du, warum ich diese Liste brauche?«

»Aus morbider Neugier? Oder möchtest du meinen armen Opfern helfen?«

»Zum Mitleid neige ich nicht. Indem ich dir und deinen Clubmitgliedern Einhalt gebot, tat ich, was ich konnte. Wenn es mir auch an Mitgefühl mangelt – ich besitze das besondere Talent, Unheil zu verhindern und Rache zu üben.«

»Kein Mitleid? Obwohl du so vielen armen Seelen beistehst? Amüsant ... Gleichst du auf diese Weise aus, was du durchgemacht hast? Findest du inneren Frieden? Hoffentlich nicht. Sonst wäre meine harte Arbeit reine Verschwendung gewesen.« Ihre Augen glitzerten. »Meine liebste Schöpfung zerstört? Nein, das würde mir das Herz brechen.«

»Da muss ich dich enttäuschen – du rechnest dir einen zu hohen Verdienst an, denn Abigail war viel schrecklicher.«

Nun funkelten ihre Augen noch heller. »Du bist ein furchtbar schlechter Lügner, Gabriel. Aber ich verzeihe dir.«

»Diese Gunst werde ich dir *nicht* erweisen.«

»Schade.« Sie schob das Papier über den Schreibtisch zu ihm hinüber. »Da ist deine Liste. Bedauerlicherweise ziemlich kurz. Die meisten ›Opfer‹, wie du sie nennst, hatten ihren Spaß.«

»Besonders deine Gespielen mit den blutigen, von Stricken wundgescheuerten Hälsen.« Gabriel ergriff die Liste. »War mir ein *Vergnügen,* wie immer.«

»Willst du gehen? Bleibst du nicht hier, um mich zu beschützen?«

Von ihrem Ehemann vernachlässigt, sehnte sie sich stets verzweifelt nach Gesellschaft.

Gabriel hob seine linke Braue. »Immerhin habe ich dich gewarnt. Für alles Weitere musst du selber sorgen. Vielleicht solltest du deinen Gemahl über die Gefahr informieren?«

Schweigend presste sie die Lippen zusammen.

»Nein? Leb wohl, Melissande.«

Er ging in die Küche, wo sein Vater mit den Dienstboten schwatzte. Bei der Ankunft auf dem Landsitz hatte er sich bereit erklärt, Ihre Ladyschaft gemeinsam mit seinem Sohn einzuschüchtern. Aber Gabriel war dagegen gewesen. Hätte er die Bibliothek in Begleitung betreten, wäre das ein Zeichen von Schwäche gewesen. Unerträglich.

Während sie das Haus verließen, fragte der Vater nicht, wie es ihm ging. Stattdessen legte er nur kurz eine Hand auf den Rücken des Sohnes und ließ sie sofort wieder sinken. Die Geste erwärmte Gabriels Herz und erfüllte ihn mit Scham. Dass er dem Vater jemals Vorwürfe gemacht hatte …

»Was hast du herausgefunden, Gabriel?«

Namen, bekannte und unbekannte, standen auf der Liste. Das teilte Gabriel seinem Vater mit. So viel gab es zu tun. Mit diesen Männern musste er Verbindung aufnehmen. Und die Zeit war knapp.

»Soviel ich weiß, hielten sich zwei dieser Männer vor Kurzem in London auf«, sagte sein Vater. »Morgen kommt Lord Dentry zurück. Lass mich mit ihm reden.«

Noch immer stand der Butler in Verbindung mit seinem einstigen Herrn.

Gabriel zögerte. Wenn Dentry einbezogen wurde, konnte es die Dinge komplizieren. »Also gut.«

Auf der Fahrt nach London sprachen sie kaum. Aber es war zum ersten Mal seit vielen Jahren ein einträchtiges Schweigen. Früher hatten sie meistens gestritten. Oder sie waren sich mit kühler Höflichkeit begegnet.

»Bald komme ich wieder hierher.« Mit diesen Worten verabschiedete sich der Vater vor dem Haus in Middlesex.

Gabriel ging hinein und fragte sich, ob Jeremy und John ihre Aufgaben erfüllt hatten. Im leeren Haus hallten seine Schritte wider, auf der leeren Treppe. Drückende Leere – ohne Marietta, die irgendwo anders war. An einem Ort, den er nicht kannte. Weit entfernt von der mörderischen Bedrohung, die er verkörperte. All die unterdrückten Emotionen rasten zur Oberfläche und prallten zusammen – Zorn, Schmerz, das Gefühl eines Verrats, Sehnsucht, Angst. Erbost zerrte er an seiner Krawatte. Wäre er bloß ins Mayfair-Haus zurückgekehrt, zu seinem Kammerdiener. *Warum kam ich hierher?*

Wenn sie ihn nicht schon vorher gehasst hätte – jetzt *musste* sie ihn verabscheuen. Messerscharfe Kommentare. Grausame Bemerkungen. All seine Qualen und seine Wut hatte er an ihr ausgelassen. Und obwohl sie es ihm mit gleicher Münze heimgezahlt hatte, fühlte er sich elend. Unverzeihlich …

Warum war er hierhergekommen?

In seinem Zimmer riss er sich die Krawatte vom Hals und warf sie auf einen Wandtisch. Dann knöpfte er sein Hemd auf und ging zum Wäscheschrank, um ein frisches herauszunehmen. Als er in den Spiegel über dem Toilettentisch blickte, erstarrte er.

»Marietta.«

19

Langsam schloss Gabriel den Wäscheschrank und drehte sich um. Marietta saß auf einem Stuhl in der Ecke, die Beine zusammengepresst, die Hände im Schoß gefaltet. Ruhig und damenhaft. Nur ein leichtes Zucken im rechten Fuß verriet ihre Nervosität.

»Gabriel …«

An den Schrank gelehnt, öffnete er die Manschetten seines Hemds und ließ Marietta nicht aus den Augen. »Ich dachte, du wärst weit entfernt von hier.«

»Ja, ich ging weg, um Jeremy und Alcroft zu helfen.«

Unsicher, was geschehen würde und in welcher Situation er sich befand, beobachtete er Marietta. Seine befreiten Gefühle zerbrachen den Käfig, in dem er sie eingesperrt hatte. Vielleicht für immer.

»Und dann kam ich zurück«, sagte sie leise.

»Ich verstehe.« Vorsichtig legte er einen Manschettenknopf auf den Wandtisch, wie ein Jäger, der das verfolgte Wild nicht mit abrupten Bewegungen erschrecken wollte.

»Wirklich?«

Er berührte den zweiten Manschettenknopf. Ausnahmsweise fiel ihm keine Antwort ein. Und so schüttelte er nur den Kopf, ohne seinen Blick von Marietta abzuwenden.

»Natürlich weiß ich, dass du diese Frauen nicht ermordet hast, Gabriel.«

»Das freut mich.« Genauso vorsichtig wie den ersten Knopf legte er den zweiten daneben. »Wann hast du es herausgefunden?«

»Nach unserer Konversation heute Morgen in der Küche.« Das Wort *Konversation* war eine unpassende Bezeichnung. »Dann hörte ich dich mit den anderen in dem kleinen Hinterzimmer reden.«

»Also hast du gelauscht?«

Jetzt rührte sich ihr rechter Fuß nicht mehr. »Ja.«

Gabriel nickte. »Aber das erklärt nicht, warum du hier bist. Eigentlich nahm ich an, du würdest dich möglichst weit von diesem Haus entfernen.«

»Und *ich* glaubte, *du* wolltest mich loswerden.«

»Zweifellos ein Grund, der deine Rückkehr hätte verhindern müssen. Warum bist du hier, Marietta?«

Er wünschte ihre Anwesenheit. Doch er brauchte Klarheit. Angespannt erwartete – fürchtete er, seine Frage würde sie vertreiben.

»Um mich zu entschuldigen. Für alles, was ich zuletzt sagte. Über – die Frauen. Und weil ich dachte, du wärst der Mörder.«

Gabriel schlüpfte aus den Ärmeln seines teuren Hemds. »Immerhin war dein Verdacht berechtigt.« Den ersten Teil ihrer Entschuldigung beantwortete er nicht, nur den zweiten. »Ich hätte nicht mit deinem Vertrauen rechnen dürfen.«

»Ja, ich weiß, du hältst nicht viel von mir.« Mit hoch erhobenem Kopf erwiderte sie seinen Blick.

»Ganz im Gegenteil, ich finde dich außergewöhnlich.« Er schaute nach unten und ergriff sein Unterhemd.

»Was?«

»Ich finde dich außergewöhnlich.« Langsam zog er das Unterhemd aus und nutzte die Aktion, um sein Gesicht zu verbergen. Mit der nackten Brust fühlte er sich nicht so exponiert, wie er es empfunden hätte, wenn Marietta seine Miene betrachten könnte.

»Das verstehe ich nicht. Du hast auf meine scharfe Zunge und mein rechthaberisches Wesen hingewiesen.« In ihrem Hals pochte ein schwacher Puls, verriet ihre flatternden Nerven und beruhigte seine.

Er warf das Unterhemd beiseite. »Nun, diese Eigenschaften, verbunden mit deinen anderen, prägen deinen außergewöhnlichen Charakter.«

»Das verstehe ich nicht«, wiederholte sie.

»Du hast mir vorgeworfen, ich würde meine Erotik einsetzen, um mir Vorteile zu verschaffen.« Während er das Thema wechselte, lehnte er sich an den Schrank und berührte seinen Hosenbund.

»Das tust du ja auch«, wisperte sie und spannte sich an. Um zu fliehen? Oder um *ihn* an der Flucht zu hindern?

»Eine wirksame Waffe. Schon vor Jahren habe ich gelernt, alles zu nutzen, was mir zur Verfügung steht.« Sein Finger strich über den obersten Hosenknopf.

»Aber jetzt besitzt du viele Waffen. Deine sinnliche Anziehungskraft musst du nicht nutzen, wenn es dir widerstrebt. Und es stört dich, das merke ich dir an.«

In seinem Innern begann es zu vibrieren. Erregung. Empfindlichere Nerven. »Also liest du noch immer in meinen Augen. Soll ich mich deshalb freuen oder sorgen?«

»Je nachdem, was du planst.«

»Ja, davon hängt es wahrscheinlich ab.« Er öffnete den Knopf, seine Finger glitten zum zweiten.

»Gabriel, ich – ich möchte mich wieder an den Nachforschungen beteiligen. Gewiss, du hast gesagt, ich soll gehen ...« Sie schaute auf ihre Hände hinab. »Oh, du ahnst nicht, wie schwer es mir fällt, das auszusprechen.«

»Vergiss nicht – ich sagte, du sollst gehen, wenn du es *willst.*«

Ruckartig hob sie den Kopf. »Du nanntest mich ein reiches kleines Mädchen – plötzlich verarmt und verstört ...«

In ihren Augen sah er, wie schmerzlich er sie verletzt hatte, und wollte sie trösten. Daran hinderte ihn seine Ehrlichkeit. »Bist du das etwa nicht?«

Mit zusammengepressten Lippen erhob sie sich anmutig. »Besonders schmeichelhaft war das wohl kaum.«

»Für dich wäre es ein Leichtes, den verarmten, verstörten

Eindruck auszumerzen und dich so zu verhalten, wie es deiner Herkunft entspricht.«

»Wahrscheinlich wird mir das misslingen.«

»Da du deine Notlage so gut verkraftest, beweist du, dass du eine Überlebenskünstlerin bist.«

Prüfend schaute sie in sein Gesicht. »Und das findest du bewundernswert?«

»Oh ja. Deshalb helfe ich den Menschen, die diese Gabe besitzen – den Entschlossenen.«

»Und – diese Entschlossenheit hast du auch in mir erkannt?«

Er musterte ihre derangierte Erscheinung, den verrutschten Hut, den schmutzigen Rocksaum, das zerknitterte Kleid. So hatte sie in jener ersten Nacht ausgesehen.

Nicht hübsch im konventionellen Sinn. Aber so vieles an ihr fand er schön – die Haltung ihrer Schultern, ihre stolze Miene, die Art, wie ihr Körper auf seinen reagierte. Wie es sich anfühlte, wenn sie in seiner Nähe war oder wenn sie sprach. Irgendetwas Undefinierbares – etwas jenseits von Aussehen und Entschlossenheit. Etwas Elementares.

Gabriel legte seinen Kopf an den Wäscheschrank. »Das erkenne ich noch immer.«

»Oh …« Sie fuhr mit der Zunge über ihre Lippen. »Warum?«

»Traust du mir nicht?«

Ihre Augen verengten sich. »Traust du *mir?*«

»Was ist auf dem Marktplatz geschehen?«

Unbehaglich umklammerte sie die Falten ihres Rocks. »Ich lief Worley über den Weg.«

Er verschränkte seine Arme. So etwas Ähnliches hatte er vermutet – hatte es ihr angemerkt. Und er war dumm genug gewesen, sie allein wegfahren zu lassen. Sobald er die benötigten Informationen bekommen hatte, war er zum Haus gerannt, nach hinten zur Küche – von der bösen Ahnung erfasst, irgendetwas würde nicht stimmen.

»Was sagte er?«

»Dass du der Mörder bist. Und seine kostbare Melissande das nächste Opfer sein würde. Danach käme *ich* an die Reihe.«

In seinem Gehirn überschlugen sich finstere Gedanken. »Ja, seine kostbare Lady Dentry ist die Nächste. Aber du stehst nicht auf der Liste.«

»Vielleicht wollte er mich mit dieser Behauptung erschrecken – was ihm gelungen ist.«

»Warum glaubt er, auch du sollst getötet werden?« Kalte Angst stieg in ihm auf.

»Das hat er nicht gesagt.«

Gabriel ging zu ihr und hob ihr Kinn, um alles zu sehen, was ihre Augen bezeugten. »Und *was* hat er gesagt?«

Beklommen schluckte sie. Aber sie hielt seinem Blick stand. »Ich müsste dich umbringen. Sonst würdest du *mich* ermorden.«

»War das alles? Hat er nur mich erwähnt?« Sein Puls pochte schneller.

»Ja.«

Gabriels Hand sank hinab, und er trat zurück. Nur widerstrebend verzichteten seine Finger auf eine weitere Berührung. »Nun werde ich dich in das Haus bringen, in dem Mark sich versteckt. Weil wir eine Verfolgung verhindern müssen, wird die Fahrt eine Stunde dauern. Pack deine Sachen.«

»Was?«

Er öffnete noch einen Hosenknopf und nahm ein sauberes Hemd aus dem Schrank. Da ergriff eine zarte Hand seinen

Arm und drehte ihn erstaunlich energisch herum. Das Hemd fiel zu Boden.

»Nein, Gabriel, ich bleibe hier.«

Ihre Finger schienen seine Haut zu verbrennen. »Möglicherweise schwebst du in Gefahr.«

»Aber das ergibt keinen Sinn. Mit alldem hatte ich nichts zu tun …«

Unsanft entfernte er die Hand, die ihn zu versengen drohte, von seinem Arm, und seine Angst steigerte sich zu seltsamer Panik. »Das spielt keine Rolle, denn wir haben es mit jemandem zu tun, der sich nicht im Vollbesitz seiner geistigen Kräfte befindet. Wenn Worley in den Fall verstrickt ist, hat er es vielleicht auf dich abgesehen.«

»Du sagtest doch, er sei unschuldig.«

»Was keineswegs bedeutet, dass er nicht irgendwie drinsteckt. Sein Zorn könnte sich gegen dich richten. Dann würde er, statt mir zu schaden, *dich* angreifen.«

Das Entsetzen in ihren braunen Augen krampfte sein Herz zusammen. »Nein …«

»*Ja.* Geh jetzt packen.«

Sie verschränkte die Arme vor der Brust, neigte sich zu ihm, und er sah die schöne Kurve ihres schlanken Halses. »Nein, ich fahre nirgendwohin.«

»Für stolzes Heldentum ist das der falsche Zeitpunkt. Du hast deinem Bruder geholfen, das genügt. Bald werden wir den Schuldigen entlarven, und am Wochenende wird deine Familie wieder vereint sein. Dann bist du in Sicherheit.«

Ihre Fingerspitze bohrte sich in seine nackte Brust. »Wie auch immer, ich verlasse dich nicht.«

»Doch.«

»Zweifellos droht dir eine viel größere Gefahr als mir.« Ihr Finger glitt über seine Brust und sank hinab.

»Ein paarmal war ich noch schlimmer gefährdet. Und die Gefahr ging meistens von mir selber aus.«

Unglücklich senkte sie den Kopf. »Oh Gabriel …«

Er bückte sich und hob sein Hemd auf, wollte Marietta nicht mehr ansehen.

»Tut mir leid, was ich heute Morgen gesagt habe.«

»Es war die Wahrheit«, entgegnete er und zwang sich zu einem beiläufigen Ton. »Eigentlich müsste ich vor dir auf die Knie fallen.«

»Nein, das war *nicht* wahr.« Sie hinderte ihn daran, in sein Hemd zu schlüpfen. »Bitte.«

In ihrem Blick lag eine so inbrünstige Leidenschaft, dass er beinahe die Beherrschung verlor.

»So wie diese Frauen bist du nicht. All die Gesten, die du ihnen vielleicht abgeschaut hast, sind einfach nur – Gesten. Niemals wendest du sie auf grausame Art an. Was zählt, ist dein Wille, die Absicht hinter deinem Verhalten. Freude, nicht Arglist. Wenn ich in deine Augen schaue, sehe ich – *dich*.«

Dann warf er das Hemd zu Boden und riss sie in seine Arme, presste seinen Mund auf ihren, drängte sie gegen die Wand. Ihre Beine schlangen sich um seine, sie drückte ihren Schuhabsatz an seine Wade, und seine geöffnete Hose rutschte nach unten. Hastig zog er ein Bein heraus und schob es aufreizend zwischen Mariettas Schenkel. In ihrer Kehle blieb ein ekstatischer Schrei stecken. Sie grub die Finger in sein Haar und küsste ihn voller Hingabe.

Fordernd umfasste er ihre Hüften. Dann griff er unter ihre Röcke, spürte feuchte Hitze. In wachsendem Verlangen schmiegte sie sich an seine Hand. Oh Gott, sie war bereit für ihn, und alles in seinem Körper forderte ihn auf, mit ihr zu verschmelzen. Als er seine Finger bewegte, trieb ihn ihr Stöhnen fast zum Wahnsinn.

»Bitte, bitte …«

Wer das gesagt hatte, wusste er nicht. Er berührte ihre Wange. Dann schob er sie etwas höher an der Wand hinauf, und sie glitt auf ihn herunter. Das Gesicht in ihrem Haar vergraben, an ihren Hals gedrückt, vereinte er sich mit ihr und genoss ihren heiseren Schrei.

Er zog sich zurück, drang erneut in sie ein. Kraftvoll, immer tiefer, in immer hektischerem Rhythmus. Auch sein zweites Bein zog er aus der Hose. Als er Marietta fester an sich presste und von der Wand entfernte, umklammerte sie seinen Hals, die Augen verschleiert. Nach einer schnellen Drehung trug er sie zum Bett, ohne den Kontakt zu unterbrechen, und legte sie darauf, stand vor ihr und neigte sich hinab. Ja, das war es, was er brauchte – ihren Kopf, zurückgeworfen, ihr zerknittertes Kleid, obszön zwischen ihnen gebauscht. Ihre Schuhabsätze landeten auf seinem Rücken, als er zurückwich und wieder in ihr versank, so tief wie möglich.

Atemlos harmonierte sie mit seinen Bewegungen. Zum zweiten Mal gewann er den seltsamen Eindruck, die Welt würde aus den Fugen geraten. Mit Armen und Beinen drückte Marietta ihn fester an sich. Dann krallte sie ihre bebenden Finger in die Bettdecke, in ihr fleckiges Kleid. In heftigen Wellen pulsierte ihr Inneres um seine Männlichkeit. Und er steigerte das Tempo, schwindelerregend, wild und hemmungslos, bis jemand schrie – bis er seinen Höhepunkt erzwang, mit einer übermächtigeren Kraft, die ihn selbst verblüffte.

Ihre Beine sanken zu Boden, und Gabriel fiel auf sie hinab, rang nach Luft, und die angestrengten Atemzüge fanden ein Echo in ihren.

Er hielt Marietta in den Armen, während er auf das Bett

kroch. Dabei zerrte er mit seinen Knien ihr Kleid nach unten und entblößte ihre vernachlässigten Brüste.

Geistesabwesend versuchte sie das Oberteil ihres Kleids hochzuziehen. Das verhinderte er, indem er ihre nackte Haut küsste und ihr wieder den Atem nahm.

»Sinnenfrohe Marietta oder schöne Marietta. Vielleicht sollte ich dir diese neuen Namen geben?«

Die Knospe einer Brust ragte aus dem Rüschenrand des Ausschnitts, und Gabriel umkreiste sie mit seiner Zunge. Selbstvergessen schlang Marietta ihre Finger in sein Haar. Auf einen Ellbogen gestützt, hob er ein Knie, um ihr Kleid loszulassen. Sie rührte sich nicht. In seinem Innern entstand ein sonderbares warmes Gefühl. Er zog sie fester an seinen Körper, rückte mit ihr noch weiter auf das Bett hinauf. Wohlig drückte sie sich an ihn. Was er empfand, konnte er nicht genau bestimmen. Sehnsucht? Hingabe? Freiheit?

»Ein paar Tage solltest du bei deinem Bruder bleiben. Länger wird es nicht dauern. Das spüre ich.«

»Und wenn ich mich weigere? Sperrst du mich zusammen mit Mark ein?«

»Nein«, murmelte er und streichelte ihre Locken.

»Und dann?«

»Wir finden den Mörder und retten Kenny.«

Unausgesprochen hing ihre Frage in der Luft. *Und danach?* Mariettas Hand glitt über seine Schulter. Auch er schwieg, äußerte kein Versprechen, das er vielleicht nicht halten konnte.

Aber etwas *musste* er sagen. »Lady Dentry gab mir eine Liste ihrer Liebhaber. Jetzt spürt mein Vater die Londoner auf, deren Namen sie notiert hat.«

»Wie – war der Besuch?«, flüsterte sie zögernd.

»Sie benahm sich so wie immer.«

»Und – hat sie nichts getan?«

»Sie *kann* nichts tun«, erwiderte Gabriel und lachte sarkastisch.

»Oh …«

Obwohl sie nichts hinzufügte, fühlte er ihre Neugier. »Was möchtest du wissen, Marietta?«

Sie strich über seinen Arm. »Wie hast du angefangen?«

»Womit?«

»Mit – alldem …«

Er liebkoste ihren Schenkel und genoss ihren stockenden Atem.

Aber sie hielt seine Finger fest. »*Das* meine ich nicht. Wie hast du damit begonnen, den Menschen zu helfen? Sodass sie dir zehntausend Pfund zahlen oder dich mit drei Gefälligkeiten entlohnen?«

Er starrte zur Zimmerdecke hinauf. Diese Frage hatte er nicht erwartet. War sie leicht oder schwer zu beantworten? Das Thema berührte den Sinn seines Lebens.

»Mit zehntausend Pfund oder Gefälligkeiten fing es nicht an.«

Wortlos wartete sie, bis er fortfuhr.

»Ich bin vom Dentry-Landsitz geflohen. Wahrscheinlich hast du das schon erraten. Und ich habe Jeremy mitgenommen.« Er bemühte sich um einen möglichst beiläufigen Ton. »Eine Zeit lang versteckten wir uns in London. Gar nichts hatten wir, nur ein paar Kontakte. Ich begann mit einem Lächeln, mit der Erkenntnis, wie ich auf die verschiedenen Gesellschaftsschichten eingehen musste. Aus der Verzweiflung entsteht noch ein anderes Wissen – etwas, das mir im Dentry-Haus nützte. Auch später.«

Im Hintergrund lauerte noch immer das Dunkel. Doch es hatte sich ein wenig erhellt, wirkte nicht mehr so dicht.

»Schließlich erwies ich einigen Leuten Gefälligkeiten, brachte Personen zusammen, die einander halfen. Zunächst merkte ich nicht, wie wertvoll mein Talent war. Bis mir das bewusst wurde, dauerte es eine Weile.« Seine Finger wanderten über Mariettas Hüfte. »Inzwischen hatte ich ein bisschen Geld verdient und zahlreiche Kontakte geknüpft. Ich nahm meine Chance wahr und verlangte fünfzig Pfund von einem Mann, der es sich leisten konnte. Widerspruchslos gab er mir die Summe. So fing es an. Danach erhielt ich immer größere Beträge.«

Seine Hand streichelte ihren Bauch.

»Bald bekam ich alles, was ich brauchte oder wollte. Und ich hatte ein Netzwerk aufgebaut, das fast jeden Auftrag erledigte oder Informationen sammelte.«

»Arbeitest du für viele zahlungskräftige Klienten?«

»Ja. Nur die Allerreichsten zahlen mit Geld.«

Sie stützte sich auf einen Ellbogen. »Wenn du weniger verlangen würdest, hättest du noch mehr Klienten.«

»Das weiß ich.«

»Warum tust du es nicht?«

»Weil ich das Geld nicht brauche. Ich besitze ein Vermögen. Und meine Fähigkeiten habe ich hinlänglich bewiesen.« Er schenkte ihr ein Lächeln voller Selbstironie. »Außerdem würden sich zu viele Leute vor meiner Tür drängen.«

Marietta berührte seine Brust. »Offenbar interessierst du dich viel mehr für Leute, die sich deine Dienste *nicht* leisten können. Für die Arbeiterklasse.«

»Ja.«

»Warum hast du meinen Fall übernommen?«

Darauf antwortete er nicht sofort. »Aus reinem Egoismus. Ich wusste, dein blendendes Aussehen wäre ein Pluspunkt –

selbst wenn deine kultivierte Sprechweise manchmal nachteilige Folgen hatte. Zudem warst du entschlossen und loyal. Faszinierend. Auch die Situation deines Bruders interessierte mich. Das muss Rockwood geahnt haben.«

»Was hast du für ihn getan?«

»Das musst du ihn selber fragen.«

»So wie du will er sich niemandem verpflichtet fühlen. Meistens steckt er in finanziellen Schwierigkeiten, weil sein Vater ihm nur ein geringes Taschengeld zubilligt. Deshalb nehme ich an, sein Vater hat dich für deine Dienste bezahlt?«

Statt zu antworten, strichen seine Finger über ihre Brüste, und sie neigte sich näher zu ihm.

»Warum habe ich nie von dir gehört?«

»Zu viele Leute wollten mir Aufträge erteilen. Allmählich wuchs mir die Arbeit über den Kopf. Und anderen vertraute ich zu wenig, um ihnen wichtige Aufgaben zu überlassen. Nun arbeite ich auf der Basis von Empfehlungen. Es ist besser, wenn sich alles im Geheimen abspielt, vor den Augen weniger wachsamer Helfer.«

»Wieso wusstest du, dass Rockwood dich mir empfohlen hatte?«

»Jede Karte ist anders – subtile Unterschiede, die beste Methode, um Fälschungen zu vermeiden und die Identität des Absenders festzustellen.«

»Und diese mysteriöse Aura gefällt dir.«

»Ja«, gab er zu und lächelte schwach.

»Was wirst du tun, wenn du in den Ruhestand treten möchtest?«

»Dann wird Jeremy mein Werk fortsetzen.« Er zögerte. »Oder eins von Jeremys Kindern, falls er welche bekommt.«

»Und deine eigenen Kinder?«

»Jeremy scheint eher geneigt, den Hafen der Ehe anzusteuern. Meinst du nicht auch?« Er richtete sich auf und schaute auf sie hinab.

»Ja, da hast du wohl recht.«

Die Finger in ihr Haar geschlungen, drehte er ihren Kopf zur Seite und küsste ihren Hals. »Ist das alles, was du wissen wolltest, Marietta?«

Noch viel mehr wollte sie wissen. Kaum vorstellbar, dass dieser Mann jemals übervorteilt worden war ... Den Jungen hatte sie nicht gekannt. Und der erwachsene Mann hielt nichts von der Ehe. Das überraschte sie nicht. Warum spürte sie dann diesen seltsamen Schmerz in ihrem Herzen?

Während er ihren Hals mit Küssen bedeckte, erklärte sie atemlos: »Ich – ich will wissen, was – davor geschah.«

Da sank er in die Kissen zurück und zog Marietta zu sich herüber, sodass ihre Wange auf seiner Brust lag, die sich spürbar hob und senkte. Nun konnte sie seine Augen nicht mehr sehen. Das hatte er beabsichtigt. »Was möchtest du wissen?«

»Wie – haben dich die Frauen herumgekriegt?«

Seine Finger zeichneten Kreise auf ihre Hüfte. »Zuerst fand ich ihre Aufmerksamkeit schmeichelhaft. Lady Dentrys seidenweiches blondes Haar gefiel mir. Sie ist in der Tat eine Schönheit.«

Marietta starrte ihr mausbraunes Haar an, das dunkle Ranken auf seiner Brust bildete.

»Vorher hatte ich schon einige Erfahrungen mit Frauen gesammelt. Allerdings nur begrenzt, weil der Butler des Hauses mein Vater war. Und er duldete keine Beziehungen unter der Treppe.« Im veränderten Tonfall fügte er hinzu:

»Aber was in den oberen Etagen geschah, konnte er nicht verhindern.«

Sie rieb ihre Wange an seiner Brust, und er liebkoste noch immer ihre Hüfte.

»Ihren Annäherungsversuch begann Lady Dentry auf die gleiche Art, wie ich später meine Kontakte in London knüpfte. Mit einem Lächeln. Sie besuchte bereitwillige Dorfbewohner. Wenn ein Liebhaber freiwillig auf ihre Wünsche einging, musste sie später keine Rachegelüste oder Erpressungen fürchten.« Immer schneller zogen die Finger ihre Kreise, und schließlich sanken sie auf die Bettdecke. »Solche Eroberungen entwickelten sich zu unterwürfigen Dienern und stellten keine Herausforderungen dar. Aber eines Tages stieß Lady Dentry auf einen Jungen, der ein Dorfmädchen heiraten wollte und sie zurückwies. Gerade deshalb musste sie ihn besitzen. Sie stürzte den Jungen und das Mädchen ins Verderben. Dann fuhr sie fort, ihren neuen Appetit zu stillen – skrupellos, ohne Rücksicht auf die Gefühle ihrer Sklaven. Sie wünschte sich kraftvolle Jungen und brachte sie in Situationen, wo sie keine Wahl hatten. So wie ihr selber nichts anderes übrig geblieben war, als Lord Dentry zu heiraten. Genüsslich unterjochte sie ihre hilflosen Gespielen. Je unglücklicher sie sich fühlten, desto besser. Bald fand sie Freundinnen mit ähnlichen Interessen – eitle oder bösartige Frauen –, und sie gründete einen kleinen Club.«

»Und dann du …«

Ein paarmal hob und senkte sich seine Brust unter Mariettas Wange, bevor er weitersprach: »Der Erste war ich nicht.« Am anderen Ende des Raums tickte eine Uhr. Dreißig Sekunden lang war das das einzige Geräusch. »Aber an dem Tag, an dem ich sie abwies, war mein Schicksal besiegelt – wenn sie später auch erklärte, sie hätte mich so oder so in ihren Diensten behalten. Während Jeremy mich für vierzehn Tage besuchte, fuhr unsere Mutter nach London, um Freunde zu treffen. Ich sah, wie Lady Dentry ihn anschaute. Damals war er erst acht Jahre alt. Und dann wandte sie sich wieder zu mir. Ein triumphierendes Raubtier, seiner Sache sicher. In diesem Moment sagte ich mir, ich würde niemals irgendwas mit ihr zu tun haben, nachdem sie meinen Bruder so angeschaut hatte.« In seinem Gelächter schwang ein beängstigender Misston mit. »Wie naiv ich war! Sobald mein Vater von der Bildfläche verschwand und Lord Dentry auf diverse Landgüter begleitete, traf sie ein Abkommen mit mir.«

»Ein Abkommen?«

»Genau genommen war es eine Erpressung.«

Nun entstand eine längere Pause. Geduldig wartete Marietta, denn sie wollte ihn nicht bedrängen.

»Jeremy war in Sicherheit. Nur darauf kam es mir an. Und so ist es noch immer.«

»Aber du nicht …«

»Sechs attraktive Frauen, zwei Edelsteine, eine ein makelloser Diamant. Der Traum jedes Jungen oder Mannes, nicht wahr?«

»Nein.«

Noch ein freudloses Gelächter erschütterte seine Brust. »Leider sind die Körper der meisten sechzehnjährigen Jungen anderer Meinung.«

Was sollte sie dazu sagen? »Warum hast du dich zur Flucht entschlossen – nachdem du so lange in diesem Haus gewesen bist?«

»Nachdem ich es so lange zugelassen hatte.«

Sie versteifte sich und versuchte ihn anzuschauen. Aber sein Arm hielt sie fest. »Das habe ich nicht gemeint.«

»Meine Mutter ist plötzlich gestorben.« Seine Stimme klang so leise, dass sie die Worte kaum hörte. »Deshalb hätte Jeremy auf den Dentry-Landsitz ziehen müssen. Das durfte nicht geschehen. Und irgendetwas ging in diesen Frauen vor. Was es war, fand ich nie heraus. Eine neue Intensität, ihre veränderten Augen. In einem Wutanfall gab ich meinem Vater einige Hinweise. Meine Mutter war tot, außerhalb von Lady Dentrys Reichweite, und mein Vater konnte für sich selber sorgen. Aber Jeremy durfte ich diesen Frauen nicht ausliefern.«

»Und dein Vater …«

»Aufgrund meiner Andeutungen fand er die Wahrheit schnell heraus. Als ich meine Sachen packte, kam er zu mir und gab mir das ganze Geld, das er bei sich trug. Bedauerlicherweise war es nicht viel. In derselben Nacht verließen Jeremy und ich das Landgut.«

»Suchten die Frauen dich nicht?«

»Oh doch. Ihren Zorn will ich mir gar nicht vorstellen. Aber manchmal schützt das Netzwerk der Dienstboten seinesgleichen. Wie gesagt, Jeremy und ich versteckten uns in London. Ich nahm Gelegenheitsarbeiten an und unterrichtete meinen Bruder. Schließlich bot sich mir eine Chance, die etwas fragwürdig war. Trotzdem nutzte ich sie. Von da an verdiente ich genug Geld, und da mir immer mehr Leute Gefälligkeiten schuldeten, konnte ich mich an den Frauen rächen und sie ruinieren. Finanziell und gesellschaftlich. Den Rest der Geschichte kennst du.«

»Du warst sehr tapfer.«

»Damit hat Tapferkeit nichts zu tun – ich musste überleben.« Mit einer Fingerspitze zeichnete er Ornamente auf Mariettas Rücken.

»Offenbar hatten die Frauen dich unterschätzt.«

»Die meisten Angehörigen der Oberschichten unterschätzen die Menschen, die unter ihnen stehen. Wenn du in diese Kreise zurückkehrst, musst du darauf achten.«

»Dazu wird es wohl kaum kommen.«

»Sobald dein Bruder das Gefängnis verlässt, werden sie dich mit offenen Armen aufnehmen. Wochenlang wird die Hautevolee über dich reden und alle deine Wünsche erfüllen. Dann musst du schnell genug zugreifen, denn die vornehme Gesellschaft ist ziemlich launisch.«

»Und wenn mir ein so launisches Schicksal missfällt? Lange genug war ich ihm hilflos ausgeliefert.«

Sie spürte, wie er sich anspannte. »Wann immer sich Gelegenheiten bieten, musst du sie wahrnehmen. Und du wirst sie bekommen. Mindestens fünf Heiratsanträge, das würde mich nicht überraschen. Versuch alle Situationen unter Kontrolle zu bringen. Sonst bist du den Launen anderer ausgeliefert.«

Nachdenklich kaute sie an ihrer Unterlippe. »Bin ich jetzt *deiner* Laune ausgeliefert?«

Sein Arm bewegte sich. Als er Marietta nicht mehr festhielt, hob sie den Kopf und schaute in seine Augen.

»Bist du das?«, fragte er, statt zu antworten.

»Ja, das glaube ich.« Als er aufstehen wollte, legte sie eine Hand auf seine Brust. »Das finde ich keineswegs unangenehm. Aber ich möchte meine eigene Herrin sein, mein Leben und mein Verhalten selbst kontrollieren.«

Unergründliche Augen erwiderten ihren Blick. Einige Sekunden lang glaubte Marietta, sie hätte ihn verloren. Und die Sekunden verlängerten sich fast zu einer Minute. Abrupt erschien wieder die gewohnte Wachsamkeit in seiner Miene – und noch etwas anderes, das sie nicht zu deuten vermochte. Vertrauen?

»Zeig mir, was du willst«, sagte er, und sie blinzelte verwirrt.

»Ich – ich habe dir nichts zu zeigen.«

»Wirklich nicht? Erteil mir eine Lektion, Marietta. Lass meinen Körper nicht tun, was meine Augen ihm verbieten. Unterwirf mich deinem Willen.«

»Aber ...« Sie biss auf ihre Lippen. »Wäre das nicht ...«

»Nein. Soeben sagtest du, dein eigener Wille wäre dir wichtig. Ich begebe mich in deine Hände, und du wirst für mich sorgen. Darauf vertraue ich.«

Bestürzung, Liebe, irgendetwas Verrücktes gefror in ihrer Brust, stieg nach oben in ihre Kehle und würgte sie.

»Bald wirst du in die vornehme Gesellschaft zurückkehren, und die Dinge werden sich ändern. Aber diese Nacht – diese besondere Nacht gehört dir.« Sie neigte sich zu ihm, und er strich über ihre Wange. Sofort riss er seine Hand weg, als hätte er sich verbrannt. »Siehst du es? Es fällt mir schwer. Stets die Kontrolle zu behalten – dieser Anspruch liegt mir im Blut. Nimm sie mir weg.« Er bewegte sich unter ihr. »Befreie mich.«

Liebe mich.

Mit bebenden Händen umfasste sie seinen Kopf, und sie glaubte, dieser Moment würde alle Gefühle vereinen, die sie jemals empfunden hatte.

20

Hastig zog Marietta sich aus und legte sich nackt neben Gabriel. Er beobachtete ihre Augen und fragte sich, was sie tun würde. Langsam wanderten ihre Finger über seinen Körper, die muskulöse Brust, den flachen Bauch, und streichelten seine Fußknöchel. In den Kniekehlen hielten sie kurz inne. Dann glitten sie zu seinen Schenkeln hinauf. Nach einer weiteren Pause umfing sie seine Männlichkeit, die bereits reges Interesse zeigte.

Während sie ihn stimulierte, verengte sie konzentriert ihre Augen, betrachtete seinen Bauch und dann sein Gesicht.

»Fühlt sich das gut an?«

»Ja.« Ihre warmen, weichen Finger bewegten sich etwas zu sanft. Doch das war zu erwarten. Am Anfang war das besser als grobe Vehemenz.

Ein entschlossener Blick fesselte seinen.

»Natürlich musst du nichts tun, was dir widerstrebt ...«

Da berührte ihre Zunge die Spitze seines Glieds. Beinahe hätte er sich aufgebäumt.

Gewiss, Mut zählte zu Mariettas herausragendsten Eigenschaften. Die meisten seiner Liebhaberinnen hatten diese spezielle Praktik vermieden. Das hatte ihn nicht gestört, denn sie erschien ihm zu freizügig und sein Gesicht verriet zu viel von seinen Emotionen. Außerdem wurde er der Kontrolle beraubt. Dabei war er kein einziges Mal auch nur annähernd zum Höhepunkt gelangt.

Immer kühner steigerte Marietta seine Lust, ihre Hände erforschten alle seine Körperteile in ihrer Reichweite. Gerührt musterte er ihren Kopf. Selbst wenn er nicht gewusst hätte, dass sie so etwas zum ersten Mal tat – aufgrund ihrer Vorsicht wäre es offensichtlich gewesen. Und es war der Gedanke, auf den es ankam ...

Heiliger Himmel ...

Jetzt umschlossen ihre Lippen die Spitze, ihre Zunge liebkoste den empfindlichen Teil direkt darunter. Reiner Zufall, dass sie diesen Punkt fand ... Sein Bauch zuckte nach oben. Immer höher. Sekundenlang unterbrach sie ihre Aktion und musterte ihn durch den Schleier ihrer zerzausten, von goldenem Lampenlicht erhellten Locken. So schön und sinnlich sah sie aus. Ihr Anblick genügte, um jenes Interesse zu wecken, das früher bei diesem besonderen Liebesspiel geschlafen hatte. Aber es war *Marietta,* die es erregte, nicht ...

Heiliger Himmel ...

Beim zweiten Mal war es kein Zufall. Kraftvoll presste sie ihre Zunge an jene Stelle – zweifellos eine Frage, die sie ihm stellte, und sein verdammter Körper reagierte mit stärkeren Erschütterungen. Sofort tat sie es ein drittes Mal, diesmal voller Zuversicht. Als er hörbar atmete, konzentrierte sie sich noch intensiver auf die Freuden, die ihr Mund ihm schenkte.

Alle seine Energien, die letzten Reste seiner Kontrolle kamen ihm abhanden, davongespült von dem Blut, das nach unten strömte. Anscheinend registrierte Marietta jede einzelne seiner Reaktionen und kombinierte ihre erfolgreichen Stimulationen systematisch mit neuen, stets nur mit seiner Lust beschäftigt.

Ja, das war es, was ihm bei Intimitäten mit anderen Frauen gefehlt hatte. Zufrieden hatten sie seine Liebeskünste genossen und sich niemals bemüht, auch *seine* Wünsche zu erfüllen – herauszufinden, was ihm ein Stöhnen entlocken würde.

Und Marietta kannte ihn, wusste genug über ihn, um seine Lust einzuschätzen, wollte noch mehr erfahren.

Aus seiner Kehle rangen sich fremdartige Laute, als sie sein ganzes Glied in den Mund nahm, als ihre Zunge auf und ab glitt und immer wieder zur empfindsamsten Stelle zurückkehrte.

In seinem Gehirn entwickelte sich ihr Name zu einer stummen Litanei. Und dreißig Sekunden später rief er ihn unablässig aus.

Nun beschleunigte sie das Tempo, in einer Kombination bereits erfolgreicher Manöver mit neuen. Und ihr Anblick – oh Gott …

Den Impuls, laut zu stöhnen und den Kopf ins Kissen zu drücken, konnte er nicht unterdrücken, ebenso wenig den keuchenden Atem, das Zittern seines Körpers. Einen Arm über sein Gesicht gelegt, verbarg er seine verzerrten Züge. Da lösten sich die wundervollen Lippen von seiner Männlichkeit, beinahe fand der Kampf ein Ende.

Plötzlich wurde sein Arm weggeschlagen. »Lass das!«

Gabriel riss die Augen auf. »Was?« Verständnislos starrte er Marietta an und keuchte noch immer, als wäre er das Ufer der ganzen Themse entlanggerannt.

»Ich will dich sehen.«

Verwirrt schüttelte er den Kopf.

Sie kaute an ihrer Unterlippe. »Wie du aussiehst, wenn du …« Ihre Hand fuhr durch die Luft, ihre Zähne hinterließen eine winzige Kerbe in der glänzenden Lippe.

Nun grinste er, sein Körper geriet wieder in halbwegs kontrollierbaren Zustand. »Wenn ich – was?«

Sie warf ihm einen vielsagenden Blick zu.

»Da musst du dich schon etwas genauer ausdrücken, Marietta«, betonte er und wäre fast in Gelächter ausgebrochen.

Ehe er wusste, wie ihm geschah, nahm sie sein Glied wieder in den Mund. Gegen seinen Willen zuckte sein Körper zusammen, der Lachreiz verflog. Sobald er den aufwühlenden Druck ihrer Zunge spürte, glaubte er, die Welt würde untergehen. Er griff nach ihr. Aber sie schlug seine Hände weg. Dann schlang sie ihre Finger in seine, die sie zu beiden Seiten seines Kopfs ins Kissen presste. Mit derselben Bewegung rückte sie nach oben. »Hast du nicht gesagt, du würdest mir die Kontrolle überlassen?«

Ihre und seine Hüften befanden sich nicht in der perfekten Lage, die er mit allen Fasern seines Seins herbeisehnte. Doch sie waren nahe daran. Zu nahe. Marietta schaute an seinem Körper hinab, ihr Haar kitzelte seinen Hals. Was sie sah, wusste Gabriel – das glänzende, aufragende Zeichen seines Verlangens. Als sie seinen Blick erwiderte, las er in ihren Augen die gleiche Glut. Sie schwang ihr rechtes Bein über seine Taille, sodass sie über ihm kniete. Nur kurz ließ sie ihn ihre feuchte Hitze spürte, und er hörte ihren Atem stocken.

Langsam und aufreizend wiederholte sie die Bewegung. Mit zusammengebissenen Zähnen drückte er seinen Unterleib gegen die Matratze, und sein Körper schrie danach, die Hüften zu heben, in sie einzudringen, damit sie seinen Namen stöhnte, und sie endlich zu besitzen.

Seine Hände hielt sie noch immer gefangen, während sie sich an ihm rieb. Angesichts ihrer geröteten Wangen überlegte er, wen sie grausamer quälte – ihn oder sich selbst. In einer Phase der Bewegung geriet sie genau in die richtige Position, und er reckte sich ein wenig nach oben, nur um einen Zentimeter. Als sie die Stirn runzelte, schaute er sie unschuldig an. Ihre Augen funkelten, und sie küsste ihn. Dann sank sie ein kleines bisschen herab. Ermutigt erwiderte er den Kuss und schob sich wieder empor – nur einen Millimeter, um keinen Verdacht zu erregen. Sofort wich sie zurück.

»Nein, nein, nein, Gabriel. Jetzt werde ich mir die absolute Herrschaft in deinem Harem verdienen.« Ihre Zunge leckte an seinem Ohrläppchen – die gleiche Liebkosung, mit der er sie so oft betört hatte. Großer Gott, das hatte sie sich gemerkt? Was denn sonst noch? Würde sie sich mit all seinen verführerischen Worten und Taten revanchieren? »Drei sündige Nächte. Und viel mehr.«

Verlockend wand sie ihre Hüften umher. Über seine Lippen rang sich ein unartikulierter Laut.

Unverhohlenes Selbstvertrauen sprach aus ihrer Miene. Und Leidenschaft. Und andere Emotionen, die er nicht zu benennen wagte. Eine berauschende Mischung mit allen Zutaten, die zu einer erfolgreichen Verführung gehörten.

Allmählich sanken ihre kreisenden Hüften herab. Ihre Wangen schienen zu brennen. Aus ihrem geöffneten Mund wehte warmer Atem. Nun befreite sie seine Hände und stützte sich auf seine Schultern.

»Berühre mich.«

Noch bevor sie verstummte, umfasste er ihre Brüste. Seine Daumen streichelten die Knospen und zwangen Marietta, noch tiefer herabzugleiten, ihre inneren Muskeln begannen ihn zu umschließen.

»Wahnsinn …«

Verdammt, das musste sie noch einmal machen. Er knirschte mit den Zähnen und kniff die Augen zusammen. Während er mit einer Hand ihre Brustwarze reizte, näherte er die andere der Stelle, wo sie sich vereinten, und hob einen Finger. Da schnappte sie nach Luft und sank vollends herunter.

Hatte er jemals etwas so Wundervolles gespürt wie die Kontraktionen ihrer Muskeln, ihren warmen, feuchten Schoß? Und hatte er jemals eine so himmlische Musik gehört wie ihre beschleunigten Atemzüge dicht neben seinem Ohr?

»Oh, das ist unfair …« Es war eher ein Hauch als ausgesprochene Worte.

Da legte er seine Hände auf ihre Knie, um der Versuchung zu entrinnen, sie noch intimer zu berühren. »Besser?«, flüsterte er an ihren Lippen.

Lange und leidenschaftlich küsste sie ihn. Dann richtete sie sich auf, sodass sie auf ihm saß. Nach ein paar Experimenten fand sie den Rhythmus, der ihr gefiel – ein Tempo, das seine Bauchmuskeln verkrampfte. Seine Finger gruben sich in ihre Knie. Die Augen halb geschlossen, ritt sie auf ihm, den Kopf in den Nacken geworfen wie eine hemmungslose Nymphe. Feurige Glut färbte ihren ganzen Körper. Diese Frau würde kein Mann, der bei klarem Verstand war, unscheinbar finden. Noch nie hatte ihn ein so bezauberndes Bild beglückt.

Jetzt neigte sie sich herab. Bei jeder Bewegung schwankte ihr Busen. Wie reife Kirschen hingen die Knospen vor seinen Augen, eine streifte sein Kinn, und er nahm sie in den Mund. Hingerissen stöhnte Marietta und legte ihre Stirn auf seine. Ihr Haar umgab beide Köpfe wie ein dichter Vorhang.

In wildem Galopp ritt sie auf ihm. Dann rückte sie nach oben, kniete über seinen Lippen, bewegte sich noch immer auf und ab, als könnte sie nicht entscheiden, welche Praktik sie vorziehen sollte. Hungrig saugte er an ihr, und sie warf ihren Kopf in den Nacken, den Mund weit geöffnet. Es war unglaublich schön – sie gab ihm genau das, was er wollte, und nahm sich genau das, was sie brauchte.

Während er die Hände auf ihre Schenkel drückte, zwang er sie nach unten. So tief wie möglich drang er in sie ein, spielte nicht mehr den unterwürfigen Liebhaber, stellte die alte Rollenverteilung wieder her. So, wie es sein sollte. Er umfasste ihre Hüften, drückte sie herab, wann immer sie sich aufrichtete, hob sich noch höher hinauf, bis er den magischen Punkt erreichte. Ekstatisch schrie sie auf. Nicht nur in ihren Reaktionen schwelgte er, die er verursachte und kontrollierte, auch in seinen eigenen. Das Gefühl ihrer verengten Muskeln, die unartikulierten Laute neben seinem

Ohr, ihre Wollust erweckten den Eindruck, sie wäre nur für die Liebeslust geschaffen. Für *ihn* geschaffen. Nein, es war kein Machtspiel, aber etwas, das aus gemeinsamer Sehnsucht, aus wunderbarer Harmonie entstand.

Ihre Lippen glitten über sein Ohr und seine Wange zu seinem Mund. Begierig küsste sie ihn, saugte an seiner Zunge, verschluckte sein Stöhnen, während sie mit aller Kraft ihre Hüften bewegte.

»Oh Gabriel, ich …« Er bäumte sich auf und nahm ihr den Atem. Um ihr Gleichgewicht zu halten, musste sie sich auf seine Brust stützen. Er sah den Schleier, der ihre braunen Augen verdunkelte. In ihrem Blick las er Verlangen und tiefe Gefühle. Aber ihr Verstand wurde nicht von ungezügelter Leidenschaft benebelt. »Gabriel, ich …«

Ein heißer Kuss verschloss ihre Lippen. Mit beiden Händen umrahmte er ihr Gesicht und schlang die Finger in ihr Haar. Doch sie verdrehte nicht die Augen, ihr Kopf fiel nicht haltlos zur Seite. Keiner seiner Tricks bewog sie, den Blickkontakt zu beenden. Und kein Trick half ihm, seine eigene Erfüllung und seine entrückte Miene zu maskieren, der Macht entgegenzuwirken, die er ihr dadurch verlieh. Die Körper vereint, die Augen ineinander getaucht … Als sie gemeinsam zum Gipfel höchster Lust hinaufstiegen, schaute er nicht weg. Und sie auch nicht.

Gabriel schlug Abigails Tagebuch auf. Allein schon die Berührung des Ledereinbands war ihm unangenehm. Aber Marietta glaubte, das Buch würde alle Antworten enthalten, und er selbst ahnte das bereits, seit sie es gefunden hatten. Das war der Grund, warum er es nicht vernichten wollte. Und warum es ihm widerstrebte, die Aufzeichnungen zu lesen.

Nun musste er nichts weiter tun, als die Namen auf seiner Kopie von Lady Dentrys Liste in Abigails Tagebuch zu suchen. Falls er welche fand, würden sie ihn vielleicht an irgendetwas erinnern. Oder wurden Ereignisse erwähnt, die jemanden zu mörderischer Rachsucht angeregt hatten?

So schwer es ihm auch fiel, die Seiten umzublättern – er machte Fortschritte. Er identifizierte einen Diener. Dann noch einen, auch einen Dorfjungen. Einen Sommergast. Als er zu den Eintragungen kam, die ihn selbst betrafen, blätterte er etwas schneller weiter. Diese Lektüre brauchte er nicht, um seine Erinnerungen aufzufrischen.

Seine Finger hielten inne. Die meisten dieser Zeilen hatte Marietta wahrscheinlich gelesen – womöglich sogar verschlungen, während er unachtsam gewesen war.

Sie wusste alles. Trotzdem blieb sie noch immer hier. Bei ihm.

Seine Augen überflogen die Federstriche. Mit ihrem Mitleid verschonte sie ihn. Aber sie fühlte mit ihm. Was *er* für sie empfand, erschien ihm immer intensiver. Und er glaubte, sie hätten einen letzten Weg angetreten – ins Ungewisse.

Ständig suchte er nach Rettungsankern, um nicht zu zerbrechen. Brauchte er einfach nur jemanden, der seiner gequälten Seele neue Kraft gab?

Weil er die Aufzeichnungen, die von ihm handelten, so schnell überblätterte, hätte er es beinahe übersehen. Nur die Uhr, die gerade eine volle Stunde schlug, riss ihn aus seiner Geistesabwesenheit.

Sein Finger presste sich auf die Seite. In seinem Gehirn hallte eine Stimme wider.

Seit dem letzten Sommer...

Gabriels Magen drehte sich um. Seltsam, diese Erleichterung, denn er hatte es endlich herausgefunden, musste dieses Tagebuch nie wieder lesen und konnte den Albtraum beenden. Um einen neuen zu beginnen. Er schlug mit der Faust auf den Tisch. Und noch einmal, zur Bekräftigung.

In diesem Moment eilte Marietta zur Tür herein und sah sich um, als fürchtete sie eine Bedrohung. »Gabriel?«

»Jetzt weiß ich, wer der Mörder ist«, sagte er grimmig.

Verwirrt starrte sie ihn an.

»Haben Jeremy, mein Vater und John schon erwähnt, wohin sie gehen würden?«, fragte er und begann sich Notizen zu machen.

»Sie wollen die Männer aufspüren, die auf der Liste stehen.«

»Gut. Wenn sie zurückkommen, müssen wir über unsere nächsten Maßnahmen diskutieren.«

»Wer ist der Mörder?«

»Das verrate ich dir, wenn wir alle versammelt sind.«

Sie wollte protestieren, und er streckte eine Hand nach ihr aus, um sie zu küssen, um sie abzulenken. Abrupt hielt er inne, berührte nur ihre Wange und strich mit seinem Daumen über die zarte Haut. »Bald haben wir das alles überstanden.«

Mariettas Nervosität wuchs. Warum, wusste sie nicht. Vielleicht, weil sich der Albtraum dem Höhepunkt näherte oder weil Gabriel sie nicht einweihte. Wenigstens verheimlichte er ihr nicht, dass er den Mörder kannte. Oder hing ihre innere Unrast mit seiner Weigerung zusammen, über die Zukunft zu sprechen? Über all das, was *danach* geschehen würde?

Gegen Mittag kehrten Jeremy, Alcroft und Gabriels Vater zurück, und sie versammelten sich um den Küchentisch.

Nur Gabriel ging auf und ab. »Auf der Liste fand ich den Namen eines Stallknechts. Lester Flume. Auch in Abigails Tagebuch wird er erwähnt, allerdings nicht namentlich. Aber er steht auf der Liste, die Lady Dentry mir gab.«

»Wieso weißt du, dass sie alle ihre Liebhaber aufgelistet hat?«, fragte Jeremy. »So dumm war sie wohl kaum.«

Gabriel nickte, aber seine Schultern spannten sich an. »Schon vorher hatte sie mir mit einer solchen Liste gedroht. Dumm, ja – aber sie fand, es würde sich lohnen. Auf diese Weise behielt sie alles unter Kontrolle. Auf ihrem Schreibtisch lag ihr aufgeschlagenes Tagebuch, und ich sah die erste Seite. Namen, Daten, Einzelheiten. Ich nahm das Buch nicht an mich. Aber morgen fahre ich wieder auf den Dentry-Landsitz, um meinen Verdacht zu bestätigen.«

»Und du glaubst, sie wird dir das Buch geben?« Skeptisch runzelte sein Vater die Stirn. »Indem du einfach nur darum bittest?«

»Nein, wahrscheinlich muss ich mir eine gute Geschichte ausdenken und sie irgendwie herausfordern. Letzten Endes wird sie mir einen Blick in das Buch gestatten.« Gabriel zuckte die Achseln. »Und wenn nicht, werde ich es einfach entwenden und Dresden übergeben, damit er den Fall endlich aufklärt.«

»Und wenn du damit deinen Ruf ruinierst?«, fragte Alcroft erschrocken.

Entschlossen nickte Gabriel. »Dieses Risiko gehe ich ein.«

»Also gut …«, sagte Alcroft langsam. »Natürlich stehe ich dir bei, das weißt du.«

»Ja«, stimmte Gabriel leise zu. »Das weiß ich.«

»Und ich auch«, mischte Marietta sich ein.

Alle Blicke wandten sich zu ihr.

»Morgen werde ich dich auf den Landsitz begleiten, Gabriel«, sagte sie, und er nickte wortlos.

»So wie wir alle«, entschied Gabriels Vater. »Dort werden wir Lester Flume antreffen.«

Jeremy und Alcroft willigten ebenfalls ein.

Bevor die Männer sich verabschiedeten, sprach Gabriel mit jedem Einzelnen. Währenddessen suchte Marietta einige Papiere zusammen. Danach klopfte Gabriel zehn Minuten lang auf den Küchentisch und brachte die Dokumente wieder durcheinander.

Schließlich blickte er auf. »Ich muss zum Dentry-Landsitz fahren.«

»Was, jetzt? Sagtest du nicht, wir würden morgen hinfahren?«

»Ja. Das werden wir tun. Aber ich muss schon jetzt mit Lady Dentry reden.«

Nach einer kurzen Pause fragte sie: »Glaubst du, der Mörder wird schon heute zuschlagen? Und deshalb können wir nicht bis morgen warten?«

»Ja, das fürchte ich.«

»Ich komme mit ...«

»Nein. Abgesehen von der Gefahr – wenn Lady Dentry dich sieht, wird sie alles tun, um dich zu vernichten.«

»Warum?«

Gabriel wich Mariettas Blick aus. »Glaub mir, sie wird es tun.«

»Dieses Risiko gehe ich ein. Ich werde dich begleiten.« Sie lachte leise. »So leicht wirst du mich nicht los.« *Hoffentlich nicht ...*

Zwanzig Minuten später saßen sie in Gabriels Kutsche und verließen London.

Schaudernd erinnerte Marietta sich an ein Gedicht, das sie letztes Jahr gelesen hatte. Nun würde auch sie der bösen Hexe begegnen.

21

Sofort nach der Ankunft auf dem Dentry-Landsitz wurden Gabriel und Marietta in eine geräumige Bibliothek geführt. Der Butler hatte kaum einen Blick auf Gabriels Visitenkarte geworfen. An einer Seite des Raums gingen große Fenster zum Garten hinaus, auf der anderen standen Bücherregale. In mehreren Vitrinen wurden Kuriositäten zur Schau gestellt.

Eine attraktive Blondine kam ihnen entgegen. Marietta hatte sie auf einigen Partys gesehen, aber nie mit ihr gesprochen. In der gesellschaftlichen Hierarchie stand Lady Dentry hoch über ihr, auch über vielen anderen Damen, was sie stets sichtlich genoss. Noch wichtiger fand sie es, einem bewundernden Publikum ihre Schönheit zu präsentieren. Stets distanziert – ein eiskalter Diamant, in angemessener Entfernung vom Talmi.

Nach einem kurzen Blick tat sie Marietta als unwichtig ab. Doch in der nächsten Sekunde schaute sie wieder hin, registrierte den Arm, den Gabriel um die Taille der jungen Frau gelegt hatte, und in ihren Augen erschien ein frostiges Glitzern.

Plötzlich verstand Marietta, warum Gabriel sie gewarnt hatte.

»Noch nie habe ich dich in der Rolle des Beschützers gesehen, Gabriel …«, begann Ihre Ladyschaft gedehnt. »Also verdient dieser kleine Spatz meine Aufmerksamkeit.«

»Anscheinend werden Sie mit den Jahren begriffsstutzig, Lady Dentry – falls Sie glauben, ich würde Ihnen erlauben, Miss Winters anzurühren.«

Bei diesen Worten jubelte Mariettas Herz.

Lady Dentry lächelte – ein höfliches Lächeln, aber beängstigend, weil es unaufrichtig wirkte.

»Setzen wir uns. Tee und Biskuits?« Einladend wies sie auf einen Tisch.

Nachdem Lady Dentry Platz genommen hatte, sank Marietta auf eine Stuhlkante. Unbehaglich dachte sie an Persephone, die in der Unterwelt nichts hatte essen dürfen.

»Heute ist der große Tag, an dem ich ermordet werden soll, nicht wahr, Gabriel?«, fragte Lady Dentry ironisch und nippte an ihrem Tee. »Und nun ist mein edler Ritter erschienen, um mich zu retten.«

Marietta spürte noch immer Gabriels Anspannung und wünschte, sie könnte ihn umarmen oder wenigstens seine Hand drücken. Stattdessen schlang sie ihre Finger im Schoß ineinander.

»Würde der Ritter plötzlich beschließen, den Drachen zu retten, hätten Sie recht, Madam.«

Lady Dentry lachte spröde. »Natürlich, lieber Gabriel, natürlich.« Sie musterte ihn zufrieden. »Jedenfalls bist du zurückgekehrt.«

»Gewiss, so sehen Sie es.« Sein Finger trommelte auf die Armstütze seines Sessels. »In diesem Moment interessiere ich mich nicht für Spiele.«

Ihr Blick nahm einen kühlen Ausdruck an, und sie wandte sich zu Marietta. »Erzählen Sie mir von sich, meine Liebe.«

Ehe Marietta zu Wort kam, erklärte Gabriel: »Wir sind nur hier, um den Fall abzuschließen, Melissande. Und ich glaube, Ma ... Miss Winters legt keinen Wert auf Ihre Bekanntschaft.«

Spöttisch verzog Lady Dentry ihre Lippen zu einem Lächeln, das Genugtuung und Zorn zugleich bekundete. »Das mag stimmen. Aber da sind wir nun einmal. Möchtest du das Drama nicht inszenieren? Geh doch! Inzwischen werde ich mit Miss Winters plaudern.«

Gabriels Miene zeigte kein Amüsement.

»Sicher findet sich deine Begleiterin auch ohne dich zurecht. Nicht wahr, Miss Winters?«

Marietta nickte. In all den Jahren hatte sie Marks Launen ertragen, und sie wusste, wie man mit schwierigen, bockigen Menschen umging. Deshalb fürchtete sie sich nicht, obwohl Lady Dentry so hoch über ihr stand und ein bösartiges Wesen besaß.

Das schien Gabriel zu verstehen. Und wie sie inzwischen festgestellt hatte, griff er in heiklen Situationen niemals ein, ohne der betreffenden Person zuerst die Gelegenheit zu geben, für sich selber zu sorgen. Auch das zählte zu seinen zahlreichen bewundernswerten Eigenschaften. Er stand auf und schlenderte zum Kamin.

Nach einer Weile erhob Lady Dentry sich ebenfalls und bedeutete Marietta, ihrem Beispiel zu folgen. »Kommen Sie, Miss Winters, genießen Sie die Aussicht auf den Garten.«

Sie hängte sich bei der Besucherin ein, führte sie zu einem Fenster, und Marietta überlegte, ob man sich auf dem Weg zum Galgen so ähnlich fühlte.

Unterdessen inspizierte Gabriel das Kamingitter, dessen Stäbe sich eng aneinanderfügten. Er ging in die Hocke und spähte über den Rand hinweg. Dabei beobachtete er die beiden Frauen aus den Augenwinkeln. Was Marietta sofort auffiel.

»Um diese Jahreszeit sind die Azaleen besonders schön – und die Rosen fantastisch. Interessieren Sie sich für Gartenkultur, Miss Winters?« Lady Dentry sprach mit leiser Stimme, damit ihre Worte nicht zum anderen Ende der Bibliothek drangen. Nicht, dass es Gabriel, der ein scharfes Gehör besaß, am Lauschen hindern würde …

»Nicht mehr als jeder Durchschnittsmensch, Lady Dentry.«

»Bitte, nennen Sie mich Melissande. Auf solche Förmlichkeiten sollte eine enge Freundin von Gabriel verzichten.«

»Aber Mr Noble nennt Sie Lady Dentry!«

»Nennen Sie ihn so, wenn er sich in Ihnen bewegt, Miss Winters, und Ihr Innerstes erforscht? Das finde ich ein bisschen seltsam. ›Oh Mr Noble, wie groß Ihre Männlichkeit ist!‹«

Marietta wollte sich losreißen. Aber Lady Dentry hielt ihren Arm eisern fest.

»Stellen Sie sich vor, Lord Dentry hat mich immer nur Lady Dentry genannt. Ärgerlich, nicht wahr? So förmlich …«

Nun hörte Marietta auf, sich gegen den hartnäckigen Griff zu wehren, denn sie durchschaute das Spiel. »Ich glaube, Sie sind eifersüchtig, Madam.«

»Das bin ich tatsächlich, Miss Winters. Ganz schrecklich eifersüchtig, weil Sie meinen kleinen Rächer erobert haben.«

Den Spitznamen aus diesem Mund zu hören … Beinahe wurde Marietta übel.

»Nicht, dass er *klein* wäre«, fuhr Ihre Ladyschaft fort. »Was das betrifft, ist er fabelhaft gebaut. In *allen* Belangen. Meine Eifersucht kennt keine Grenzen. Mit sechzehn war er entzückend. Jetzt ist er grandios. Sie müssen ihn unbedingt freigeben.«

»Freigeben?«

»Ganz vernarrt ist er in Sie.« Marietta konnte nicht umhin, ihren Zweifel zu bekunden, und Lady Dentry lachte perlend. »Das merken Sie nicht? Wie wundervoll! Und umso besser. Diese Beziehung wird nur bis zur Freilassung Ihres Bruders – des jüngeren – dauern, falls die Berichte in den Zeitungen, die ich mir endlich beschafft habe, zutreffen.«

Das wusste Marietta. Trotzdem fragte sie: »Wieso glauben Sie das, Lady Dentry?«

»Ist das nicht offensichtlich?« Die Hausherrin lachte wieder. »Sie beide entstammen verschiedenen Gesellschaftsschichten und Sphären – in jeder Hinsicht. Hoffentlich brechen Sie ihm das Herz. Dann wird er zu mir zurückkehren.«

»Ich fürchte, Sie geben sich Illusionen hin.«

»Vielleicht. Aber im Moment ist dieser Wunschtraum alles, was ich habe.« Lady Dentrys Finger gruben sich noch fester in den Arm ihrer Rivalin.

Und dann wurde Marietta befreit – so schnell, wie sie damals im Gefängnis von Kenny losgerissen worden war.

»Wie unartig, Gabriel, allmählich erregst du meinen Unmut!«, tadelte Lady Dentry und saugte geräuschvoll an einem ihrer schmerzenden, zierlichen Finger. »Hoffentlich wird der Mörder bald auftauchen und mir deine Possen ersparen.«

Als ein leiser Pfiff erklang, zeigte Gabriel auf das Kamingitter, das er näher zum Schreibtisch gerückt hatte. »Versteck dich dahinter, Marietta. Und Lady Dentry, setzen Sie sich hinter Ihren Schreibtisch.«

Ohne zu zögern, gehorchte Marietta und beobachtete, wie Ihre Ladyschaft zu dem Sessel hinter dem Tisch schlenderte.

Nur die angespannten Schultern und der kerzengerade Rücken verrieten eine gewisse Sorge.

Gabriel kauerte sich neben Marietta, und sie warteten. Eine Minute. Zwei Minuten. Tiefe Stille erfüllte den Raum.

Sogar Lady Dentry spürte, wie wichtig es war, schweigend und konzentriert auszuharren.

Noch eine Minute verstrich, und Marietta wollte Gabriel etwas zuflüstern. Doch da öffneten sich die Türflügel, der Neuankömmling trat aus dem Schatten ins Licht, und sie traute ihren Augen nicht.

Als John Alcroft hereinkam, hörte Gabriel, wie Mariettas Atem stockte.

Alcroft warf einen kurzen Blick auf das Kamingitter, bevor er seinen Blick auf Melissande richtete. »Lady Dentry.«

»John.«

Marietta versuchte sich aufzurichten. Aber Gabriel hielt sie fest und legte einen Arm um ihre Schultern.

»Fast ein Jahr lang hast du mich nicht besucht, John«, beklagte sich Lady Dentry. »Hasst du diesen Landsitz?«

»Allerdings. Das ist kein geplanter Besuch. Eigentlich wollte ich noch eine Woche warten. Doch die Ereignisse zwingen mich schon jetzt zur Initiative.«

Alcroft ging zum Schreibtisch. Beim Anblick des Tagebuchs, das darauf lag, blieb er jählings stehen. So viel bösartige, grausame Gedanken in einem butterweichen Ledereinband ... »Gabriel.«

»Hast du dir einen Spitznamen für mich ausgedacht, John?«, fragte Lady Dentry. »Wie nett! Allerdings finde ich ihn nicht besonders geschmackvoll.«

Ärgerlich presste Gabriel die Lippen zusammen und musste sich mit einem stummen Fluch begnügen. Melissandes Hohn war nicht gerade hilfreich.

»Seltsam, diese Stille«, zischte John mit einem drohenden Funkeln in den Augen. »Wo bist du, Gabriel? Unter dem Schreibtisch? Auf den Knien vor ihr? Wie peinlich!«

Gabriel drückte Mariettas Schulter und erhob sich hinter dem Kamingitter.

»Ah, da bist du ja! Eine bessere Position. Wenigstens kannst du dich in die Flammen werfen, wenn du ihren Anblick nicht mehr erträgst.«

»Bitte, John …«

»Gabriel. Auch Miss Winters, nehme ich an?« Alcroft musterte den Wandschirm, und diesmal konnte Gabriel vernehmlich fluchen, als ihr Kopf über dem Rand auftauchte. John nickte zufrieden. »Ah, wie ich es mir dachte.«

»John, wir müssen nicht …«

»Falsch, Gabriel. Wir *müssen*. Wie hast du es herausgefunden? Und wann?«

»Schon vor einer ganzen Weile. Ich habe Abigails Tagebuch gelesen. Darin wurde jemand erwähnt, der mit mir in Verbindung stand. Die anderen Eintragungen betrafen Ereignisse, die erst stattfanden, nachdem ich den Dentry-Landsitz verlassen hatte. Und dann erinnerte ich mich, dass du mir erzählt hattest, du seist letzten Sommer hier gewesen. Neulich erwähnte sie …« Gabriel zeigte auf Lady Dentry. »… den Verlust ihres Brieföffners, ungefähr um jene Zeit. Wie der aussah, weiß ich noch sehr gut. Unheimlich. Und ziemlich groß.« Er betrachtete Johns linke Hand, den vergoldeten Griff, der aus dem Ärmel ragte. »Da ergab das alles einen schrecklichen Sinn.« Er senkte die Stimme. »Also haben sich die Clubmitglieder auch an dich herangemacht. Davon wusste ich nichts.«

»Ja, das war mir klar.« Nach einem tiefen Atemzug straffte John seine Schultern.

Gabriel entfernte sich um einen Schritt von Marietta und hoffte, sie würde hinter dem Kamingitter bleiben. »Warum hast du mich nie darüber informiert? Bis vor wenigen Wochen gabst du sogar vor, du hättest nichts von dem Club gewusst.«

»Was sollte ich sagen? Du hast mich damals im Stich gelassen. Für mich warst du kein Prellbock.«

»Weil ich keine Ahnung hatte!«, stieß Gabriel verzweifelt hervor. »Ich dachte, sie würden dich nicht anrühren. Weil Melissande sagte, das könnten sie nicht ...«

»Aber sie taten es!«, fauchte Alcroft. Voller Hass starrte er Lady Dentry an, die krampfhaft die Armstützen ihres Sessels umklammerte. »Eine Woche, bevor du verschwunden bist. Anfangs hielt ich es für einen großartigen Spaß. Wie sollte ich auch voraussehen, was geschehen würde? Welcher junge Mann würde sich nicht freuen, wenn sechs lüsterne Frauen ihn begehren? Aber sie planten noch ein anderes Amüsement. Ich hörte sie tuscheln und sah die verstohlenen Blicke, die sie mir zuwarfen. Viel später las ich die Tagebücher. Jenen speziellen Spaß hatten sie für uns beide geplant, Gabriel. Nach deiner Abreise änderte sich alles. Warum, verstand ich nicht. Plötzlich war es kein Vergnügen mehr. Hilflos befand ich mich in ihren Klauen, konnte nicht fliehen. Und du hast mich *allein* gelassen.«

»Tut mir leid, John«, flüsterte Gabriel. »Glaub mir, ich wusste es nicht.«

»Nicht einmal geschrieben hast du mir – um mir mitzuteilen, du wärst in Sicherheit.«

Sekundenlang schloss Gabriel die Augen – unsicher, wie er vorgehen sollte. »Ich versteckte mich in London. Dort beschützte mich das Netzwerk, bis ich einen ausreichenden Einfluss besaß, auf der Bildfläche erscheinen und meinen Rachefeldzug beginnen konnte.«

John trat vor – seine Schritte waren keineswegs bedrohlich, sondern freundlich. »Natürlich war das wundervoll von dir. So stolz war ich, als ich von deinen Erfolgen erfuhr.«

In seinen Augen lag aufrichtige Bewunderung. Diesen Moment wählte Lady Dentry, um ihre Missachtung des Lebens zu beweisen. »Schon immer war Gabriel wunderbar. Mit ihm konntest du dich niemals messen.«

Plötzlich schimmerte die Klinge des Brieföffners, den Alcroft geschmeidig aus dem Ärmel zog. Nur zu gern hätte Gabriel das Messer selber zwischen Lady Dentrys Rippen gestoßen. Doch er sprang schützend vor den Schreibtisch. »John!«

Achselzuckend schob Alcroft die Waffe in seinen Ärmel zurück. »Dass ich dich hier treffen würde, hätte ich mir denken müssen. Ich geriet in Panik. Und so fasste ich den falschen Entschluss.« Irgendetwas in seinen Augen …

»*Du* hast Rockwood zu Marietta geschickt.«

»Ist dir endlich ein Licht aufgegangen?« John schlug mit seiner freien Hand auf die Lehne von Lady Dentry Gästesessel. »Lange genug hat es gedauert, Gabriel.«

»Also *wolltest* du, dass ich die Wahrheit herausfand.«

John sank auf die Sesselkante und behinderte Gabriels Sicht auf Lady Dentry. Nun wirkte er fast entspannt. »Du hast unglaublich gute Mitarbeiter – und ein besonderes Talent, unter mehreren Möglichkeiten stets die richtige zu wählen. Bei diesen letzten Ermittlungen wurdest du teilweise von Gefühlen geblendet. Trotz dieses Hindernisses hoffte ich, du würdest es erraten und dich mir anschließen.«

»Anschließen? Dir?«

»Genauso wie ich hast du ein Recht auf deine Rache. Natürlich müssen wir Worley, diesen verdammten Kriecher, loswerden. Auch ein paar andere Schwächlinge. Schon vor einer Woche hatte ich gehofft, du würdest den Speichellecker erledigen.«

»Wie?«

»Wie – was? Meinst du, wie du Worley hättest töten können? Oh, auf verschiedene Arten.« Alcrofts Brauen zogen sich zusammen. »Wahrscheinlich hat Mariettas Anwesenheit dich gestört. Aber ein gezielter Fausthieb – und der Kerl wäre beseitigt gewesen.«

»Wie konntest du – sie alle töten? Auf *diese* Weise?«

»Ganz einfach. Genüsslich. Und voller Genugtuung.« Alcrofts funkelnde Augen richteten sich auf die Frau, die ihm gegenübersaß. »Was glaubst du, wer jetzt die Kontrolle hat, Mylady?«

Ihr Schweigen war eine ausreichende Antwort.

»Auch auf andere Art hättest du dich rächen können, John«, wandte Gabriel ein. »Warum hast du dieses Haus nicht einfach verlassen?«

»So wie du?« Alcroft lachte. »Hätte ich in zahllosen Fällen den Wohltäter Hilfsbedürftiger spielen sollen? Übrigens, Gabriel – bei einigen Gefälligkeiten, die man dir erwies, um den Clubmitgliedern zu schaden, habe ich dich unterstützt. Davon hattest du keine Ahnung.«

»Und wieso wusstest du das alles über mich?« Diese Frage hatte Gabriel auf der ganzen Fahrt zum Dentry-Landsitz beschäftigt.

Verächtlich schnaufte Alcroft. »Weil alle Welt ständig über dich redete. Und die zahllosen Zeitungsartikel, die dir gewidmet wurden! Wahrlich keine Kunst, die Wahrheit herauszufinden! So große Hoffnungen hatte ich auf dich gesetzt – insbesondere, als der Feldzug deiner Zerstörung begann. Als du die Biester gezwungen hast, den Club aufzugeben, war ich ganz begeistert. Damals liebte ich dich. Wir beide hätten die Welt vollends von ihnen befreien können.« Seine Augen verdunkelten sich. »Und dann hast du aufgehört, sie zu ruinieren, gesellschaftlich und finanziell. Beinahe hätte ich dich umgebracht.«

In Johns Miene las Gabriel Bewunderung und Hass. Was er schrecklicher finden sollte, wusste er nicht. »Warum hast du es nicht getan?«

»Dazu war ich unfähig, Gabriel. Außerdem sah ich noch immer eine Chance. Und ich hatte genug Zeit, um Pläne zu schmieden und dich zu beeinflussen.«

»Wieso dachtest du, ich würde mich anders besinnen?«

»Hast du deinen Ermittler vermisst?«

Der plötzliche Themenwechsel verwirrte Gabriel nur kurzfristig. »Hast du ihn bezahlt, damit er verschwindet?«

»Natürlich. Das hat mich eine schöne Stange Geld gekostet. So war es besser für dich. Solche illoyalen Typen dürfen nicht auf deiner Lohnliste stehen. Und du solltest noch nichts ahnen. Ich wusste, wenn du lange genug nachgedacht hattest, würdest du Jeremy für den Mörder halten. Und ich lieferte Jeremy einige Informationen, damit er sich in deiner Gegenwart schuldbewusst benahm – selbstverständlich aus den falschen Gründen. Ja, mit der Zeit hätten die Dinge anders ausgesehen.«

»Anders?«, wiederholte Gabriel in wachsendem Zorn.

»Akzeptabler. Verlockender. Richtiger. Spuck mich jetzt nicht an! Niemals hättest du Jeremy der Polizei übergeben.«

»Nun, das Leben kennt seltsame Mittel und Wege, um die

Dinge zurechtzurücken. Hätte Jeremy die Verbrechen begangen, wäre er bestraft worden – ganz egal, ob ich ihn angezeigt hätte oder nicht.«

»*Deine* Strafe. *Deine* Gerechtigkeit. Doch du hättest niemals zugelassen, dass er vor Gericht gestellt und gehängt worden wäre.«

»Für dich würde ich dasselbe tun, John«, versicherte Gabriel leise.

»Jetzt könnten wir Melissande töten. Gemeinsam.« Entsetzt erkannte Gabriel den flehenden Eifer im Blick seines Freundes, und er musste sich zwingen, um nicht zurückzuweichen.

»Glaubst du tatsächlich, dabei würde ich dir helfen?«

»Das hoffe ich.« Alcroft zog den Brieföffner wieder aus dem Ärmel und strich über die Klinge. »Welch ein sonderbares Ding, die Hoffnung. Rache zu üben, das ist einfach. Gerechtigkeit und Freundschaft zu erzielen – ebenso. Doch die Hoffnung ist kostbar. Ich überließ es dem Schicksal, ob du weiterhin im Dunkeln tappen, mir beistehen oder mich ins Verderben stürzen würdest.« Durchdringend starrte er Gabriel an. »Bist du mein Bruder oder mein Feind?«

»Mein Leben lang war ich dein Bruder«, beteuerte Gabriel. Wie qualvoll seine Kehle schmerzte, seine Brust, sein Herz ... »Aber in diesem Fall bin ich dein Feind.«

Alcroft biss die Zähne zusammen, seine Lippen versuchten, Worte zu formen. Und es dauerte eine Weile, bis es ihnen gelang. »Ah, ich verstehe. Welch ein unangenehmer Augenblick. Würdest du wenigstens beiseitetreten?«

Dann schaute er Marietta an. Erst jetzt schien er ihre Anwesenheit wieder wahrzunehmen.

»Bald wird man Ihren Bruder freilassen, Miss Winters. Eigentlich dachte ich, das würde schon nach Abigails Tod geschehen. Es gibt keinen Grund, ihn noch länger einzusperren. Und wenn sie ihn jetzt noch immer gefangen halten, werden wir Worley ans Messer liefern. Ich half ihm, Gabriel zu entrinnen. Nur damit die Entwicklungen interessant bleiben.«

»Nein«, wisperte sie.

»Gestehen Sie es doch, Marietta, Sie wissen, dass es stimmt.«

»Lass sie in Ruhe, John«, befahl Gabriel mit harter Stimme. Nicht mehr Stahl, von Seide umhüllt, wie so oft.

Alcroft lächelte schwach. »Zweifellos tut sie dir gut, Gabriel. Keine Bange, ich werde ihr nichts antun.« Er spähte über den Schreibtisch hinweg. »Aber ich bitte dich – komm mir jetzt nicht in die Quere.«

»John, ich kann unmöglich ...«

»Nein, Gabriel! Enttäusch mich nicht!«

Geduckt setzte Gabriel zum Sprung an, um sich auf seinen Freund zu werfen. In Johns Augen erschien ein wildes Flackern, seine Lippen verzerrten sich. Zum Kampf bereit, stand er auf und spannte alle seine Muskeln an.

In diesem Moment erklang ein klickendes Geräusch, und alle starrten zur Eichentür. Lord Dentry trat ein, gefolgt von Gabriels Vater und Jeremy. Zweifellos hatten sie die ganze Zeit gelauscht, vor der Tür oder in einem Nebenraum.

Zuletzt kam Arthur Dresden herein, und der Anblick des ungebetenen Zeugen bewog Gabriel, die Hände zu ballen.

John wich zurück, seine Hand, die den Brieföffner umklammerte, sank hinab. »Lord Dentry ...«

»Mr Alcroft, Sie haben mich bitter enttäuscht.«

»Mich auch, Mr Alcroft.« Der Gefahr entronnen, erhob sich Lady Dentry und strich ihr Kleid glatt. Sechs Augenpaare starrten sie vernichtend an. Nur Dresdens Gesicht blieb unergründlich. »Nach allem, was wir für Sie taten, wie freundlich wir Sie hier aufnahmen …«

»Still, Frau!«, fiel Dentry ihr tonlos ins Wort. »Mit dir befasse ich mich später.«

Bestürzt trat sie zurück und stieß gegen eine Vitrine. »Alles kann ich erklären …«

»Still, habe ich gesagt!«, schrie er.

Voller Angst zog sie den Kopf zwischen die Schultern, die Augen weit aufgerissen, und Gabriels Lippen kräuselten sich.

»Bitte, Lord Dentry«, flehte John, »verstehen Sie doch …«

»So unerfreulich es auch wahr, was ich hören musste, und obwohl ich mich meiner Gemahlin schäme – ich darf Ihnen nicht erlauben, ihr etwas anzutun, Mr Alcroft.«

Da lächelte Lady Dentry, erleichtert und selbstgefällig.

»Mit *ihr* kann ich machen, was ich will.« Er sah eiskalt in ihre Richtung. »Und ich verspüre den Wunsch, genau das zu tun.«

Sofort erlosch ihr Lächeln.

»In diesem Haushalt hast du einige Schwierigkeiten verursacht, Lady Dentry. Doch das fand ich belanglos. Als Mr Noble senior seinen Dienst bei mir quittierte, ahnte ich, dass du für seinen plötzlichen Entschluss, in den Ruhestand zu treten, verantwortlich warst. Trotzdem ließ ich ihn gehen, was ich seither oft genug bereut habe. Offenbar hätte ich dich etwas genauer beobachten sollen.«

»Du hättest mich *beachten* sollen!«, fauchte sie erbittert.

In diesen Wortwechsel mischte Gabriel sich nicht ein. Marietta ging zu ihm und ergriff seine Hand. Beruhigend drückte er ihre Finger.

»Ja, das hätte ich wohl tun sollen.« Auch die anderen Anwesenden hörten schweigend zu. »Hätte ich geahnt, welche Schande du dem Namen Dentry bereitest …«

»Dazu gehörte nicht viel.« Lady Dentry brach in schrilles Gelächter aus. »Und ich habe es genossen!« Ihr Blick streifte Gabriel und John. »In jeder einzelnen Sekunde!«

Lord Dentrys Gesicht blieb ausdruckslos. Aber er ballte eine Hand auf dem Chintzbezug eines Sessels. »Dafür wirst du büßen, Lady Dentry.«

»Um dich an meinen Vornamen zu erinnern – ich heiße *Melissande!*«

»Da steht ein Polizeibeamter aus der Bow Street, Lady Dentry«, erklärte er und wies auf Dresden. »Er ist Mr Jeremy Noble aus London hierher gefolgt.«

Verlegen trat Jeremy von einem Fuß auf den anderen und schaute seinen Bruder entschuldigend an.

»Da ich alles gehört habe, muss ich meine Pflicht erfüllen.« Die Finger Seiner Lordschaft klopften auf die Sessellehne. »Was sollen wir tun?«

»Das ist mir egal!«, fauchte seine Frau. Noch nie hatte Gabriel sie so verbittert gesehen, am Boden zerstört, das Gesicht hässlich verzerrt.

»Oh, das sollte dich aber interessieren. Du wirst meinen Namen nie mehr in den Schmutz ziehen.« Eine Zeit lang schwieg er, während seine Finger weiterhin auf die Lehne trommelten – was bei diesem strengen, emotionslosen Mann eine seltene Demonstration seiner Gefühle war. »Für dich wäre es wohl am besten, man würde dich verhaften. Ansonsten würde ich den Rest deiner Tage so unangenehm wie nur möglich gestalten.«

Sie erblasste, und Gabriel drückte Mariettas Hand, von grimmigem Triumph erfüllt.

»Was soll geschehen?« Lord Dentrys Blick schweifte von einem Anwesenden zum anderen.

»Da er der Middlesex-Mörder ist«, Dresden zeigte auf Alcroft, »muss ich ihn festnehmen und vor Gericht bringen.«

Diesen Worten folgte drückendes Schweigen, alle erstarrten, und Gabriel schloss sekundenlang die Augen. Die Geheimnisse würden ans Licht kommen. Gewiss, er hatte Sicherheitsmaßnahmen ergriffen. Aber die Situation war heikler, als er es erwartet hatte. Bald würde ganz London Bescheid wissen, die Schlagzeilen würden einander überbieten, die Klatschmäuler sensationslüstern schwatzen. Und John …

»Nein, das dürfen Sie nicht, Sir.« Marietta trat vor. »Bitte, überlassen Sie es Gabriel, die Angelegenheit zu regeln.«

»Was – Noble?« Dresden musterte sie mit schmalen Augen. »Dem traue ich genauso wenig wie Ihnen allen. Sobald er mit Alcroft verschwunden ist, wird er ihn laufen lassen.«

»Immerhin hat er Sie auf Worley hingewiesen und seine eigenen Geheimnisse gefährdet, um Sie bei Ihren Ermittlungen zu unterstützen.«

»*Meinen* Ermittlungen hat er nicht genützt. Nur seinen *eigenen.*«

»Nein! Begreifen Sie es nicht? Die hat er *behindert!* Sie sind ein kluger Mann, Sir. Offenbar haben Sie eins und eins zusammengezählt und Jeremy hierher begleitet. Warum?«

Dresdens Lippen verkniffen sich. »Darauf kommt es nicht an. Wieso sollte ich glauben, dass Noble den Mörder hinter Gitter bringen wird?« Er deutete auf John. »Seinen lebenslangen Freund?«

»Verstehen Sie doch … All diese Informationen verdanken Sie nur Gabriel. Er ließ es zu, dass Sie davon erfahren. Weil er dachte, hinter Ihrer selbstgerechten, sturen Fassade wären Sie ein anständiger Mann.«

Irritiert zuckte Dresden zusammen, was Gabriel ihm nachfühlte. Auch ihn verblüfften die Argumente, die Marietta so leidenschaftlich anführte.

»Und Lord Dentry ...« Nun wandte sie sich an den Hausherrn. »In der Öffentlichkeit hat Gabriel kein einziges Wort über Ihre Frau gesagt – oder über die Tatsache, dass Sie ahnungslos waren. Dabei wird es bleiben. Verlassen Sie sich darauf. Unterstützen Sie ihn.«

Zögernd neigte Dentry den Kopf.

»Wird Noble auch mit Ihnen so umgehen, wie es richtig wäre, Miss Winters?«, fragte der Polizist.

»Für mich hat er die ganze Zeit das Richtige getan«, erwiderte sie schlicht. »Niemanden hat er verletzt, wenn es möglich gewesen wäre. Und ich habe ihm stets vertraut. So wie wir alle.« Sie schaute Jeremy und seinen Vater an, dann Gabriel. »Keinen von uns hat er jemals hintergangen.«

Irgendwie kam es ihm so vor, als würden ihre schönen, klaren braunen Augen seine Sünden wie Frühlingsquellen davonspülen. Von tiefen Gefühlen überwältigt, schwankte er beinahe.

Beschwörend wandte sie sich wieder an Dresden. »Bitte, Sir.«

Der ganze Raum schien den Atem anzuhalten.

Die Stirn gefurcht, murrte Dresden: »Ich mag es nicht, wenn mit dem Gesetz Unfug getrieben wird. Mit den Erfordernissen der Gerechtigkeit.«

»Das tut Gabriel nicht. Er kämpft nur auf andere Weise für Recht und Ordnung. Damit Unschuldige keinen Schaden erleiden.«

Skeptisch schaute er sich in der Bibliothek um. »Welche Unschuldigen?«

»Zum Beispiel mein Bruder.«

»Dem schadet es nicht, wenn ihn Mr Alcrofts Verhaftung entlastet.« Aber seine Stirn glättete sich kaum merklich.

»Hier geht es auch um die Unschuldigen, die von Lady Dentry …« Ihre Lippen begannen zu beben. »… und den Mitgliedern ihres Clubs misshandelt wurden.«

Als Dresdens Miene einen noch milderen Ausdruck annahm, ging Marietta zu ihm. »Bitte! Ich weiß, Sie halten sich stets sehr gewissenhaft an die Buchstaben des Gesetzes. Aber auf Ihre Weise verschaffen Sie den Opfern, diesen bedauernswerten Jungen, keine Gerechtigkeit.«

»Und die ermordeten Frauen?«

»Natürlich soll die Gerechtigkeit siegen. Bitte, überlassen Sie Gabriel alles Weitere.«

Wie unerschütterlich sie an mich glaubt, dachte Gabriel zutiefst bewegt, obwohl sie nicht weiß, was ich tun werde … Er könnte John einfach gehen lassen, seinen engsten Freund, den er wie einen Bruder liebte. Und Marietta vertraute auch darauf, dass er Kenny nicht zum Sündenbock machen würde – was unter diesen neuen Umständen viel einfacher wäre.

»Mr Alcroft muss vor Gericht gestellt und bestraft werden«, entschied Dresden.

Statt den Polizeibeamten anzuschauen, drehte sich John zu seinem Freund um. Während Gabriel seinem Blick begegnete, schmiedete er verschiedene Pläne.

Schließlich senkte John den Kopf. Aus seinen müden Augen war der Glanz verschwunden.

Gabriel trat an Mariettas Seite. »Ja, der Gerechtigkeit soll Genüge getan werden, Mr Dresden«, flüsterte er schweren Herzens, kaum hörbar, und räusperte sich. »Dafür sorge ich.

Nun brauche ich einen Strick und die Kleidung eines Dienstboten.«

»Wozu ...«

Gabriel hob eine Hand. »Auf diese Weise ist es einfacher.«

Darauf antwortete niemand. Verwirrt blickte Marietta auf, und Lord Dentry entfernte sich, um die benötigten Sachen zu holen.

»Gib mir den Brieföffner, John«, verlangte Gabriel und streckte seine Hand aus.

Eine Zeit lang betrachtete John die Waffe, die er noch immer umklammerte, dann gehorchte er. Gabriel steckte das Messer in die Innentasche seines Jacketts. An seiner Brust spürte er kalten Stahl.

»Wenn Sie mich betrügen, werde ich Sie vernichten«, murmelte Dresden.

»Das weiß ich«, entgegnete Gabriel.

Lord Dentry kehrte zurück, und Gabriel überreichte seinem Freund eine Jacke, ein schlichtes Hemd, eine Hose und Schuhe.

»Zieh das an.«

»Meine Tracht für das Gefängnis, Gabriel? Wie aufmerksam von dir ...« John verschwand hinter einem Paravent und kleidete sich um. Als er wieder hervorkam, legte er seine eigenen Sachen über die Lehne eines Stuhls und steckte seine Uhr in die Tasche der neuen Hose.

»Nein, die Uhr.« Gabriel streckte wieder seine Hand aus. »Und deinen Siegelring.«

»Beraubst du mich?« John hob die Brauen. Aber er händigte ihm die Gegenstände aus.

»Keineswegs, ich werde dein Eigentum für dich verwahren.«

Forschend schaute John in Gabriels Augen, dann nickte er. »Also gut.«

»Komm.«

In kleinen Gruppen verließen sie das Haus – zuerst Dresden und Gabriels Vater, danach Gabriel und John, zwischen Jeremy und Marietta. Unbehaglich umklammerte Lady Dentry den Arm ihres Ehemanns, mit dem sie die Nachhut bildete.

Als sie Gabriels Kutsche erreichten, blieben sein Vater und der Polizist zurück.

Gabriel bedeutete John einzusteigen. Bevor er ihm folgte, drehte er sich zu Marietta um. Mit großen, kummervollen Augen erwiderte sie seinen Blick. Er nickte Dresden zu, der ihn misstrauisch beobachtete.

Obwohl Gabriel wusste, dass die Gesetzeshüter die Welt nur schwarz oder weiß sahen – nicht in den Grauschattierungen, die er selbst bevorzugte –, wünschte er in diesem Moment, Dresden würde etwas mehr Verständnis zeigen.

»Sind Sie geritten?«, fragte er. »Machen Sie auf dem Rückweg im White Stag Rast, trinken Sie was.« Verwundert runzelte Dresden die Stirn. Gabriel fragte sich, ob der Mann die Taverne aufsuchen oder stattdessen dem Wagen folgen würde, nur zur Sicherheit.

Möglichst unauffällig, damit die neugierigen Dienstboten nichts bemerkten, drückte sein Vater ihm einen zusammengerollten Strick und ein Bündel in die Hände. Irgendwie war es ihnen gelungen, das ganze Debakel hinter den dicken Mauern des alten Gebäudes auf zwei Räume zu beschränken.

Und so war das Personal auf Spekulationen angewiesen. Gabriel stieg in die Kutsche. Flüsternd forderte er John auf, die Hände auszustrecken. Nach kurzem Zögern resignierte der Freund und ließ sich fesseln.

Neben dem offenen Wagenschlag stand Jeremy, ebenso verzweifelt wie John. Aber hinter der Unsicherheit entdeckte Gabriel eine erstaunliche innere Kraft. Er nickte seinem Bruder zu. Mit einem einzigen Blick versuchte er ihm alles mitzuteilen, was ihm wichtig erschien – Sorge, eine Bitte um Verständnis, Liebe, Vertrauen.

Nur sekundenlang drohte Jeremy die Fassung zu verlieren. Dann straffte er die Schultern und nickte ebenfalls.

Marietta griff nach der Kutschentür, und Gabriel beugte sich zu ihr hinaus. »Wenn er dir auf der Fahrt etwas antut …«, wisperte sie.

»Keine Bange, das wird nicht geschehen.« Durch das Stundenglas rieselte der Sand, und Gabriel konnte sich nicht die Zeit nehmen, um ihr seinen Plan zu erklären. Doch sie kannte die Bedeutung der Ehre in gehobenen Kreisen. Später würde sie seine Handlungsweise verstehen. Zumindest hoffte er darauf.

»Aber …«

»Beruhige dich«, bat er und berührte ihr Kinn. »Wir treffen uns zu Hause. Schon bald. Wenn das Problem die richtige Lösung gefunden hat.«

Ja, die richtige Lösung – daran mussten sie sich alle klammern. Sie traten zurück, und Gabriel schloss die Tür. Dann klopfte er gegen das Wagendach. Die Räder rollten die Zufahrt hinab. In schnellem Tempo entfernte sich die Kutsche von dem schönen Landsitz, den hässlichen Erinnerungen, den unglücklichen Bewohnern.

Schweigend starrte John auf seine gefesselten Handgelenke hinab. Gabriel wusste nicht, wohin er schauen sollte. Aus dem Fenster, zur blutrot glühenden sinkenden Sonne? Auf seinen Freund, einen Mörder, ein Opfer? *Das Bündel, das scheinbar harmlos neben mir wartet?*

»Wie hast du das geschafft, Gabriel?«, fragte John nachdenklich. »Warum bist du so geblieben, wie du warst – und nicht so wie ich geworden?« Erschöpft lehnte er sich in die Polsterung zurück.

Nicht nur an seinen Kräften hatte der Nachmittag gezehrt.

»Das weiß ich nicht.« Gabriel betrachtete die Landschaft, die am Kutschenfenster vorbeiglitt. »Jedenfalls wollte ich diesen Frauen keinen Triumph gönnen.« Eindringlich schaute er seinen Freund an. »Sie wollten uns das Rückgrat brechen. Und das konnte ich nicht zulassen.«

»Hältst du mich für einen Schwächling?« Der Gefangene hob das Kinn. In diesem Moment glich er wieder dem alten John Alcroft.

»Nein, ich finde nur, du hast falsch gehandelt. Und ich wünschte …« Bedrückt wandte John sich ab. »Ich wünschte, du wärst zu mir gekommen. Oder …«

»Wärst du auf dem Landsitz geblieben, hätte es keine Rolle gespielt«, erklärte John in beiläufigem Ton. Seine nächsten Worte schien er sich sehr genau zu überlegen. »Hast du Abigails Tagebuch gelesen? Die Eintragungen, wo sich unsere beiden Geschichten überschneiden?«

»Teilweise.«

»Dann weißt du, dass es belanglos war. Hättest du *nicht* die Flucht ergriffen, wäre es vielleicht noch schlimmer geworden. Du hättest mich nicht retten können. Die Schuld an all den Ereignissen gebe ich dir schon lange nicht mehr.« John lächelte selbstironisch. »Nur manchmal, in schlaflosen Nächten … Nun, wir alle haben unsere Fehler.«

»Weder dich noch mich trifft auch nur die geringste Schuld«, erwiderte Gabriel.

Eine Zeit lang schwiegen sie. Als die Abenddämmerung hereinbrach, durchquerte die Kutsche Blackfriars und polterte schwankend über das Kopfsteinpflaster.

Gabriel klopfte an das Wagendach. »Folgt uns der Polizist noch immer?«

»Nein, Sir. Vor zehn Minuten hat er uns überholt. Seither ist er nicht mehr aufgetaucht.«

Gabriel nickte und streckte seine plötzlich verkrampften Finger.

»Wohin fahren wir?«, fragte John, den Kopf zurückgelehnt, die Augen geschlossen. »Nach Cold Bath? Oder Newgate?«

Langsam schüttelte Gabriel den Kopf und beobachtete seinen Freund.

»In die Greville Street.«

Da öffnete John die Augen. Bis er nickte, dauerte es eine Weile. »Ja«, flüsterte er. »Danke, Gabriel.«

»Um alles Weitere kümmern sich Dentry und Dresden. Dafür werde ich sorgen.«

John richtete sich auf und wischte Staub von seinem rechten Hosenbein. »Welches Ziel werde ich ansteuern?«

»Den Kontinent. Während deiner Reise findest du Gefallen an Italien. Dort bleibst du ein paar Monate. Alle paar Wochen schickst du Dentry und mir einen Brief. Sollte die Hautevolee nach Neuigkeiten fragen, werden wir sie über deine Abenteuer informieren. Falls du in Italien Verdacht erregst, fährst du nach Frankreich – und so weiter.«

John nickte wieder. »Und letzten Endes?«

»In etwa einem Jahr wirst du einen tragischen Unfall erleiden …«

»Hoffentlich bei einem Pferderennen. Das würde zu mir passen. Meinst du nicht auch?«

»In der Tat.« Gabriel starrte auf seine gefalteten Hände hinab – eine seltsam fremdartige Geste.

»Da meine Dokumente in Ordnung sind, dürfte es in einem Jahr keine Schwierigkeiten geben. Ich habe dir ohnehin alles hinterlassen.« Jetzt wirkte John völlig ruhig, auf gespenstische Weise sogar heiter. »Pass gut auf meine Stallungen auf. Ja? Die Pferde, die Trainer. Auf ein Fohlen musst du besonders achten, eine großartige Stute. Zweifellos eine Newmarket-Siegerin. Es würde mich freuen, wenn du sie reitest. Oder verkauf sie jemandem, der sie zu schätzen weiß – wenn ich dir etwas bedeute.«

»Du bedeutest mir sehr viel, John.«

Beklommen senkte Alcroft den Kopf. »Das weiß ich«, würgte er hervor. »Tut mir so leid, Gabriel.«

»Mir auch.«

Die Kutsche verlangsamte das Tempo, die Hufschläge verhallten, die Räder standen still.

Nun wandte John sich wieder zu seinem Freund. »Für dich ist Marietta genau die Richtige, Gabriel. Ich mag sie sehr gern. Sei kein Narr! Lass sie bloß nicht gehen!«

»Was anderes bleibt mir nicht übrig – ich *muss* sie gehen lassen. Wenn man jemanden liebt, kann man es manchmal nur beweisen, indem man ihm die Freiheit schenkt.«

Seufzend hob John seine gefesselten Hände. »Gewiss, das stimmt.«

Unschlüssig überlegte Gabriel, ob er sich wirklich dazu durchringen sollte, die Stricke zu durchschneiden. In einer Sekunde wäre alles vorbei … Er zog ein Messer unter dem Bündel hervor.

Wie ein Körperteil, den er nicht zu kontrollieren vermochte, näherte sich seine Hand der Fessel und durchtrennte sie. Die zerfetzten Stricke fielen auf Johns Knie. Dann glitten sie zu Boden.

Von tiefen Gefühlen bewegt, schauten sie sich in die Augen. Gabriel gab seinem Freund ein Stück Holzkohle und das Bündel, in dem zwei sperrige Gegenstände steckten.

Langsam und bedächtig strich John seine Hände über die Holzkohle, beschmierte seine Wangen, die Stirn, die Nase. Auch die Ohren und den Hals. Das Hemd. Alle identifizierbaren Stellen.

»Irgendwas muss ich mit meinen Händen machen«, meinte er im Konversationston.

»Ja.«

»Vielleicht auf der Straße. Ein Straucheln, ein Sturz – ein paar Schürfwunden –, damit ich mit meinen Fingern nicht den Eindruck eines trägen Müßiggängers erwecke«, fügte er mit einem sarkastischen Lächeln hinzu.

Darauf gab Gabriel keine Antwort.

Nachdem John sein Werk vollendet hatte, glättete er mit einer unbewussten Geste sein Hemd. »Wie sehe ich aus?«

Unfähig, die Lippen zu bewegen, nickte Gabriel. Warum sein Herz noch immer pochte, wusste er nicht.

John schaute ihn an. Eine Sekunde lang. Ein Leben lang. »Leb wohl, Gabriel.«

»Leb wohl, John«, flüsterte Gabriel. Irgendwie brachte er seine Stimme wieder unter Kontrolle. »Mögest du deinen Frieden finden.«

Johns Lächeln beschwor die gemeinsame Jugend herauf, die alten Zeiten, bevor Eton sie getrennt hatte. Die Spiele und die Abenteuer auf dem Landsitz, eine sorgenfreie Welt. »Ja«, sagte er schlicht.

Dann streckte er die Hände aus, und Gabriel legte das

Bündel darauf. Klirrend stießen die beiden Gegenstände zusammen, ein schwerer, ein dünner.

Ehe Gabriel wusste, wie ihm geschah, zog John ihn an sich – eine inbrünstige Umarmung, ein Versprechen. Dann stieß er den Wagenschlag auf. »Leb wohl ...«

Sekunden später war er verschwunden. Reglos saß Gabriel in der Kutsche und starrte die leere Sitzbank auf der anderen Seite an – außerstande, an das Dach zu klopfen, dem Fahrer zu bedeuten, er möge das Gespann anspornen.

Schließlich begannen die Räder zu rollen, ohne Klopfzeichen. Ein solches Zaudern hatte John offenbar nicht gekannt. Gabriel ließ sich von der schaukelnden Bewegung hin und her wiegen. Nun bog der Wagen um eine Ecke. In der Ferne krachte ein Schuss.

Gabriel drehte sich nicht um. Weil er nichts sehen musste.

Er vertraute seinem Freund. Ist das nicht der springende Punkt?, fragte er sich und lächelte grimmig. Vertrauen ...

22

Middlesex-Mörder tot! Von eigener Hand erschossen, am Schauplatz eines seiner Verbrechen! Mordwaffe in seiner Jackentasche gefunden – der Brieföffner, bei allen Taten benutzt ... Ein Dienstbote vom Dentry-Landsitz, ein gewisser Edward Smith, dem Wahnsinn verfallen ... Identifizierung allerdings unmöglich ... Arthur Dresden spürt den Mörder auf und beansprucht die Belohnung ... Seine Schilderung auf Seite 4 ... Lord Dentry bestätigt die Aussage des Polizeibeamten! Kenny Winters freigesprochen! Alle Anklagen gegen beide Winters-Brüder fallen gelassen! Lord Dentry sichert der Familie ein regelmäßiges Einkommen zu ... Kom-

mentare auf Seite 6 … London atmet auf! Endlich ist die Gefahr gebannt …

»Bist du mir böse, weil ich dir vor unserer Fahrt zum Landsitz nicht erzählt habe, wer der Mörder war?«

Marietta schob die Sonderausgaben der Zeitungen beiseite und schaute Gabriel an, der eine Teetasse ergriff. Zwischen Dampfwolken sah sie sein Gesicht, das so schön war wie bei der ersten Begegnung – vielleicht sogar noch attraktiver, falls das möglich war.

»Nein. Hättest du mich eingeweiht, wäre es mir wohl kaum gelungen, Alcroft das Geheimnis vorzuenthalten. Vermutlich hätte ich mich verdächtig benommen.«

Er nickte und starrte in seinen Tee, als würde er Antworten darin suchen. »Kehrst du heute Abend nach Hause zurück?«

Unsicher fuhr sie mit der Zunge über ihre Lippen, ihr Herz pochte schneller. »Das könnte ich … Mark und Kenny sind wieder in unserem gemieteten Haus. Und Kenny sagt, die Nachbarn würden sie mit Geschenken und Glückwünschen überschütten. Außerdem bekommen sie unzählige Einladungen. Jeder will hören, was sie zu erzählen haben.«

»Wenn du willst, kannst du hier abwarten, bis der ganze Wirbel abflaut.«

»Danke. Aber ich glaube, ich muss zurück … Falls Kenny mich braucht …« Der letzte Satz klang wie eine Frage. Würde er sie bitten, ihn nicht zu verlassen?

»Außerdem wäre es besser, wenn man dich nicht hier antrifft. Wahrscheinlich überlegen die Leute schon die ganze Zeit, wo du bist. Bei Freunden auf dem Land. Bleib bei dieser Geschichte – ganz egal, was deine widerliche Cousine Felicity behauptet.«

»Ja«, stimmte Marietta zu und lächelte gezwungen.

»Ich kenne jemanden, der deinen Aufenthalt auf dem Land bestätigen wird, wenn es nötig wäre.«

»Danke.«

»Bitte, dank mir nicht.«

Schweigen.

»Nun helfe ich dir beim Packen.«

Das dauerte nicht lange. Nicht annähernd so lange, wie Marietta vor einem Monat dafür gebraucht hatte. Beinahe glaubte sie, die Zeit wäre ungewöhnlich schnell verstrichen, um ihre Trennung von Gabriel zu beschleunigen. Sie hasste es genauso wie damals, ihre Sachen zu packen. Aber nun erfüllte ein anderer Kummer ihr Herz. Ehe sie wusste, wie ihr geschah, stand sie am Fuß der Treppe, ihren Koffer in der Hand.

»Gewiss ist es besser, wenn du allein nach Hause fährst. Ich sage dem Kutscher, er soll zwei Häuser weiter halten. Dort steigst du in eine Droschke.« Gabriel drückte ihr zwei Münzen in die Hand, die Berührung schien ihre Haut zu verbrennen. »Deine restlichen Sachen schicke ich dir später, in einem Wagen ohne Wappen.«

»Dan...« Bevor sie das Wort vollenden konnte, unterbrach sie sich. Stille in der Eingangshalle. »Wirst du ...«

»Ja, mit mir ist alles in Ordnung.«

Sie nickte und umfasste den Koffergriff etwas fester.

Und dann berührte Gabriel ihr Kinn, ihre Wange, strich eine lose Haarsträhne hinter ihr Ohr. Sein Mund suchte ihren. Sanft und doch voller Glut. Zärtlich und wunderbar. Schließlich richtete er sich auf, ganz langsam. Bis zum letzten Moment blieben die Unterlippen vereint, bedauernd ließen sie einander los.

»Viel Glück, Marietta. Glaub mir, für dich wird sich alles zum Guten wenden. Vergiss nicht, was ich gesagt habe.«

Heirate einen netten jungen Mann. Bloß keinen Spieler. Jemanden, der dich zu schätzen weiß.

Jemanden, der nicht Gabriel war. Jemanden, mit dem sie eine Familie gründen konnte. Jemanden, den sie nicht liebte.

Aber wenigstens jemanden, den sie nicht belasten würde. Der die Angebote ihres Herzens nicht so unbeholfen abwehren musste. Der sie eines Tages vielleicht lieben würde.

»Alles Gute, Gabriel.« Sie ging zur Kutsche.

»Was, dieser alte Fetzen?«, gurrte eine Dame, lächelte einer anderen zu und plusterte sich in ihrem schönen, offensichtlich neuen fashionablen Kleid auf. Dann tauchten beide in der Menschenmenge unter, die den Ballsaal füllte.

Marietta spähte in den großen Raum. Soeben hatte sie die Damentoilette besucht. Sogar dort war sie von Frauen bedrängt worden, die sich noch vor allen Nachbarn über die sensationellen Ereignisse informieren wollten. Der Ball war im vollen Gang, die Hautevolee entzückt über die faszinierenden Neuigkeiten – und die neuen *Lieblingsgäste.*

Eine Zeit lang blieb sie auf der Schwelle stehen. Jetzt wurden ihr alle Türen weit geöffnet. Im festlich geschmückten Saal hatten sich verschiedene Gruppen gebildet. Und jede wäre hocherfreut, wenn Marietta sich hinzugesellen würde. Beinahe glaubte sie in einem Märchenbuch mit kostbaren Pergamentseiten zu blättern. Zu jedem Tanz war sie aufgefordert worden. Manchen Gentlemen hatte sie sogar einen Korb geben müssen, um ihre Füße zu schonen. Sie fühlte sich wie in einem seltsamen Traum. Und das edle Pergament unter ihren Fingern missfiel ihr.

In komfortablen Sesseln an der Wand neben der Tür

schwatzten zwei Frauen. »Ja, die Winters sind entfernt mit dem Duke of Shastmore, Earl Givet und Baron Tercake verwandt. Was für wundervolle Kontakte!«

Die andere Dame nickte, und Marietta schaute rasch weg. Natürlich, jetzt erinnerte man sich an die verwandtschaftlichen Bande der Winters. Seit es sich wieder schickte.

Vor all den Wochen war der Fluss der Einladungen wie eine Wüste verdorrt. Und nun überschwemmten sie das Silbertablett, weil die vornehmen Leute alles erfahren wollten, was mit dem Skandal zusammenhing. Bis vor Kurzem in Ungnade gefallen, genossen die Winters derzeit eine triumphale Rückkehr.

Sie entdeckte Mark. Noch immer ziemlich dünn, aber nicht so ausgemergelt wie Kenny, hielt er Hof in einer Ecke. Neben ihm stand sein jüngerer Bruder und sah unbehaglicher aus, als er ein paar Wochen zuvor in einer solchen Situation gewirkt hätte. Hingegen benahm sich Mark, als hätte er den Busen der gehobenen Kreise nie verlassen. Als hätte er schon immer das kleine Vermögen besessen, das er Lord Dentry verdankte. Sie ging zu ihren Brüdern.

»... genau das habe ich ihm erzählt«, verkündete Mark gerade. »Crandon, mein Freund, du wettest doch nicht auf die Sechs beim Cricket!«

Ringsum lachte alles. Diesen Witz hatte sie schon sechsmal gehört, und sie erwartete, irgendwann würde jemand merken, dass er nicht besonders gut war.

»Ah, meine Schwester. Miss Winters. Hast du meine Schwester schon kennengelernt, Plufield?«

Der Earl verneigte sich und wurde mit Marietta bekannt gemacht. »Sehr charmant.«

»Bezaubernd.«

»Hinreißend.«

Wenn man ihr noch öfter eine so schmeichelhafte Bewunderung zollte, würde sie bald vor Stolz platzen.

»Könnte ich mal mit euch beiden reden?«, wandte sie sich an ihre Brüder.

Sofort entschuldigten sich die anderen Männer.

»Was soll das, Marietta?«, fragte Mark ärgerlich. »Willst du dich woanders amüsieren?«

»Nein, ich möchte nicht …«

»Schon zwei Heiratsanträge habe ich für dich bekommen. Und vier weitere Männer sind sehr interessiert. Wahrscheinlich kriegen wir sogar Plufield rum. Meine Schwester, eine Countess! Stell dir das mal vor! Natürlich benutzen wir die anderen Bewerber, um ihm den Mund wässrig zu machen. Und wenn ein noch größerer Fisch in unser Netz gerät, lassen wir den Earl eiskalt fallen.«

»Mark …«, begann sie.

»Ja, ich weiß, ich bin ein großartiger Bruder.«

»Nein. Warum tust du das?«

Halb verwirrt, halb empört starrte er sie an. Kenny hüstelte verlegen. Aber ausnahmsweise rannte er bei den ersten Anzeichen eines Streits nicht davon. Stattdessen straffte er die mageren Schultern und hielt die Stellung. An seiner Kopfhaltung musste er noch etwas arbeiten. Trotzdem war Marietta stolz auf ihn. In der Tat, allmählich wurde er erwachsen.

Wem sie das verdankte, wusste sie. Gabriel hatte ihm das Rückgrat gestärkt und einige Lektionen erteilt. Vor ein paar Tagen hatte Kenny ihn besucht, um sich zu bedanken, und war als neuer Mann zurückgekehrt.

»Solche Chancen muss man nutzen, Marietta.« Offenbar erriet Mark ihre Gedanken, denn er musterte sie ungläubig. »Oder versuchst du mir einzureden, dass du nicht heiraten möchtest? Da gibt es mehrere gute Partien. Sehr seriöse, wohlhabende Gentlemen. Ich persönlich finde, du solltest auf Plufield warten. Aber wenn er dir nicht gefällt, sehen wir uns nach einem anderen um. Ich habe ausgezeichnete Kontakte. Und einige Junggesellen interessieren sich ganz unverblümt für dich.«

»Ja, unverblümt – genau so will ich mit dir sprechen.«

»Also wirklich, Marietta, solche Dinge sollte ein Mädchen einem Mann überlassen. Von jetzt an gebe ich dir etwas mehr Taschengeld«, erbot er sich großzügig, »und du kannst dir einen neuen Hut oder Bänder kaufen.«

»Bitte, Mark, du darfst nicht mehr so viel Geld ausgeben.«

»Doch, das darf ich, weil Lord Dentry sehr spendabel war.«

»Ga...« Sie räusperte sich. »Mr Noble hat einen Buchhalter engagiert, der dein Vermögen verwaltet. Bald wirst du die Grenze deines vierteljährlichen Einkommens erreichen.«

»Dann nehme ich eben einen Kredit auf den Rest auf, kein Problem.«

»Hast du denn gar nichts gelernt?«, fuhr sie ihn erbost an. »Wenn du so weitermachst, sind wir in ein paar Wochen ruiniert und sitzen auf der Straße.«

»Deshalb solltest du Plufield heiraten. Oder Ratching. Die schwimmen im Geld und würden ihre Schwäger sicher nicht verhungern lassen.«

»Oh, du bist unmöglich! Ich kann doch nicht ...«

Entschlossen hob Kenny eine Hand. »Moment mal, Marietta, ich rede mit ihm.«

»Was?«, flüsterte sie und starrte ihn entgeistert an. Das tat auch Mark, wie sie aus den Augenwinkeln feststellte. Dann nickte sie langsam, von Stolz und Freude erfüllt. »Sehr gut,

Kenny. Danke.« Selbst wenn er Mark nicht zur Vernunft bringen würde – der Schock, den er ihm versetzte, müsste dem älteren Bruder wenigstens für ein paar Minuten den Wind aus den Segeln nehmen. Oder vielleicht war Kenny der Einzige, dem es gelingen würde, an das Gewissen des Schwachkopfs zu appellieren. »Nun werde ich nach Hause fahren. Ich schicke die Kutsche hierher zurück.«

Kenny nickte, und Mark schaute noch immer verdattert drein. Da seine Kinnlade ziemlich weit nach unten geklappt war, wirkte sein langes Gesicht länger denn je.

Mit einem zufriedenen Lächeln wandte sie sich ab und ging hinaus, vorbei an Gratulanten, Klatschbasen und Verehrern. Nicht, dass die Verehrer unannehmbar gewesen wären. Auf Marks Liste stand sogar ein junger Mann, der einen soliden, respektablen Gemahl abgeben würde.

Aber keiner konnte sich mit Gabriel messen. Keiner *passte* zu ihr. Und sie war es verdammt leid, sich einen mühsamen Weg durchs Leben zu bahnen und ständig zu überlegen, was sie sagen durfte und was nicht. Vielleicht war Gabriel nicht immer ein edler Ritter hoch zu Ross. Doch er gehörte zu ihr. Das spürte sie tief in ihrem Herzen. Und sie würde ihn davon überzeugen.

Sie nannte dem Kutscher ihr Ziel und ignorierte seinen skeptischen Blick, ebenso die Möglichkeit, er könnte ihren Brüdern erzählen, sie sei nicht nach Hause gefahren. Räder rollten, Hufe klapperten. Näher und näher …

Sobald der Wagen hielt, stieg sie aus. »Fahren Sie zum Ball zurück, ich komme allein zurecht.« Sie drückte dem Kutscher eine Münze in die Hand. Dann wandte sie sich ab. Hinter ihr rollte der Wagen davon. Wenn sie das Ziel ihrer Wünsche nicht erreichte, würde sie eine Droschke nehmen.

Doch sie würde keinen Misserfolg erleiden, denn sie war fest entschlossen.

Hoch erhobenen Hauptes stieg sie die Eingangsstufen hinauf.

Unter dem schwachen Licht der Gaslampen schimmerte ein Messingklopfer in Form eines Löwenkopfes. Und oberhalb des Rings an der Stelle des Mauls forderten bösartige gelbe Augen ihre Nerven heraus. Mit bebenden Fingern umfasste Marietta das Metall des Türklopfers und ließ es gegen das Holz fallen.

Ein großer Mann öffnete die Tür. Diesmal strömte genug Licht aus der Halle, und sie sah, dass tatsächlich ein Butler vor ihr stand – vornehm und würdevoll. Gleichzeitig erweckte er den Eindruck, er könnte sich in jedem Kampf behaupten. Sein Blick glitt über ihren Umhang, ihre Schuhe, ihr Gesicht, ihr Haar. Hinter ihm schlug eine Uhr – elf Uhr abends. Es war zu spät für einen Besuch, falls man Wert auf die Etikette legte.

»Ja?«

»Ich möchte mit Mr Noble sprechen.« Diesmal klang ihre Stimme ruhig und entschieden.

»Miss Winters, nehme ich an?«

»Ja …« Marietta blinzelte verwirrt.

»Tut mir leid, Miss Winters, Mr Noble ist ausgegangen.« Er warf einen Blick über ihre Schulter. »Ich lasse die Kutsche vorfahren und Sie nach Hause bringen.«

»Oh, ich verstehe …« Bittere Enttäuschung krampfte ihr Herz zusammen. »Danke.«

Ein Wagen, in dem sie noch nie gesessen hatte, fuhr sie zu ihrem gemieteten Haus. Offenbar war Gabriel in der gewohnten Kutsche mit dem Wappen unterwegs. Besuchte er eine Frau?

Diesen Gedanken ertrug sie nicht.

Sie betrat die Halle und begrüßte den neuen Butler. Während sie zur Treppe ging, begegnete ihr Jeanie, die einzige Dienerin, die wieder eingestellt worden war. In ihren Augen lag ein träumerischer Glanz.

Seufzend schüttelte Marietta den Kopf. Jeanie war zweifellos tüchtig. Aber manchmal ein bisschen töricht.

Die Tür zu ihrem Zimmer war geschlossen. Marietta öffnete sie, trat ein und ging zu ihrem Toilettentisch. Vorsorglich hatte das Dienstmädchen die Lampen angezündet. Sie zog ihre Handschuhe aus und tastete zu ihrem Nacken, um den Verschluss ihrer Halskette zu lösen. Plötzlich sah sie eine Bewegung im Spiegel und erstarrte.

Ja, das erklärte Jeanies Verhalten und die brennenden Lampen.

Sie warf die Halskette auf den Tisch und kehrte zur Tür zurück, schloss sie leise und schob den Riegel vor.

Dann lehnte sie sich an die Tür, und ihre Hände strichen über das Holz.

Auf ihrem Bett saß Gabriel, zwischen unordentlich verstreuten Papieren, von einem Kissenberg gestützt. Trotz der dunklen Schatten unter seinen Augen sah er wundervoll aus.

»Marietta.«

»Gabriel – das ist mein Schlafzimmer. Weißt du das?«

»Wie ich gestehen muss, war ich schon einmal hier.«

In ihrem Körper entstand ein Prickeln – von anderer Art als beim letzten Mal, wo er in diesem Raum gewesen war, in jener Nacht am Beginn ihrer Partnerschaft.

»Wie bist du hereingekommen?«

»Ich habe dein Personal bestochen.«

»Unglaublich! Und ich dachte, du hättest respektable Leute für diesen Haushalt eingestellt.«

Nun stand er langsam auf. Eine Hüfte und eine Schulter an den Bettpfosten gelehnt, verschränkte er die Arme. »Ich habe ihnen eine Menge Geld gegeben, damit sie weder deine Brüder noch sonst jemanden informieren. Ganz egal, ob ich fünf Minuten oder fünf Stunden hierbleibe.« In seinen Augen erschienen unverhohlene Emotionen, und sie erkannte die Verletzlichkeit, die er so verzweifelt verbergen wollte. »Wahrscheinlich sind die armen Dienstboten nur so respektabel wie der Mann, der sie engagiert hat. Es wäre besser gewesen, du hättest seine Referenzen überprüft.«

Er sah so traumhaft aus. Die Locken fielen über seine Augen, den stets wachsamen Blick. Verletzlich und stark.

»Das kann ich noch immer tun. Oh ja, ich werde *gründliche* Nachforschungen anstellen.«

Da verzogen sich seine Lippen zu einem sinnlichen Lächeln – spürbare Erleichterung, vermischt mit einer raubtierhaften Aura.

»Ja, das würde ich dir raten. Tee?« Er zeigte zu einem Service auf dem Wandtischchen. Offenbar hatte er sich häuslich eingerichtet.

»Nein.« Marietta ging zu ihm und zog die Nadeln aus ihrem Haar. »Heute habe ich schon genug Tee getrunken.«

»Eigentlich dachte ich, du würdest mindestens noch eine Stunde bei den Smithertons bleiben.«

In diesem Moment wusste sie es – sie würde ihr Ziel erreichen. »Bist du über alle meine Einladungen informiert?«

»Natürlich.«

»Wie du das sagst – als wäre es selbstverständlich. Warum beschattest du mich?«

Wie üblich zog er die linke Braue hoch. »In manchen Fällen interessieren mich meine Nachforschungen.«

»Und was hast du in letzter Zeit über mich herausgefunden?«

»Inzwischen hast du ein paar Heiratsanträge erhalten. Gute Partien. Dein Bruder hofft sogar auf einen Earl.«

»Ja, das stimmt. Heute Abend habe ich den Earl kennengelernt.«

Ein neuer Ausdruck war in den grünen Augen zu erkennen. *Eifersucht.* Mariettas Herzschläge beschleunigten sich.

»Über diesen Earl habe ich mich erkundigt.« Er klopfte mit den Fingern auf seinen verschränkten Arm. »Alles in allem keine schlechte Wahl. Jeremy, dessen Londoner Projekt zufällig zwei Beine hat und perlend zu lachen pflegt, besuchte eine Dinnerparty. Dort wurde er mit dem Earl bekannt gemacht. Seiner Ansicht nach gibt es nichts an dem Mann auszusetzen. Den Berichten meiner Mitarbeiter habe ich dasselbe entnommen. Nur in Maßen trinkt er Alkohol, und er spielt selten. Da er sehr gut situiert ist, würde er dir ein stilvolles Leben bieten. Wie mir einige Damen versichert haben, bietet er keinen unerfreulichen Anblick. Und einer der anderen Bewerber – Ratching, nicht wahr? – wäre ebenfalls zu empfehlen.«

Dicht vor ihm blieb sie stehen. »Ja. Zwei ausgezeichnete Partien.«

»Für wen wirst du dich entscheiden?«

Marietta wagte sich noch etwas näher. »Was rätst du mir?«

»Ah, diese Wahl muss nicht *ich* treffen.«

»Trotzdem frage ich nach deiner Meinung«, erwiderte sie und hob den Kopf.

Seine Finger verkrampften sich, die Knöchel traten weiß hervor. *Ja* … »Was ich meine, werde ich dir nicht mitteilen.«

Die Lider halb geschlossen, schaute sie ihn herausfordernd an. Automatisch sanken seine Arme hinab und erlaubten ihr einen noch engeren Kontakt. »Soll ich mit einem Kuss demonstrieren, wer mein Favorit ist?«

Da presste er seinen Mund auf ihren, und sie erwiderte den Kuss mit der gleichen Glut.

»So schmerzlich habe ich dich vermisst«, flüsterte er an ihren Lippen.

Sie rückte ein wenig von ihm ab. »Und ich dich. Ich habe mir solche Sorgen gemacht ...«

»Das weiß ich.« Er küsste sie wieder. »Reden wir später.«

Gabriel schwenkte sie herum und sank mit ihr auf das Bett. Auf einen Ellbogen gestützt, schob sie die Papiere beiseite.

»In diesen Papieren werde ich nie mehr was finden«, flüsterte er atemlos, als wäre er zehn Meilen weit gelaufen, und küsste sie immer leidenschaftlicher. An ihrem Schenkel spürte sie seine wachsende Erregung und drückte sich dagegen.

So inbrünstig hatte sie sich nach dieser Hitze gesehnt.

»In diesem Durcheinander ...« Er öffnete ihr Kleid, entblößte ihre Brüste, und sie warf ihren Kopf in den Nacken. »... hättest du ohnehin nichts mehr gefunden. Gib es zu.«

»Niemals.«

Gabriel schob ihre Röcke hoch. Zwischen ihrem und seinem Körper bauschten sich Seide und Spitze. Zielsicher ertastete er die Stelle, die Marietta so oft bewogen hatte, ihre Hüften umherzuwinden. Eine Fingerspitze drang in sie ein – Feuer und Verlangen –, ihr ganzer Körper schien zu singen.

Dann lag er auf ihr und öffnete seine Hose. Mit beiden Händen umfasste er ihr Gesicht. In seinen leuchtenden grünen Augen las sie Begierde, noch immer Vorsicht – und Liebe.

»Keinen von den anderen will ich, Gabriel.«

»Aber sie könnten dir das Leben ermöglichen, das du verdienst.«

»Nein.« Entschieden schüttelte sie den Kopf. »Das Wichtigste würden sie mir nicht bieten.«

»Marietta, ich bin der Sohn eines Butlers und einer Gouvernante. Für dich wohl kaum ein passender …«

Sie legte einen Finger auf seine Lippen. »Nur dich liebe ich.« Sie spürte, wie eine heftige Erschütterung durch seinen Körper strömte. Langsam drang er in sie ein, ein paar Zentimeter. »Wahre Liebe könnte mir keiner dieser Bewerber schenken. Ich weiß, du willst nicht heiraten. Und ich erwarte auch gar nicht …«

Jetzt legte *er* einen Finger auf ihre Lippen. »Das habe ich nicht gesagt. Ich habe mich nur sehr vorsichtig ausgedrückt, damit du die Chance erhältst, genau das zu tun, was du willst.«

»*Dich* will ich.«

»Bist du sicher?«

»Völlig sicher.«

Halb charmant, halb verwegen lächelte er sie an, und ihr Puls raste. Der glückliche Glanz in seinen Augen ließ ihr Herz jubeln. Nun drang er vollends in sie ein. Während ihre Blicke einander festhielten, bewegten sie sich in perfekter Harmonie und erreichten gemeinsam den Gipfel des Entzückens.

Gabriel fegte die Papiere vom Bett, die zerknitterten Blätter flatterten zum Boden hinab. Wie eine warme Wolldecke hielt er Marietta umschlungen, und sie klammerte sich an ihn.

»Weißt du …«, begann er leichthin. »Wenn ich beschließe, dir mein Leben zu weihen, wirst du mich nie mehr los.«

»Darauf vertraue ich.«

»Ausgezeichnet.« Er zeichnete ein Muster auf ihren Rücken. »Und was die drei sündigen Nächte betrifft …«

Danksagung

Wie immer gilt mein besonderer Dank Mom, Matt und May. Es gibt keine Worte, die den wundervollen Effekt Eurer Rotstifte gebührend würdigen könnten. Auch Dad und Page danke ich für die unermüdliche Unterstützung.